w

Kat Quezada

CONTIGO, ¿SIN INTERNET?

wattpad
by montena

Contigo, ¿sin internet?

Primera edición: julio, 2024

D. R. © 2024, Kat Quezada

D. R. © 2024, derechos de edición mundiales en lengua castellana:
Penguin Random House Grupo Editorial, S. A. de C. V.
Blvd. Miguel de Cervantes Saavedra núm. 301, 1er piso,
colonia Granada, alcaldía Miguel Hidalgo, C. P. 11520,
Ciudad de México

penguinlibros.com

ISBN: 978-607-384-689-9

Impreso en México – *Printed in Mexico*

Índice

1 Tanactofobia.. 11

2 Mobilfilia.. 17

3 Nomofobia compartida 20

4 Alektorofobia... 24

5 Internet, Best Friend...................................... 30

6 Mensajes subliminales.................................... 34

7 Otro reporte más.. 39

8 Tecnofobia vs. nomofobia............................... 44

9 Editiovultafobia... 54

10 Un secuestrador de gallinas........................... 62

11 Celulares defectuosos..................................... 70

12 Primera lección: nuestra comunicación 76

13 ¿Libro en papel o libro electrónico?.............. 81

14 Segunda lección: aceptar................................ 88

15 Alergia al wifi.. 97

16 Mi biblioteca eres tú...................................... 106

17 Máquinas de escribir....................................... 114

18 Sin conexión, totalmente perdida.................. 126

19 La última canción y me voy............................ 132

20 Astronautas.. 139

21 A kilómetros de distancia............................... 149

22 Filofobia.. 156

23 Pero mínimo unos besos, ¿no?....................... 164

24 Un caldito de gallina 178

25 Batería al 100% 188

26 Amor a primera lectura.................................. 201

27 Como un libro de Wattpad............................ 210

28 Lección de emojis.. 220

29 Como un personaje de Wattpad 228

30 Fonógrafo 235

31 Contigo, ¿sin internet? 243
32 Ventajas y desventajas de la tecnología 253
33 La abeja y el murciélago 265
34 Hora de la verdad 273
35 Promesas que se desvanecen 286
36 Desvirtualizando 296
37 Amigas hasta la muerte 302
38 El fin de la comunicación 311
39 Nunca te enamores de un Blackelee 323
40 Datos agotados 330
41 Doppelgänger 335
42 Una llamada entrante 339
43 Una mariposa para despedirse 345
44 Un teléfono para recordar 358
45 Un hospital para seguir 369

Epílogo 379

*Para aquellos que encuentran refugio
en los libros, o en internet.*

Era su cumpleaños número dieciocho y, como todos los días, prefirió ir a estudiar antes que quedarse a descansar. Se dirigió al salón de clases decidido a tomar su lugar de siempre, el primer asiento de la segunda fila, junto al escritorio del profesor. Notó que en el pupitre donde él solía sentarse tenía una caja envuelta en papel fantasía y un moño con una nota adicional que podía distinguirse desde la entrada.

El chico miró de reojo a su alrededor, aún no estaba seguro de que el regalo le perteneciera, no tenía amigos. No obstante, se emocionó al pensar que quizás alguien sabía de su gran día. No había muchos alumnos dentro del aula, a Zachary le gustaba llegar temprano. Se encaminó para echarle un vistazo al regalo. Tomó la nota pegada con cinta adhesiva.

¡Feliz cumpleaños, Zach! Te deseo lo mejor de todo corazón, probablemente no me conozcas, y yo tampoco lo suficiente a ti, pero algo me dice que no eres extraño como todos piensan. En fin, no sé mucho de ti, así que me costó pensar qué regalarte, y por esa razón te observé de lejos y me di cuenta que no tienes esto... Espero disfrutes tu nuevo celular.

Zac sin dudarlo un segundo más, soltó de sus manos la primera carta que recibía, sintió un nudo dentro de su garganta al leer la última palabra: "celular".

Le dio escalofríos, se erizó su piel y la respiración se le entrecortó.

No puedes hacer una escena de tecnófobo en medio de la escuela, recuerda lo que pasó la última vez en clase de computación, evocaba en su mente una y otra vez para evitar entrar en pánico, sería el hazmerreír si no llegaba a dominarse por el miedo al teléfono celular.

Aspiró profundamente, enderezó los hombros, tensó la mandíbula y volvió a tomar la nota para hacerla bolita; la arrugó con tal fuerza que llegó a clavarse los dedos en su piel a través de la hoja de papel.

Oh, chica, seas quien seas, así nunca conquistarás a Zachary Blackelee.

1

Tanactofobia

El estómago de Zachary gruñía con inquietud, como si se hubiese comido un teléfono celular que vibraba cada cinco segundos recibiendo una nueva notificación. No había almorzado debido al susto que se llevó al verificar que no se trataba de una broma de mal gusto. Tampoco tenía idea de qué hacer con el celular que le regalaron. Planeaba regresárselo a la chica, pero ¿cómo lo haría si no la conocía? Y sería descortés tirarlo a la basura… Al menos ahí, en la escuela.

Al terminar las clases se dirigió a la biblioteca de la escuela, aguardaba la esperanza de encontrar libros que lo asesoraran. Imaginaba hallar títulos como *Di NO a las tecnologías, Manual de un tecnófobo* o *¿Cómo destruir un celular en 10 pasos?* Sin embargo, no obtuvo los resultados esperados. ¿Por qué no existían libros para tecnófobos, si existen todo tipo de libros? Hasta le dieron ganas de escribir uno y ganarse un premio Nobel.

Se entretuvo con el libro *Destroza este diario*, lo hojeaba con diversión, quizá no se trataba de un teléfono, pero le estaba dando muy buenas opciones para llevar a cabo su propósito. Miró su reloj de bolsillo y, como el conejo blanco de *Alicia en el país de las maravillas*, regresó a la realidad: era ya muy tarde.

En momentos amaba perder la noción del tiempo entre páginas, en ocasiones lo detestaba porque lo desviaban de su motivo principal. Él solía ir a las librerías con la mentalidad de comprar solo el libro que en la visita anterior no le alcanzó, hallar el libro de *Álgebra de Baldor* o algún otro pendiente de la escuela; no obstante, siempre terminaba viendo libros nuevos y olvidándose de la razón por la que se encontraba allí en primer lugar: un libro escolar. En el peor de los casos, no compraba nada por falta de dinero y, por ende, leía constantemente el mismo libro.

Tomó sus pertenencias, le guiñó un ojo a la anciana bibliotecaria y acto seguido se marchó. Al menos ya tenía en mente lo que haría con el celular: sopesó miles de opciones que no dañaran el ambiente y sonrió al dar con la alternativa perfecta.

Exhausto y con el apetito conjunto de cinco rinocerontes y ocho elefantes, llegó a casa. Lamió sus labios resecos e introdujo la llave en el cerrojo. Su hogar siempre se había caracterizado por el silencio. En aquella ocasión se acompañaba además de luces apagadas y cortinas cerradas, lo cual evitaba a toda costa el cobijo de alguna luz. La gente común hubiera pensado que se trataba de una fiesta sorpresa. Sin embargo, la familia Blackelee no era propensa a esas ordinarias costumbres. Y Zachary lo sabía a la perfección. No era una buena señal lo que se aproximaba. Lentamente, sus padres bajaron las escaleras con sus trajes típicos de rituales aztecas. Descalzos, con pulseras gruesas en sus tobillos, y con ostentosos penachos de plumas de pavo real. El apetito de Zachary se esfumó. Estaba casi seguro de que sería sacrificado como ofrenda de cumpleaños. Sí, seguro iba a ser eso.

Entonces unas manos le rodearon sus ojos. Y una voz en proceso de tránsito de niño a adolescente gritó en su oído:

—¡Felices pascuas!

—¿Pascuas? —apartó con un movimiento brusco las manos de su hermano menor—. Es mi cumpleaños, gracias.

—Ahhhh —soltó Dean. Era complicado diferenciar celebraciones con una familia tan extraña como aquella.

Zachary bufó y accidentalmente aspiró el aroma a incienso que su madre quemaba en un copón ceremonial, mientras su padre tocaba la flauta.

—Mamá, papá… —Zac intentó hacerlos parar. Ellos le sonrieron, y haciendo caso omiso empezaron a bailar a su alrededor—. Gracias, es… un lindo gesto.

Pero no fue suficiente. El show continuó. Y lo más prudente era cerrar los ojos para olvidar aquel estrago en su vida.

No vas a leer qué sucedió después, porque fueron las dos horas más ridículas del mundo. Seguro lo imaginarás. O tal vez no…

El joven cumpleañero talló su rostro con agua y jabón en el lavabo del baño. Se miró en el espejo, aunque más que verse a sí mismo, intentaba ver su interior. No había una pizca de felicidad en él. Trató de formar una sonrisa, en verdad que lo intentó. Y solo encontró maquillaje al borde de sus dientes, accidentalmente entró a su boca cuando quiso limpiar la pintura a base de frutos rojos.

Y ahí estaba él, queriendo ser un chico normal por segunda vez en el día. La primera fue al recibir el celular, el cual ocuparía de saber usarlo, y si no estuviera prohibida toda tecnología en su familia. Sus padres parecían de otra época. Se creían parte de la prehistoria, no adoptaban las *nuevas* costumbres, y creo que eso ya quedó muy en claro.

La familia Blackelee era residente de Obless, pero son estadounidenses de nacimiento y amantes de la cultura mexica. En serio, Arnold Blackelee era profesor de Historia, y al presentar su tesis de grado había dicho que la vida sería más sencilla si se viviese como un antiguo mexica, entonces al graduarse se comprometió a vivir así de cinco a diez años, y cumplió con lo prometido. Entonces se acostumbró a tal punto que le fue natural continuar. Todo comenzó como un amor a esa cultura, y terminó por atraparlo al punto de no sentirse él mismo si no la practicaba.

Stella Blackelee solo le hizo segunda. Se habían enamorado en la universidad, y para ella demostrarle amor era apoyarlo en cada momento. Vaya que fue muy literal para despojarse de todo.

Zachary era producto de aquel bello amor. Pero también, fue un *experimento* de familia, porque él no tuvo que *adaptarse* a una nueva vida; Zac conoció la vida como sus padres se la mostraron, era lo único que conocía. Gracias a eso, generó miedos y rechazos a ciertas cosas que a la gente le parecían de lo más común aceptar.

Suspiró, al menos a su hermano menor no le tocaba cargar con dicho dilema, Dean era más accesible a las tecnologías, era curioso pese a que estaba prohibido tener contacto con el mundo moderno. Era divergente o, como Zachary lo nombraba: Deanvergente.

Tal vez, solo tal vez, podría regalarle el celular. Pero eso sería hasta su cumpleaños para así no tener que comprarle algo más con su dinero. Total, tampoco Dean le había dado nada de regalo ese año.

Así que, por ahora, iba a esconder el celular.

—Regreso en tres horas —avisó tomando su abrigo del perchero.

—No, no irás a la biblioteca en tu cumpleaños —cruzó los brazos su madre.

El rostro de Zachary se tornó rígido.

—¿Para qué ir a la biblioteca si puedes ir a la librería a comprar los libros que quieres leer? —le sonrió con complicidad—. Ve, es tu regalo.

Bien, si Zachary no había muerto de miedo hace unas horas, ahora moriría de felicidad.

—¡Eres la mejor, mamá! —de pronto, todos los estragos del día pasaron a segundo plano.

—Pero ¿qué? —intervino el señor Arnold—. Dijimos que íbamos a ahorrar para comprarle una cabra.

—Ya será para los dieciocho de Dean… —se encogió de hombros Stella.

—Y faltan tres años —agregó Zac para convencerlos de que tenían tiempo de sobra.

Dean no había escuchado, de lo contrario ya hubiese comenzado a festejar desde ahorita. Le fascinaban los animales.

—Bien, ahora va mi regalo, viejo Zac —habló Dean, entusiasmado de colocar en el piso una caja grande y movediza.

Alerta, algo le decía a Zac que saldría de ahí una cosa viva y peluda.

—Se llama Europa —Dean presentó a la cachorra cocker que traía dos moños en sus orejas.

—Ah, es mía pero ya tiene nombre… Interesante —frotó su barbilla Zac.

—La rescaté de la calle y se volvió mi todo, mi mundo, mi continente, bueno, no vivimos en Europa, pero es a donde quisiera viajar. Por eso podré engañar a mis amigos y decir: "Iré a pasear a Europa" y ellos se quedarán anonadados, ¡y además no estaré mintiendo!, ¿no es fantástica mi idea?

—Me sorprende tu ingenio, aunque ¿cuáles amigos?, si no tienes.

—Déjame soñar, tú tampoco tienes amigos —Dean le sacó la lengua.

—Pero tengo libros —chasqueó los dedos Zachary, señalando el estante de la sala.

—Y yo a Europa —respondió victorioso Dean—. ¿Lo notas? Sonó como si todo el continente estuviera en mi poder.

Zac giró los ojos dándole unas palmaditas en la espalda.

—Los libros son mejores, te permiten viajar a otros mundos.

—Los animales son mejores, ellos sí existen —Dean no se quería quedar atrás.

De no haber sido por su madre, que los separó, la conversación hubiese terminado en una pelea de hermanos, como lo eran. Al final, Zachary decidió dirigirse a la librería del centro comercial y no al lugar donde planeaba esconder el celular.

Por supuesto que le aterraba la idea de llevar consigo un celular, le temblaban las piernas de pensar el peso que ejercía dicho artefacto en sus bolsillos, es más, le daba más miedo que encontrar a un ladrón en la calle. En todo caso, hubiese preferido que le robaran el celular para deshacerse de él de una vez por todas y no ser culpable del trabajo sucio.

Pero lo ideal sería que nadie se acercara, llevaba una buena cantidad de dinero para libros y no deseaba perderlo. Todo el tiempo estuvo alerta de la gente que caminaba en dirección a él.

Entonces la vio. Ella estaba en el centro comercial, sentada en la zona de comida, con un frappé de fresa en la mano y dirigiendo una brillante mirada a la pantalla del teléfono celular, parecía que escribía con entusiasmo, no dejaba de digitar letras como si su vida dependiera de ello, como si le estuviese escribiendo a alguien.

Zachary se tomó unos instantes para apreciarla. Era hermosa, se sentía terriblemente atraído por su rostro; aunque nunca hubiera intercambiado palabras con ella, ni supiera a ciencia cierta por qué le llama la atención, algo dentro de él se emocionaba cuando se la encontraba en lugares donde no esperaba verla. Una corriente eléctrica le atravesaba el cuerpo cuando su hombro rozaba ligeramente con el de ella en el pasillo escolar. Aunque siempre caminaban en direcciones opuestas y no tenían la oportunidad de cruzar miradas. Su presencia era capaz de dejarlo sin aliento y acelerarle el corazón. Pero todo aquello se calmaba cuando la veía sostener el teléfono celular, no podría gustarle una chica así.

Hizo una mueca y retrocedió. Y sintió que, por tercera vez en el día, estaba muriendo. Cada una de sus muertes eran por motivos diferentes: miedo, alegría y, el más importante para su edad, desamor. Al menos no sufría de tanatofobia, la fobia a morir. O filofobia, el miedo a enamorarse.

A Zachary le gustaba asociar cada momento de su día con una fobia o filia, englobaba algo tan poderoso para la mente en una sola palabra que causaba efectos internos y a veces externos. Entonces, ese día que era su cumpleaños, decidió modificar el nombre de tanatofobia por *tanactofobia*, el miedo irracional a morir el día de tu cumpleaños. Solo había agregado una "c" (inicial de la palabra "cumpleaños") a la palabra existente de la fobia. De modo que inventó una nueva palabra, su definición y el terror que invadía en su vida.

2

Mobilfilia

Número desconocido: Hola Zach, soy la chica que te obsequió tu nuevo celular :)
Enviado el 9 de agosto a las 5:48 pm.

Número desconocido: Espero no te moleste que haya agregado tu número a mis listas de contactos, cuando lo compré me lo aprendí de memoria :D
Enviado el 9 de agosto a las 5:48 pm.

Número desconocido: Además, te tengo una propuesta ¿para qué enviar notas en papel como admiradora si puedo enviar mensajes instantáneos por aquí? Hasta puedo adjuntar enlaces para así dedicarte canciones de amor 7u7
Enviado el 9 de agosto a las 5:50 pm.

Número desconocido: ¿No te parece una idea innovadora? ¡Ahora con las nuevas tecnologías puedes hacer lo que hace siglos no se podía! Ya no será tan aburrido el romanticismo, yehii.
Enviado el 9 de agosto a las 5:51 pm.

Número desconocido: Serán tipo cartas anónimas, te enviaré un mensaje por día, puedes contestarme o no, la verdad es que también sería divertido que no lo hicieras, solo que tomaras captura de pantalla de todos mis mensajes y el día que nos conozcamos (porque no sabes quién soy y no lo revelaré hasta el final) las lleves impresas, entonces nos miraremos directo a los ojos y nos besaremos <3
Enviado el 9 de agosto a las 5:54 pm.

Número desconocido: Y esa será la mejor historia Tecno-Romántica jamás vista *-*
Enviado el 9 de agosto a las 5:55 pm.

Número desconocido: Oki, creo que estoy yendo demasiado rápido, pero sabes que me gustas, ¿verdad? Y quería acercarme, por eso ingenié ese plan malévolamente amoroso y moderno /u\

Enviado el 9 de agosto a las 5:57 pm.

Número desconocido: Muy en el fondo sé que ya me amas, porque te regalé lo que todo adolescente del siglo XXI quiere…
A menos que seas un *gamer* y hayas preferido una consola de videojuegos D': No pensé en eso.

Enviado el 9 de agosto a las 5:59 pm.

Número desconocido: Pero nop, no tienes cara de que necesites eso, tienes cara de guapo chico intelectual que quiere un celular para tomarle fotos estéticas a las frases de sus libros :3

Enviado el 9 de agosto a las 6:00 pm.

Número desconocido: En fin, ¿no es increíble cómo las tecnologías nos facilitan las cosas? Adiós a las anticuadas generaciones, te siento más cerca entre las teclas que tocan mis pulgares y te leo entre mensajes inmediatos. De verdad quiero ver tu cara en el preciso momento que estés leyendo esto.

Enviado el 9 de agosto a las 6:01 pm.

Número desconocido: Por eso instalé una *app* para verte desde mi celular gracias a tu cámara frontal 7u7

Enviado el 9 de agosto a las 6:02 pm.

Número desconocido: Nah mentira, xdddd no me atrevería a hacer eso, ni siquiera sé si existe. Solo estoy bromeando, tú me haces feliz con tu existencia, y hoy que rememoramos tu nacimiento me hace brincar de alegría y escribir tonterías porque me vuelves loca /u\

Enviado el 9 de agosto a las 6:05 pm.

Número desconocido: Ya contestaaaaa, anda, quiero saber qué piensas de todo esto.

Enviado el 9 de agosto a las 6:05 pm.

Número desconocido: Bueno, es justificable. De seguro estás ocupado festejando con tu familia. Me despido, espero que grabes el atardecer de tu cumpleaños con el celular que te di y pienses que es posible hacerlo por mí. Ten una bonita noche, te escribo mañana <3

Atentamente: la chica que te regaló un celular (Espero lo cuides como tu tesoro más preciado, no lo dejes caer tanto como yo al mío x'D).

Enviado el 9 de agosto a las 6:17 pm.

La mobifilia era la filia conocida por la excesiva afición o simpatía al teléfono convertida en una adicción obsesiva-compulsiva a estar mirando continuamente el teléfono o a otro dispositivo conectado a internet por si se tiene alguna llamada o mensaje. Y ella sufrió mobifilia por él, anhelaba que sus mensajes fueran respondidos y, por supuesto, que su amor fuera correspondido.

3

Nomofobia compartida

—Estás castigada.

Hallie hizo una mueca de disgusto al escuchar aquellas palabras.

—Pero, mamá… —pensó que, si usaba dicho término afectivo, el castigo disminuiría.

—No, señorita, ¡es que no es posible! —interrumpió la mujer enfadada—. Lo olvidaste y ya ni porque tienes el celular a lado lo pudiste solucionar, qué te costaba poner una alarma, serviría de algo ese estúpido artefacto, pero no. La señorita no escucha las indicaciones por estar sumergida en esa tontería.

Hallie bajó la mirada a sus zapatos mientras escondía las manos en las rodillas.

Diez minutos antes yacía en ese mismo sillón y en otra posición, con los pies arriba, recargando la cabeza encima de tres cojines para permanecer acostada pero lo suficientemente cómoda para seguir enviando mensajes instantáneos.

Le habían encargado el pastel de carne del horno y arroz integral en la estufa. Su tía había salido al centro comercial a comprar vasijas y bebidas para la ocasión.

Y Hallie solo había asentido sin siquiera escuchar, o tal vez sí lo hizo, pero al estar mirando el celular mientras recibía la indicación no prestó mucha atención. Era de esas veces que bajaba de su vista un momento el smartphone y se preguntaba "¿qué me pidió que hiciera?". Y al no recordar, siguió navegando en las redes sociales.

Hasta que su nariz le avisó que algo se estaba quemando. Se paró de golpe y notó que el humo disfrazaba la estufa, y un recuerdo la envolvió de pesar, comenzó a hiperventilar, ansiosa, con taquicardia.

Le tomó dos segundos más reaccionar y apagó la estufa. Pero el miedo iba más allá de solo arruinar la comida de su tío.

—No me queda más que decomisarte el teléfono.

Hallie abrió con exageración los ojos.

—No —rápidamente pensó en que ya no podría enviarle mensajes a Zachary. Ya no existiría su plan de enamoramiento si dejaba de mostrar interés por internet—. Todo menos eso, no sé, puedes quitarme los permisos de salir, me quedaría aquí en casa después de clases.

—*Claro* —la mujer resopló—. Como si no supiera que tú prefieres mil veces encerrarte en tu cuarto y navegar en internet, antes de salir a la calle y socializar. Más que un castigo, suena a un premio. Y no, señorita, ya basta de tu actitud holgazana y ociosa.

Hallie suspiró aceptando su destino. Luego frunció el ceño cuando su tía googleó en internet cómo arreglar la comida, como si todo lo que estuviera escrito en la red fuera cierto y la única solución. Qué ironía, ¿no? Pensar que se encuentra todo en internet.

Cuando la chica entró a su recámara sintió un vacío, y tuvo que prender su laptop para escuchar música de YouTube y relajarse un poco en medio del drama. Se tiró a la cama para llorar, hasta que la invadió un silencio. Levantó la cara y encontró un dinosaurio a baja resolución en la pantalla de su laptop.

—¡Ay, por favor! —se quejó Hallie en un grito—. ¡No desconectes el internet!

—Te dije que no te ibas a salir con la tuya. Ahora ven y ayúdame a preparar otra vez la comida, antes de que Nicolás llegue a su fiesta sorpresa.

No fue tan malo después de todo comer pizza para celebrar el nuevo puesto de su tío en la empresa. De hecho, Nicolás llevó regalos costosos para su esposa y para Hallie. Las sonrisas reinaban en la habitación, excepto en el rostro de la joven que sentía que solo intentaban comprar su amor con obsequios.

El timbre sonó y Hallie se levantó para abrir la puerta y despejarse un poco.

—¡Adivina! —la sorprendió la voz extasiada de su vecina—. Tu nombre está en el sorteo.

—¿De qué hablas, Sam? —Hallie cerró la puerta luego de avanzar un paso hacia afuera. No quería que sus tíos escucharan la conversación con su amiga, a veces decía locuras. Bueno, más que las que decía ella.

—Estaba robando de tu internet, como de costumbre, pero luego se fue la señal y entonces vine aquí a tu casa para saber lo que sucedió, antes de tocar me encontré con tu correo postal y me tomé la libertad de abrirlo. ¡Entraste a la rifa del nuevo teléfono Z!

—¿Qué? —Hallie rio incrédula, ese celular costaba más de lo que ella podría ganar en toda su vida si estudiaba una carrera en artes.

—Sí, mira —explicó su amable vecina Sam—, al pertenecer a la compañía durante más de cinco años, contratar un plan mensual de datos móviles, y renovar cada año el celular, la empresa te ha invitado mañana a su evento del nuevo lanzamiento del teléfono.

—Pero yo ya recibí mi nuevo equipo, fue el que le regalé a Zac. ¿Recuerdas? Tenía que intercambiar mi antiguo modelo por un nuevo celular…

—Lo sé, pero no tiene nada que ver —la animó—. Allí concursas por tu derecho como cliente consumidor. Vamos, tenemos que ir, no perdemos nada.

—Estoy castigada, no creo que me dejen —Hallie se cruzó de brazos.

—Oh, vamos, me la debes —reiteró Samantha—. Yo te di la idea de darle un teléfono a Zac por su cumpleaños, ya quisiera que me dieran algo así, pero nadie está enamorado de mí para hacerlo. Necesito ese nuevo celular, si tú te niegas, con gusto me lo quedo.

Hallie le dio un golpe cariñoso en la cabeza.

—Eres tonta, obviamente yo me lo quedaría si lo gano. Me acaban de quitar el mío, es parte del castigo.

—Por eso dejaste de responderme… ¡Y con más razón necesitas uno! Ves, vayamos.

—Es imposible decirte que no —esbozó una sonrisa Hallie—.¿A qué hora nos vemos mañana?

—Opino que a las seis.

—¡Es muy temprano! —bostezó la joven rubia.

—Lo sé, parece día de escuela en domingo, pero dado que son más de quince mil usuarios los que tienen derecho a participar, y que quiero alcanzar una silla y estar hasta adelante, yo creo que es buena hora.

—Bien, suena comprometedor.

—Y estarán cadenas televisivas.

Hallie asintió. Tal vez si salía por televisión, Zachary la voltearía a ver, cosa que no hacía en la escuela. O eso creía ella.

4

Alektorofobia

Zachary deslizó los dedos por la sábana, estiró los pies y escuchó un sonido insólito al borde de su colchón, parecía un cacareo, algo completamente nuevo. Dudoso, levantó el cuello sin mover otra extremidad del cuerpo.

Y logró apreciar en el piso frente a la cama, una gran cresta rojiza en la cabeza de un ser pequeño, alzó más la vista recargando los codos en la almohada y notó un dorso cubierto por capas de plumas desde el pescuezo hasta la espalda.

—Cucurosnfnfjfofdofuuuu —cantó el gallo.

Zachary se llevó un susto cardíaco, soltó un grito agudo mientras encogía sus piernas.

—Oh, aquí estaba —su madre entró prendiendo la luz de la recámara. Y dejó a Zac deslumbrado por dos segundos.

—Pero qué es est…

—Nuestro nuevo despertador, ¿qué más? —cargó al ave delicadamente para no lastimarla.

—¿Qué hora es? —Zachary todavía lucía perdido y asustado.

—Las cuatro de la madrugada —respondió animada.

—¡Mamá! —Zac hundió su cabeza debajo de la almohada.

—Órale, es buen tiempo para dar gracias a la madre tierra por amanecer otro día.

Zachary jaló sus cobijas para permanecer calientito y de pronto dejó de escuchar las órdenes de su madre.

—Sigue así, Zachary, un día de estos un árbol te caerá encima —anunció molesta la señora de la casa, luego apagó la luz y no volvió a molestar a su primogénito.

El chico no era holgazán, pero solo había dormido media hora debido a su filia por la lectura.

Con regularidad utilizaba la pequeña mentira entre lectores: "Un capítulo más y ya", siendo consciente de que no soltaría el libro hasta terminarlo. Justo como había ocurrido la noche anterior.

Al menos repuso tres horas, quedó profundamente dormido, poniendo en peligro la primera clase del día. Entonces su mente reaccionó y se despertó a toda prisa.

Medio presentable, bajó las escaleras y encontró a su familia desayunando.

Todos estaban sentados, incluido el gallo, que llevaba un babero. Un gallo que tenía babero. ¡Babero de bebé!

Zachary ignoró el hecho mientras ingería de pie su licuado de fresa. Ya se le hacía tarde.

Dean y Stella mantenían una conversación sobre el gallo.

—Mamá, no le puedes dar huevo revuelto al gallo, es masoquismo.

—Canibalismo —corrigió Zac buscando una servilleta en la mesa, tenía bigote de leche.

—Ajá, a eso me refería —respondió Dean.

—No le pasa nada, ni sabe —la señora le sirvió más huevo al gallo. Y Dean, indignado, se cruzó de brazos y perdió el apetito.

El gallo parecía disfrutarlo y Zachary supo que era momento de marcharse por la imagen tan desagradable que tenía frente a sus ojos.

No contaba con tiempo ni con ganas de despedirse de su familia.

Su padre estaba tan sumergido leyendo un artículo del periódico que no percibió la ausencia de su hijo. Soltó el periódico, preocupado:

—Hasta dónde va a llegar la obsesión de los jóvenes por la tecnología. Pobre chica.

Dean echó un vistazo a la página del periódico que mencionaba su padre, en ella la imagen de una chica rubia le llamó la atención, según vio, era de la misma preparatoria que su hermano. Y entonces hizo una mueca, sabía lo duro que era el *bullying* ahí.

Al llegar a la escuela notó desde los pasillos cómo los estudiantes miraban más que de costumbre su celular, se compartían fotos y murmuraban entre sí. Zachary se sujetó de las tiras de su mochila y siguió el camino incómodo hasta el salón.

Ni aun en frente del pizarrón lograba poner atención a los profesores, ese lunes parecían insoportables sus compañeros, las bromas eran más pesadas de lo normal, sus voces aturdían hasta a los insectos de la basura. Sí, el bote de la basura era un desastre.

De vez en cuando Zachary volteaba levemente atrás, para mirar hacia el asiento de Hallie. Ella no estaba, pero su lugar no se hallaba vacío, había basura por todos lados.

Se preguntaba por qué no habría llegado a las primeras clases, ya era más de medio día y Hallie no se presentaba.

Agitó su lápiz en desesperación y trató de pensar que, si ella estuviese allí, no adoptaría los mismos comportamientos de sus compañeros. Anhelaba que fuera diferente. Sabía que tenía un problema con el celular, pero eso no la volvía estúpida, no debía de ser así.

Fue difícil el resto del día. Zachary iba desanimado, caminando a un costado de los casilleros y no por en medio como todos solían hacerlo. Despistado, su hombro chocó con la espalda de una chica.

—Perdón, no me di cuent… ¡Hola!

La chica, que escondía su cabello rubio bajo un gorro negro, agachó la mirada y acomodó rápidamente su abrigo oscuro. Planeaba salir corriendo en cualquier momento.

—No, espera —Zachary la tomó suavemente del brazo—, te he buscado todo el día.

—Sí, como todo el mundo —alejó bruscamente su brazo de la mano del chico y escondió los codos.

—Eh, no sé qué sucede, pero…

—Vete —anunció ella sin mirarle a la cara—, y no llames mucho la atención que no quiero que me vean, ya tuve suficiente.

—¿Puedo saber por qué no entraste a clases? ¿Estuviste en la enfermería? ¿Todavía te sientes mal? ¿Necesitas ayuda?

—Adiós. No hablo con extraños.

—Somos compañeros de clase, compartimos matemáticas, literatura, física…

—¡Basta! —por fin lo miró a los ojos y sintió ganas de llorar. Jamás había estado tan cerca del chico que le gustaba—. Si me hablas, serás un marginado.

—Me llamo Zachary Blackelee —prosiguió con su presentación—. Y ya soy un marginado.

—De verdad, no quiero arruinarte. Vete.

—Anda, saluda —animó Zac—. Dejar a las personas con la mano extendida es de mala educación.

Hallie acercó con temor su mano, tal vez si la unía con la de él, no sería tan mala la estadía escolar.

—¡Pero qué asco! —gritó un chico extraño—. No le des la mano, amigo, apestarás.

Hallie volvió a guardar su mano antes de juntarla con la de Zac. ¿Qué creía? Ingenua.

Aceleró el paso con ganas de desaparecer lo más pronto posible. Zac no se quedó atrás, fue tras ella.

—No sé a qué se deba ese comportamiento —respiró Zachary—, pero yo solo quiero ayudar.

—Sí, ¿cómo? —bufó la chica, dándole la espalda y escondiendo los codos bajo sus manos.

—El miércoles hay exámenes, y el profesor dijo que lo que hoy vimos será pregunta de examen, entonces me tomé el atrevimiento de hacer apuntes para ti —comenzó a sacar sus libretas de la mochila—, y también pedí tus libros y copias, todo lo que estudiamos quiero pasártelo, tal vez te sirva. Ya sabes, no debemos salir mal porque pronto haremos el examen de admisión a la universidad y son conocimientos de todas las áreas y…

Hallie sonrió, por primera vez en el día sonrió, y lo miró. De hecho, lo que menos le pasaba por la cabeza en ese momento eran los estudios. Sin embargo, Zachary había dedicado tiempo a ello, para que no se lo perdiera.

Y no tenía ni idea de por qué, si todos a su alrededor solo se la pasaban hablando de su *error*, sin pensar en otra cosa, excepto Zachary. ¿Por qué?

A esas alturas no creía que hubiera personas que tuvieran buenas intenciones con ella. Había incluso rogado a sus tíos que no la llevaran más a la escuela, no obstante, ellos insistieron en que era necesario para aprender la lección. Sin importar que renunciara a la vida social.

No quería volver, pero al menos Zachary le había regalado el pequeño detalle de preocuparse por ella. Eso valía tanto para calmarle el corazón.

—Gracias, Zac.

—No es nada —se encogió de hombros—, si tienes dudas, no sé, podrías ir a mi casa, voy a apuntarte mi dirección.

—Mejor pásame tu número de celular —ella fingió no tenerlo.

—¿Mi celular? ¿Mi ce-lu-lar? —tosió con nerviosismo—. No tengo.

A Hallie le desapareció la sonrisa.

—Claro, tienes razón, cómo le darías tu número a la chica que es tendencia por su estúpido teléfono. Qué astuto, de seguro eres *influencer*, y arruinaría tu reputación ¿no?

—¿Qué? ¿No estábamos de acuerdo en que yo era un marginado?

—Tal vez solo en persona —repuso la rubia y se relamió los labios—, tal vez virtualmente eres de las personas más populares del país. Conozco a personas así, o sea, Samantha, que se suponía que era mi amiga ¿y qué hizo? Hacer mi *error* más viral, creyó que daría risa, que no me destruiría, ajá, tú de seguro eres igual.

—No entiendo de lo que hablas.

—Pues entra en internet y lo sabrás —respondió, furiosa.

—No tengo internet.

—Usa datos.

—No sé qué es eso.

—Dame tu celular, y te pongo la clave para que robes de la red escolar.

—Robar no es bueno.

—¡Maldita sea! Entra al salón de cómputo y velo en una máquina.

—Hoy no me toca esa materia, y si puedo evitar estar cerca de ahí, lo hago.

—Deja de hacerte el gracioso, ¿quieres? —resopló Hallie—. Solo dame tu celular.

—No tengo.

—¡Mientes!

—No, no uso esos artefactos.

—¡Zachary, por favor!

—Estoy siendo completamente sincero —su voz sonaba templada, sus ojos lucían tranquilos.

Hallie seguía furiosa, y pensó en jamás volver a confiar en él. Ella misma lo había visto sostener el regalo que le había dado de cumpleaños. Estaba segura de que nadie se lo había llevado o robado. No tenía dudas.

Cómo podía dejar que él se le acercara si acababa de comprobar lo bueno que era mintiendo. Tal vez todo lo demás fue igual de falso.

En su triste furia y desilusión, Hallie comenzó a romper todos los apuntes que Zachary le dio, justo por la mitad.

—Oh, espera —Zachary abrió los ojos, sorprendidísimos por el acto que atestiguaba—, te puedo explicar por qué piensas que sí tengo teléfono, pero no.

—No, ya déjalo —Hallie se dio la vuelta y salió de la escuela.

Entonces Zachary se sintió confundido. La peor parte, había anhelado sostener la mano de Hallie, la esperaba con tanto esmero y se había desvanecido, literalmente, aquella oportunidad entre sus dedos.

Luego recordó que a lo único que aspiraba era a que su gallo le picara la mano, y su cachorrita le lamiera la cara. Y entonces pensó, al menos no tenía alektorofobia, el miedo irracional a las gallinas. Fuera de eso, no habría más interacciones con chicas.

5

Internet, Best Friend

Una vez más, Hallie estaba bajo sus sábanas escondiendo la luz que emitía la pantalla de su laptop. Si sus tíos se enteraban de que intentaba entrar de nuevo a sus redes sociales, la regañarían quitándole el aparato, como siempre.

Pero ella era una persona muy necia y, en cierto sentido, masoquista. No dejaba de leer todos los mensajes y comentarios que le habían dejado en las redes sociales, todos eran negativos, burlones y groseros, nada se rescataba de ahí, ni siquiera los emojis, eran de caquitas, de caras de vómito y asco.

Se llevó una mano a su boca para suprimir el llanto que la podía delatar a las tres de la madrugada. No era sano ese ambiente, se sentía atacada y despreciada. Y no sabía sobrellevarlo, solo se hacía daño a sí misma revisando con detalle cada comentario y dejando que se quedaran grabados en su mente.

La mayoría de la gente era desconocida para ella, pero la reconocían por su video viral del sorteo del teléfono último modelo. Y no importaba de qué parte del mundo fuera, en internet se podía destruir a una persona aún sin conocerla.

Pero el motivo por el cual le afectaba tanto a Hallie esa vida cibernética era porque desde mucho tiempo atrás había pensado que era su hogar, se refugiaba en internet, en todo lo que podía aprender y conocer estando ahí. Administraba cuentas de Instagram y TikTok, le gustaba seguir artistas y ser parte de su club de fans, como la presidenta de esos grupos, claramente.

Y así formar parte de un grupo social, aunque fuera simplemente virtual. Sin embargo, había olvidado el lado malo de internet: el *ciberbullying*. Y cada día sentía cómo todo se propagaba, y prolongaba. Cada día el video de su amiga Samantha tenía más vistas y era compartido por más gente.

¿Debería considerarla amiga?, o ¿qué era ella?, para empezar, ¿Hallie alguna vez en su vida había tenido una amiga de verdad?

Hundió la cara en el teclado de su laptop, deprimida. Y no se percató de que estaba apretando la tecla de *"Enter"*.

—¡No, no! —se le escapó un poco elevar la voz. Hasta que se tranquilizó y revisó las solicitudes a las que les había dado sin querer "Aceptar".

Le llamó la atención una en particular, su nombre era "Leila Miller" y en su foto de perfil se mostraba una chica, más o menos de su edad, que tomaba el sol en la playa.

Estaba por eliminarla de sus amigos cuando recibió un mensaje de ella.

Leila: Hola.
Visto a las 3:22 am.
Leila: He estado esperando toda la semana a que aceptaras mi solicitud de amistad.
Visto a las 3:23 am.
Leila: Es que necesito hablar contigo de algo en especial.
Visto a las 3:24 am.
Leila: Por favor.
Visto a las 3:28 am.
Leila: También estoy recibiendo *bullying* por tu video.
Hallie: ¿Mi video? Yo no lo subí.
Leila: Pero apareces tú.
Hallie: Ajá. ¿Y qué con eso? ¿Vienes también a dejarme mala fama?
Leila: No, tranquila. No quiero hacerte daño.
Hallie: ¿Entonces qué quieres?
Leila: Mmmmmm, esto no está resultando como pensaba.
Visto a las 3:37 am.
Leila: ¿Puedes revisar mi perfil? Eso es lo que quiero, por favor. Ve mis fotos.

Hallie no sabía por qué estaba perdiendo el tiempo en esto, sin embargo, decidió *stalkearla* como la chica pidió, ya no había nada peor, según creía.

Conforme avanzaba en las fotos, se dio cuenta del parecido que tenía con ella y que no lo había descubierto porque en su foto de perfil traía gafas de sol y no se lograba apreciar bien el rostro.

Pero en sus otras fotos de etiqueta, se notaban sus rasgos semejantes. Ojos color azul, tipo almendrados, nariz recta pero pequeña, que cuando sonreía mostrando los dientes, se alargaba a los lados justo como a ella le pasaba. Y la boca rosita caracterizada por ese labio superior bien pronunciado y definido. El cabello rubio, largo y quebrado, piel un poco bronceada, y el mismo cuerpo, gran atributo de pecho y no tanto de trasero, pero manteniéndose delgada y estética.

Era como mirarse en un espejo, pero Hallie sabía que no era ella, porque jamás se había tomado fotos con esas personas con las que Leila aparecía, no había visitado esos lugares y no posaría así frente a la cámara. Estaba segura de que no era Photoshop.

Hallie: Estoy impresionada, nos parecemos mucho. OMG. 😮
Leila: Gracias por notarlo, me están confundiendo contigo porque te has viralizado.
Hallie: Jajaja, lo siento.
Hallie: Espera, no lo siento, porque no es mi culpa, pero lamento que cargues con esto por tener tan hermosa cara, jajaja.

El humor de Hallie comenzaba a recuperarse.

Leila: Lo único bueno que le veo es que gracias a esta tragedia conocí a mi gemela. Dicen que hay 7 personas en el mundo que se parecen a ti, y gracias a internet conocí a una.
Hallie: Y hablamos el mismo idioma y nacimos en la misma época, es una gran coincidencia. Guaaaaau. 😮 😮
Leila. Ya sé, es de locos. ¿De dónde eres? ¿Estarás muy lejos de mí?
Hallie: De Obless ¿Y tú?
Leila: Blainmish.
Hallie: Vaya, sí que estás apartada del mundo, jaja.
Leila: Pero amo esta vida. ♥

Tenía razón, reflejaba una hermosa vida en sus fotos, con una familia adinerada y unida, que según Hallie, en modo de detective, tenía ambos padres que seguían juntos y dos hermanas menores a ella, pero que parecía que se llevaban bien por las fotos que siempre se tomaban y las mascarillas que se hacían y *posteaban* con gracia.

Hallie sonrió deseando conocer una familia así.

Hallie: Cuéntame de tu vida, seguro es más interesante que la mía.
Leila: Espera, ¿seremos amigas?
Hallie: Pues sí, ni modo que familia jajaja.

Hallie se estaba desenvolviendo más, una vez en confianza dejó la seriedad de lado. Había encontrado algo bueno en medio de este caos que vivía.

Hallie: ¿O crees que seamos como la película de Disney?
Leila: Depende, te llamas Hallie, pero ¿naciste el 11 de octubre? Jaja.
Hallie: Jajaja, adoro esas escenas del campamento.
Leila: Sí, las travesuras que se hacen son muy graciosas e ingeniosas.
Hallie: ¡Lo sé! ¿Cuál es tu favorita?

Y así iniciaron una amistad, en plena madrugada, comparando gustos de películas de Disney Channel, en algunos coincidían, en otros casos diferían. Pero lograron llevarse muy bien. La noche avanzó hasta llegar la mañana, y Hallie se encontraba más entusiasmada mirando la pantalla de su laptop, ya no se sentía triste, ahora contaba con una amiga de internet.

Alrededor de las dos de la tarde escuchó los gritos de su tía. Y como ella no quería levantarse, la mujer tuvo que despertarla alzando las cobijas.

—Ya no voy a permitir que faltes a clases. Eres una irresponsable.

Hallie hundió su cabeza debajo de la almohada. Tenía más ojeras que ojos, y estaba muy cansada por desvelarse. Prefería permanecer acostada.

—Levántate, alguien vino y dice que trae sus apuntes para pasarte la tarea.

Rápidamente llegó a su pensamiento el nombre del chico que le gustaba y el único que le intentaba hablar con pretextos escolares. Debía alistarse, no pensaba recibirlo en pijama.

6

Mensajes subliminales

Todo había sido un mendigo sueño.

Su subconsciente la había traicionado, había imaginado que Zachary estaba esperándola en la sala de su casa, pero en realidad no conocía su dirección, estaba casi segura de que tampoco conocía su nombre completo. ¿Cómo fue tan tonta para pensar que él sabría más de su vida? Por supuesto que no, de seguro por su mente no cruzaba un pensamiento de ella en todo el día. Y en cambio, Hallie pensaba todos los días en Zachary.

Seguía arrepintiéndose de su comportamiento con él la última vez que lo vio, romper los apuntes de clases no estuvo bien, en especial porque nadie brinda apoyo en la escuela.

La preparatoria era muy individualista, ningún sujeto tiene buenas intenciones de ayudar si no recibe algo a cambio, o adquiere un beneficio con ello. Por eso no solía creer en nadie, sin embargo, había notado que Zachary era de esos chicos que se sientan frente al pizarrón y toman nota de todo, además, Hallie había observado que su caligrafía era entendible, bonita y bien hecha.

Se giró en la cama y alcanzó su buró, tomó de él el pedazo de hoja arrugada que había quedado sin querer entre la suela de su zapato el día que rompió los apuntes. Solo se podían apreciar las palabras: "Examen de química inorgáni…". Hallie rio porque no tuvo que presentar el examen.

Rio tan fuerte que se le escaparon unas lágrimas, pero ya no eran de gracia, sino de frustración. Estaba mirando un punto fijo del techo de su recámara. Y a pesar de que había *posters* a su alrededor, se sentía sola. Otra vez, completamente sola.

No tenía idea de la hora porque siempre lograba ver los dígitos en el celular, pero estaba casi segura que ya eran más de las tres de la tarde y ella apenas estaba despertando. Se levantó con mucho trabajo y, en vez de dirigirse a la cocina para comer algo, fue directo a la habitación de sus tíos, jaló la perilla que no tenía seguro y recogió su celular que ellos le habían decomisado la noche anterior con la intención de que ya no viera más de las redes sociales.

Ja, ilusos.

Hallie volvió a tumbarse boca arriba en su cama destendida y alzó levemente los brazos para ver la pantalla del celular y teclear al mismo tiempo.

Estaba escribiendo un mensaje de disculpa al número celular de Zachary, mas no lo envió. Se dio cuenta del error que cometería si enviaba ese texto. Descubriría que ella fue quien le regaló el celular.

Decidió intentar con algo mejor, y fuera del contexto que ellos ya sabían. El coraje se le esfumó, y prefirió seguir con su idea de conquistarlo por mensajes, al fin, no tenía que saber que era ella. Al menos así se podía ocultar del mundo.

Los mensajes se prolongaron durante muchos días. Hallie le escribía continuamente debido a que ella no estaba yendo a la escuela por vergüenza, y tenía más tiempo para molestarlo con sus mensajes.

Fueron mensajes lindos, a veces un poco apresurados y precipitados, en otras ocasiones depresivos, desesperados, luego felices... eran un tipo de terapia para ella, como un diario, porque no recibía respuesta de Zachary.

Número desconocido: ¿Sabes? He intentado no escribirte estos días, no veo que tengas interés en leerme, y lo peor de todo es que yo sí lo sigo teniendo, quiero hablarte, tengo tantas ganas de recibir un mensaje tuyo algún día.
Enviado el 16 de agosto a las 3:43 am.

Número desconocido: Zac, si mal no lo recuerdo, te he enviado 24 mensajes y sigues sin responder ¿algún día te dignaras a contestarme? ¿Sabías que a las chicas les molesta que no les respondan en días y, por ende, ellas tardan el doble en contestar? Tienes suerte de que yo no sea así, realmente me importas.
Enviado el 17 de agosto a las 2:55 pm.

Número desconocido: Además me gusta estar mucho en el celular y me da ansias ver un chat con una notificación y no darle clic, pero shhhhh xD

Enviado el 17 de agosto a las 2:56 pm.

Número desconocido: ¿Y por qué sigo de humor cuando debería estar enfadada contigo?

Enviado el 17 de agosto a las 2:56 pm.

Número desconocido: ¿Y por qué escribo mis pensamientos y los envió? ._.

Enviado el 17 de agosto a las 2:56 pm.

Número desconocido: Estoy loca.

Enviado el 17 de agosto a las 2:57 pm.

Número desconocido: ¡Me pierdes, Zac, me pierdes!

Enviado el 18 de agosto a las 12:00 am.

Número desconocido: ¿A quién engaño?, sigo aquí.

Enviado el *19 de agosto* a las 2:00 am.

Número desconocido: Siempre estaré aquí.

Enviado el 19 de agosto a las 2:01 am.

Número desconocido: Siempre, para ti.

Enviado el 20 de agosto a las 6:48 am.

Número desconocido: Puedes tardarte, incluso responderme en unos años, pero yo en cuanto lea tu nombre como notificación, te contestaré al instante.

Enviado el 21 de agosto a las 9:07 pm.

Número desconocido: No me digas que vendiste el celular que te regalé para comprar más libros.

Enviado el 22 de agosto a las 11:33 am.

Número desconocido: Ya en serio, ¿qué le hiciste? ¿Se quedó sin batería? ¿No recibiste el crédito gratis por la compra? Quizá no era de la garantía, ¿se descompuso?

Enviado el 22 de agosto a las 8:19 pm.

Número desconocido: ¡Responde, Zacharyyyyyyyyyyyyy! -.-

Enviado el 23 de agosto a las 07:14 am.

Número desconocido: Buena persona, ¿me podría decir dónde puedo encontrar a Zachary? Necesito saber en cuánto le vendió mi celular.

Enviado el 23 de agosto a las 11:22 pm.

Número desconocido: ¿Ah? ¿En Nunca Jamás? Okay :)

Enviado el 24 de agosto a las 04:20 am.

Número desconocido: Ya, de pérdida pásame tu Instagram.

Enviado el 24 de agosto a las 10:45 pm.

Número desconocido: No encuentro ningún resultando buscando a "Zachary Blackelee", ¿por qué?

Enviado el 25 de agosto a las 09:23 am.

Número desconocido: ¿Te gustan los seudónimos? ¿Es por eso que no te encuentro en ninguna red social?

Enviado el 25 de agosto a las 3:33 pm.

Número desconocido: Tengo tantas ganas de stalkearte hasta que te asuste, pero después recuerdo que así descubrirás quién soy, y se me pasa.

Enviado el 26 de agosto a las 12:00 am.

Número desconocido: Aparte, ni me haces caso.

Enviado el 27 de agosto a las 11:59 am.

Número desconocido: ¿Te das cuenta que ya no te envió tantos mensajes al día? Solo son uno o dos, y en diferentes horas.

Enviado el 27 de agosto a la 1:28 pm.

Número desconocido: ¿Qué más quieres?

Enviado el 28 de agosto a las 07:14 am.

Número desconocido: No te insulto, trato de comportarme normal, no te acoso tan seguido, solo quiero saber de ti.

Enviado el 29 de agosto a las 5:55 pm.

Número desconocido: Di algo, me estoy dando por vencida.

Enviado el 30 de agosto a las 07:14 am.

Número desconocido: *"Say something, I'm giving up on you"*. ✏️✏️🎧

Enviado el 30 de agosto a las 10:35 am.

Número desconocido: Oh, vamos, sé que sabes la canción, canta conmigo.

Enviado el 30 de agosto a las 3:10 pm.

Número desconocido: *"I'll be the one, if you want me to… Anywhere, I would've followed you… Say something, I'm giving up on you"*. ✏️✏️🎧

Enviado el 30 de agosto a las 5:21 pm.

Número desconocido: Me pondré sentimental :'(y todavía no me toca la regla.

Enviado el 30 de agosto a las 8:57 pm.

Número desconocido: Zac…

Enviado el 31 de agosto a las 12:00 am.

Número desconocido: No seas así, por favor.
Enviado el 31 de agosto a las 12:00 pm.

Número desconocido: No sé qué hacer con mis estúpidos sentimientos hacia ti, ya le pregunté a Siri, ya lo googleé y nada, no hay nada semejante a esta situación.
Enviado el 1 de septiembre a las 03:48 am.

Número desconocido: ¿Por qué en el corazón no existe la opción del tache rojo como en las computadoras? Así podría eliminar mis sentimientos por ti.
Enviado el 1 de septiembre a las 11:56 pm.

Número desconocido: Se está cumpliendo el mes y continúas sin aparecer…
Enviado el 2 de septiembre a la 01:29 pm.

Número desconocido: ¿Sabes qué? Iré al canal NDEI, visitaré un programa de casos de la vida real y contaré mi historia, quedarás como un desgraciado.
Enviado el 3 de septiembre a las 11:44 am.

Número desconocido: Y la verdad es que te odio, Zac, ¿oíste bien?
Enviado el 4 de septiembre a las 12:00 am.

Número desconocido: Bueno, ¿leíste bien? Te odio.
Enviado el 6 de septiembre a las 12:02 am.

Número desconocido: ¡Te odio, Zachary Blackelee! T-E O-D-I-O.
Enviado el 7 de septiembre a las 09:42 pm.

Número desconocido: Feliz cumple, mes 🖤
Enviado el 9 de septiembre a las 12:00 am.

Número desconocido: Maldición, odio no odiarte :'((((pero algún día lo haré, algún día me iré y me extrañarás, lo peor es que no podrás hacer nada para tenerme a tu lado.
Enviado el 9 de septiembre a las 12:05 am.

Número desconocido: Este será el último mensaje que te envío, créeme.
Enviado el 9 de septiembre a las 12:06 am.

7

Otro reporte más

Ya casi se cumplía un mes desde que Hallie había dejado de asistir a la escuela, fingía salir de casa y caminar rumbo a la escuela, esperaba a que sus tíos se fueran a trabajar mientras ella entraba por la ventana de su vecina Samantha y se quedaba ahí hasta medio día. No la había perdonado del todo, pero al menos sabía que era necesaria la ayuda para ocultarse de sus tíos y de sus compañeros de clase, en especial porque gracias a ella se había vuelto viral el video.

Samantha no tenía problema en esconderla por unas horas en su casa, ella siempre permanecía en su habitación y regularmente no salía, estudiaba en casa desde los seis años, y se había refugiado fuertemente en la tecnología para no tener que abandonar ese estilo de vida. A su corta edad de quince años le encantaba pasar el tiempo jugando videojuegos, editar videos para su canal, iniciarse como hacker, ver series, animes y k-dramas.

Ella miró el reloj de su computadora.

—Ya son las doce —anunció a su vecina.

Hallie asintió sin poner mucha atención, llevo una palomita a su boca y continuó viendo el episodio trece de un k-drama, por fin se iban a dar un beso los protagonistas, no se lo iba a perder.

Samantha puso pausa al reproductor.

—¡Oye! —bramó Hall.

—Son las doce.

—¿Y qué? —Hallie buscó el *mouse* para darle clic—, todavía no acaba el capítulo.

Samantha volvió a quitar el episodio.

—Ya te tienes que ir.

La chica rubia la volteó a ver incrédula de escuchar a su vecina hablar de una forma tan directa.

—Mi *crush* sigue sin responderme los mensajes, me va mal en la vida, a lo único que aspiro es a ver dramas coreanos para sentirme mejor. ¿Podrías entenderme un poco? Quiero ver si aquí hay un final feliz.

—No lo hay, he visto ese k-drama miles de veces —dijo Sam sin preocuparse del *spoiler*.

—No oigo, no oigo, soy de palo… —Hallie tapó sus oídos mientras gritaba esa frase.

¿De verdad Hallie aparentaba la edad de diecisiete años? Se comportaba como una niña. Samantha tomó de los brazos a su vecina para evitar que siguiera apretándose las orejas.

—Basta, Hall —intentó calmarla—, mi mamá dice que pasas mucho tiempo aquí y que comes bastante.

—Oh, es lo mínimo que puedes hacer por mí. Esta situación es tu culpa y lo sabes.

—Ya te he pedido miles de veces perdón, yo no pensaba que en internet se iban a tomar a mal el video…

—Gran error —Hallie se liberó de las manos de Sam—. Soy un meme. ¡Soy un meme!

—Al menos eres famosa.

—No así, yo quería ser famosa como actriz, compartir escenario con Scarlett Johansson —Hallie se proyectó.

—Y lo lograrás si te preparas y estudias… —sonrió su vecina—. Debes ir a la escuela.

—Lo haré el próximo semestre, este ya está perdido —esperaba que fuera suficiente para dejar de recibir comentarios negativos.

Samantha estrelló su mano contra la frente.

—Podrías hablar con los profesores, pedir apuntes… No sé, hablarle a Zachary, estoy segura de que él te los pasaría.

—¿Hablar con Zac? Jamás. Ni loca.

—Pero te mueres por él…

—Es todo, ya me voy —Hallie abandonó rápidamente el sillón y caminó rumbo a la puerta—. Vengo mañana, adiós.

Samantha hizo una mueca, que se fue esfumando poco a poco cuando abrió los ojos con exageración.

La tía de Hallie venía subiendo las escaleras del edificio, y alcanzó a verlas juntas.

—Con que aquí estabas —gruñó la señora. Hallie giró la espalda al escuchar esa voz—, la directora acaba de llamarme por teléfono. Tenemos que hablar.

La chica rubia tragó saliva y esperaba refugiarse en los ojos de su amiga, quien decidió esconderse tras la puerta.

—Hola, señora, buenas tardes, lindo martes, *bye* —Samantha cerró la puerta con prisas y ganas de desaparecer.

Hallie le dedicó una sonrisa incómoda a su tía. Sabía que estaba en grandes problemas.

Una vez más, los tíos amonestaron a Hallie hasta quedarse sin aliento, se sentían realmente ofendidos por el engaño de Hallie al hacerles creer que asistía a la escuela, incontables veces le habían pedido que olvidara su error y siguiera con su vida normal.

Ellos no entendían que, si estabas arruinada por redes sociales, también lo estabas en la vida real. Era una regla básica de vida en este siglo.

Pero Nicolás le repetía la última oportunidad que dio la directora para que no fuera dada de baja. La joven no veía la hora de poder colgarse sus audífonos e ignorar sus palabras, eran su casco antiblah-blah-blah. Después de la charla, Hallie no hizo el intento por levantarse, solo permaneció acostada en su cama, mirando su teléfono, luego de un rato, notó que dejó de actualizarse su sección de noticias, sus tíos le habían desconectado el internet, otra vez.

—¿Ahora sí nos prestarás atención? —preguntó su tío, sentándose con ella. Hallie lo miró sin contestar—, hija, si sigues así, no nos quedará de otra…

—Hemos hecho lo mejor por cuidarte, pero… —comenzó a hablar su tía.

En ese momento, Hallie reaccionó y no dejó que terminaran la frase que tanto le aterraba escuchar, se aferró al chaleco de su tío para evitar que notaran sus lágrimas corriendo por sus mejillas.

No quería estar sola de nuevo, otra vez no en un orfanato.

—Lo siento —sollozó—, por favor, no lo hagan…Voy a cambiar, iré a la escuela, pondré de mi parte, ¿sí?

La mujer tomó la mano de Hallie igualmente entre lágrimas, y el esposo solo se dedicó a acariciar el cabello rubio de la chica.

Hallie deseó con toda su alma haber tenido a sus padres con ella.

Zachary caminaba encorvado hacia la dirección, tenía en su mano otro reporte de la clase de computación. Sin duda, los martes para él eran un martirio, odiaba esa materia que involucraba usar dispositivos electrónicos. Anhelaba que el tiempo pasara rápido, haría todo lo posible por reducir las horas que faltaban; primero entregaría el papel a la directora, y después iría a la enfermería para medicarse después del susto que se llevó al tocar una computadora.

Ya conocía a todo el personal de la enfermería y de la dirección, entonces platicaría con ellos para matar el tiempo. Saludó a la secretaria y luego se aproximó a la oficina de la directora, se detuvo frente al cristal de la puerta y su corazón se agitó.

Desvió la mirada creyendo que era un sueño, y sus temblorosas manos sudaron, reunió las fuerzas para frotar sus ojos y volver a checar a través del ventanal de la puerta, sus ojos confirmaron el final de su agonía.

Adentro, en la oficina, reconocía la espalda y cabellera de una chica rubia, esta estaba acompañada de dos adultos, suponía, de sus padres. Todos residían sentados y platicaban acuerdos en el escritorio.

Zachary intentaba descifrar lo que estaban hablando, Hallie no se veía del todo animada, cruzaba los brazos y bajaba la mirada, pero al menos estaba sonriendo, y eso era ganancia.

Dejó de espiar, enderezó la espalda, guardó su reporte en los bolsillos del pantalón para peinar su cabello con los dedos, removió la camisa y listo. Estaba tan enfocado en verse presentable, que olvidó que hacía ruido mientras se arreglaba, por ende, los demás habían notado su presencia.

—Los baños están por allá —señaló la directora Chloe—. ¿Necesitas algo?

El chico en su mente se estaba muriendo de la vergüenza; sin embargo, reaccionó tranquilo y sereno en la vida real.

—Disculpe la intervención, estimada directora, solo venía a entregar mi reporte.

La directora Chloe hizo un ademán para que entrara.

—Este es el tercero del mes, ¿qué voy a hacer contigo? —negó la directora, decepcionada. Zachary encogió los hombros—, Hallie, ¿podrías hacer el favor de acercarme el reporte?

Hallie giró su silla en dirección a Zac para recibir el papel, y ambos cruzaron miradas inesperadas pero llenas de sentimientos encontrados. Fue difícil articular los movimientos después de verse y sentir su tacto tan de cerca.

—Un momento —pensó la directora Chloe—. Ya sé que voy a hacer con ustedes para que las faltas y reportes no afecten su ingreso a la universidad.

—¿Qué?

—¿De qué habla?

La directora rio y acomodó las plumas de su escritorio mientras explicaba:

—Podrían presentar un proyecto de lectura juntos. Hallie urgentemente necesita ser evaluada con tareas extras, y Zachary, si quieres mantener tu promedio intacto de reportes, necesitas ser parte de esto, creo que te gusta la lectura, ¿no es así?

—Sí —respondió el chico, confuso de lo que sucedía.

—Bien, entonces ya está —Sonrió la directora Chloe—, tomará tiempo, y será a largo plazo, pero sí necesito de tu ayuda con Hallie. ¿Podrías apoyarla y ser su mano derecha? Después les daré más detalles del proyecto.

Zachary no entendía nada, pero estaba seguro de que pasaría más tiempo con Hallie, de quien había perdido la esperanza de volver a ver. Era emocionante saber en qué enrollo se había metido sin querer.

Pobre Zac, amará y sufrirá en la misma dosis.

8

Tecnofobia vs. nomofobia

Hallie tecleó en su celular para actualizar su estado de WhatsApp:

Creí tener la fiebre del GPS porque perdí toda dirección y nada tenía sentido para mí… Luego apareció Zac y soy como una nueva versión de la aplicación. ♥.

Casi de inmediato, recibió mensajes individuales de sus contactos.

Sam: ¡¡¡Ahhh, cuéntame todo!!!
Leila: ¿Es el chico del que me contaste? OMG.
Tom: ¿Eso significa que ya volverás a la escuela?

Hallie ignoró el mensaje de Tom, un chico que la molestaba de la escuela, lo dejó en visto y se empeñó en contarle a sus amigas con lujo de detalle la situación.

La directora había sido clara, Hallie volvería con la condición de mejorar sus calificaciones, para eso tendría asesorías con los profesores y con estudiantes destacados, entre ellos, Zachary Blackelee. Sin embargo, subir sus notas no era suficiente, tenía que realizar un proyecto para final de semestre, y también compartiría esos momentos con el chico castaño.

La directora Chloe propuso la idea de crear un comité que promoviera la lectura entre los estudiantes, debido a que los resultados a nivel regional marcaban que los alumnos no leían con regularidad. Zachary y Hallie iba a ser los encargados de cambiar la situación de la escuela para que no afectara el prestigio académico.

Aun no tenían bien definido cómo lo harían, sin embargo, se sentía tranquila de saber que estaba con Zac en esto. Él seguramente tendría una buena idea, al fin y al cabo, él era el lector compulsivo, no ella.

Además, le agradaba la idea de pasar más tiempo con él, así se daría cuenta de lo que le hizo al celular que le regaló. A lo mejor solo ignoraba sus mensajes, pero sí ocupaba el celular. Estaba ansiosa de conocer la verdad.

Al día siguiente, se alistó para la escuela, recobró la motivación, peinó sus rizos rubios y resaltó sus ojos con rímel, sus labios con un *lipstick* bonito y discreto.

Recibió varias notificaciones mientras arreglaba su mochila:

Sam: ¡¡¡Suerte en tu primer día de clases a mitad de semestre!!!
Hallie: Calla, espero me vaya bien. Te cuento todo lo que pase con Zac, qué nervios :s
Sam: Chiiiii :o

Leila: No sé qué suceda hoy, pero sé fuerte, no dejes que los comentarios te derrumben, ¿okay? Estoy aquí para cualquier cosa, llámame, no importa la distancia.
Hallie: Te quiero, mejor amiga de internet <3
Leila: Sé que ha pasado muy poco tiempo desde que nos conocemos, pero esta amistad es un regalo de la vida diciéndote que también surgen cosas buenas en medio de la tormenta. Te quiero más, ibf.

Hallie bloqueó su celular y cerró los ojos el trayecto que duró el camión escolar rumbo a clases.

Zachary se encontraba en la cafetería desayunando en una mesa para él solo, trataba de ser cuidadoso para no derramar el cereal en su libro. No quería dejar de leer para comer, necesitaba respuestas.

Hallie se acercó de puntitas y en silencio, rodeó con sus manos los ojos de Zachary. El chico no estaba acostumbrado a que le taparan la cara, de modo que se sobresaltó y sin querer derramó la leche en su libro nuevo.

—Ay, no, no quise… —Hallie habló nerviosa y apresurada.

—¿Quién tuvo la estupenda idea de interrumpirme cuando estoy leyendo? —murmuró enfadado y salpicando las gotas de leche al piso—, me debes un libro, gran genio.

—Lo siento, no fue mi intención…

—Ahórrate las disculpas, no sirven de nada —maldijo sin despegar la vista de su obra—. Es como arrojar una vajilla al suelo, pídele perdón, ¿se arregló? No…, ah, no… sí, hola, Hallie, ¿cómo emmm-estás?

El tono de voz se apagó en cuanto vio el rostro apenado y rojizo de la chica rubia. Había jurado que alguien le estaba haciendo una mala broma. No pensó que fuera ella.

—No creí que…

—No te preocupes —intervino Zac con amabilidad—. Estoy loco, cómo se me ocurre leer y comer al mismo tiempo, es mi culpa, ja.

—No, no —interrumpió desesperada.

—Tranquila —sonrió Zac y con ello reparó el mundo de Hall—, está bien.

Hallie recorrió un mechón de su cabello hacia atrás y asintió, tímida.

—¿Quieres sentarte? —invitó el chico con el corazón agitado—. ¿Ya comiste? Perdón, ¿desayunaste?

Hallie soltó una risa por las equivocaciones de Zac y tomó el asiento sin percatarse de que estaba empapado de leche. Volvió a reír.

—Bien. Ya tuve mi merecido.

—Oh, no, te cambio el lugar.

—Déjalo así, soy torpe.

—No, yo soy el torpe.

—¿Sabes? —pensó Hallie y sin querer propuso—. Somos el equipo torpe.

—Suena torpemente adecuado —ambos rieron, genuinos y cómplices.

Acordaron reunirse ese mismo día en la cafetería, esta vez no era para estudiar, habían quedado lo suficiente aturdidos con las clases, solo iban a platicar y comer.

Zac apoyó sus codos en la mesa y esperó con nervios la llegada de Hall, para disimular volvió a ponerse a leer, las hojas ya se estaban secando, pero el aspecto no era muy atractivo, era arrugado.

—Siento la demora, un profesor tuvo que aplicarme uno de los tantos exámenes que impartieron los días que estuve ausente —dijo sentándose al lado de él, se acercó para depositar un beso en su mejilla en forma de saludo.

Zachary se ruborizó, no acostumbra a recibir ese tipo de afecto con otra persona que no fuera su madre, de alguna manera le gustó lo que experimentó, sin embargo, lo disimuló girando la cabeza para observar a los alumnos que aparecían poco a poco en el comedor.

Hallie se mordió el labio sin saber qué hacer, en eso sonó su celular con el tono de llamada de *My little pony* captando de vuelta la atención de Zac.

—¿Te gustan los ponis? —preguntó él.

—Supongo, no son mis favoritos, pero si te preguntas por qué es mi *ringtone*, es por su canción pegajosa, cuando la escucho por televisión le subo a todo el volumen —soltó una risa—. Aunque siendo sincera, ni siquiera he visto el programa, terminando el *opening* le cambio de canal.

—¿De qué hablas? —no comprendía cómo una simple pregunta de sus animales favoritos podía recaer en las tecnologías.

—De *My little pony.*

—¿Qué cosa?

—La serie animada —respondió arqueando una ceja—. ¿No la has visto?

—No veo televisión —admitió él.

Hallie rio a carcajadas creyendo que se trataba de una broma, pero el rostro de Zachary la hizo callar, no había ni una pizca de gracia en él.

—¿Lo dices en serio? —asintió—. ¿Por qué?

—Mi familia y yo pensamos que la televisión daña a las personas, se pierde la personalidad cuando se intenta actuar como ciertos personajes de programas y, si lo reflexionas, es cierto; los niños imitan lo que ven y no es educativo, los jóvenes adquieren estereotipos o se crean ídolos, y los adultos o ancianos malgastan su tiempo con telenovelas clichés o en *reality shows* basura. Si se supone que es para entretener, sería más fiable el hábito de la lectura.

—¿Y qué piensan de los noticieros?

—Es información limitada y engañosa, prefiero un periódico, aunque la desventaja son los titulares amarillistas.

—Bueno, pero también existen los documentales.

—Sí, pero no son el mayor índice de audiencia. Las personas elegirían dar tres vueltas a los canales buscando algo "interesante" antes que ver un documental "aburrido".

—Bien, pero aún siguen existiendo esas personas que sí se animan a verlos.

—¿Tú eres una de ellas? —la miró.

—No…

—Ahí está —tomó de su agua embotellada para humedecer sus labios después de su discurso tecnófobo—. ¿Fue mi imaginación o recibiste una llamada antes de discutir sobre las implicaciones de las telecomunicaciones en la sociedad?

Hallie carraspeó.

—Sí y no.

—¿Cómo? —era difícil entenderla.

—Es que yo… —suspiró—, pongo alarmas en mi celular para que los demás piensen que alguien está llamándome, y así verme más interesante, ¿entiendes?

—¿Eso significa que siempre finges una historia colgando a tu oído en un artefacto como ese?

—No, lo empecé a hacer desde hoy porque creí que nadie me hablaría después del video viral y no quería verme solitaria, requería esconderme tras algo… —confesó—. Aunque ahora que lo recuerdo, una vez hice un viaje por tren y estaba muy aburrida, así que puse mi alarma programada para tres minutos después y me inventé toda una historia de persecución, la gente estaba tan atenta a lo que decía que se me ocurrió darle un final trágico donde Toby moría y yo sollozaba por la línea telefónica.

A Zac le sorprendía la imaginación de la chica, y se animó a preguntar.

—Tienes una imaginación impresionante. ¿Cuántas horas estuviste creando eso?

—No lo sé, como unas dos horas, pero valió la pena porque los pasajeros me dieron sus condolencias; una chica me regaló chocolate y me puse "Yehiii", después alguien me obsequió una gallina y morí de la risa, porque ¿quién regala gallinas a desconocidos?

—rio fuertemente golpeando la mesa—. Una gallina llamada Martha —carcajeó aplaudiendo como foca—. ¿Por qué no estás riendo conmigo? —le preguntó mientras forzaba una sonrisa amarga.

El semblante de Zachary se mostraba rígido y serio.

—Porque es grave el asunto, tras hablar mucho tiempo por el celular se produce un aumento de temperatura de 1.1 grados en el interior del cuerpo. Los datos indican que habrá una respuesta biológica de las células, y a partir de esta respuesta es que se produce un daño; podría ser cáncer cerebral, tumores malignos…

Hallie paró de reír.

—¿A qué quieres llegar con eso? —lo interrumpió.

—A qué tus bromas con alarmas hacen daño. Prácticamente entre más características tenga el celular, mayor será su emisión de radiación, por lo tanto, mayor peligro hacia la salud. ¡Tienes que cuidarte! Las ondas electromagnéticas se dan a nivel de membrana celular, y esto afecta la permeabilidad de la célula. Hay una dificultad para eliminar las toxinas y otra para hacer que ingresen los nutrientes… Me falta averiguar más, porque aún falta explicar el proceso completo que ejerce en el cerebro y más partes del cuerpo.

—¿Ah? —era como si estuviera hablando con un veterano que vivía en el cuerpo de un adolescente.

—Disculpa, me excedí —suspiró Zac con pesadez—. Últimamente he ido a investigar a la biblioteca, me asombran los efectos que pueden causar las ondas electromagnéticas, incluso a una prudente distancia de esos artefactos malignos. ¡Ni a un metro lejos puedo mantenerme a salvo!

Hallie comenzó a desplazarse por la banca con intenciones de alejarse.

—Ya entiendo, te obsesionas con las cosas…

—No —respondió él, más sereno—. Cuando estoy mortificado hablo con velocidad, perdóname. Mi intención no era asustarte —la miró con las pupilas temblando—. ¿Sabes guardar un secreto, Hall?

—No.

—Bueno, aun así, te lo contaré para que puedas comprenderme.

La chica rubia resopló con frustración y se acercó a escucharlo.

—Me dan terror las tecnologías, en especial los teléfonos —susurró Zac.

Hallie creyó que era una broma hasta que siguió escuchando.

—Una chica me jugó una broma pesada, fingió sentir algo por mí y mandó una nota amorosa adjunta con un smartphone ¿Cómo se atreve? Me obsequió mi peor pesadilla y seguramente se está mofando de mí porque ha logrado su objetivo, no he dejado de pensar en el teléfono desde hace un mes… ¡Siento escalofríos al recordarlo y repugnancia hacia esa chica!

Hallie se había atragantado con el sándwich.

—Odio esta situación, no he estado sereno desde que aconteció… ¡Detesto a la chica! No suelo expresarme así de las mujeres, pero ciertamente estoy agobiado, ella está destruyéndome. ¿Qué hago al respecto? Confío en ti, has sido la única persona a la que se lo he confesado, por favor ayúdame a resolver mi conflicto, te lo imploro.

Hallie sentía millones de emociones a la vez; una parte de ella estaba furiosa porque él había dicho que la odiaba, otro fragmento le decía que lo comprendiese porque el joven se veía sincero y aterrorizado. Y la última estaba horrorizada por lo extraño que podía llegar a ser Zachary.

¿Quién podría tener esa fobia en esta época? Solo él.

—Zac, yo soy la chica del celular —aceptó Hallie. Tenía que poner fin a esa tortura.

El semblante de Zachary se tensó, se produjo un nudo en su garganta y sintió la necesidad de desmayarse, cubrió el rostro con las manos por la vergüenza. Debió imaginarlo, ella no sabía de su tecnofobia, quizá la chica del celular no planeaba molestarlo, quizás había actuado con el corazón y él simplemente la había rechazado e incluso insultado.

—Lo siento, yo…

—No, calla y escucha —desafío Hallie, Zac ya había parloteado demasiado—. No tenía ni la más remota idea de que te afectaría un celular, por cierto, ¿dónde está? ¿Lo asesinaste, condenado chiflado? Dime la verdad y omitiré la parte en la que dijiste que me odias, ponte en mi lugar, uno no va por ahí especulando que le tengas pavor a un pequeño artefacto inofensivo.

—No es el artefacto, es toda tecnología moderna.

—Me da igual, suena patético e ilógico, si de verdad eres una mente brillante ¿por qué simplemente no aceptas las tecnologías?

Sí, entiendo que los jóvenes las usamos para el ocio, pero también existen para los avances en las ciencias y demás.

—Pero la tecnofobia me permite una vida más productiva y tranquila —se justificó—. No existe la ansiedad o fatiga, dolor en los párpados, migrañas, náuseas… Estoy bien con ella.

—Pues para mí es tonta y siempre lo será —puntualizó.

—De acuerdo, ninguna fobia es sana; pero comparando a la tecnofobia con la nomofobia, apoyo con gran énfasis la primera opción —dijo creando controversia.

—¿Y qué es *nomofobia*? —Hallie comenzaba a pensar que Zac seguramente tenía libros sobre las fobias más extrañas en el mundo, qué raro era.

—Es lo que tú sufres, querida.

—Por favor —bufó—, yo no estoy loca como tú.

De pronto, el poco o mucho cariño que habían sentido el uno por el otro, desvaneció; Hallie se dejaba guiar por la furia que la consumía, y Zachary no se quedaba atrás.

Ella decidió googlear la fobia y cayó en la trampa, verificando que no podía vivir sin su celular.

—¡Es una vil mentira! Yo no tengo miedo a separarme de Jackson.

—¿Qué tiene que ver tu novio? —indagó molesto.

—¿Novio? Jackson es mi smartphone —aseguró.

Zachary se sintió patético por todas esas veces que sentía celos de alguien que no existía. De igual modo, ya no tenía caso, eran una relación imposible por apresurar las cosas involucrando a las tecnologías, y con los sentimientos destruidos de ambos por no sentirse correspondidos virtualmente o en persona.

En un impulso, le arrebató el celular a Hallie para demostrarle que ella también padecía una fobia.

—¡Devuélvemelo! —peleó estirando los brazos para alcanzarlo.

—¿Ahora lo entiendes? Estás muriendo de miedo porque te falta el celular, no te gusta que nadie lo toque, se sienten vacías tus manos sin él, mientras yo estoy horrorizado por sostenerlo, estoy recibiendo sus ondas electromagnéticas para demostrarte que la tecnofobia actúa como la nomofobia.

Hall reflexionó sus palabras bajando las manos. Tenía razón, ella no podía vivir sin su celular, después de que lo apagaba o se terminaba su batería seguía pensando en él, por ejemplo: en una foto que tenía que borrar o en una que debía publicar, un *post* nuevo que se le haya ocurrido, un mensaje por enviar…

Se sintió traicionada al darse cuenta cómo giraba su vida. Alzó la vista para ver al chico con mirada altiva, le dieron ganas de pellizcarlo y lo hizo solo por la reacción que recibió su brazo y así pudo tomar de nuevo su celular.

—¡Eres imposible!, fue un error creer que podíamos ser compañeros, amigos… —alegó arrugando la nariz.

—Agradécetelo, querida. Nunca debiste poner un celular en mi pupitre, no puedes decir que sentías algo por mí cuando ni siquiera me conocías.

—Calla, tú tampoco me conocías, sino sabrías que Jackson es como un hijo para mí, no como un novio, celoso.

—Al menos yo sabía que sufrías nomofobia, pero aun así decidí intentarlo. Hoy me doy cuenta de que la teoría de "los polos opuestos se atraen" es una falacia. Quise aceptarte tal como eres, pero no estuviste dispuesta a hacer lo mismo por mí.

Ella cruzó los brazos, Samantha tenía razón, no debió haber apresurado las cosas, él hubiese confesado sus sentimientos de una manera más eufórica, y no sulfúrica.

—¿Tenías sentimientos por mí? —preguntó mordiéndose el labio, quizás aún había arreglo.

Zachary giró los ojos, harto de la situación.

—Quería conquistarte… pero tengo un libro por leer —respondió abriendo su libro y dando así fin a la conversación.

Hallie resopló molesta.

—¿No te cansas de leer?

—Ni que leyera corriendo —le sonrió.

Hallie tensó la quijada, tronó sus dedos y se levantó para retirarse, el hambre había cesado desde la discusión. Se estremeció por el hecho de que él no hizo ni el menor gesto para detenerla, no estaba dispuesto.

Caminó dando zancadas y se percató de los compañeros que observaban la escena, posiblemente habían estado atentos a la conversación. Tom se acercó a ella con intenciones de burlarse palmeando su espalda, sin embargo, Hall lo esquivó y regresó con Zachary para agregar algo más; detestaba encontrar argumentos con cuales defenderse después de haber finalizado una discusión, era como si su cerebro se congelara mientras debatía.

—No te odio, pero ojalá que a tu libro le falte la última página —expresó y acto seguido salió de la cafetería.

Y si tuviera la oportunidad de derramar agua en el libro, se sentiría mejor. Entonces en ella había maldad pura.

Marcador de puntos: Tecnofobia [0] Nomofobia [1]

9

Editiovultafobia

Editiovultafobia es el miedo irracional a comparar tu vida con la de otras personas mediante las redes sociales. Y Hallie luego de la discusión con Zachary se fue a encerrar a los sanitarios, donde nadie la pudiese observar gracias a las tres barreras que la cubrían en el baño; bajó la tapa del inodoro y se sentó poniendo la charola en su regazo.

Sacó a Jackson de la bolsa del abrigo y comenzó a navegar por Instagram, a veces mirar una publicación la hacía sentir mejor, esa ocasión fue la excepción, solo deslizaba su dedo en publicaciones que empeoraban la situación; eran imágenes muy cortavenas. O perfiles de sus amigas de internet donde solo parecía que tenían una vida perfecta; con una familia unida por las fotos etiquetadas; unos buenos amigos por publicaciones etiquetadas; un novio atractivo que llenaba de historias y reposts; álbumes de fiestas, de viajes vacacionales y mucho más.

En lo profundo de su ser, sintió una pizca de celos por esa popularidad en las redes sociales, ellas tenían miles de *Me gusta* cuando *posteaban* lo primero que se les venía en mente, o notificaban lo que hacían justo en ese momento y obtenían cien comentarios, sin mencionar a la *selfie* que subían al día que irradiaba su felicidad.

Y Hallie solo recibía mensajes de odio.

Comprendió lo patético que era darle la importancia a eso, estar esperando un *tweet* de alguien para sentir que su vida tenía sentido. ¡A qué grado había llegado! Tenía tanta razón Zachary con el padecimiento de la nomofobia, Hallie incluso comparaba su vida con la de otros perfiles, si bien, ella no publicaba todo lo que le pasaba a su alrededor, pero cuando subía un nuevo *post* se mordía las uñas por el miedo a ser ignorada ante sus seguidores, perdiéndose su publicación entre noticias más novedosas.

O a recibir malos comentarios y deprimirse aún más.

Enseguida, cerró sus cuentas y fue a Google Chrome para investigar sobre la nomofobia, la ironía de buscar primero en internet antes de acudir a una biblioteca.

—Palabra proveniente de inglés No Mobile Phobia —comenzó a leer entre dientes un artículo—, es el miedo a no tener el teléfono cerca. Hay estudios que indican que el 53% de las personas sufren algún grado de nomofobia; les genera estrés, ansiedad, temblores e incluso sensación de asfixia. Ni siquiera son capaces de ir al baño sin él.

Hallie bajó su celular a la charola y miró el cubículo en el que estaba metida; un baño. Soltó una maldición y continuó leyendo de la fobia que cubría el miedo a quedarse sin batería o a perder el teléfono.

Los afectados evitaban acudir a lugares en donde no pudieran cargar su batería, y eso le explicó la razón por la cual ocurrió el incidente el día del concurso. Todas sus desgracias se resumían alrededor de las tecnologías.

—Otra fobia asociada con la nomofobia es la mofobia, definida como el miedo a ser ignorado o a perderse algo importante en las redes sociales —resopló leyendo—. Piensan que está ocurriendo algo en internet que se están perdiendo. O que sus amigos organizan fiestas, conversaciones o charlas a sus espaldas. Eso lleva a consultar constantemente WhatsApp, o Instagram para ver si han recibido nuevos mensajes.

Bloqueó su celular y cruzó los brazos indignada a averiguar más, procesó la información y luego se dijo:

—Ay por favor, esto es…

—¡Popó! —interrumpió una chica azotando la puerta del baño de alado—. Se me sale la po…, aguanta intestino grueso, tú puedes chiquito, espérame tantito…

Hallie escuchó las flatulencias e ignoró su olor tapando los orificios de su nariz.

—Ay, no, no puede ser… —continuó escuchando las quejas del baño contiguo—, ¿hola? ¿Hay alguien en el baño siguiente?

—Sí, está ocupado —dijo Hall con un gesto desagradable.

—¿Tienes papel que te sobre? No hay aquí.

Hallie buscó en su bolsa, ni de chiste había rollos de papel en los baños escolares, ella siempre tenía que cargar con el suyo. Estiró el brazo para alcanzar a pasarlo por el espacio abierto bajo el cubículo siguiente.

—Ay, eres un sol —suspiró la chica y tomó el papel—, gracias.

Pocos segundos después Hallie escuchó el sonido de la cadena. Luego la chica salió y permaneció en el tocador. Hallie tuvo curiosidad de conocer a la chica en apuros y salió a enjuagarse las manos.

—Te debo la vida —volvió a hablar aquella chica mirando hacia el espejo. Después se recargó de espaldas en el lavabo—. ¿Cómo te llamas? Espera, ya sé.

Hallie giró los ojos, ¿a estas alturas quién no la reconocía por su video?

—Al menos me alegra haberte ayudado —le sonrió un tanto amigable—, pasar por un momento así es terrible. No se lo deseo a nadie.

—Lo sé, temía oler mal… Ay no, perdón…

—Descuida —interrumpió Hallie—, estoy intentando superar haber caído en una alcantarilla por error mientras intentaba atrapar un celular nuevo. Por eso he vuelto a la escuela mentalizada a recibir este tipo de comentarios.

Hallie había reprimido de su cabeza ese momento en el que parecía que su vida dependía de querer conseguir el celular nuevo. Ella no había ganado el concurso, sin embargo, como era de las primeras en la fila, el chico que había logrado ganar subió y tuvo su "lanzamiento", literal, el teléfono resbaló de sus manos y salió volando.

Hallie quiso perseguirlo y atraparlo como si hubieran aventado el ramo de novia. Y no se dio cuenta en dónde pisó… cayó en una alcantarilla pública. La peor parte fue cuando rescataron primero el celular que a la persona llena de… Ya saben.

—Sé que mi comportamiento fue estúpido ¿Sabes? —reflexionó Hallie, y justo lo relacionó con la nomofobia, por fin entendió el significado que hace unos minutos creía que era una locura, lo que había escuchado de Zachary—, me cegué por conseguir un teléfono, es decir, ¿qué tenía en la cabeza? Se lo arrebaté a dos personas, a una le jalé el pelo…

—Perdón, ¿me hablas a mí? —alzó la cabeza la chica, no había prestado atención por mirar su celular.

—No —se limitó a contestar Hallie y observó el comportamiento de la chica que acababa de ayudar, ella solo mantenía su mirada en la pantalla, y sus dedos tecleaban rápidamente, una risa se le escapaba cuando miraba un video.

Comprendió que Hallie hacía lo mismo, pero con sus tíos.

La chica asintió y caminó de manera encorvada hacia la salida.

Ignorada, Hallie otra vez estaba sola en el baño. Volvió a tomar el celular, cerró Google y fue directo a WhatsApp para enviar el mismo mensaje seleccionando a todos sus contactos:

Hallie: ¿Podrías vivir sin celular? ¿Te imaginas una vida donde no existieran los celulares?
Enviado el 27 de septiembre de… a las 10:56 am.

La mayoría de sus contactos tardaron en contestar, pero ella tenía todo el tiempo del mundo, no planeaba salir de los sanitarios hasta que concluyera su investigación, además, tampoco podía regresar a casa, porque su tía estaría ahí y le darían un sermón por desobligada.

Aguardó mientras sus amigos virtuales redactaban sus respuestas, algunas eran convincentes, otras definitivamente parecían escritas por trogloditas.

Hastiada decidió enviarle mensaje a su amiga Leila, era la única que todavía no contestaba.

Hallie: L
Hallie: A
Hallie: I
Hallie: L
Hallie: A

Solía formar palabras escribiendo una letra en cada mensaje y luego pulsaba enviar, de modo que escribió "Responde" en ocho mensajes más.

Y después de eso su amiga de internet se conectó para enviarle algo así:

Leila: ¡Hey, estaba por dormir! ¿A qué vienen esas preguntas?

Hallie: Es para un trabajo, porque también estoy en clase, pero se me acabaron los datos para investigarlo en internet, solo tengo WhatsApp ilimitado.

Hallie: Ups, no me había dado cuenta que escribí Laila en vez de Leila 😊 Eso significa que no tengo retterofobia (el miedo a escribir mal un mensaje de texto). Una fobia menos, hurra.

Leila: Okay (?) esta conversación es extraña. Pero ntp, seguro hiciste que mi hermana estornudara en la secundaria gracias a que la nombraste 😊

Hallie: Yo no tengo la culpa de que este autocorrector me cambie los nombres. De todos modos ¿A quién se le ocurre nombrar a sus hijas Leila y Laila? Qué creatividad. :v

Leila: Basta 😂😂

"Molestar es divertido", escribió Hallie, sin embargo, lo borró antes de enviar. Ya no pensaba de la misma forma desde que comenzaron a molestarla a ella.

Existían dos tipos de personas molestas: Las que lo hacían con cariño, para ocasionar risas conjuntas. Y las que lo hacían con desprecio, para denigrar a una persona a tal punto de hacerla sufrir.

Leila: Hey, mi padre me castigó por estar en el celular tan tarde en vez de desvelarme por hacer tarea, pero tú me dejaste en visto TwT

Hallie: No fue mi intención. Desearía estudiar en la misma escuela que la tuya. Lamentablemente tú estás en otro país TwT

Leila: Lo sé TwT

Hallie: Cadena de lamentos TwT

Leila: TwT

Hallie: TwT

Leila: TwT

Hallie: TwT

Leila: *Okya*, es una noche muy linda para ponernos tristes 😂

Hallie: No, si es un día malo para mí.

Leila: ¿Por qué, Hall? ¿Se siguen burlando?

Hallie: Sí, justo hoy la única persona que me apoyaba me hizo a un lado :,(

Leila: ¿Zachary?
Hallie: ¿Cómo lo adivinaste? O.O
Leila: Leí tu estado, *duh* :v

Hallie recordó que había puesto desde hace cuatro horas el estado de "Un GPS nuevo". Y lo eliminó para redactar "No dejes que un mal día te haga sentir como si tuvieras una mala vida".

Hallie: Ya lo cambié :'D
Leila: Eso veo, me gusta esa actitud :3 ¿Se puede saber qué pasó con él?
Hallie: Ya se enteró del celular y no resultó nada bien :,(
Leila: ¿¡QUÉ!?

Hallie le contó por mensajes sobre la tecnofobia y como había reaccionado Zachary. Fue difícil explicarlo desde un punto de vista imparcial, y no solo con la versión de ella. Aun así, no pudo evitar entristecerse.

Leila: Estoy dispuesta a escuchar lo que quieras decir, para eso están las amigas.
Leila: Ten por seguro que si estuviese allá contigo te daría un abrazo inmenso, si tuvieses ganas de hablar te escucharía por horas, si escogieras callar permanecería en silencio a tu lado, si quieres llorar, lo más probable es que lloraría contigo, y si quieres reír, reiría también.
Leila: La distancia no nos permitirá muchas cosas, pero aun así puedes contar conmigo.

Hallie esbozó una débil sonrisa, al menos tenía una amiga que se preocupaba por ella, quizá no la conocía en persona, pero la sentía más cercana de lo que estaban otras personas a su alrededor. Y aunque era una amiga virtual, le parecía más real.

Sus palabras la animaron para marcarle y Leila, a través de una línea telefónica, la consolaba y la escuchaba con suma atención.

—Eres mi mejor amiga, Hall —reconfortó Leila—. No importa lo que piensen los demás, algún día nos conoceremos, te daré pañuelos y dejaremos atrás los abrazos virtuales.

Hallie sorbió la nariz, no sollozaba muy a menudo, sin embargo, cuando hablaba con su mejor amiga de internet, sentía que podía ser ella misma pero más emocional, a pesar de que podía mentir e inventar un cuento Hallie decidió abrirse con la verdad.

—Ya, perdón por ponerme toda sentimental, estoy en mis días y encerrada en el baño de la escuela donde la de al lado hizo estallar Chernóbil y ay, estoy agobiada —se justificó Hallie.

—Descuida, lo entiendo, pero hablaba en serio, ¿sabes? Algún día te conoceré —repitió Leila—. Lo prometo.

—Algún día nos conoceremos —dijo Hallie solemne—. Es una promesa.

Y así se percató de que su nomofobia tenía un sentido, y era mantenerse en contacto con su mejor amiga, ya que todo el tiempo permanecían en "línea" una o la otra.

La nomofobia no podía causar más daño que la tecnofobia… ¿O sí?

10

Un secuestrador de gallinas

Una de las desventajas de ser lector son las ojeras, no puedes parar de leer, las noches se vuelven un insomnio lleno de libros.

El fin de semana de Zachary Blackelee no fue la excepción, concilió el sueño pocas horas, y el domingo por la mañana yacía acostado; con una almohada encima de su cabeza y un brazo colgando del colchón.

En la yema de los dedos sintió humedad que poco a poco incrementó hasta llegar a su palma. Adormilado, sacudió su mano y continuó percibiendo a la cachorra que lo lamía.

—Basta, Europa —gruñó arrebatando su mano y limpiándola en la sábana.

—Eres adorable, no le hagas caso —murmuró su hermano.

Zachary abrió un párpado para mirar a Dean que estaba en cuclillas con su mascota.

—¿Por qué no vas a molestar a Nicole, eh? Déjame en paz —bufó—, son las seis de la mañana.

—Es que necesito un favor… —expresó con una sonrisa amortiguada. El mayor de los hermanos Blackelee hundió su rostro en la almohada para ignorarlo.

Dean se levantó y colocó a Europa en la cama para retirarse de la recámara.

—No, detesto que suelte pelo —dijo ya despierto del todo—. ¡Dean, ven acá!

El chico victorioso asomó su cabeza por la puerta:

—¿Ahora sí me ayudas?

—No me queda de otra —soltó Zac sacudiendo sus mantas—. ¿Qué quieres? No estoy dispuesto a aventar otra vez papel higiénico en la casa del nuevo novio de la vecina.

—Admítelo, fue divertido —apuntó con el dedo y su hermano cruzó los brazos—. En fin, conseguí empleo como repartidor de periódicos, jamás imaginé que me traerían toneladas de ellos, no caben en la bicicleta, por eso necesito la camioneta para transportarlos en la ruta. ¿Podrías manejar mientras yo lanzo los diarios?

—¿Por qué no le dices a papá? —arqueó una ceja.

Dean puso los ojos en blanco y añadió:

—Dirá que no necesito el dinero, blah, blah, blah. Se me está haciendo tarde, ya vístete para irnos —lo apresuró con un ademán.

Zachary no se creía ese cuento, pero se alistó y despertó a sus padres para recoger las llaves del auto, además, las ocuparía por la tarde, tenía que ir a un museo por un trabajo escolar y por esa razón los Blackelee accedieron. Confiaban plenamente en su hijo mayor, por lo responsable que era. Todo lo contrario del menor.

—Ahora dime la verdad —soltó Zac antes de arrancar el auto. Requería saber qué lo beneficiaba de la excursión.

—Bien, pero guarda el secreto a mamá —suplicó—. En la semana voy a ir con ella al oculista, pero me gasté el dinero que me dio y tengo que reponerlo…

—¿Compraste dulces como esos? —señaló la paleta azul que había en el costado de la puerta izquierda, y giró el volante mirando el retrovisor.

Dean daba la sensación de no estar escuchando, se dedicaba a lanzar diarios por la ventanilla del copiloto.

—¿No es irónico que deba usar anteojos cuando mi vista no ocupa las tecnologías? —dijo al cabo de cinco cuadras—. Es tan injusta mi vida.

—No, la miopía comienza entre los ocho y catorce años, estás en el rango. Y es producida principalmente por herencia, una alimentación inadecuada especialmente deficiente en vitamina C, la tensión ocular o estrés.

El menor siempre hacía girar los ojos cuando su hermano hablaba como veterano. Hizo una mueca y continuó arrojando periódicos, después de un tiempo decidió admitir por qué estaba ahí:

—Hace un mes descubrí a una señora que rentaba la televisión de su casa por las tardes, y así gasté mi dinero. Vi mi primera película y fue de Pixar, amé la animación de *Monsters, Inc.* Y su imaginación me asombró, era un mundo donde la luz eléctrica y demás provenía de los gritos de los niños. Entonces pensé que quizá si gritaba podía tener mi propia televisión o al menos un celular y pues nada, la señora me corrió a patadas.

—Es ficción, tonto, así no se inventó —soltó una risa, conduciendo.

—Como sea, llegué a la conclusión de que así funciona con los libros, son como películas o una televisión en tu cabeza, ¿no? —Zachary asintió—. Entonces no le veo mal alguno ¿Por qué nuestros padres odian el televisor más que cualquier otra cosa?

—Supongo que es parte de la tecnofobia —se encogió de hombros, mencionar lo que padecía solo le hacía recordar lo duro que fue con Hallie, había pensado en lo grotescas y hostiles que eran sus acciones y palabras.

Ignoró la voz irritante de su hermano y se sumergió en sus pensamientos hasta que Dean comenzó a exclamar por la ventana:

—¡Una gallina, Zach, hay una gallina a mitad del bulevar! ¡No la atropelles, ten piedad!

Zachary dio un brinco de susto en el asiento y frenó. ¿Era demasiada coincidencia pensar que le pertenecía a Hallie? Sí, las cosas no se podían solucionar solo pensándolas, tenía que actuarse, por arte de magia no cruzarán de nuevo tu camino… ¿O sí?

Dean le hacía señas al pobre animal con plumas, emitiendo un sonido extraño.

—COOO… COOO… ROO… COO.

—¿Ahora qué haces? —dijo agitado Zac—. Deja que se aleje.

—¿No lo notas? Se ve asustada, no está en su hábitat, esta es una ciudad, tenemos que ayudarla a llegar a su hogar —entornó los ojos heroicamente.

Zachary estrelló su mano en su sien cuando vio a su hermano salir del auto para perseguir a esa gallina. ¿Cuándo sería el día en que se podría comportar como un adolescente normal?

—Hey, tiene collar —buscó en su cuello—. Pero no alcanzo a apreciarlo —la gallina no era fácil de atrapar, aleteaba con velocidad—. Mar… tha. Se llama así, Martha.

El joven tecnófobo reaccionó al nombre, le pertenecía a Hallie, sí. Quizá fingía no ponerle atención cuando hablaba de su nomofobia, pero ciertamente lo hacía.

Y al menos algo era seguro, él no sufría alektorofobia: el miedo irracional a las gallinas.

Se desabrochó el cinturón de seguridad y salió disparado para corretear al ave junto con su hermano. Dieron algunas vueltas para alcanzarla, la gallina movía sus patas de pollo trotando. Dean brincó para atraparla y fracasó en el intento cayendo en el césped. Zachary no perdió la oportunidad y la agarró en el aire, estiró los brazos hacia el frente para sostenerla bien y llevarla al auto.

—Misión cumplida —limpió el sudor de su frente y chocó el puño con el de su hermano, quien se sentía un superhéroe por haber salvado un animal.

La gallina estaba inquieta en los asientos traseros, rasguñaba los periódicos restantes y deseaba escapar por el vidrio.

—Apresúrate a terminar las entregas para encontrarle una solución a Martha —propuso Zachary, mirando por el retrovisor a la gallina.

Hallie intentó ser más productiva, ahora sus tíos habían decidido comenzar a salir a trotar los fines de semana, y arrastraron a la chica hacia eso. El plan era correr cinco kilómetros por la mañana y desayunar hot cakes en su restaurante preferido que quedaba de paso.

Hallie usaba sus audífonos escuchando un *playlist* de los Jonas Brothers para aminorar la carga.

—Se terminó mi agua —dijo su tía agitando su botella para sacar la última gota—. Iré al Oxxo a comprar una, ¿vienes?

—No, qué flojera gastar más energías —bromeó la rubia haciendo un ademán.

La señora Santini asintió y fue a la tienda. Hallie sacó su celular del bolsillo para subirle el volumen a la música y siguió escuchando de fondo el tema "Sorry".

El clima nublado combinaba con la música en los oídos de la chica.

"Lleno de pena, lleno de dolor. Sabiendo que soy yo quien tiene la culpa por dejar tu corazón afuera en la lluvia".

La letra de la canción provocaba sentimientos profundos en la chica, se manifestaba tan concentrada en ello hasta que…

—¡Por todas las lombrices de la tierra, me asustaste! —se sobresaltó cuando sintió por la espalda a su ave picoteando y a un chico discutiendo con el animal por el movimiento brusco—. Ah, ahora eres un secuestrador de gallinas, lo que faltaba.

Zachary abrió la boca para alegar sobre los audífonos de la chica, eso a la larga provocaba cáncer y su tecnofobia le gritaba que se lo dijera, pero se contuvo. Martha se escapó de sus brazos y corrió a los pies de Hallie como un pollito pidiendo protección.

—¡Mascota del mal, te traje sana y salva ante tu dueña! Exijo tu agradecimiento.

—¿Eres consciente de que estás discutiendo con una gallina, Zac? —arqueó una ceja Hall.

—Perdón —soltó con sinceridad cerrando los ojos, y tras unos segundos después los abrió—. Eh, no, yo no le digo a esa mugrosa gallina, bueno sí… pero no. Primero tenía que disculparme contigo. Ah, sobre, mmmmm, la última vez que, habla-mos. El cel…

—Lo entiendo —interrumpió Hallie haciendo un ademán—. Comprendo lo que quieres decir.

—¿Segura? Porque ni yo sé lo que quiero decir.

Ambos se ruborizaron y apartaron la mirada en dirección al suelo sin agregar más.

—Solo acepta mis sinceras disculpas ¿sí? —dijo Zac encogiendo los hombros después de un largo silencio.

—No te preocupes, Zachary, empecemos desde cero —Hall había estado reflexionando con Leila por su comportamiento—. Yo también me dejé llevar por la nomofobia, tanto como tú con la tecnofobia, por eso reñíamos. Lo lamento.

Su amiga le había dicho que para perdonar alguien tenía que ponerse en los zapatos de esa persona, no sería fácil entenderlo si nada más se pensaba la historia contada desde un punto de vista. Además, Hallie también había tenido errores.

—Bien, ¿entonces tenía cara de que necesitaba un celular?

—En realidad tienes cara de pocos amigos así que por eso pensé que requerías un celular —bromeó Hall—. En internet te haces de amigos.

La tía de la joven llegó con su nueva botella y observó con determinación al chico.

—¿Hola?

Hallie reaccionó y presentó a Zachary.

—¿*Es* el chico ingrato al cual le regalaste el cclular? —le susurró al oído.

—Mucho gusto —dijo él ofreciendo su mano—. Planeo regresárselo a Hall. ¿Verdad?

La señora Santini con una mueca estrechó su mano, y se dirigió a su sobrina para decirle:

—No demores, seguro tu padre nos espera.

Después prefirió dejarlos a solas ya que no deseaba ser grosera o hipócrita con el chico.

—Creo que no le agradé —mencionó Zachary con tristeza. Con los adultos era amistoso, ¿por qué no había funcionado?

—No —intentó justificarla Hallie—, se enfadó conmigo porque Martha está aquí. En el edificio no aceptan animales, y mis padres hacían todo lo posible por esconderla, ahora sé que escapó por mi culpa, dejé la puerta entreabierta cuando regresé por un suéter. Posiblemente tengamos problemas con el casero.

—¿Y si…? —esbozó una sonrisa

—¿Qué?

—Vives en un edificio de departamentos, ¿no es así? —Hallie asintió—, yo resido en los suburbios, tenemos un jardín. Si quieres puedo cuidar a Martha hasta que tramites un permiso para tener una mascota en el edificio…

—Me parece fantástico —quiso sonar amigable—, pero no sé si estará en buenas manos, no pareces una persona aficionada por los animales.

—Yo no, pero mi hermano sí, será un placer cuidarla, cuando la encontramos a la deriva él ya quería adoptarla —rio.

—Bien, espero que Martha no cambie de dueño —le devolvió una pequeña risa—. Y sobre el celular, ¿mañana me lo entregas en la escuela?

Zachary desvió la mirada.

—Respecto a eso… preferiría que vinieras conmigo al lugar donde lo escondí, para explicarte mejor.

—¿Lo escondiste? ¿Escondiste un celular?

—¿No sabes lo que sientes por esa persona? Imagínala haciendo del baño, si te sigue pareciendo atractiva después de eso, felicidades, estás enamorado —dijo Dean acariciando a Martha que radicaba en su regazo.

—Me das miedo —espetó Zac manejando en dirección a casa.

—¿Entonces la chica te gusta o no? —Dean arqueó una ceja.

—Ya no importa, Dean. Arruiné las cosas con ella desde hace tiempo, solo me estoy redimiendo —explicó los planes de Martha.

—La gallina eres tú, podrías intentarlo hasta lograrlo. Te lo demostraré cuando me veas de la mano de Nicole; tendré novia antes que tú, perdedor.

—Eso es casi imposible —se mofó Zac.

—Puede convertirse en posible —Dean resopló—. Siento una fuerte conexión con ella... Como si fuera mi wifi.

Zachary frenó en seco, la tecnofobia también implicaba el miedo a internet.

—¡Retráctate ahora mismo!

Dean no lo haría y por eso miró a su ventanilla, donde encontró una paleta de mora azul y no dudó ni un momento para llevársela a la boca, así daría por concluida la conversación. No volvieron a hablar el resto del camino.

Al llegar a la unidad encontraron que sus vecinos, la familia Carter, también estaban instalándose, habían regresado de unos días de campo.

El mayor de los Blackelee estacionó la camioneta con calma y delicadeza, así torturaría a Dean con la presencia de Nicole.

—¿Qué esperas para salir? —anunció Zachary y quitó la llave del auto.

—Ah, esperaré a que *ellos* entren a casa —tenía miedo de pasar caminando al lado de su vecina y ser ignorado.

—¿Seguro? Creí que me darías clases de cómo conquistar a una chica.

—Sí, pero cobraré mis lecciones y como ahora tengo dinero, no necesito el tuyo, gracias.

Zachary soltó una risa por lo "astuto" que era su hermano con tan solo catorce años. Pero no tanto como él, le dedicó una sonrisa amortiguadora y salió del auto para hablar con los Carter.

—¡Hey! —se aproximó a ellos—. ¿Qué tal el fin de semana?

—¿Quiénes son, mamá? —murmuró Nicole a su madre que cerraba la cajuela.

—Nuestros vecinos extraños, Ana. Recuérdalo —musitó y ambas ofrecieron una sonrisa falsa girando sobre sus talones hacia Zachary.

El joven no se desalentó por el cuchicheo.

—¿Ya conoces a Deanvergente?

—¿No? —parecía haberse preguntado a sí misma. Lo único que quería ella era correr a su habitación para descansar.

—Es mi hermano, y no puede ser controlado —Zac lo señaló—. Por eso está adentro del coche —Dean se manifestaba perplejo—. ¡Ven, no te escondas!

La chica cruzó los brazos, impaciente. Dean agachó más la cabeza, de modo que en la ventana solo parecían notarse sus rizos voluminosos.

—Dame un segundo —hizo un ademán y volvió hacia Dean—. ¿Quieres bajar? *Tu* Nicole te está esperando.

—Te odio —resopló desabrochándose el cinturón. Zachary palmeó su espalda y lo acompañó agarrado del hombro como si fuera un niño pequeño que se presentaba.

—Es adorable —Zac frotó las mejillas de su hermano pequeño y las apretó—, hoy salvó a una gallina —presumió.

—Interesante —se limitó a decir la chica, ella ya solo esperaba a que su madre le hablará por el porche.

—Vamos, dile cómo pasó —apuntó Zachary con la mirada.

Por más que Dean lo deseara, no podía articular las palabras. Se sentía minúsculo ante la presencia de Nicole, que era tan radiante, y él solo un tonto chico que estaba enamorado. No la merecía, antes tenía que ser mejor persona para ella.

En un intento, Dean formó una sonrisa mostrando sus dientes. Lamentablemente se percibieron azules por el dulce que venía comiendo en el auto.

Nicole tenía una sonrisa Colgate. Y Dean una acaramelada. Juntos parecían como el agua y el aceite.

—¡Ana, te habla por teléfono tu novio! —anunció la señora Carter.

Esa era la señal para espantar a los buitres. Nicole asintió y se alejó con velocidad de sus vecinos. No se despidió.

Zac y su hermano quedaron de pie sin responder a la acción.

—Bueno, es un progreso —soltó Zachary de camino a su residencia.

—¡Madura, por favor! —bufó el menor—. Solo arruinaste más las cosas.

—¿Me hablas de madurez? Mírate en un espejo —Dean puso los ojos en blanco y se dirigió a la calle—. ¿A dónde crees que vas? Aún no nos han visto nuestros padres.

—Exacto —le dedicó una sonrisa amortiguadora—. Diles que no he llegado.

Zachary llevó un dedo a su lagrimal.

—Oye, no quería que salieran así las cosas…

—Me da igual —dijo Dean serio—. Me buscas cuando madurez, estaré en los columpios.

El mayor de los Blackelee apretó los labios para no reír por la ironía que soltó el menor. Sin embargo, su semblante cambió cuando la gallina caminó atrás de Dean como si también estuviera apoyándolo.

Zac tuvo que frotarse los ojos para verificar que Martha seguía a Dean al parque, no le quedó más remedio que entrar a casa y saludar a sus padres, después fue a su habitación a leer un poco, necesitaba despejarse de lo que estaba a punto de llevar a cabo:

Retirar el celular del escondite.

11

Celulares defectuosos

El reloj marcaba las cinco cuarenta y ocho, Hallie iba con retraso para la estación del tren. Por suerte, Zachary permanecía sentado en los primeros escalones de la entrada, con el libro *La historia del loco* en su regazo y una funda de guitarra a su lado.

—Ya estoy aquí, perdón por la demora —exhausta, llevó las manos a sus rodillas. Había corrido varias cuadras debido a que sus tíos no accedieron a pagarle un taxi.

—Estaba tan sumergido en el libro que no noté que tardaste dieciocho minutos con treinta y nueve segundos en llegar —Zac cerró su obra literaria esbozando una sonrisa.

La rubia soltó una risa y le ofreció una mano para levantarlo. Ese era el tacto más tierno que habían tenido. Zachary no deseaba soltarla, pero sabía que si no lo hacía sus palmas comenzarían a sudar, figurando una paleta de hielo al derretirse.

—¿Y si vamos por un helado? —propuso él.

—¿Me engañaste para tener una cita conmigo? —arqueó una ceja—. Traes una guitarra, quieres pasar por un helado… apuesto a que no vinimos a buscar mi celular.

Zachary sonriente meneó la cabeza y dijo:

—Lo hago por ti, para que te refresques un poco, ¿no gustas? Lo comeremos en el vagón, porque pasaremos por ese artefacto del demonio.

Hallie asintió, curiosa, y caminó a la heladería que estaba en la estación central del tren mientras Zachary compraba los boletos. Para ella pidió un helado en cono sabor a chicle y para él sabor café, en vaso.

—Espero nos dure el trayecto —dijo Zac chupando la cuchara de plástico. Entraron al vagón donde solo había un asiento disponible, como todo un caballero se lo cedió a Hall y se recargó en la puerta.

—¿Hasta dónde iremos? —la chica alzó su vista para mirarlo, parecía una niña pequeña.

—Sí te lo digo, te atemorizarás.

A las seis y media de la tarde comenzaba a oscurecer y eso solo le daba un toque tétrico al lugar, la puesta del sol daba a su fin y en vez de parecer romántico para Hallie, le parecía una escena de película de terror, más cuando Zachary abrió la funda de guitarra y no se encontraba adentro un instrumento, sino una herramienta para cavar: una pala.

—Ajá, ibas a asesinarme, debí imaginarlo cuando llegamos al cementerio abandonado. ¿Por qué fui tan ilusa? Yo jamás quise matarte de susto con tu fobia… ¿no lo entiendes? No sabía… —suplicó por su vida cayendo de rodillas.

—Hall —Zac se postró en cuclillas y buscó su rostro humedecido—, no te voy a hacer daño, ¿por qué piensas eso? Solo vamos a desenterrar el celular.

—¿Está aquí abajo? —frunció el ceño, aunque en sus ojos seguía reflejado el temor mediante lágrimas. El chico las limpió con su pulgar.

—Sí, quería terminar por completo con esto, necesitaba que vieras por ti misma dónde estuvo todo este tiempo y que te percataras de mis sinceras disculpas al entregártelo. No quise aterrorizart…

—Todo mundo escondería un cadáver, pero tú decidiste enterrar un celular… interesante.

—Sé que no suena muy inteligente y lógico. Sin embargo, planeaba regresarlo a la dueña, de modo que no iba a tirarlo a la basura; pero tampoco podía llevarlo a casa porque no solo me contaminaría yo, sino todo mi hogar… Allí estamos libres de ondas electromagnéticas.

”Se lo iba a obsequiar a la anciana bibliotecaria, pero después reflexioné, no deseo estropearle la vida convirtiéndola a ella ni a nadie dependiente de un artefacto. Continué pensando y decidí enterrarlo, pasó por mi mente hacerlo en el parque, pero cambié de opinión: si causaba daños mayores en los niños que juegan, en los árboles o la gente sana que va a correr yo no podría vivir con esa culpa. Y por eso lo escondí aquí, al fin y al cabo, están todos muertos, no puede pasar nada peor.

—¿Y si un espíritu maligno se metía al celular? Imagínate, un celular endemoniado, *wuuuu* —Hall imitó a un fantasma con un ademán—. Oh, también puede ser un iphone zombie, *graaahg*.

—Me alegra que tu buen sentido del humor volviera —Zac esbozó una sonrisa tranquilizante—. Moriría si cambiaras tu forma de ser, sé que no es momento para decirlo, pero me gusta.

—No entiendo —Hall se recogió un mechón que luego hizo pasar detrás de su oreja. Estaba asombrada de escuchar las palabras "me gusta" tan pronto. ¿Se refería a *gustar* de *atracción* por alguien? ¿O como cuando daba "me gusta" a una publicación en redes? Algo superficial y rápido de olvidar. ¿O como si fuera un helado como el que acababan de comer? Era disfrutable…

Zachary fijó la pala en la tierra, y recargó un codo. Inspiró hondo para hablar y crear una analogía donde escondería sus sentimientos:

—Es como si estuvieras llena de capítulos y páginas, y yo siempre estuviera en el mismo párrafo y línea, en la misma conversación, en mi monotonía gris. Y cuando hablas conmigo, siento que puedes colorearme con nuevos diálogos, con aquellas palabras que casi no ocupo, pero que, por alguna extraña razón, tú les das significado. ¿Tiene sentido?

El tierno calor del sol en su punto más hermoso se perdió en las mejillas de Hallie, su rostro se percibió de un color rojizo y miró hacia el cielo, esas pocas franjas anaranjadas que se disolvían en lo oscuro del azul, y formaban un tono lila. Volvió su vista a Zachary, un chico gris. Tenía razón, a él le faltaba color, ¿y si un beso era la solución? Quería decorarlo de un rojo ardiente.

Sintiéndose traviesa, se acercó al rostro de Zac para depositarle un beso de media luna.

Con ese simple gesto cerca de sus labios, Zachary quedó inmóvil y con el corazón palpitando desbocado como si su escritor favorito hubiera anunciado un nuevo libro. Solo después de unos segundos pudo hilar sus pensamientos:

—Rayos. Amaba ese estúpido cliché masculino de tomar la iniciativa de besarte ¿sabes? Y ahora no lo podré llevar a cabo.

—Algún día te dejaré besarme bien, como se debe, pero te recuerdo que estamos en un cementerio.

—Cierto, y nosotros, a comparación de ellos, tenemos toda la vida para besarnos de verdad.

Ambos se levantaron del polvo y se pusieron manos a la obra.

Hubiese sido más sencillo encontrar el celular si hubieran llevado dos palas, no obstante, contaban solo con una. Y Zachary olvidó el punto exacto de dónde lo había enterrado, por lo tanto, excavó hoyos como un topo en busca de hogar.

—Lo encontré —festejó al fin luego de una hora.

—Genial porque muero por irme de aquí —anunció Hallie sacudiendo la caja de un tirón—. Espera, ¿ni siquiera lo abriste?

—No, es mi peor miedo.

La chica rubia giró los ojos y comenzó a desenvolver la caja para verificar si el celular se encontraba en buenas condiciones.

—¿Seguro que no lo quieres? —apretó el botón de encender.

—Yo quiero a la chica que me lo regaló, no a su artefacto.

—Bien, lo guardaré por si algún día cambias de opinión.

—Jamás lo querré, créeme.

—La vida da giros y más giros —se justificó—. Te estará esperando, así como una princesa espera ser rescatada.

Zachary puso los ojos en blanco y comenzó a recoger sus pertenecías.

Mientras tanto, Hallie ingresó al celular nuevo y borró por completo los mensajes que se había mandado a ese número, sentiría vergüenza si él llegara a enterarse de que a veces confesaba su amor, y luego su odio, así: sucesivamente. Cuando vació el teléfono soltó un suspiro, era bueno precaverse, luego giró su cabeza hacia el chico.

—¿¡Hall, qué haces!? —preguntó Zac, temblando—. Suelta esa cosa infernal.

Ella bajo la vista a su mano y comenzó a ver las chispas que salían de la batería del celular, no estaba solo encendido, ¡estaba incendiándose!

Dio un estruendoso grito y lanzó lejos el teléfono, este cayó en tierra y proyectó humo hasta por la pantalla.

—¡Celulares que explotan, celulares que explotan! —entró en pánico el tecnófobo, cubrió sus oídos con sus brazos.

Hallie trató de tranquilizarlo rodeándolo, el chico se desvaneció en sus brazos.

—¡Maldición! Y yo creí que no había nada peor que tirar el teléfono al retrete.

—Hola, Zac, adivina quién recuperó el celular —anunció en el comedor escolar, caminando hacia su mesa.

—¿Qué? ¿Pero cómo…? —frunció el ceño y se deslizó en el asiento hasta llegar a la esquina—. Aléjalo de mí.

—Tranquilo, es uno nuevo, el otro murió por completo. Me quejé con la empresa y como literalmente estaba nuevo, la garantía lo cubrió y me lo cambiaron.

—¿Les dijiste que estuvo bajo tierra y por eso explotó?

—No hizo falta, me explicaron que a veces es defecto de fábrica, a algunas personas les sucede. Y como era un nuevo modelo aún estaba en prueba, dijeron que era preferible mantenerlo alejado de la arena, el calor en exceso, el agua y el polvo. Y yo dije que estaba en la vitrina que daba al sol, y despidieron al empleado. ¿Cómo ves?

—Chica del mal, mientes con todos los dientes…

—No, en realidad sí permanecía expuesto al sol, la tienda es un lugar muy caluroso.

—Es increíble que esto no te haga recapacitar sobre la nomofobia. ¿Por qué lo sigues usando?

Hallie jugó con su cabello, pasó sus rizos largos por atrás de la espalda, y sonrió con una chispa traviesa.

—De hecho, he estado reflexionado y te propondré algo: Usemos y no usemos celulares a la vez —habló con un brillo en sus ojos, algo le decía a Zachary que ya tenía todo un plan formulado.

—¿Hablas de intercambiar papeles? —frotó su barbilla.

—No, seguirás sin usar un celular, pero usarás algo parecido. Yo también usaré un celular, pero no es el que imaginas. La misión será superar, tanto yo, la nomofobia, como tú, la tecnofobia. El propósito está en aprender a vivir entre la tecnología, pero también sin ella, si algún día se esfuma. Estaré dispuesta a abrir mi mente, hay ventajas y desventajas en ambas posturas, las investigaremos o descubriremos juntos ¿vale?

—No lo sé —expresó Zac confundido—, deberíamos enfocarnos en el proyecto que debemos entregar juntos.

Hallie resopló.

—Esto puede ayudarnos, te lo prometo. Ambos nos ayudaremos a superar los miedos.

—Hall, tenemos que estudiar…

—Ándale, será paso a paso —juntó sus manos en señal de súplica.

Zachary no estaba muy convencido, pero, ¿por qué negarle algo como eso a una chica tan optimista y que nunca se rendía?

—¿Cuál es el primer punto? —mostró interés en la propuesta, no tenía la certeza de que funcionaría, pero le prometió a Hallie empezar desde cero.

—Inventar una nueva comunicación o usar una que haya quedado atrás.

—Se más específica, por favor.

—Vamos, Zachary: desempolva tu creatividad —sonrío de oreja a oreja, era una misión que la tenía entusiasmada.

12

Primera lección: nuestra comunicación

Estaba oxidado, y sentía como si su vida girara en torno al cuento infantil donde aparecía el hombre de hojalata; identificándose con él, llevaba un año estático, quieto en la misma posición, hasta que Dorothy y el espantapájaros lo encontraron. Y por ello anheló tener un corazón.

En su caso, hasta que Hallie lo encontró y llevó consigo a la clase de matemáticas dos latas con un hilo de por medio, recordándole con ello que tenía corazón.

Las alegres voces elevadas de los estudiantes, mientras el profesor se giraba a atender al chico con receta médica que justificaba su inasistencia, distraían a Zachary que permanecía inclinado sobre su cuaderno para resolver ecuaciones.

—*Pts, pts…* —se escuchó un murmullo proveniente de la ventana—. ¡Zac, por aquí!

El joven no daba la impresión de estar escuchando, quería concentrase en los problemas del libro de textos.

Una bola de papel golpeó en su sien, Zachary resopló frustrado y miró a su compañero que la había lanzado.

—Una chica está llamándote insistentemente por el vidrio —este encogió sus hombros—, solo quería avisarte, lleva un buen tiempo ahí y su voz comienza a irritarme.

—Lo siento —Hallie se levantó del muro haciendo un ademán de saludo—. Nada más pásale esto a Zac, y no vuelvo a molestar, por favor —introdujo a la ventana abierta una lata sujeta con cuerda fina que atravesaba el fondo.

Los compañeros de Zachary inclinaron sus cabezas confundidos al mismo tiempo que pasaban la lata con un nudo de hilo de mano en mano hasta el asiento del susodicho.

El metal resonó en su pupitre y Zac lo alzó acercándolo levemente a su oído.

—Genial —Hallie levantó los pulgares y volvió a esconderse detrás del muro, su voz viajaba por el cordel. El sonido se transmitía de una lata a otra.

—¿Qué estás tramando, eh? —habló Zachary desde el agujero de la lata.

—Lo que te dije hace un par de días, eso de utilizar una comunicación especial entre nosotros —cambió la posición de la lata para escuchar su respuesta; sin embargo, él no emitió comentarios durante largos minutos—. Vamos, te atemorizan las ondas electromagnéticas, pero no precisamente son necesarias en todas las comunicaciones, aquí solo existen ondas de sonido.

"Este es parte de un micrófono, de alta y baja concentración de moléculas de aire que forman las ondas sonoras y chocan al fondo, ellas fabrican una deformación elástica que consiste en el mayor o menor desplazamiento. El movimiento del fondo de la lata de micrófono se transmite por la cuerda tensa hasta el otro extremo, que trabaja como auricular, de esta manera transmitimos la vibración al hablar, como resultado llevamos a cabo una transmisión telefónica. "Tele" significa distancia y "fono" se refiere al sonido.

—Increíble, suenas como si yo estuviera hablando —rio Zachary con gran alegría—. ¿Lo aprendiste para mí? Porque me has dejado fascinado y sin aliento.

—Sí, pero me pareció un poco confuso, así que preferí leértelo para no equivocarme.

—Bueno, es un lindo gesto.

—¿Aunque la información la haya sacado de internet? —preguntó con un leve temor de arruinarlo.

—No importa, continúa siendo especial —murmuró Zac.

—Entonces ahora mantendremos contacto a pesar de no entrar a la misma lección, cualquier cosa me hablas por aquí, ¿sí?

—Espera, ¿ya te vas?

—Ya me fui desde hace rato, estoy en mi clase de Ciencias.

—¿Alcanza hasta allá?

—Alcanza hasta los seiscientos metros —Hallie esbozó una sonrisa, que Zac no pudo ver—. Lo he planeado todo, descuida.

Zachary bajó su teléfono rudimentario y suspiró, tenía cara de tonto enamorado pero su gesto se desmoronó cuando el profesor comenzó a recorrer el alambre con la mirada.

—¿Qué significa esto, Blackelee? —cruzó los brazos el hombre regordete. Los alumnos murmuraron entre sí.

—Es mi celular —dijo con firmeza, sus compañeros se mofaron ante la declaración—. Es una lástima que esperen a que sea convencional, todavía existen personas originales.

"Y me entristece que se denomine más romántico enviar largos mensajes de texto, a recibir estos pequeños detalles. Cada que pensamos en ser diferentes llega la tecnología y se encarga de volvernos robots.

Era una tortura para Hallie, la mañana parecía transcurrir con lentitud, no había usado el teléfono desde una noche atrás, cuando recogió las latas de la cocina olvidó en la mesa su teléfono y no se percató de ello hasta llegar a la escuela. Sin internet para distraerse entre clases, solo provocaba carcomerse las uñas.

Después recordó que tenía algo mejor que internet gracias a su nuevo teléfono de cable, su propio Google que lo sabía todo: Zachary Blackelee.

Zigzagueó entre el comedor para encontrar la cuerda y lo halló en la mesa apartada de todos, fijaba su mirada en la nada, su rostro estaba inexpresivo.

—Es el almuerzo y no estás leyendo ¿te quedaste sin qué leer? —preguntó Hall sentándose así a su lado—. ¿Estás bien?

—De hecho, sufro abibliofobia, pero no es el caso.

—¿Abby-*qué*? —arrugó el entrecejo. Zachary también era un diccionario.

—Abibliofobia, el miedo a quedarse sin libros que leer —esbozó una leve sonrisa—. Ahora sabes qué regalarme, no más teléfonos, por favor.

—Oye, tienes que admitir que de ambas formas he sido creativa —le dio un pequeño golpe amistoso en el brazo.

Zac giró y la miró con ternura, en sus pupilas podía apreciarse un brillo nuevo, de tranquilidad, de amor.

—Te lo agradezco —pronunció él con suavidad.

—¿Por? —preguntó ella, torpemente. Ver su reflejo en los ojos del chico le erizaba los vellos.

—Porque lo valoro —sonrío mostrando sus hoyuelos—. Si tú me quieres, no me importará que los demás me detesten.

Por alguna empática razón, Hallie lo comprendió, más ahora que había recibido el *bullying* por el video viral, sentía que a su alrededor nadie la aceptaba, excepto Zachary que la recibía con los brazos abiertos a una nueva oportunidad. Pensar en el plan de superar la nomofobia y la tecnofobia la mantenía ocupada de la mente, la motivaba a continuar y no decaer.

Zachary se encargó de retratarle un poco más de lo que era vivir con tecnofobia, esta le había cerrado tantas veces la oportunidad para relacionarse. Sin embargo, jamás se imaginó que llegara al punto de destruir su infancia. Zachary le relató que no convivió con sus compañeros, ellos solían segregarlo de juegos, fiestas y más.

Nunca disfrutó de esos teléfonos de latas, de dibujar su silueta en el suelo con gises, jugar canicas con amigos o salir a la calle para hacer carreras en bicicletas. Nada.

No recordaba mucho de su infancia, solo títulos de libros infantiles: *El Principito*, *Hansel y Gretel*, *Alicia en el país de las maravillas*, *Peter Pan*, *El soldadito de plomo*, *Canción de Navidad*, *Oliver Twist*, *El mago de Oz*. Cada uno se lo sabía de memoria, de tantas veces que los releía en casa.

Y ahora, las latas habían significado un abrazo a su niño interior, no solo un motivo para familiarizarse con los teléfonos, le había regresado un pedacito de infancia.

—Los sábados soy voluntario en la biblioteca, leo cuentos a niños pequeños y después aplico lectura de comprensión. A veces me quedo a hacer manualidades, obras de teatro… —explicó Zachary—. Creo que así intento recuperar lo que nunca viví con un grupo de niños a mi alrededor —alzó sus hombros.

A Hallie se le apachurró el corazón, pero resplandeció un halo de esperanza. Él parecía vivir en una burbuja, hasta que conoció a cierta chica que quiso ser la aguja perfecta para él.

—Pienso que todos tenemos un niño por dentro, algunos lo mantienen dormido, pero nunca es tarde para despertarlo —se levantó Hallie de su asiento con postura recta—. El sábado quiero escucharte como narrador de *El mago de Oz*, me interesó la historia del hombre de hojalata. Y creo que tenemos la manualidad perfecta, teléfonos de vasos e hilo.

—Buena idea —apoyó Zac—. Las nuevas generaciones también han perdido su verdadera infancia por pasar horas en consolas de videojuegos, computadoras, tabletas.

—Así es, promoveremos la diversión sin nomofobia o tecnofobia —le ofreció la mano para estrechar la suya.

Hallie estaba en una nueva faceta desde que pensó en la tecnofobia de Zac, y de verdad quería ayudarlo, aun cuando ella tuviese sus propios miedos y problemas. Ella iba a dar lo mejor de sí.

A ambos les gustaban cosas que a nadie le interesaban, y sonaban como dos lunáticos, no obstante, si los rechazaban, se tenían el uno al otro para compartir su locura y esa genuina especialidad en ser diferentes.

13

¿Libro en papel o libro electrónico?

Sin duda alguna, el lugar favorito de Zachary era la biblioteca, se sentía como niño en juguetería o salón de juegos. Disfrutaba la buena compañía de libros y delicadas piezas musicales, con el elusivo aroma a café.

Había invitado a Hallie mediante un boletín para fomentar la lectura a una tardeada del sábado 5 de octubre. Su mensaje estaba escrito a mano en la esquina superior, con tinta negra y letra cursiva:

Te imagino como la línea del libro que quiero leer una y otra vez.
Me encantas de la cabeza a los pies.
¿Te espero a las tres?

—Tuyo, Zachary Blackelee

En ese entonces, la chica asintió con una sonrisa dibujada en el rostro y terminó por leer el folleto, después lo guardó en su abrigo.

Cuando llegó el momento, encontró a Zac cerca de la estantería de madera, escogiendo el libro que narraría para los niños. Lo contempló recargada en la entrada del pasillo, y no emitió ruido, le parecía fascinante observarlo de perfil con su mirada puesta en los libros, como si estuviese descubriendo un tesoro brillante, y un reflejo de luz iluminara sus ojos.

El joven sacudió su cabello y alcanzó a ver una silueta, de modo que giró para apreciarla mejor.

—¡Viniste! —saludó y enderezó la espalda—. Llegaste temprano.

—Lo sé —rio ella, luego chasqueó los dedos—, traje nuestro teléfono y materiales para que también puedan elaborarlo los niños.

—Fantástico —hizo un ademán para que lo siguiera. La condujo lejos de los pasillos por secciones literarias, hasta el pequeño espacio donde montaban obras de teatro con títeres.

El sitio de la biblioteca era reducido, de un solo piso y con pasillos estrechos. Por suerte, contaba con un sitio dedicado al estudio y una cafetería.

—¿Por qué tienen una cafetería adentro y no la usan? —susurró curiosa Hallie mientras acomodaba las sillas de los infantes espectadores.

—Porque la cafebrería es exclusiva para los domingos; el periódico mural de ahí —señaló desempolvando asientos— muestra las dinámicas de la semana, los sábados son días infantiles y los domingos para adolescentes o adultos que vienen en busca de un buen libro acompañándose con una taza de café.

—Entiendo, como los niños pueden ser descuidados prefieren restringir bebidas y más si es cafeína.

—Exacto —sonrío—. Los admiten a partir de los quince años en el club de lectura.

—¿Y qué día es el club?

—Los viernes —resopló Zac—. En efecto, mis fines de semana se definen en la biblioteca: club de lectura, cuentacuentos y café.

—Así que es difícil sacarte de aquí una vez que entras —bromeó Hall—. Me pregunto si será lo mismo en la biblioteca escolar.

Zachary sacudió la cabeza con gracia y respondió:

—Eso era antes de conocerte, ahora prefiero pasar mis horas libres contigo.

El corazón de Hallie se deleitó y cuando pudo formular una respuesta igual de linda, alguien los interrumpió.

—¡Mi querido Zac! —exclamó la vieja bibliotecaria—. Terminé de leer el libro que me recomendaste, creí que el libro era quien me leía, imagínate cuan identificada me sentí.

—Suele pasar, y lo mejor es que puedes volver siempre a la mejor parte. No es como en la vida, donde solo se convierte en un recuerdo, en las páginas se puede revivir el momento. ¿No es así?

—Sí, y esa sensación no se puede comparar —esbozó una sonrisa la mujer.

De pronto Hallie se sintió fuera de lugar, debía decir algo para entrar a la conversación o moriría ignorada.

—¿Y está disponible en PDF? —soltó.

—¿PDF? —preguntaron al unísono el tecnófobo y la anciana.

—Oh —Hall se mordió el labio con temor a arruinarlo todo—. Ya saben, esa cosa que usan los lectores que no tienen libros…

—No, no sé de qué hablas —cruzó los brazos la señora de tercera edad—, para eso están las bibliotecas.

Mientras Zachary reflexionaba sobre el término y se preguntaba dónde rayos lo había escuchado, la anciana también quería hacer memoria, pero almacenar información sobre los personajes ficticios de todos los libros que había leído durante toda su vida la dejaba sin espacio para recordar términos extraños como esos.

Hallie rascó su nuca y prosiguió:

—No me hagan caso —se apresuró a decir, los niños comenzaban a llegar, sería mala idea mencionar algo semejante a la fobia a las tecnologías—. Mejor les ayudo a preparar el escenario para el cuento.

El chico asintió sin pensarlo más y se colgó en el cuello una credencial de la biblioteca. Hallie recibió a los padres de familia que indagaban acerca de la función literaria. Zachary se encargó de mantener seguros a los niños.

Hallie tomó un asiento trasero para evitar incomodar a los pequeños por su estatura, además, así podía observar detalladamente la variedad de edad entre los infantes, pero sus piernas, aunque cabían, deseaban ser libres, y se tornaron rígidas hasta el punto de no poder moverse ni un milímetro.

La hora "Niños en cultura" inició después de recibir una edad promedio entre cinco y doce años. Zachary dio una leve presentación, leyó el título y, tal como lo prometió, narró la historia.

Su voz sonó firme y potente, encandilaba los oídos, y sus expresiones provocaban risas a los niños. Sus ojos parecían iluminarse al recitar, interpretaba a los personajes con distintas voces. Era un excelente narrador; por su fluidez, por su frescura al hablar, y por el toque de humor que imprimía desde las páginas.

Al inicio, Hallie pensó en grabar el momento, pero por la comodidad de Zachary prefirió no utilizar el teléfono. Se sumergió en el cuento por las palabras envolventes, las descripciones e ilustraciones infantiles. No fue tedioso ni abrumador, sin darse cuenta el tiempo voló y no hubo necesidad de revisar el celular.

Zachary no perdió la oportunidad de destacar una moraleja y hablar sobre la importancia de vivir sin ser esclavos de algo, refiriéndose a las tecnologías. Invitó a los niños a tomar talleres de lectura, escritura u otra disciplina artística que les permitiera desarrollar la creatividad.

Para finalizar la sesión, elaboraron teléfonos con latas e hilo. No se tenían que oxidar desde temprana edad, aún podía rescatar a las generaciones que nacieron con los celulares en la mano.

Era un hecho que Zachary se manifestaba distinto, pues grandes progresos de la historia fueron impulsados por personas que en su tiempo fueron considerados demasiado diferentes al pensamiento de su época.

Alrededor de doce niños se hallaban en la sala de estudio con materiales didácticos o entre los pasillos hablando con su nuevo teléfono. Además, era justo lo que necesitaban, no debía haber estruendos en la biblioteca, y un hilo como mediador era una factible solución.

—Apuesto que para muchos es el primer celular que reciben, sé que no es uno moderno, pero se ven muy contentos —dijo Hallie observándolos desde la mesa, mientras ayudaba a los más pequeños a crear sus propios teléfonos.

—Están repletos de vida —sonrió satisfecho Zachary, que permanecía en el asiento frente a Hallie—. No se me hubiese ocurrido jamás, y eso que me considero creativo, pero a veces nublo mi vista de cosas sin sentido, y olvido disfrutar lo demás.

—Me he dado cuenta de eso —reconoció Hallie—. Sueles enfrascarte mucho en el tema de la tecnología.

—Como no tienes idea —aceptó—. La veo como una ecuación imposible, solo me causa problemas.

—Quizá porque no habías encontrado la verdadera incógnita —le guiñó un ojo a Zac—, es decir, a la persona capaz de resolverla. ¿O alguna vez imaginaste que sostendrías tu primer teléfono?

—El que explotó no cuenta —le recordó Zachary—. Pero si hablamos de las latas, es el teléfono ideal para mí.

—Te dije —contestó enorgullecida—, le di una solución a tu tecnofobia.

Si esa iba a ser la forma de superarlo, con pequeños acercamientos tiernos y divertidos, estaba dispuesto a seguir con el plan.

—Gracias, Hall —le deslizó una lata y se alejó para estirar el cordón.

—¿Por? —respondió a través del teléfono.

—Por acompañarme, en este sitio puedo parecer la persona más social, pero lejos de aquí soy un simple chico solitario. Y con el teléfono siento que te llevo conmigo a todas partes.

—De hecho, así funciona el celular, en cualquier lugar puedes conectarte —no sabía si con ese comentario había arruinado el momento o, por el contrario, había aportado algo a la conversación.

—También con los libros, y hasta mejor porque no necesitas internet —contraatacó Zac.

—No vamos a iniciar un debate por eso…

—Porque sabes que ganaría, ¿cierto?

Hallie se llevó una mano y la chocó contra su rostro. Suerte que él no podía verla.

Zachary era insoportable cuando se comportaba con complejo de superioridad solo por ser lector.

—Los libros también sufren tecnofobia, no les gusta que los cambien por celulares o tabletas. Nada se compara con el aroma de un libro.

—¡Pero existen los libros electrónicos!

—No son libros de verdad —aseguró Zac con un tono prepotente.

—No quiero ni imaginar lo que dirías de los PDF —giró los ojos Hallie.

—¿Entonces los PDF son un tipo de libros electrónicos? —titubeó Zac, con miedo de la respuesta.

—El e-book es el verdadero libro electrónico pues se compra, el PDF se consigue gratis en internet.

—¿O sea que es ilegal? ¿Es como fotocopiar el libro en una papelería?

—Menos grave, porque no queda evidencia del crimen —se alzó de hombros Hallie.

—¡Sigue infringiendo los derechos del autor!

—Pero nadie se entera…

—¡Cómo puedes apoyar eso! La tecnología se está metiendo con la literatura, ¿cómo no odiarla?

—Sé que no es correcto, pero muchos lectores no tienen la posibilidad de comprar libros y aunque sea en PDF, se interesan por el libro, y este logra su objetivo: el de ser leído.

—¿Y crees que con ser leído el autor se alimenta? Escribir libros es un trabajo que debe valorarse y tomarse con respeto —argumentó Zac—. Quiero estudiar letras. ¿Qué pasará cuándo filtren mis libros por internet?

—Entonces realmente lo haces por ti, no es un interés genuino. Te ves reflejado en el autor, pero ¿quién piensa en el lector? Estás tan ensimismado en tu privilegio, en tu complejo de superioridad que olvidas que no todos tienen la misma clase social que tú…

Zachary cerró los ojos por vergüenza, contó unos segundos para mantener la compostura. Durante ese tiempo Hallie alejaba más el cordón, estaba recogiendo sus cosas para marcharse.

—¿Por qué me esfuerzo tanto en tratarte como libro de edición especial si tú me tratas como un vil PDF? Sé que los libros no son económicos, pero hay que esforzarse por lo que se quiere. Yo te quiero, y aunque me cuesta la vida, sigo esperando por ti, por leerte como se debe, por merecerte.

Hallie se quedó pasmada con aquellas palabras. Creía que había solo dos tipos de libros en PDF y por ello se debía elegir con sabiduría. Algunos valían la pena para gastar la batería del celular, y otros para perder la vista por ellos.

Pero había olvidado lo que era sentirse como un libro en papel, era un verdadero privilegio, esperar por ello lo volvía más valioso, único, y correcto.

—No necesito de alguien que me siga la corriente, sería como mirarme en el espejo y enamorarme de mí mismo —prosiguió Zac—. Me gusta que contigo me cueste hablar, rompes mis paradigmas y haces de mi rutina algo extraordinario. No te vayas, por favor.

—Me pasa lo mismo —Hallie dejó de caminar, sabía cuán difícil era pronunciarlo—: no nos parecemos ni un poquito. No pensamos igual, pero es muy extraño que, aun así, sienta una conexión fuerte contigo.

—Porque existen conexiones así, que duran para siempre, aunque se pierdan por años, o por desacuerdos y problemas, permanece la ternura por la persona.

—¿Y crees que tú y yo tenemos esa conexión?

—Creo que nosotros *somos* la definición de esa clase de conexión.

14

Segunda lección: aceptar

Cinta adhesiva.

Sí, eso requería Zachary para guardar silencio camino a casa de Hallie. Se había ofrecido a llevarla debido a que la puesta de sol estaba por terminar, y no quería que regresara sola por la oscuridad de la calle.

No dejaba de confundirla, tenía gestos caballerosos y cuidadores, pero también era arrogante al hablar. Pensó que, si lo silenciaba, quizá dejaba de escuchar su voz en su mente, y lo sacaba de su corazón.

—Dices una palabra más y juro ponerte la cinta adhesiva que me sobró —condicionó Hall. En la biblioteca los pequeños lectores no sabían hacer nudos con la cuerda, así que ella decidió usar la cinta.

—Bien, guardaré silencio —artículo Zachary.

—Te lo advertí —anunció ella empujando el codo del chico, con un movimiento brusco intentó sacar la cinta de su bolso—. ¿Espera qué dijiste?

—Solo hazlo —alzó los brazos como si se estuviera entregando a la policía.

Hallie estiró la cinta y cortó con los dientes la medida exacta para cubrir la boca de Zachary.

Sé preguntó si eso contaba como beso, era un mínimo porcentaje de salivas compartidas, ¿no?

Gracias a ese pegamento selló aquellos labios rosados, ahora tenían pinta café debido al plástico traslúcido.

Y no le importó a Zachary, él solo quería caminar a su lado, en silencio o con ruido, le daba lo mismo. Estar cerca de ella era lo que disfrutaba.

Sin embargo, Hallie detestaba escuchar el estrépito callejero, el desplazamiento de los autos, gente conversando, barullo de tiendas y puestos.

Recordó que había llevado consigo audífonos. No dudó un segundo más para colocárselos. Aquello precisamente llamó la atención del tecnófobo.

—Pues sí, he traído el celular todo el día —amenazó Hallie al recibir esa inevitable mirada de desprecio—. ¿Algún problema? ¿Te transmito las ondas electromagnéticas? No, porque tú eres tú, y yo soy yo.

"Eso no tiene sentido", hubiera contestado él, si tan solo pudiera hablar. Pero su situación era peor que utilizar cubrebocas.

La chica se ajustó los audífonos y subió el volumen al máximo a la banda The 1975. La había descubierto unos días atrás, y quedó flechada con aquellas canciones que no paraba de escuchar.

Zachary hacía girar los ojos, oía a tal grado de escuchar la letra perfectamente. Incluso memorizó el coro *"Ella no puede ser lo que necesitas, si solo tiene diecisiete. Solo son chicas, chicas rompiendo corazones"*. Y dado a que Hallie tenía precisamente aquella edad, él se preguntaba si ella quería transmitirle un mensaje.

No, claro que no, solo es música, se dijo Zac. ¡Rayos! Era tan difícil callar sus pensamientos, deseaba hablarle, preguntarle sobre bandas musicales. Debido a su tecnofobia únicamente usaba tocadiscos.

Anhelaba de vez en cuando haber nacido en otro siglo. Todo era más agradable, a su parecer. No obstante, si fuera cierto, jamás hubiese conocido a Hallie. Y para él, ella era lo mejor de la época en que vivía.

Suspiró por dentro y aceleró el paso. Hasta el momento habían caminado despacio; sin embargo, en cuanto más rápido llegaran, más fácil borraría esos pensamientos. O eso creía.

Las personas de su alrededor los miraban extraño: parecía un secuestro voluntario. Todo por aquella cinta, nada más faltaban las sogas y listo.

—Es aquí —señaló el edificio.

Zachary le dio un vistazo subiendo la mirada. Para ser de un edifico de cinco pisos le parecía un tanto descuidado, los ladrillos rojos daban la impresión de firmeza, pero no para fiarse. Quizás habitaban diez familias dentro, dos por piso. Quizá si todos cooperaban podía arreglarse el ascensor, pintarse esa puerta estrecha color vino y comprarse una nueva escalera de emergencia, la actual parecía completamente oxidada.

—Sí, adiós —hizo un ademán Hallie.

No entendía por qué seguía de pie ahí, desde un principio no comprendió por qué quiso acompañarla. Había adoptado un comportamiento tan… distinto.

Había creído que, al sacar su celular, él montaría una escena tecnófoba. O al menos la amonestaría por llevar alto volumen a sus oídos. Sin embargo, él parecía contenerse o simplemente ignorar los hechos.

¿Se habría molestado por adherirle cinta? No, jamás hizo un movimiento necio, es más, parecía aceptarlo.

—Ya entraré… —murmuró obviando su despedida. ¿Qué se supone que debía decir para zafarse sin lastimarlo?

Si no fuera por esa estúpida cinta adhesiva, Zachary la hubiese besado *enteramente*. Sin embargo, acortó la distancia y se dedicó a besar su mejilla. Hallie pudo sentir el leve roce del plástico por su piel. Incluso percibió la calidez de los labios de Zachary.

Ese gesto encendió las mejillas de la chica como leña. Sí, en ese momento, gracias a ella, un campamento entero podía mantenerse cálido durante tres horas de fogata.

Entonces Hallie asintió y él intentó sonreír a pesar del pegamento en su boca. Luego giró sobre sus talones para marcharse.

—¡Espera! —lo detuvo sin pensar. No le apetecía terminar aquel momento. Había sido tan corto para ser real.

A Zachary lo desconcertó aquella palabra. De modo que arrugó el entrecejo como un acto reflejo.

Y con lo dubitativa que era Hallie, mal interpretó la acción. Así que dio zancadas para alcanzarlo y le retiró la cinta de un tirón; incluso se le erizaron los vellos debido al dolor ajeno que presenció.

Ni siquiera le dio tiempo de gritar a Zachary, lo tomó por sorpresa. Había ideado llegar a casa, recibir burlas de su hermano, a quien encadenaría a una silla para ganar tiempo, luego entrar al lavabo y humedecer la cinta para evitar la tortura.

—Auch, ¿qué rayos te sucede? —soltó moviendo la mandíbula. Ya no necesitaría afeitarse por un buen rato. Bueno, él ni lo necesitaba para empezar. Hall le hizo un favor.

—Lo siento, fue un impulso —reconoció con vergüenza Hallie. Alzó la vista para ver cómo seguía, aún estaba enrojecida aquella parte de la barbilla.

Se mordió el labio y lo tomó del mentón inspeccionando la escena del crimen. Con la yema de sus dedos recorrió delicadamente la silueta de los labios. Todo se asemejaba en orden, no se estropearon sus perfectos labios definidos.

Además, su piel seguía tan suave como pompitas de bebés. Sin marcas permanentes.

—Estás ileso —anunció Hallie mirando de nuevo sus labios, eran casi irresistibles.

—No lo creo, seguro ya entraron a mi boca los microbios de tus dedotes —refunfuñó.

—Y por esas razones, me gustaría que tuvieras cinta permanente —enfadada volvió la mirada a él—. Al menos quisiera un interruptor para apagarte.

—Pero no soy tu celular, y no puedes controlarme —Zac dibujó una sonrisa maliciosa.

Hallie resopló poniendo los ojos en blanco. Y caminó de vuelta a su vivienda. No planeaba despedirse.

—¡Hey! —exclamó Zachary al notar su falta de respeto, pero recibió un portazo en las narices—. No me rendiré, ¡ya sé dónde vives y vendré con regularidad!

Ella se hizo la desentendida y corrió a las escaleras, subía a prisa con los párpados apretados. Necesitaba dejar de pensarlo, él la sacaba de quicio.

Tocó con dureza el timbre de su vecina Samantha. Esta salió rápidamente, como si hubiera estado todo ese tiempo escuchando junto a la puerta.

—¡Por fin! —sonrió su amiga y enseguida disolvió su sonrisa.

—No, de hecho, nada resultó como lo planeé —habló Hallie recargando su frente contra la pared—. Es incomprensible, por un momento se comporta caballeroso, incluso lindo o romántico, y al siguiente es distante, si se le mencionan las tecnologías.

Samantha tenía ganas de objetar, pero terminaba con la palabra en la boca. Hallie no paraba de hablar.

—Me mira de manera especial, pero su sonrisa es irónica. Detesto sus labios, *ahg*, son finos y suaves, no sé resecan o se parten como los míos. Odio sus cejas pobladas, también cuando está concentrado y entrecierra un ojo, parece que tiene un ojo más grande que otro.

Samantha dobló su cabeza y continuó escuchando.

—Su nariz siempre está impecable, nunca le veo un moco. Cuida tanto de su persona, podría conseguir un trabajo como empresario con tan solo mirarlo, tiene ese porte formal, y cuando habla, impresiona. Es audaz y perspicaz, pero altanero a la vez, cree que lo sabe todo.

"Aunque disfruto ver su rostro cuando lo dejo boca abierto, sin poder articular una sola palabra. ¡Ja, toma eso, Zactonto! ¿Lo entiendes? Es como dijera *San tonto*.

—Mmmmm —negó con la cabeza Sam—. No es gracioso, Hallie.

—Pero lo que más me molesta —prosiguió haciendo caso omiso de su amiga—. Es que sea diferente incluso en su nombre, debería llevar una letra "K" para profundizar Zackary, pero no. Él es Zachary con una estúpida "H" que me hace odiar y amar a partes iguales mi propia inicial. Si los junto tendríamos un nombre compuesto, ZacHallie. ¿Ves? *Estamos destinamos a ser.*

Samantha rascó discretamente su nuca, vaya que la había picado el bicho del amor a su amiga. Jamás habría pensado aquel nombre.

—No sé qué se dice en estos momentos, ni siquiera he tenido novio y el único amor que conocí fue en los *doramas* —soltó Sam, sin consuelo.

—¿Entonces por qué me preguntas por él?

—No lo hice. Creí que eras la pizza que estaba esperando —rio por su forma de ser, ella siempre hablaba incluso antes de que le preguntaran—. Hoy es sábado de maratón, ¿quieres pasar?

La chica rubia asintió desganada. Tenía que pedir permiso a sus tíos, pero le daba tanta flojera caminar dos metros y decirles, mejor enviaría un mensaje de texto. Sí, eso siempre le funcionaba para entablar una conversación. Pues, aunque eran *familia*, se hablaban por celular estando en la misma habitación.

Un meteorito al anochecer, Hallie era como un meteorito en la vida de Zachary. Brillaba en su oscuridad, desde lejos podía verse hermoso, por traspasar el cielo de manera inigualable. Pero entre más se acercaba a la Tierra, más lo atemorizaba. Destruiría todo a su paso.

Pero a veces todo eso era necesario para empezar desde cero. Él lo necesitaba, estar lejos de aquellas cosas que lo mantenían ocupado de las cosas que realmente importaban.

Entonces, esa misma noche, volvió al edificio de Hallie. Y le llamó hasta quedar afónico. No sabía la contraseña del edifico, no sabía el número del departamento, solo tenía su voz. Por ello, rodeó su boca con las manos y gritó lo más fuerte que pudo.

Por suerte, ella continuaba aplastada en el sillón de su vecina. El departamento de la familia Norris daba hacia la calle, gracias a una ventana delantera se podía escuchar el estruendo.

—Espera —Samantha puso pausa con el control remoto—. Creo que están gritando "Hallie".

—¿De verdad? —la aludida se enderezó del sofá—. Yo creí que era una gata en celo.

Entre risas, Samantha le aventó un cojín y pidió silencio para apreciar de nuevo el sonido ambiente.

—Ya sé qué son —avisó Sam pulsando el botón del televisor—. Los tamales.

—Ay, se me antojó uno —dijo hambrienta Hallie.

—¿Bromeas? Ya comimos pizza y helado —rio.

—¿Y? —no era suficiente para Hall.

—Las comidas no se llevan…

—Todo se revuelve en el estómago, no me importa.

Su vecina echó la cabeza para atrás.

—Si vas a comprar algo, hazlo ya, antes de que se vayan.

Enseguida Hallie se levantó, incluso le provocó un mareo moverse bruscamente. Llevó sus manos a la coronilla y pensó la posibilidad de alcanzarlos si bajaba las escaleras. No, era mejor abrir la ventana y gritarles para que la esperaran.

—¡El de los tamales! —chifló la chica rubia después de usar los brazos para deslizar el cristal.

Zachary calló en el acto y miró la parte superior del edificio.

De verlo allí, Hallie tembló de nervios, y su hambre cesó. Pronto se escondió tras la cortina morada.

—Creí que no estabas en casa —gritó Zac.

—¿Por qué estás aquí? —exclamó Hallie con la mitad de la cara descubierta—. Creí que eras un carrito de comida.

—Olvidaste en la biblioteca nuestro teléfono de latas.

Ella arrugó la nariz, desde que lo habían fabricado decidieron hacer una lista; los lunes, martes y viernes le tocaba a Hallie traerlo a casa. Los demás días lo guardaba Zachary. Aquel día era sábado y se suponía que él lo usarían hasta el próximo lunes.

—Camino a mi casa estaba aburrido así que me puse a contar la distancia en codos —volvió a decir Zac—. Llegué y la calculé en metros, entonces compré la cantidad de listón suficiente para que alcance la distancia entre ambos hogares. Podemos hablar sin vernos, incluso podré desearte las buenas noches.

—Oh —la expresión de Hallie se relajó, dibujó en su rostro una sonrisa—. ¿Y qué pasa con los autos? ¿No pisarán la cuerda?

—Nah, mi recámara está en el segundo piso, la cuerda siempre estará alzada. Se verán extrañas las calles, como un cable de internet ¿pero qué importa una simple apariencia?

—Genial —rio Hallie soltando el resto de la cortina.

—¿Entonces me dejarás entrar o la arrojo por la ventana? —bromeó.

¿Qué pasaría si decía que ese no era su departamento? Rompería la ilusión del chico, mejor pediría prestada la casa de Samantha. Sí.

—Lánzala por aquí —dijo al cabo de pensar—… Son las diez de la noche, no son normales las visitas a tales horas.

Zachary asintió, avergonzado. Qué loco, no recordaba que existían los padres. Caracoles, está sería la mayor travesura que había hecho en toda su vida.

Entonces, Hallie se hizo a un lado y cerró los ojos. Ojalá no se rompiera o se abollara alguna pieza del teléfono.

La lata cayó a sus pies y ella la levantó, para enseguida examinar el exterior. Por la acción, Samantha se asustó y corrió a ver, sin embargo, Hallie la empujó al piso para ocultarla.

—Gracias —suspiró por la ventana—. Llegó intacta.

—¿Crees que podamos hablar por ahí? Tengo algo que decirte y me duele la garganta —su voz ronca no sonaba nada mal.

Ella asintió nerviosa y llevó el teléfono al oído. No puedo escucharlo hasta que giró la lata y se dio cuenta que había algo adentro, estaba cubierto en cinta adhesiva.

Frunció el ceño y arrancó la cinta que estorbaba. Literal, estaba dando buena lata.

Nunca se imaginó encontrar un regalo al fondo, el obsequio la dejó sin palabras. Y entendió lo mucho que significaba para él.

Para una persona común, recibir una funda de celular era un obsequio bastante sencillo. Sin embargo, para Hallie lo era todo. Con ello, Zachary daba a entender, de alguna manera extraña, que aceptaba su nomofobia.

Él no la quería a medias, la quería por completo. No cabía duda.

—Por algo Charles Bukowski decía "Encuentra lo que amas y deja que te mate" —argumentó Zachary—. Yo no estaba de acuerdo con tu nomofobia, me preocupaba tu salud física y mental. Sin embargo, cada quien tomas sus decisiones. Asistiré a tu funeral cuando te asesine la tecnología.

—Eres tan exagerado —bromeó Hallie—. ¡Pero gracias por comprarle nueva ropa a Jackson! —soltó con inmensa alegría, el brillo de la luna se confundía con sus pupilas.

—Eso creo —se alzó de hombros Zachary—, no sé qué modelo es tu celular, no sé la medida, la compré sin saber si le quedaría.

—¡Oye! —la funda era ciertamente bella, la silueta era rosada y el resto transparente, pero cubierto de brillos. Justo en medio estaba una letra "H", hecha con diamante de fantasía.

Hallie se preguntó cómo rayos encontró su inicial. Y dedujo que él lo hizo a mano, pues quedaban rastros de pegamento cerca del orificio para la cámara. Además, coincidía una palabra escrita en parte de la cinta adhesiva, estaba elaborada del mismo material del diamante de fantasía. Decía "S O R R Y". Sería una lástima que no le quedara a Jackson.

—La intención es lo que cuenta ¿no? —sonrío Zachary.

Y aquello era más que una simple intención, era gran valentía. Había dejado un miedo atrás. Aún sufría tecnofobia, pero había aprendido a querer a Hallie sin condiciones. Ahora no le molestaría tener cerca de él un celular que trasmitiera ondas electromagnéticas, ya no más.

No se trataba de soportar, sino de aceptar. Y no se trata de cambiar, sino de avanzar.

—Llegó el momento de la verdad —anunció Hallie sacando del bolsillo trasero de sus jeans a Jackson, tenía que probarle la funda.

Y así como la zapatilla de cristal se ajustó a la perfección al pie de Cenicienta, la funda de diamantes se ajustó al celular.

De pronto, Hallie se sintió dentro de un cuento de hadas. Sí, todo comenzó desde llamarla mediante aquel edificio, era como el apuesto joven que subía a la torre por su princesa.

Pero también podía imaginarse otra historia: Hallie era Bella, Zachary, la Bestia, y la tecnofobia aquella Rosa mágica del destino. Su teléfono de latas podía ser su paloma mensajera.

Ay, Dios, Hall recreó tantos cuentos en su mente que accidentalmente actuó su final feliz:

—¡Príncipe azul, después de concederle mi mano, lléveme en su hermoso corcel blanco!

—¿¡Qué!?

Hallie despertó de su ensoñación, y bajó la mirada hacia Zachary, este tenía cara de "¿Ah?".

—¡Que me hubiera gustado en color blanco! —avergonzada, se cubrió el rostro con ambas manos.

El aspecto de Zachary se borraba en la penumbra. No obstante, su sonrisa de oreja a oreja permanecía, y se asemejaba a la sonrisa del gato de Cheshire cuando desaparecía poco a poco.

—¿Te he dicho que eres muy exigente y estás medio loca? —dijo Zac a través de la lata, el cordón se tensaba conforme se alejaba del edificio.

—No lo sé, yo no soy el loco que camina por la calle con un teléfono de hilo.

15

Alergia al wifi

Si a Hallie le pudieran conceder un deseo, pediría que Zachary fuera como su teléfono celular, para mantener contacto con él a toda hora.

El domingo —que hace unos meses le parecía su día favorito— lo terminó por detestar, aquel día estaba entre la línea floja, lo suficientemente cerca para ver a Zachary y lo suficientemente lejos para impedírselo.

Como anhelaba que llegara el lunes, las horas transcurrían con lentitud, al igual que su señal de internet, una razón más para ponerse de malas, los mensajes entre su amiga Leila tardaban horas en recibirse, los videos de TikTok estaban en la más baja calidad y el sonido del televisor a todo volumen —puesto en el canal de deportes, gracias a su tío— la aturdía.

Resopló y se hundió un poco más en el sofá, por mero aburrimiento miró a sus tíos e intentó charlar con ellos un rato.

Lo cierto es que no escuchaba lo que decían, sus pensamientos querían descifrar lo último que había dicho Zachary —una noche anterior— mediante la lata. Era difícil comunicarse a larga distancia, aunque tuvieran una hora determinada para hablar, ella debía trasladarse a la casa de Samantha para escuchar con claridad, y Zachary debía responderle desde la habitación de Dean para que la cuerda no se estirara sin romperse en el intento.

Era tan extraño gustar de alguien que nunca ha enviado mensajes de texto. ¿Cómo se suponía que mantendrían contacto los fines de semana? Por ello necesitaba el lunes a como diera lugar, no quería que se volviera una costumbre extrañarlo tan pronto.

En el almuerzo del tan día esperado, Hallie traía comida de casa para evitar perder tiempo comprando en la cafetería y así dedicar por completo los veinte minutos de receso a Zachary.

Esperaba verlo como siempre, sentado a la mesa apartada de los demás, con su vista fijada en libros; sin embargo, no cstaba ahí. ¿Dónde rayos se habían metido?

Por suerte, podía localizarlo siguiendo la cuerda de su lata, cuyo listón fue complicado de hallar, procedía del salón de cómputo. ¡Qué locura! ¿Tan rápido superó la tecnofobia?

Abrió la puerta con ese chirrido irritante y lo encontró. Zachary estaba destrozando una computadora con la ayuda de un martillo.

Traía guantes y sujetaba el martillo con ambas manos, aplicaba una fuerza impresionante, como si su vida dependiera de ello, toda ira hacia las tecnologías que lo consumía por dentro, por fin era desprendida. Alocadamente, con sonrisas aterradoras, manos agitadas y sudor en la frente.

Hallie permanecía pegada a la puerta, estupefacta por ver la escena del crimen. *Que descanse en paz la pobre PC.* Pensó dándole un minuto de silencio, a los treinta segundos reaccionó. No es normal adoptar esa actitud.

¿Zachary no percibía la presencia de Hallie? Seguía como si nada, golpeando el monitor con su pie.

—¿Tienes una navaja o algo filoso? —dijo exhausto, también llevaba puesto un cubrebocas y eso le quitaba aliento.

—¿Qué? —balbuceó ella, arrinconada todavía—. ¿Sa-sabías que estaba a-aquí?

Zachary soltó una risa y luego enderezó su espalda.

—Entraste como paranoica gritando "¡Por todos los iPhones en oferta! ¡¿Qué haces?!".

—Yo no dije eso —no estaba segura, quizá lo hizo inconscientemente. A veces no controlaba sus pensamientos, a veces los decía en voz alta.

—Lo sorprendente es que no has hecho nada para detenerme —bufó y siguió pisando casualmente el teclado.

Hallie aún no asimilaba la situación, ver la masacre de computadoras la dejaba estática, temerosa.

—¿Y si trataba detenerte, pero involuntariamente alzabas el martillo, me pegabas fuerte en la cabeza y moría de un derrame cerebral? Eres peligroso…

—A ti no te haría daño, Hall. Eres humana, no una máquina —guiñó el ojo.

El cerebro de Hallie se desconectó, oírlo hablar en tono suave después de ver sus acciones, era confuso y aterrador. ¡Parecía un maniático que ignoraba sus crímenes y permanecía hasta el final con la apariencia de que no dañaría ni a una mosca!

—Iré a buscar a los profesores y a la psicóloga escolar —anunció rápidamente.

—Espera —Zac tiró el martillo al piso y alzó las manos—. Todo tiene una razón, déjame explicarte.

Hallie parpadeó dos veces seguidas en una fracción de segundo mientras Zachary se acercaba a ella.

—Aléjate —reaccionó ella y buscó en su bolso algo para defenderse—. Tengo un plátano y no dudaré en usarlo como arma punzocortante.

A Zac le pareció gracioso y retrocedió siguiéndole el juego.

—Eres despistada —estalló en risas—. ¿No has visto el cartel de la puerta? Desde el jueves dice que está fuera de servicio, mañana traerán nuevos equipos y todo esto se irá a la basura. Ya no funcionan, trajeron a un técnico y básicamente les dijo que no sirven para nada.

—¿Y eso es motivo para destruirlos con semejante violencia?

—Creo que sirve como terapia —alzó sus hombros—. No sé, yo solo seguí órdenes del profesor de ecología.

A Hallie no le convencía aquella respuesta.

—El profesor de ecología es mi profesor favorito —continuó excusándose—. Sabe que tengo tecnofobia, y se lleva bien con la directora. Le pidió de favor que me dejara destruirlos sin sanción alguna, ya que, como sabes, he tenido reportes relacionados con el rechazo a las tecnologías. Y si de todos modos las computadoras terminarían en el basurero, no había inconveniente de que yo les redujera la carga. ¿Ves?

—¡Pero tú ya estabas superando la fobia! —exclamó molesta—. Incluso taché el siguiente paso porque según ya habías aceptado las tecnologías.

—Error, acepté a Jackson, no a las demás tecnologías cuyos nombres me cuestan pronunciar.

—Como sea, eres un farsante —Hallie le enseñó la lengua.

—¡Comprende, Hallie! Es difícil para mí que desaparezca de la noche a la mañana mi mayor miedo. Con tu ayuda he podido realizar cosas inimaginables, cosas que no hubiera sido capaz de hacer años atrás. Aunque no es suficiente, se necesita más tiempo.

—Pero estamos juntos en esto, así podríamos aligerar el largo camino —soltó ella con tristeza—. También debo solucionar mi nomofobia. Creí que era una exageración, y que en realidad yo tenía tecnofilia. Pero no es así, me pongo ansiosa si no estoy en internet, me desespera tener mala señal y cuando trato de dejar mi celular, sigo escuchando el sonido de que recibí un nuevo mensaje, esa vibración está en mi mente, pues reviso mi celular y no he recibido nada.

"Siento que mis manos se entumecen si no las uso para teclear. Siento que no puedo reír si no veo memes. A veces incluso sueño que estoy en mis redes sociales publicando algo, creo que ya me sé de memoria cada cosa que contiene la web, o hago en automático el deslice de dedos. ¿Y acaso te importa? No, solo estás en modo "Zachary es el único que sufre, nadie lo toque". Y por eso te rindes con facilidad, estás aquí tratando de asesinar las computadoras y crees erróneamente que con ello obtendrás paz.

Zac no dijo nada, su cara estaba inexpresiva.

—Bien —Hallie giró sobre sus talones decidida a marcharse. Tomó la perilla de la puerta y jaló con fuerza. Esta no se abrió y únicamente provocó que se tambaleara.

Por suerte, Zachary estaba atrás para evitar que cayese, posó sus largas manos en los hombros de ella, y le brindó equilibrio, quizá también un poco de apoyo. Y con apoyo me refería a que comprendía su miedo irracional.

Entonces Hallie desvió la mirada y volvió a tirar de la perilla.

—No abre.

—A ver —Zachary también probó y fracasó—. ¿Qué hora es?

—¿Las once, tal vez? —resopló y miró su celular—. Sí, ya debería estar en mi clase, apresúrate.

El joven negó con la cabeza.

—Creo que nos quedamos atrapados.

—¿Ves?, a eso me refiero con que no te esfuerzas —lo hizo a un lado y trató de nuevo.

—Hablo en serio, el profesor me dijo que solo tenía la hora del almuerzo para venir aquí. El conserje iba a clausurar el paso después, supongo que ya cerró con llave sin siquiera verificar si había alguien adentro.

—¿Qué? ¿Y por qué no lo dijiste antes?

—El sábado te lo dije a través de la lata —y entonces Hallie comprendió que aquello fue lo que no alcanzó a escuchar.

Zachary había dicho que terminaría de una vez por todas con algo, ella supuso que se refería a su pequeña relación, y por eso necesitaba verlo pronto, pero no. Se trataba de despedirse del odio, y miedo a las tecnologías.

—Oh —Hallie se golpeó levemente las mejillas.

—Así es, solo les decía adiós a mis queridas amiguitas —acarició la superficie que quedaba de las ostentosas computadoras—. Después de todo, eran modelos viejos, y llenos de virus.

Virus. Eso explicaba porque tomaba medidas drásticas usando tapabocas y guantes.

—Eh, Zac...

—¿Sí?

—Los virus informáticos no contagian a las personas, solo a las computadoras y las memorias USB.

—¿Qué? —gruñó, se moría de calor gracias a ello—. Viví completamente engañado, creí que producían enfermedades letales si tocaba una computadora.

Hallie apretó los labios para no reír, algunas cosas parecían más ilógicas si las mirabas desde un punto de vista tecnófobo.

—Lo bueno es que ahora *tendremos* modelos recientes, del año en curso —cambió de tema Zachary, era penoso haber usado medidas preventivas.

—¿*Tendremos*? ¿Intentarás adaptarte? —arqueó una ceja. Él asintió y el semblante de Hallie cambió—. Lamento haber dicho cosas hirientes hace rato.

—Está bien —sonrió—. Todos necesitamos desahogarnos, si quieres puedes romper las computadoras que faltan: toma.

Por un momento, Hallie se negó a destruirlas, pero a veces era necesario destruir para construir algo mejor. Y aquello era un comienzo, despojar sentimientos que te impedían seguir adelante.

Cerró los ojos y golpeó un monitor, tenía tan mala puntería que le dio a un teclado. Entonces estalló en risas junto a Zachary y volcaron lo sobrante.

Creaban tal estruendo, que era asombro que no consiguieran salir de ahí por ello. Sabían que los sancionaría si rompían el vidrio de la ventana, tenían que esperar a alguien se dignara a aparecer.

Habían incluso tocado la puerta hasta que les dolieron los nudillos. Luego pensaron en enviarle un mensaje a la directora o a algún profesor, lamentablemente Hallie no tenía sus números de celular. Ella no era una estudiante destacada como Zachary.

Y si alguno de los dos tuviera algún amigo en la escuela, ya hubieran salido desde hacía tiempo. Pero no tenían vida social gracias a los libros y al internet.

Por cierto, a Zachary le preocupaba encontrar su mochila desecha, con sus cuadernos pisoteados y desordenados por el salón. Había dejado afuera sus pertenecías. Lo bueno es que Hallie sí traía sus cosas, nada de que agobiarse.

Compartieron los alimentos de la chica, a cada quien medio sándwich y medio plátano. Comieron sentados en el suelo, cansados y acalorados, recargados contra la puerta, porque después de todo, a Zachary le parecía aterrador el lugar, especialmente por esas ondas electromagnéticas del wifi.

—Oye, Hall, ¿y si cortamos los cables de internet para que vengan a revisar qué está fallando, nos encuentran y salimos de aquí?

—No tiene sentido, la red está protegida, he intentado conseguir la contraseña, pero en realidad solo está disponible para navegar en páginas escolares, nadie le toma importancia así que no la usan. Además, obtendríamos un castigo por dañar la propiedad de la escuela.

Zachary bostezó al escuchar aquella respuesta.

—¡Es que me duele la cabeza de estar aquí! No estoy acostumbrado a recibir tanta radiación en un mismo día.

Hallie lo miró por el hombro y lo fulminó, de verdad que era exagerado.

—La radiación está en la ciudad, no solo en esta habitación, ¿de acuerdo?

Zachary dejó caer su cabeza en el hombro de Hallie. Y ella nada más se dedicó a acariciar aquel cabello que envidiaba.

—El otro día acompañé a Dean al dentista por sus caries —comentó como haría un niño pequeño—, y mientras él entraba a consulta leí una revista científica. En un reciente estudio se evaluó el desarrollo y crecimiento de semillas de berro expuestas a esta clase de radiación, tomaron cuatrocientas semillas de berro, y las dividieron, una de las muestras fue colocada en una habitación junto a dos routers de wifi, mientras que la segunda…

—Chico listo —interrumpió Hallie—. Habla claro que no entiendo ni un pepino cuando hablas en modo enciclopedia, ahora menos en modo revista.

El chico levantó su cabeza para mirarla y tratar de ser lo más conciso que le fuera posible:

—Bien, sembraron semillas en dos habitaciones, en una sí había routers y en la otra no había. Y en ambas se les dio el mismo cuidado. ¿Se entiende?

—Voy captando.

—¿Cuál crees que fue el resultado del experimento?

—Ay, yo qué sé, no soy científica —Hallie se encogió de hombros.

Tal vez Zachary hubiera reído con el comentario, sin embargo, se mantuvo serio como todo un profesional listo para continuar la explicación del experimento.

—Las semillas que se expusieron a radiación no se desarrollaron. Si eso sucede con simples semillas, imagínate que pasa en nuestro cerebro, por eso opino que sí existe el dolor al wifi.

Hallie se levantó de un solo movimiento.

—No juegues, Zac. Qué miedo —buscó su celular en sus bolsillos y le habló a Siri. Esta abrió una pestaña de internet.

—Creo que me da más miedo que le hables a tu celular y este te conteste —dijo Zac reincorporándose. Tomaría distancia también de ese aparato.

Hallie ignoró el comentario y visitó más páginas web. Luego bloqueó la pantalla y miró con determinación al joven.

—¿Ahora qué hice? —soltó rápidamente el chico.

Ella suspiró antes de hablar.

—¿Crees que padezcas una enfermedad y la estés confundiendo con la tecnofobia?

—¿A qué te refieres? —dudó él en preguntar.

—Investigué y encontré que una de cada mil personas en el mundo presenta "La alergia al wifi".

—¿Segura? —frunció el ceño Zac— La información en internet no siempre es confiable.

—Me parece que es oficial la página, y proporciona una dirección para que vayas a verificarla. Deberías ir con tu familia, quizás ustedes sean de aquella población.

Por alguna extraña razón, Zachary se alteró. ¿Y sí era un engaño para atrapar a las personas *diferentes*? ¿Y si los querían matar? ¿Y sí eran los elegidos para iniciar una rebelión? Esperen, él ya había leído bastante ficción al respecto.

—Te describe perfectamente —alentó Hallie su paranoia dándole un codazo—, dice que genera distintos efectos, como dolores de cabeza, vómitos y mareos constantes que se vuelven más intensos al acercarse a aparatos eléctricos o nuevas tecnologías, pérdida del conocimiento…

—Ya quedó claro, Hall —Zac cortó el rollo, varias veces había visto a su madre vomitar, por ende, su tecnofobia aumentaba—. ¿A dónde debo ir?

—Por suerte no tendrás que salir de Obless, solo tienes que ir a la capital del país.

—Bien —había ido un par de veces allá, más que nada por la Biblioteca Nacional, era un sueño.

Hallie asintió y extendió sus brazos para abrazarlo. No sabía qué podía ser peor, la fobia o la alergia.

Y justo en ese instante, donde las personas se ponen amorosas, llega alguien a arruinarlo. El profesor de Ecología abrió la puerta y los hizo brincar del susto. Prefirieron ponerse de pie.

—¿Pero qué…? —no terminó la frase por mirar al chico —. Blackelee, te he buscado por todas partes. No asististe a clases.

—Sí, estoy atrapado aquí desde el almuerzo —resopló.

El profesor se cruzó de brazos y miró el espacio vacío, al menos habían barrido después del desastre.

—Ayúdame a llevar esto al basurero y después podrás retirarte.

Cargaron los equipos con ambos brazos y los condujeron al jardín trasero. El profesor ignoró por completo a Hallie, como si nunca hubiera estado ahí, ni siquiera porque ayudó a cargar los ratones y teclados.

Al terminar, el profesor pescó del cuello a Zachary y le susurró:

—Todo está grabado en las cámaras de seguridad, si hiciste algo ilícito con la chica, tendrás problemas legales y la escuela no piensa encubrirte.

Ja, si supiera que no ha dado ni su primer beso. Pobre ingenuo.

Zachary simplemente asintió agradecido y se marchó. Los pasillos estaban vacíos, supuso que pasó encerrado las horas suficientes para perderse de las clases, no quedaban estudiantes en las instalaciones. Se asomó a la última aula y recogió su mochila.

Tal como era de imaginarse, habían sustraído sus pertenencias y jugado con ellas. Su libro *Los miserables* estaba rayado de la portada, con plumín indeleble.

El libro tenía escritas cosas horrorosas, que Zac prefería no leer para no desmoronarse. Claramente no tomaba en cuenta que Hallie sufría los mismos comentarios negativos, porque no tenía conocimiento de su video viral. Pero sí tan solo lo supiera, la comprendería un poco más, y entablarían una relación más cercana, mucho más cercana de la que ya tenían.

16

Mi biblioteca eres tú

La familia Blackelee estaba a la mesa comiendo papas con carne. Dean no paraba de hablar sobre la rana que disecó en Biología. Mencionó que casi se desmayaba, pero al final optó por vomitar.

—Estamos comiendo —su madre dejó caer sus cubiertos al plato—. ¿Siempre tienes que ser tan asqueroso, piojo?

—No me llames así —Dean habló con la boca llena y su madre le arrojó una servilleta.

—No hay otra forma de reprenderte —espetó el padre, acariciándole el brazo a su esposa—, si gritamos "Dean" no suena fuerte o seco, parece que estamos emocionados contigo y no enfadados. Y como padre necesito ejercer mi autoridad.

Dean pasó su bocado y comenzó a vocalizar su propio nombre.

—Dean —musitó—, Dean, Dean, Dean —iba subiendo de tono—. ¡Dean!—exclamó a sí mismo.

Sus padres se miraron de reojo y por debajo de la mesa se dieron varios puntapiés, peleando por quien se animaría a callarlo. Dean no era alguien a quien podían controlar.

No como a Zachary, el hijo que antes de que alzaran su voz, entendía y obedecía sin respingar. Tan tranquilo, tan fácil de moldear a su antojo.

Y aquello era el gran temor de Zachary, no ser el hijo que esperan que fuera. Decepcionarlos con sus nuevas actitudes, intereses y pensamientos.

Le habían dicho que la tecnofobia era buena, habían dicho que lo hacía diferente y no debía cambiarlo. Repetían esas palabras desde que tenía memoria… Era realmente difícil sacarlas de su cabeza. Más ahora.

—Tienen razón, no importa cómo digan mi nombre, siempre suena bien —soltó Dean al cansarse de gritar—. Nací con nombre artístico, soy fabuloso.

La madre puso los ojos en blanco y giró a Zachary.

—Zachary suena mejor que bien —no se quedó atrás de adular a su hijo ejemplar—. Suena con poder.

Dean también se volvió a su hermano, y enseguida su padre. Todas las miradas se posaron en el chico de los pensamientos perdidos, no concebía que hablaran sobre él.

—¿Perdón? —pestañeó Zachary, tardó un montón en reaccionar. Aquellas miradas lo intimidaban, aunque fueran familiares.

—¿Estás enfermo, hermano del mal? —Dean pasó su mano a la frente de este, quien rápidamente le apartó su brazo. ¿De cuándo acá le tomaba la temperatura?

—¿Qué tienes, Zac? —suspiró la madre—. No has tocado el guisado.

De repente Zachary se sacudió y miró su plato. ¿Qué rayos había estado haciendo desde que llegó a casa?

—Ah —pensó una excusa—, es que no tengo hambre.

—¿Y eso? —preguntó su padre.

—Comí con unos amigos después de clases —cubrió el hecho de haberse quedado encerrado.

—Me alegra que por fin hayas conseguido amigos —esbozó una sonrisa su madre—. ¿Cómo se llaman?

—En realidad no es nada —se apresuró a decir. ¿Qué nombre podría inventar? ¿Hall, Hallie, Santini y que más? Todas eran la misma persona.

Por cuya respuesta, iba a intervenir la madre, si no fuera porque sonó el timbre.

—¿Los invitaste? —Stella recorrió la silla para salir.

—No, seguro es un vendedor —respondió con brusquedad. Luego tomó una larga porción de comida y se la llevó a la boca, entre más rápido terminara, podría huir de aquel interrogatorio tonto.

Dean ya había terminado y subió a su recámara para huir de lavar los platos. Arnold se estaba alistando para volver al trabajo. Solo quedarían en la mesa Stella y Zachary. Qué miedo daba hablar a solas con ella.

Stella no tardó en regresar de la puerta, miró a su hijo de arriba abajo y dijo:

—Te doy dos minutos para asearte, ¿o planeas recibir a la chica con esos harapos?

—¿Qué? —dio un largo trago de agua.

—Creo que la he visto antes —le dijo haciendo memoria.

Zachary casi escupió su bocado al escuchar eso. ¿Será posible que Hallie haya dado con su dirección? Se quedó como tonto, ahogándose con la comida.

Estaba en su peor aspecto para recibirla. Hallie pasó por el umbral del comedor cuando él estaba devolviendo la comida a una servilleta. Qué abrumador.

—Hola —ella fingió no haber visto nada, se agarró de las tiras de su mochila.

Zachary enderezó su postura y dio un paso hacia atrás, tirando sin querer la silla.

—Vine a terminar el proyecto de Ciencias —le guiñó el ojo Hallie.

El joven apretó los labios, no por enfado, sino por temor a que tuviera restos de comida. No le dio tiempo de lavarse los dientes. ¿Olería a papas si hablaba?

Cómo deseaba escapar, pero estaba en su propia casa. Aquí la intrusa era Hallie.

—Bien, estaré por allá —volvió a mencionar debido a Zachary que seguía como página en blanco. Caminó por la alfombra de la sala y tomó asiento en la punta de un sillón, con su mirada recorrió el lugar.

Regularmente en el recibidor hay algo con qué entretenerse. En esa casa no, arriba de la chimenea solo estaba un arreglo floral. En la pared había dos cuadros, con títulos universitarios de los señores Blackelee, nada más. No había ningún retrato familiar, alguna pantalla o aparato electrónico.

Suspiró nerviosa, recargando las manos sobre sus rodillas. A su lado izquierdo se encontraba colgado un pizarrón blanco, en él estaba escrito un menú semanal y una lista de tareas, a Zachary le tocaba lavar los platos mañana. En otro espacio también apuntaban una cuota de dinero para quien soltara una maldición. El costo era de cinco pesos.

—¡Hijo del trueno, ve con ella! —alcanzó a escuchar como la madre le gritaba a Zac.

Entonces compendió por qué Zachary nunca decía malas palabras y por qué se refería a Dean como "Hermano del mal". O a cualquier otra cosa agregándole aquellas palabras. Profesor *del mal*, chica *del mal*, mascota *del mal*... ¡Ah! Su gallina. ¿Dónde estaba?

Su mirada se tornó inquieta, buscaba el paradero de Martha. Alzó el cuello y accidentalmente cruzó los ojos con Zachary.

Se sacudió y apartó la vista a sus zapatos escolares. Luego sintió como la tomaba de su muñeca.

—Vamos —la condujo a las escaleras, antes de subir le habló a su madre—. Descuida, dejaré la puerta abierta.

—No tarden —sonrió la mujer.

Al llegar a su habitación, Zac la miró fijamente, sin articular algún vocablo.

—Ya habla, es estresante que no digas nada —soltó Hallie.

—¡Tú me estresas! —Zac deambulaba agitado, de un lado a otro—. Mis padres te matarán, si no es que mueren antes al enterarse que tienes nomofobia. Te pedí tiempo, ¿por qué me presionas? ¿Por qué mentiste diciendo que haremos un proyecto de Ciencias? Ni siquiera hemos avanzado con el proyecto que le debemos entregar a la directora. ¿Cómo supiste donde vivía? ¿No te quieren en casa?

Hallie enumeró las preguntas con los dedos y enseguida contestó:

—No vine aquí para insistir sobre la alergia, vine porque me di cuenta que rayaron tus libros y se me ocurrió comprarte fundas protectoras para cuando los lleves a la escuela, son prácticas y se pueden quitar y poner cuando tú quieras —corrió el cierre de su mochila y enseñó las fundas de tela, bordadas a mano.

Zachary relajó sus hombros y le dedicó una sonrisa somera, se sentía bien cuando Hallie hacía este tipo de cosas, algo pequeño, pero ciertamente significativo, de horas invertidas. Y eso valía la pena, lo valía todo porque causaba emociones gigantescas.

Dejó de escuchar lo demás, solo quería guardar ese gesto en su memoria.

—... Y luego seguí la cuerda de la lata —Hallie se lanzó al colchón y sumergió su cara en un cojín—. Mis padres nunca están, llegan hasta tarde, normalmente estoy con mi vecina, o en internet. Por eso mejor vine a molestarte, digo, a colocar fundas.

Zachary resopló y se sentó al otro extremo de la cama.

—¿Cómo es tu ombligo?

—¿Qué dices? —Hallie se giró, ya no le daba la espalda.

—Tengo curiosidad, hay diez tipos de ombligos, y el mío es ovalado —se levantó la camisa hasta que se apareció—, mira.

—Esta conversación es rara — Hallie soltó una risa cuando se acercó a mirarlo—. No tiene mucho sentido, ¿qué haces?

—No sé, molestarte quizá —arqueó una ceja.

—Eso no me molesta, pero es extraño.

—Es que solo era una distracción para esto —comenzó a hacerle cosquillas en el estómago.

Hallie dio un grito de sorpresa y cruzó los brazos. Vaya broma, eso no calmaba las cosquillas, estallaba en tortuosas risas.

—No, por favor —dijo moviéndose para intentar cubrirse—, basta —miró de reojo a Zachary, quien parecía divertido—. Te dije que pares —le soltó una patada en el abdomen.

—¡Oye! —alzó sus manos indefensas.

—Tu mamá pensará otra cosa, sí.

Zachary dobló una mueca.

—Solo quería subirte el ánimo, cuando hablaste de tus padres pensé que entristecías, creo que no funcionó. No soy divertido.

Tenía razón, en lo referente a sus tíos, claro, pero no estaba preparada para hablar.

—No eres divertido, cierto —admitió Hallie—. Lo tuyo es ser interesante, así que… —se levantó de un brinco—. Mejor vistamos a los libros.

Se refería a ellos con entusiasmo, como si volviera a su niñez, con sus muñecas luciendo nueva ropa. En efecto, era como vestir libros.

Posó las manos en su cadera mientras miraba ese alto y ancho estante, contaba por los menos con ochenta libros. Suspiró.

Era alucinante verlos en perfectas condiciones, sin polvo encima de las páginas, con las puntas de los extremos intactos. Seguro los limpiaba constantemente.

—No es necesario lo que traje, ¿verdad? —dijo al cabo de unos segundos.

Zachary asintió levemente y agregó:

—Pero lo usaré cuando los lleve a la escuela, así se protegerán de esos *muggles*. Gracias.

—Bien —Hallie se alzó de hombros sin despegar la mirada del librero—, ya que estoy aquí podríamos acomodarlos de distinta manera. Hay de tantos colores que podríamos formar un arco iris, separarlos por amarillo, verde, azul, rojo, morado…

—No, así soy feliz —interrumpió Zachary.

—Ajá —recorrió con la yema de sus dedos las portadas—. Si fueras feliz compartirías tu felicidad con los demás, así que regálame al menos un libro, ¿no?

—Toma el que gustes, es tuyo —le sonrió, enlazando por la espalda sus manos.

—Genial —solo bromeaba, tomó el primer título que vio.

—Eh, pensándolo bien, ese no… —se apresuró a decir Zachary. Hallie asintió y escogió otro—. No, tampoco. Mala idea. Sí, ese sí… Espera, no. Mejor otro.

Hallie tensó la mandíbula y alzó sus brazos para las columnas superiores.

—Mmmmm, no —musitó Zac.

—¡Ni siquiera se alcanza al leer el título del lomo! —se exaltó por tantos rechazos—. ¿Cuál de todos estos no lo consideras como "favorito"? —preguntó más tranquila.

Zachary frotó su mentón.

—Depende, entre mis libros favoritos, hay preferidos. Luego están los que se dividen por autor, por saga, por edición, por temática, por dedicatoria, por firma, por…

—Ya entendí, todos son especiales.

—Los libros siempre son especiales y más los que son poco conocidos. Emanan magia, y jamás quieres que desaparezcan.

—¿Entonces habrá alguien en el mundo que eligió como favorito a un libro que no sea tan requerido?

—Sí, y por eso lo volvió especial al leerlo —esbozó una sonrisa—. Tal vez funcione parecido con las personas.

A Hallie le gustó aquella respuesta. Giró sobre sus talones para observarlo con los párpados bien abiertos.

—¿Qué haces? —preguntó Zachary, desviando inevitablemente la mirada al suelo.

—Trato de leerte —rio bajito.

—Olvídalo, te aburriré.

—Zac…

—¿Sí?

—Mírame —ordenó Hallie—. No eres divertido.

—Eso ya lo dijiste antes.

—Pero eres interesante.

—Esto también lo has dicho.

Hallie suspiró, frustrada:

—Creo que no me estás entendiendo, o tal vez soy yo la que no se da a entender.

Con temor, Zachary subió la mirada, poco a poco hasta toparse con el mismísimo azul mar en los ojos de ella. Hallie, no tardó en desviar la mirada por el nerviosismo.

—Trataré de decirlo lo mejor que pueda. Valora mi esfuerzo, ¿okay? —dijo Hallie, y Zac solo asintió.

Entonces la chica reunió las fuerzas necesarias para hablar clara pero metafóricamente:

—Tu mente es como una biblioteca, y estoy dispuesta a leer todos tus libros, ¿entiendes? Cuando expresas lo que piensas, lo que sientes o lo que sabes, se siente como comenzar a leer un libro porque suena interesante, no porque sea divertido; pero eres de esos libros que terminan enganchándote hasta el final, convirtiéndose en tu favorito, te sorprende y lo amas por eso. Así que no vuelvas a decir que eres aburrido, porque eres la persona más interesante que conozco. Siempre quiero saber más de ti, y no necesito leer más libros para saber que te elegiría a ti una y otra vez sobre ellos.

Si Zac era como un libro pensó que sería como uno de esos que tienen muchas anotaciones por el lector, Hallie parecía ser de aquellos que personalizan los libros y los vuelven completamente únicos. Así lo hacía sentir, con vida, con emoción.

—¿De dónde sacas eso? —Zachary dibujó una sonrisa amplia, de oreja a oreja, le asombraban semejantes palabras, era como darle sentido a la oración, o como haberle encontrado dueño a esa oración.

—No sé, creo que habló mi corazón.

Zachary dibujó una sonrisa, ya podía morir en paz después de aquel momento. Sentía como si Hallie le caminara hacia el corazón, ya no bombearía solo sangre, ahora también sería amor.

Además, dichas palabras las atesoraría para siempre en su mente y alma.

—Ah, y en donde vives es como un museo, me transporta a otra época —concluyó ella.

—Entonces, te daré el recorrido completo —no podía borrar esa sonrisa de tonto del rostro—. No necesitas boleto para entrar a mi vida, serás la única bienvenida —le guiñó el ojo.

—Bien, porque detesto hacer fila —bromeó Hall.

17

Máquinas de escribir

De cierto modo, Hallie estaba encantada en el hogar de los Blackelee, le recordaba su niñez a través de una computadora, cuando buscaba juegos en línea para decorar casas. Y allí pasaba horas y horas acomodando diferentes recámaras, con áticos o sótanos, deslumbrada por la cantidad de habitaciones, nada comparado con el departamento donde vivía.

Además, el ático de la familia Blackelee lo volvieron un cuarto oscuro para revelar fotos a blanco y negro, Zachary en sus tiempos libres estaba aprendiendo a usarlo.

—Es alucinante —dijo Hallie después de escuchar el proceso de revelado. Alzó su mirada al tendedero con algunas fotografías sujetas con ganchos—. ¿Esa es mi gallina? —aparecía en las fotos.

—Ah, sí… el otro día Dean estaba aburrido, así que le tomó fotos con mi cámara.

Hallie soltó una risa.

—También hago lo mismo, Martha es tan fotogénica que le creé un Instragram, digo, si hay Instagram de gatos famosos, ¿por qué no también de una gallina?

—No digas eso enfrente de mi hermano, sería capaz de conseguir un teléfono para seguirte el juego —rio Zachary, aunque parecía que la rubia no comprendía—. Ah, es que él no padece tecnofobia.

—¿En serio? —abrió los ojos con exageración—, quiero conocerlo.

Zac dio una bocanada de asombro, le parecía mala idea aquello. ¿Qué tal si encontraban varias, bueno, bastantes cosas en común? ¡No! Harían travesuras juntos, seguro.

—Creo que no está en casa, constantemente va al parque a pasear a Martha y Europa. Dice que es gracioso ser perseguido por otros perros.

—Qué mal, yo quería saludar a mi gallina —Hallie llevaba los hombros caídos cuando bajó del ático, echó un breve vistazo a la recámara contigua, para su mala suerte, estaba cerrada la puerta blanca.

Zachary cruzó los dedos por detrás de la espalda y condujo a Hall al lugar que deseaba ir, giró la perilla con la esperanza de no encontrarse con su hermano.

La habitación era un desastre de ropa y zapatos, la cama destendida, polvo en los burós, pinceles tirados y pintura cayéndose del lienzo.

—¿Ves?, no hay nadie, solo su monstruosidad de cuarto.

Hallie inclinó la cabeza por el umbral para apreciarlo mejor.

—Son muy distintos, ¿verdad? —preguntó y él asintió—, ¿tú también pintas?

—Eh, no. Dean tampoco lo haría si no fuera porque nuestros padres nos impulsan a que escojamos al menos una disciplina artística —cerró la puerta para continuar con el recorrido.

—¿Por qué? —parecía realmente interesada en el tema.

Zachary paró en el pasillo.

—Ya te lo dicho, mis padres quieren que crezcamos con varias habilidades para recompensar todo el tiempo libre que tenemos por vivir sin tecnologías.

Hallie se preguntó si podía decir lo mismo. ¿Ella en qué era buena? No contaba administrar páginas en Facebook, terminar una serie de televisión en un día, y mirar por horas interminables videos de TikTok, ¿o sí?

Entonces se cuestionó qué rayos hacía todas las tardes al llegar a casa. ¿Y si el internet desaparecía? ¿Qué haría de ahora en adelante?

—¿Estás bien? —a Zachary le preocupaba el color pálido que tornaba Hall.

—Sí —sacudió su cabeza—. Mi mente divagó, pero es normal.

—¿Ahora qué aventura imaginaste, bella doncella?

Hallie relamió sus labios para hacer tiempo. Planeaba evadir el tema al contar una anécdota.

—Más bien me acordé de que hace unos años, en una red social donde había un juego de cuidar a tu mascota virtual, era divertido porque también ibas al parque y conocías a otros dueños, había un chat al costado y podías conectarte con muchas más personas...

Zachary escuchaba la historia porque la mirada de Hallie era distinta, risueña, cargada de recuerdos.

—Además, existían los avatares, y aunque soy rubia siempre ponía que era castaña y con la piel morena, no sé, pero me hubiera gustado ser así —finalizó ella.

—Espera, ¿estás diciendo que te hacías pasar por otra persona? —reaccionó a la defensiva—. ¡Eso es suplantación de identidad!

—Ay —puso los ojos en blanco—, era solo un juego, no es para tanto.

—Es peligroso, Hall. Tú pensabas de esa manera, pero ¿qué tal si los otros usuarios tenían intenciones malévolas? Pudiste haber hablado con un secuestrador, un abusador de menores...

Zachary sonaba como una madre regañando a su hijo por navegar en sitios webs. Lo cual, Hallie se sabía de memoria por experiencia propia.

—Fue hace años, supéralo —interrumpió Hallie—. Ya soy más cuidadosa, no oculto todo, pero tampoco doy información personal.

—¿Y cómo estás segura de que las personas con las que hablas no te mienten? No puedes ver la falsedad en un mensaje.

—Cierto, pero en persona pasa exactamente lo mismo. Al menos en línea tienes más tiempo para asimilar las cosas, de medir tus palabras, si no es lo que quieres expresar en un mensaje lo puedes borrar y volver a escribirlo, tienes más oportunidades de pensar antes de hablar. Tú decides si contestas con la verdad o no.

De cierto modo, Zachary estuvo de acuerdo. Caminó de nuevo a su habitación, antes de entrar giró sobre sus talones y la miró.

—No lo dije por mi tecnofobia, sino porque me preocupa verte envuelta en un engaño, no me gustaría que te lastimaran —susurró—. Cuídate, por favor.

Hallie sonrió involuntariamente y agregó:

—Confía en mí, yo confió en Leila Miller.

—¿Quién es ella?

—Mi mejor amiga, si algo he aprendido en internet es que la distancia no es obstáculo para una hermosa amistad. Las mejores personas no solo viven en los libros, también pueden estar detrás de una pantalla.

—¿Y por qué apenas me voy enterando? —Zac enarcó una ceja.

—No sabía cómo abordarlo, por eso de la tecnofobia.

—¿Así que no has hablado con ella desde que pasamos tiempo juntos?

—Claro que sí, nada más me das un segundo la espalda y le envío un mensaje. De hecho, le mandé fotos de las cosas más interesantes en tu casa.

—¡Hallie!

—¿Qué? Tenía que presumirle que visité completamente gratis un cuarto oscuro.

—¿Y tú crees que te dejaré ir sin que me des algo a cambio? —dijo él con voz seductora.

—No Zac, ese comportamiento de galán no te queda.

—¿No? Bueno, no.

Alrededor de las cinco de la tarde, Stella Blackelee subió a darles un vistazo a los chicos. Llevó consigo pepino cortado en rodajas, acompañado de limón, sal y chile en polvo.

—¿Cómo van con la tarea? —preguntó poniendo el plato extendido sobre la cama.

—Ya terminamos —y no era mentira, pues Hallie le pidió ayuda en la materia de álgebra.

—Espero no le moleste que Zac me haya dado un recorrido de su casa —agregó Hallie—. Hay tanto que ver. Zac es multiusos.

—Y aun no has probado su comida, Zachary sabe cocinar exquisito —su madre le guiñó el ojo.

—¿También es bueno en eso? —Hallie se echó hacia atrás—. Cada vez se pone mejor esto.

—Sí, es una lástima que siga soltero —suspiró— ¿Por qué no consigue novia después de dichas cualidades?

—¡Mamá!

Hallie rio fuertemente cuando miró a la señora fulminando a su hijo.

—Bien, me voy —limpió sus manos sobre el delantal—. Cuando quieras puedes venir, sin necesidad de algún proyecto escolar, serás bien recibida.

—No diga eso, nunca me sacaría de aquí —bromeó Hall.

117

—No me gustaría que te alejaras, eres la primera chica que trae a la casa…

—*Adiós, mamá* —señaló la puerta, avergonzado.

Stella mandó un beso al aire por el simple hecho de molestarlo y, acto seguido, salió.

Hallie agarró un palillo y tomó un bocado para evitar la risa.

Mientras tanto, Zachary se levantó y deslizó hacia arriba la ventana. Qué bochorno. Caminó ansioso por su habitación, no sabía qué decir o hacer. No ahora que lo carcomían los nervios.

Chasqueó los dedos y fue hacia la mesa de su tocadiscos, abrió un cajón y tomó el primer disco de vinilo que vio, colocó con cuidado la aguja y la música comenzó a reproducirse.

Error, grave error. La canción que sonó era excesivamente romántica: "La vie en rose".

Y lo que nunca se atrevería a realizar, de un tirón quitó el brazo fonocaptor y extrajo el disco del plato giratorio.

Luego apretó los ojos y resopló, de verdad que se volvía tonto con las visitas, nadie nunca venía a saludar.

—Está bien, Zac —Hallie se acercó por la espalda y posó su mano en el hombro del chico.

—Perdón, no sé qué sea bueno para liberar la tensión que mi madre provocó.

Hallie se mordió el labio y, sin importar el riesgo, preguntó:

—¿Y si bailamos? —miró disimuladamente el tocadiscos.

—Eh, no. Estás comiendo y deben pasar al menos quince minutos para realizar actividades físicas —se excusó rápidamente.

—Pero es algo ligero…

—Por eso, si fuera una comida fuerte se debe reposar al menos una hora —le dijo en tono brusco. Apenas y podía ocultar el temblor en su cuerpo.

Hallie entrecerró los párpados y continuó comiendo lenta y cínicamente, exagerando cada mordida.

Cuando Zachary se dio la vuelta lo sorprendió la mano tosca de Hallie sobre su boca.

—Entonces, tú también come —le llenó la boca de comida.

Zachary dio una bocanada de aire después de tragar todo aquello. Miró las facciones enfadas de Hallie y decidió acariciarle el cabello para tranquilizarla.

Pero ella reaccionó antes y le soltó un manotazo.

—Oye —dio la impresión de que iba quejarse, hasta que se le ocurrió una mejor idea—. Usar las manos, claro, no te he enseñado mi máquina de escribir.

Entusiasmado abrió el amplio cajón de su escritorio y con ambos brazos cargó la máquina cubierta en su funda gris. De favor, le pidió a Hallie mover las libretas que había encima del escritorio y así descubrir la máquina modelo 1983.

—Sí, tiene muchos años, pero parece como nueva —explicó Zachary—. Es cuestión de cuidarla y darle mantenimiento, por eso la tengo bien guardada, no dejo que nadie la toque.

Hallie recorrió con la mirada los bordes de la máquina, tan delicada y sofisticada. Seguro no la dejaría agarrar, si con los libros no pudo, mucho menos con algo sensible desde las teclas grabadas.

—¿Sabes usarla? —preguntó Zac colocando hojas blancas atrás. Hallie negó con la cabeza—. ¿Te gustaría aprender?

—¿Qué? —articuló sin dificultades. ¿Era el mismo Zachary quien hablaba?

—Ven —hizo un ademán para que lo siguiera.

Con temor, Hallie accedió y se sentó en la silla de madera. Zac permanecía de pie y, por detrás, con su cabeza cerca del hombro de la chica, le indicaba cómo usarla. Sintió cómo su voz resonaba al compás del golpe de las letras contra el papel.

El carácter se estampaba de manera clara cuando Zachary apretaba ejerciendo presión.

—Es con fuerza —le había dicho.

Hallie asintió, pero falló en el intento, la tinta no logró impregnarse. Entonces a Zachary se le ocurrió poner sus manos sobre las de ella, así se moverían a causa de las suyas y, de pronto, su palma parecía encajar justo con el dorso de Hallie. Se sentía bien.

A ambos se les aceleraba el pulso, y dejaron de escribir el abecedario solo para contemplar cómo se veían juntos. Una chispa electrizante parecía salir de la punta de sus dedos.

—¿Qué quieres escribir? —preguntó Zac al cabo de unos segundos, si no actuaba rápido se percibirían sus manos temblorosas.

—Lo que sea, pero no me sueltes —Hallie fijaba su mirada en las teclas, o más bien, en aquellas manos encima de ella.

Zachary humedeció sus labios y sonrió:

—La letra de una canción.

—Buena idea —respondió, radiante—. Pero, ¿tenemos una canción en común? —hacía referencia a sus distintas épocas y géneros que escuchaban.

—No lo sé, solo sigue mis dedos —sonrió—. Es "Only You" de The Platters, ¿la conoces?

Hallie lo confirmó con una sonrisa en su rostro, aquella canción le traía buenos recuerdos, cuando era pequeña su padre biológico solía cantársela antes de dormir.

Por lo tanto, Zac prosiguió y deslizó sus manos, daba la impresión de que los dedos bailaban por el teclado una hermosa balada.

La canción decía algo así:

Solo tú.

Solo tú, puedes hacer
que este mundo se vea bien.
Solo tú puedes hacer
la oscuridad brillante,
solo tú y tú solamente
puedes emocionarme como lo haces
y llenar mi corazón con amor,
solamente por ti.

Solo tú puedes hacer
este cambio en mí,
ya que es verdad
tú eres mi destino.
Cuando tomas mi mano,
comprendo la magia que haces,
eres mi sueño hecho realidad.
Solo eres tú.

Con el tiempo la máquina emitió un sonido de repiqueteo, Zac giró la palanca reveladora hacia abajo y luego hacia un lado para proseguir en el siguiente renglón. El papel se transfirió a la última línea.

Retiró el papel girando la perilla cerca del rodillo y ya estaba. Esperaba que entendiera sus sentimientos, allí los desbordó.

Tomó la hoja y antes de entregársela, se la llevó al pecho recobrando la postura.

—Es tuya, con cada letra, palabra y renglón —le entregó el papel.

Hallie la sostuvo como si estuviera acariciando el momento, fue algo estético y artístico a la vez, un tanto elegante y bastante romántico. Un sueño.

Mientras lo asimilaba, Zachary buscó entre sus cajones un trapo y un poco de cera. Siempre pulía la máquina después de usarla, así evitaría desgastes.

—Tengo que conseguir una de estas —Hallie señaló la máquina—, me gustó su tinta, no se ve como cualquier otra impresión, le da un toque especial.

—No sé si aún las fabriquen —respondió sin mirarla, seguía limpiando la superficie—. Descontinuaron las máquinas, la última fue hecha en 2009, o al menos eso se decía en el periódico.

—En serio necesito una —resopló ella—. Pero claro, no la cambiaría por mi laptop y mi impresora.

Zachary alzó la mirada y arrugó la nariz.

—Es broma —rio Hallie—. Bueno, no, pero finjamos que sí.

—No puedes compararlas, mi máquina no daña la vista como otras tecnologías —le soltó una indirecta.

—Pero no es tan veloz como aquellas —ella le guiñó el ojo.

—Por supuesto que lo es.

—¿Apostamos? —arqueó una ceja Hallie y Zac se encogió de hombros—. Un beso a que estoy en lo correcto.

Zachary soltó una carcajada por el atrevimiento.

—No tiene sentido, si yo gano también te besaré y obtendremos el mismo resultado.

—¿Quién dijo que yo te besaré? —arrugó el entrecejo—. Si yo gano quiero que beses a Martha.

—Pero ¿qué…?

—Y que quede fotografiado —finalizó divertida Hallie.

—Bien —dijo después de analizar la situación, qué locura—, atente a las consecuencias.

Pero un beso no estaba nada mal. ¿Se supone que era un castigo? ¿O más bien era una herramienta de amor?

—Trato hecho —Hallie le ofreció una mano Debido a que Hall no llevaba su laptop, decidió demostrarlo desde el celular. La apuesta consistía en escribir la misma canción al mismo tiempo, contando con la música correspondiente. Quien alcanzara más rápido el ritmo de la melodía, ganaría. Si aquello no fuera posible, al finalizar la canción se agotaría el tiempo, y el que haya escrito más palabras en su teclado sería el ganador.

Zachary colocó la pieza "Only you" en su tocadiscos, en cuanto iniciara, daría inicio la competencia.

Máquina de escribir *vs.* teléfono inteligente. ¿Quién ganaría?

En sus posiciones —Zac al escritorio, Hallie sentada a la cama—, esperaban que concluyera la corta introducción melódica. La voz del cantante sonó y ambos teclearon la letra.

Los pulgares de Hallie parecían atléticos, no se quedaban atrás del golpeteo que Zachary daba al metal, donde casi no se apreciaba el repiqueteo por la fuerza que empleaba. En cambio, Hallie no necesitaba presionar en sus yemas, un simple rose a la pantalla le hacía teclear con facilidad. Eso y contar con el autocorrector que completaba sus palabras.

De igual forma, estaban dando lo mejor de sí para ganar. Zachary tenía práctica en su máquina tanto como Hallie en su celular.

Y dos minutos con cuarenta y cinco segundos se fueron volando. Habían estado tan concentrados que, sin notarlo, la canción finalizó. Entonces dijeron al unísono: "Terminé".

Luego intercambiaron miradas enigmáticas, imposible que hubieran empatado.

—¿Y ahora cómo sabremos? —comenzó a preguntar Zac, quién no se daría por vencido.

—¿Lo volvemos a intentar?

—No —se apresuró a decir, estaban exhaustos sus dedos, incluso se arrugaron de la punta—. Debe haber otra forma.

Hallie se mordió el labio y pensó en voz alta:

—Intercambiemos para revisar las faltas de ortografía o la coherencia, el que tenga menos, será el ganador.

—Okay —soltó Zac ofreciendo su hoja de papel y esperando recibir el celular.

En su interior, Hallie dudó en dárselo, pero inconscientemente ya lo estaba haciendo.

Zachary lo tomó como si nada y leyó en las notas del teléfono.

Por aquel gesto, Hallie se tapó la boca con la hoja y parpadeó varias veces. ¿Acaso no se ha dado cuenta de que era un aparato electrónico lo que tenía entre manos?

Al cabo de diez segundos, Zachary reaccionó, fue tan sencillo engañarlo con la lectura. Rayos.

Lanzó el celular a la cama y se quedó contemplando el hormigueo de su mano. El fin del mundo se acercaba.

—Caracoles, ahora estoy contaminado —inhaló profundamente—. ¡No! ¡No!

Hallie observaba como él agitaba su mano con desesperación, y la respiración se volvía profunda y constante.

—Seguro moriré, sí —dramatizó Zac—. Que alguien se apiade de mí —estampó su mano en el escritorio. *¿Y si mejor se amputaba la mano?* Se decía en pensamientos.

—Zac… —Hallie se acercó mientras él se arrinconaba.

—Aléjate —dijo con voz agrietada, y tambalearon sus pies, su pecho subía y bajaba, las manos se le empaparon de sudor—, mi cuerpo se llena de ondas electromagnéticas.

—Es únicamente psicológico —trató de tranquilizarlo—. Todo estará bien, debes hacer como si nada pasó.

Zachary zarandeó la cabeza, le daba vueltas todo.

Por un instante, Hallie miró hacia la puerta recogiéndose un mechón y volvió la mirada a Zac.

—Dame tu mano, por favor —pidió en un susurro, también estaba asustada. No sabía qué hacer. ¿Debía reportarlo con la señora Blackelee?

Zachary, con los ojos cerrados, movió el brazo y mostró la palma; rápidamente, Hallie entrelazó la mano con la suya.

Aquello solo hizo que aumentara el hormigueo en su interior, antes había sentido que su mano se caería en pedacitos, y, en cambio, ahora se asemejaba con suaves punzadas, como si estuvieran reparando cada daño, pero a la vez, tratándolo con dolor. Luego sentía cómo desprendía calor corporal, mientras terminaba quebradizo e inmóvil.

Trató de doblar sus dedos y pudo tocar los nudillos de Hallie, y el cosquilleo incrementó. ¿Así se sentía tomar de la mano a la persona que quería? ¿O era efecto de la radiación?

—¿Qué es es-to? —balbuceó Zac.

—Amor —respondió con dulzura.

Zachary formó una leve sonrisa sin despegar la mirada de sus dedos entrelazados, estaba más sosegado, pero no lo suficiente para pensar con claridad. Sin embargo, se dedicó a acariciar con la yema de sus dedos los nudillos de Hallie, eso lo hacía sentir mejor, sin duda, la calidez que emanaba su mano lo envolvía en un sueño.

Pronto, sus latidos, de estar acelerados, pasaron a disminuir como una pieza delicada de un piano, prolongados como una nota, suaves, y serenos.

—¿Cuántas veces te lo tengo que repetir? —volvió a hablar Hallie—, estaré contigo, y sostendré tu mano cuando el miedo te invada. Incluso si compartimos radiación.

Ya no importaba diferenciar si eran ondas electromagnéticas o nervios. Seguro quemó la amígdala, aquella parte del cerebro que se usa como defensa emocional. Zachary estaba totalmente perdido.

Entonces, con toda la energía que le sobraba, llevó la mano de Hallie a sus labios y besó su dorso.

La temperatura de la chica le subió al rostro, y, en consecuencia, sus mejillas se sonrojaron.

—El amor vence al temor —comprendió Zachary, y se soltó de las manos.

Hallie no entendía sus acciones, hasta que Zachary acortó la distancia entre ellos y se dirigió a sus labios. Tragó saliva y cerró lentamente sus párpados para recibir el beso.

Enseguida sintió como un peso cayó encima de ella, abrió los ojos de golpe y se encontró con la cabeza de Zachary en su hombro.

—Zac… —habló con dificultad, además, era incómodo mantenerse de pie—. No te aguanto, ¿puedes moverte?

No contestó.

—¡Zachary, nos vamos a caer! —no le soportarían por mucho tiempo las piernas, cada vez retrocedía más pasos y el cuerpo del joven se inclinaba en línea transversal.

Hallie resopló y pidió perdón en su mente. Luego lo empujó tirando del pecho, Zachary se derrumbó en la esquina de la cama, luego cayó al piso. Y siguió así, estático como un muñeco de trapo.

—¿Zac? —preguntó angustiada Hallie—. ¿Te quedaste dormido? —le dio un puntapié a la espalda.

De nuevo, sin respuesta. No reaccionaba, y aquello solo podía significar algo: se había desmayado.

18

Sin conexión, totalmente perdida

Recién estaba la señora Blackelee acomodando la vajilla cuando Hallie bajó las escaleras a toda prisa. Escuchar que su hijo se desmayó provocó que dejara caer los platos. Nada podía ser más dramático.

Corrieron de nuevo a la habitación de Zachary e intentaron levantarlo y subirlo a la cama. El rostro del joven seguía pálido.

—¿Qué sucedió? —preguntó angustiada Stella y miró como loca la habitación para buscar evidencias.

Hallie agitó sus manos para ventilarse. No sabía cómo lidiar con un desmayo.

—¡Contesta! ¿Qué estaban haciendo?

—Nada, solo estábamos hablando —desvío la mirada.

—No me convence, deberíamos llevarlo al hospital. Ayúdame a cargarlo: yo, la cabeza; tú, los pies.

Hallie asintió, pero a los pocos segundos lo soltó. Tuvo la maravillosa idea de marcar al número de emergencias desde el celular.

Todavía no entraba el primer tono cuando Stella Blackelee retrocedió soltando también el cuerpo de Zachary otra vez en el colchón.

—¡Ahora sé la razón! —replicó—. ¿No sabes que sufre tecnofobia?

—Sí y él también es consciente de que yo no puedo dejar mi celular —dijo sin pensar para concentrarse en la llamada.

—¿Qué? —el rostro de Stella se horrorizó.

—No me deja escuchar —hizo un ademán para guardar silencio. Estaba muerta por ser tan tonta.

—Todavía te atreves… —bufó la mujer—. Fuera de mi casa.

Hallie bajó el celular y supo el terrible error que había cometido. Ella también sufría tecnofobia, ¿verdad?

—No, puedo explicarlo. Yo…

—Ya tuvimos mucho de ti —la interrumpió, mirándola con desdén—. ¿Te parece divertido molestar a personas con fobias extrañas? ¿Ya obtuviste lo que querías?

—No le haría daño a Zac, él me gusta —soltó sin más tapujos—. Le juro que podemos hablar de esto más tarde, ¿pero no le parece más importante la salud de su hijo? Déjeme llamar, por favor.

—No hace falta, cuando se trata de estrés emocional o sustos, la persona recobra el conocimiento después de unos minutos —habló con brusquedad.

—Entonces, ¿qué hacemos?

—Dale su espacio —tosió—. Vete.

Hallie se alejó a una distancia considerable y, bajo el umbral de la puerta, habló:

—Fue mi culpa —agachó la cabeza—. Pero siempre intento ayudarlo. Justo hoy le dije que en la capital de Blessingville hay estudios sobre la alergia al wifi, le dije que podríamos ir. Siempre hay más alternativas…

—Alto —alzó su mano como si fuera una señal de *stop*—. Zachary está bien, no necesita nada.

—¿No quiere lo mejor para su hijo? —frunció el ceño—. Esto no es malo, es una oportunidad para seguir adelante.

—Como mi deber de madre, sé lo que es mejor para él. Estoy protegiéndolo.

—¿De qué? ¿De la vida?

—¿Quién te crees para cuestionarme, niña maleducada? —resopló cruzando los brazos.

—No soy nadie —encogió sus hombros—. Incluso no sé muchas cosas, pero al menos entiendo cómo se siente Zachary, si tan solo viera cómo lo tratan en la escuela.

—Entonces lo que tú sientes es lástima, no amor —aseguró Stella.

—¡Mentira! —Hallie alzó la voz sin darse cuenta.

—Bien, digamos que no. ¿Hay posibilidad de Zachary te corresponda? Por favor, mírate. Eres bonita, pero bastante hueca. A él le gustan chicas con cerebro, ¿de qué podría hablar contigo? Además, estás tras él todo el tiempo, lo persigues hasta en su casa. Lo asfixias —señaló su estado—. ¿Quieres otro ejemplo? Él nunca había hablado sobre ti, no eres relevante, querida. Déjalo en paz.

Hallie asimiló sus palabras, vaya que la señora era hipócrita, horas antes la había tratado como si fuera su nuera.

—Si no ha hablado de mí es porque no quiere que usted lo arruine —fue lo que dijo—. Tan solo mire con cuanta dureza habla, escupe veneno por doquier y no olvide que lo que sale de la boca proviene del corazón.

—Vaya que tienes agallas —Stella Blackelee soltó una fuerte carcajada.

—Le diría que me enviara un mensaje cuando reaccione, pero sé que eso es imposible. Así que mañana lo buscaré en la escuela —se dio la media vuelta para retirarse.

—Sí, es mejor que te vayas. Ambas sabemos que cuando despierte no querrá verte —escuchó a sus espaldas—. Ah, y otra cosa. Esto lo diré cómo mujer, no como madre: A los hombres no les gusta que las chicas los busquen, a ellos les gusta buscarlas. Date por vencida, por favor.

Nada ayudaba más que escuchar música con audífonos y chatear con las personas que querías. Después de todo, el internet no era malo. A veces te distraía de tus problemas.

Leila: ¡Hey! Dejé de recibir fotos tuyas de la casa de Zachary. ¿Ya no estás ahí?

Hallie acaba de enviar un audio de siete minutos.

Leila: De entrada, la familia Blackelee es extraña, admítelo. Pero esa mujer se pasó. ¿Estás bien? :(

Hallie: He estado pensado todo el camino en sus palabras. No quise darle importancia, pero entre más pasa el tiempo, más las recuerdo y me duele el pecho. ¿Crees que tenga razón?

Leila: Por supuesto que no, no cambiaría nada de ti. Eres maravillosa.

Leila: Lo único que cambiaría de ti sería tu ubicación, para abrazarte justo en estos momentos.

Leila: Y si ella también sufre tecnofobia, ¿qué tal si descargó su repulsión en ti? Quizás habló sin pensar, quizá reaccionó de esa manera por su fobia, recuerda que cada persona es distinta.

Leila: No puedo creer que Zachary se desmayara. Pobrecito 😂😂

Hallie: Puede ser, no lo había pensado de esa forma.

Hallie: Siento que no podré dormir, no tengo manera de comunicarme con él hasta mañana en la escuela. Por andar ahí discutiendo, olvidé traerme mi lata 😭😭😭

Leila: No te preocupes, no es grave. Si los desmayos fueran seguidos, entonces sí, pero seguro se conmocionó a tal grado que no pudo mantenerse en pie.

Hallie: Aún me siento mal :(

Leila: No tienes por qué, él tomó el celular por voluntad propia.

Leila: Y si te refieres a lo que pasó con su madre, no le hagas caso. El anterior mensaje no quería sonar como si estuviera defendiéndola. Solo marcaba la posibilidad de que se disculpe la próxima vez que la veas, porque, vamos, ese comportamiento no parecía propio de un adulto.

Hallie: Cierto, cuando nos embarga una emoción o sentimiento que no podemos controlar, no medimos nuestras acciones. Por algo existen las palabras, para ofrecer disculpas.

Hallie: Yo también tengo que pedir perdón por ser tan entrometida :(

Leila: ¿Eso te hace sentir mejor?

Hallie: No lo sé, no lo he hecho :v

Leila: Tonta 😄

Leila: No lo hagas.

Leila: No permitiré que te hagan daño, aunque sea por internet.

Leila: Y algún día nos daremos ese abrazo que esperamos tanto, lo prometo.

Hallie le sonrió a la pantalla, su mejor amiga siempre tenía las palabras perfectas para hacerla sentir mejor. Qué lástima que no la tuviera consigo.

Hallie: Cada día que pasa es un día menos para poder conocerte, eso me pone feliz.

Bloqueó su celular, pero al instante, recibió un nuevo mensaje:

Samantha: ¡Hasta que te veo en línea! ¿Dónde has estado? Fui a tocarte para que hiciéramos un maratón de *doramas*. Pero no abriste :(

Hallie: Jajajaja, estuve toda la tarde en casa de Zachary.

Samantha: ¿De veras? 😏😏

Hallie: No pongas ese emoji, tienes 14 años.

Samantha: ¿Y qué tiene?

Hallie: Que no te imagino con cara de luna pervertida.

Samantha: ¿De eso se trata? Yo creí que era para alguien acosador, tipo "Cuéntamelo todo, yuju" 😏

Hallie: ¿Y ser un acosador no te convierte en alguien pervertido?

Samantha: Nop, porque si no todos seríamos pervertidos en las redes sociales. ¿Quién no ha visto las fotos de perfil de su *crush*, y nada más suspira y babea unos minutos?

Hallie: Yo porque Zac no tiene redes 😂😂

Samantha: 😂😂😂 ¿No tienes ninguna foto de él?

Hallie: Ni una, no se deja tomar fotos porque son en formato digital. Y además tiene miedo a la suplantación de identidad 😂😂

Samantha: 😂😂 ¿Te parece si me sigues contando más en persona? Iré a tocar tu puerta.

Hallie: Pero no estoy en mi casa, apenas voy para allá.

Samantha: Las luces ya están prendidas, mmmm. Eso quiere decir que…

Hallie: Mis padres me van a asesinar. ¡Miércoles!

Samantha: No, hoy es lunes.

Hallie: Eres una ternura 😂

Hallie: Te hablo más al rato, comenzaré a correr, ya que con esto de estar usando el celular me quedo parada escribiendo 😂😂

Samantha: Bueno, es mejor a que te atropellen XD

Hallie: Calla. Hace rato choqué con un chico, jajaja.

Samantha: Mejor apúrate, luego me cuentas 😂😂

La chica rubia tomó aire y comenzó a recorrer las últimas dos cuadras que faltaban.

Cuando llegó introdujo la llave con su mano izquierda, sin percibir que sus tíos la esperaban con los brazos cruzados y las luces prendidas.

—¿Ya viste la hora que es? ¿Dónde estabas? —soltó la mujer.

Hall alzó la vista.

—Lo siento, se me hizo tarde.

—El profesor de Química habló, dijo que no presentaste el experimento —habló su tío—. También nos enteramos que faltaste a clases después del receso. ¿Todavía no te regularizas?

—¿Qué? —frunció el ceño. Era el colmo que nunca hiciera algo malo, y que precisamente ese día sus tíos ejercieran sus deberes—. Me quedé encerrada en computación, el salón está en remodelación. Y después fui a la casa de un amigo…

—No te creo —su tía alzó su quijada—. Dame el teléfono del chico para verificarlo.

—No tiene teléfono.

—Clásico —bufó su tío.

—No estoy mintiendo, es el chico que tiene tecnofobia ¿recuerdan? —sonrió mientras sus tíos hacían memoria. Lástima que eliminaran su historial de su cabeza.

Como todo lo que ella les decía.

—Como sea, entrégame el celular —la mujer extendió su mano, Hallie se horrorizó—. Si no te importa andar sola por ahí, menos te importará que te roben el celular.

—No me hagas esto —chilló Hallie—, ahora no, por favor…

—Santini, dáselo ahora sí no quieres que te lo decomisemos un mes —reprochó el hombre de la casa.

En otras circunstancias, Hallie lo hubiera entregado a la primera llamada, pero esta vez necesitaba distraerse en el celular más que nunca.

De mala gana, obedeció y fue a su habitación.

—Y también trae la laptop —anunció la mujer.

—¿Qué? ¿Por qué? —Hall rechinó los dientes.

—Porque dejas uno, y vas por otro. ¿Crees que no nos damos cuenta que te desvelas hasta madrugada por andar en internet?

Hallie odiaba los castigos modernos, ¿no podían pegarle con la chancla y seguir con su vida normal? Bueno, no.

Esa noche, Hallie lloró en su almohada, no por debilidad, o por rabieta. Ella simplemente sentía impotencia de su vida, sin conexión a internet y apartada de las personas que quería.

¿Qué era ella si desaparecían las tecnologías modernas? No sabría qué hacer con su tiempo, le gustaba dormir en el día, en la noche no, pues siempre encontraba lo mejor en internet a esas horas.

19

La última canción y me voy

Al día siguiente, Zachary no asistió a clases, tampoco al siguiente, ni al siguiente.

Hallie se volvió un mártir esos días, continuaba castigada y la vida siempre era más lenta sin internet y sin su celular. Y sin noticias de Zac, todo empeoraba.

¿Zachary estaba bien? ¿Y si había enfermado? ¿Y si estaba internado? ¿O su madre lo había encerrado? En el peor de los casos, Hallie pensaba que murió de un paro cardíaco. Y que nadie fue a su funeral por ser tan solitario.

Su mente divagaba de preocupación, no dejaba de imaginar tonterías, por las tardes decidió pasar discretamente por la calle de Zachary, no se atrevía a tocar, no concebiría la reacción de la ama de casa.

Pero no había señales de nada… No se veían luces prendidas, ningún ruido. Parecía una casa abandonada.

Maldijo en su mente que las tecnologías no ayudarán esta vez. Tenía que actuar a la antigua.

Al cuarto día cruzó los dedos y tocó el timbre cinco veces, esperó diez minutos. Definitivamente no había nadie dentro.

—¡Zachary! —se le ocurrió gritar. Tampoco se apreciaron ladridos.

Dio vueltas en el porche, ¿qué otra alternativa quedaba? Miró a su alrededor. ¿Y si escalaba hacia una ventana abierta? Aguarda, era peligroso porque usaba falda y se rasparía las rodillas si caía.

Ahora que tenía más tiempo para alistarse, se vestía mejor y también usaba maquillajes más elaborados, pero no era vanidad, se llamaba "no tengo nada que hacer sin internet".

De todos modos, todas las cerraduras estaban sujetas. Necesitaba otro plan. Y así llegó a dar a la casa de los Carter, vecinos de la familia Blackelee.

O estaban muy sordos o de plano no querían abrirle. Hallie se hubiera marchado si no fuera por la música a todo volumen, esperó el intervalo de silencio en la canción para tocar con más fuerza.

Fue ignorada, otra canción se reprodujo al mismo volumen. Entonces comenzó a cantar, casi gritar, la canción para llamar su atención de quien sea que escuchaba a Donovan Eggenschwiler.

Una ventana de arriba se abrió bruscamente y una linda chica más o menos de la edad de Samantha, como de catorce años, asomó la cabeza.

—¿Quién eres? ¿Sabías que estás en propiedad privada? —la chica frunció el ceño—. Llamaré a la policía, diré que una loca está cantando afuera de mi puerta y asusta.

—No hay necesidad, será rápido, solo quería preguntar sobre los Blackelee —Hallie alzó la vista y juntó sus palmas en forma de súplica.

—¿Y qué tiene eso que ver conmigo?

—Vives alado, seguro sabrás de ellos.

—De hecho, no, son extraños y mis padres opinan que mantenga una distancia para evitar problemas. Te recomiendo lo mismo —dio la impresión de que la charla había terminado, de nuevo subió el volumen de la música y bajó las persianas.

A Nicole le parecía raro que alguien preguntara por los raros. ¿Ya no eran tan raros? ¿Ella se volvió rara? ¿O la otra chica era rara?

Le explotaría la cabeza de tanto pensar. Mejor siguió con la música en alto y se olvidó del asunto. Al cabo de otra canción, escuchó los pasos de la rubia, ahora estaba bailando.

—¿Todavía sigues aquí? —bufó—. Hablo en serio, llamaré a la policía.

—No, me gusta la canción "Really Don't Care" y necesitaba unos minutos para disfrutar su letra. De verdad estoy angustiada, te prometo que ya me voy, solo dime si sabes dónde están.

—No sé.

—No hay señales de vida desde hace días —replicó Hallie—. ¿A dónde pudieron ir?

Nicole recargó sus codos en la ventana:

—Sinceramente no me di cuenta que se fueron.

Eso dolía y le hacía perder las esperanzas con Zachary. Una vez él le había contado que su hermano estaba perdidamente enamorado de su vecina. Si ellos eran considerados indeseables, aun siendo vecinos, cuanto más imposible sería la relación de Zac y ella. Hallie encogió los hombros a causa de la tristeza.

—¿Suelen viajar? —insistió después.

—Ya te dije que no les presto atención —dijo con desprecio, pero al ver el rostro de la chica se arrepintió—. Pero creo que no.

—¿Te molestaría que me avisaras si llegan a casa? Mi número es cincuenta y cinco, cuarenta, sesenta y seis, setenta y uno, cincuenta y uno. ¿Me mandas un mensaje, por favor? —ya pronto le darían su celular.

—Ah, sí, claro ¿alguna otra cosa que pueda hacer para la princesa? —soltó con sarcasmo.

—Bueno, sí —sonrío Hallie—. Pon una melodía triste mientras me alejo, será un tanto dramático, como en las películas, pero tendrá un final feliz, lo sé.

—Ajá —asintió Nicole.

—Bien —Hallie esperó el paso para marcharse—, la última canción y me voy.

Y lo hizo con mucho estilo y del trágico.

Transcurrió el fin de semana y… nada. Llegó el día décimo de no saber de Zachary y cada vez era más difícil soportarlo. Parecía que faltaba algo de paz en la cafetería y en los jardines donde él solía sentarse a leer con tranquilidad. Faltaba su aroma, faltaba su sonrisa rota que parecía repararse con los libros.

Cómo odiaba que la gente no notara su ausencia, Hallie echaba de menos las conversaciones, cuando mencionaba sus citas favoritas o levantaba su mano en las únicas clases que compartían.

Incluso al entrar al salón de cómputo y ver los nuevos equipos, derramó una lágrima, también extrañaba sus momentos de pánico.

Hundió la cabeza en el teclado sin importarle que en la pantalla se escribiera muchas veces la letra F. Después levantó el rostro y entró a Google.

Se sintió patética por lo que buscaría en internet, pero al final oprimió "enter" a su pregunta: ¿Cómo olvidar a un tecnófobo?

Sin resultados, pues claro. La página radicaba en blanco.

Deslizó su silla hacia atrás y miró los monitores de sus compañeros. Nadie hacía la actividad, todos estaban en alguna red social.

Entonces ella también entró a Facebook y enseguida recibió un mensaje de Tom, un compañero molesto.

Tom: ¿Por qué te mueves tanto en la silla? Nos van a descubrir. *Visto a las 11:18 am.*

Hallie lo buscó a su alrededor. ¿Por qué la miraba? Y se dio cuenta que los separaban solo tres asientos a la izquierda. El rubio llevaba audífonos de casco y no paraba de teclear.

Tom: Deja de contemplarme, ya sé que soy guapo.

Hallie escribió "Jajaja" sin ninguna expresión de gracia en su rostro.

Tom: ¿Estás lista para lo de mañana?
Hallie: ¿Disculpa?
Tom: La excursión a Blessingville.

Hallie soltó una maldición en voz alta, lo había olvidado por completo. Y eso que lo habían planeado desde hacía un mes.

El profesor calvo y con lentes la miró desde su escritorio.

—Perdón, es que se me borró el documento de Word —se excusó sonriendo con los dientes.

Este giró los ojos:

—¿Cuántas veces les he dicho cómo recuperarlo? —fue hacia el pizarrón y escribió la fórmula del procesador de textos.

Hallie asintió a pesar de que sus pensamientos estuvieran lejos. Ir al centro de Blessingville podía ser otra alternativa para visitar a los médicos que daban consultas de la alergia al wifi, así sabría más sobre Zachary.

No, basta. Tiene que concentrarse en las materias escolares. Cerró la pestaña de sus sentimientos y también las de las redes sociales. Comenzó a redactar el informe.

La salida del 18 de octubre fue a las 5:00 de la madrugada. Todavía estaba oscuro cuando subieron al autobús escolar, Hallie no se tomó la molestia de verificar si también iba el camión del grupo E113, donde cursaba Zachary.

Se sentó de lado de la ventana y se colocó los audífonos por el resto del camino. Con lo escandalosos que eran sus compañeros, no pudo dormir, así que se dedicó a observar los paisajes y a escribirse con Leila.

Para su suerte, Tom estuvo en los asientos de atrás. Él solía picotearle la cabeza, era tedioso, sí. Pero al menos no era su compañero de asiento. Aquello era ganancia.

Entrar a la capital de Blessingville fue encantador, transmitía cierta tranquilidad a pesar de ser una ciudad turística. Había bonitos edificios de cristal, parques con fuentes, pabellones de anchos céspedes podados y árboles de flor de cerezo. Las avenidas contaban con sus señalamientos en orden, las calles estaban impolutas.

Hallie abrió la ventanilla y aspiró el aire, se había imaginado que respiraría puro humo de coches, pero no fue así. Era refrescante.

—¡Miren los suelos! —señaló Tom estirando su brazo por la ventanilla.

—Preston, permanezca con sus manos adentro —dictó la profesora que los acompañaba.

Hallie giró los ojos y desvió la mirada a las calles tal como Tom dijo. En estas radicaba arte en el suelo, por donde cruzaban los automóviles solo había flechas, pero a los costados estaban dibujados instrumentos musicales, por ejemplo, las teclas del piano parecían determinar cada sección. Entonces entendió que cuidaban mucho de la cuidad, porque no se veían sucios o despintados.

Y no pudo evitar fotografiar todo lo que le gustaba mientras seguía avanzando el autobús, su lente del teléfono guardó a los músicos callejeros, a la bandera de Blessingville sacudiéndose en lo alto y demás. Recorrieron el centro histórico, y cada vez se acercaban más a su destino: los museos.

Hallie solo había visitado la ciudad desde un recorrido virtual o buscando en Google Maps la vista satélite. Ahora estaba en físico y no en un avatar. Le agradó la idea.

Al bajar del autobús, la profesora pasó lista de asistencia. Luego, dio indicaciones para entrar ordenadamente al Museo de Historia Natural de Blessingville. Prometió que, si se portaban bien, les daría una hora de descanso para ir al lugar que quisieran.

La regla consistía en permanecer en un grupo de cinco personas. Los jóvenes rápidamente se escogieron entre amigos. Hallie retrocedió dos pasos esperando a los estudiantes que sobraran para así formar el último grupo.

Desvió la mirada al suelo de mosaico, unos dos metros más lejos estaba un artefacto que llamó su atención, una lata con hilo. Qué extraño, avanzó para verla más de cerca y, frente a sus zapatos, recogió el objeto. Se parecía tanto al suyo, se preguntó cómo aquella cosa podía estar tirada a las puertas del museo y que nadie lo reportara o quitara.

Tocó el hilo que la sujetaba, era el mismo que ella había comprado, sí. Entonces parpadeó y sin pensarlo llevó la lata a su boca.

—¿Zachary? ¿Hola? —preguntó torpemente. Si aquello era una broma, sería una de muy mal gusto, pues le había dado esperanza.

—Por fin llegas, temía que lanzarán esto al bote de basura antes de que lo encontraras —era justo esa voz masculina que deseaba escuchar.

Hallie se preguntó cuándo había respirado por última vez de aquella forma, con tanta calma, libre de ansiedad. Su corazón no estaba agitado, en su interior simplemente se sentía bien, en paz. Con una felicidad que la hacía sonreír con los ojos cerrados.

—¿Estás ahí? —volvió a preguntar Zachary.

Hallie regresó a sus sentidos y arrugó el entrecejo. Sí, estaba enamorada, pero también estuvo preocupada por un largo tiempo.

—¿Eso es lo que dirás? —soltó enfadada—. La última vez que supe de ti fue cuando desvaneciste, me mantuviste en ascuas. No sabía dónde estabas, que había sido de ti…

—Lo sé, pero…

—Calla —lo interrumpió—. Yo sentía que moría… Odié más de lo normal que tuvieras tecnofobia, no sabía cómo contactarte. Fui a tu casa cada día, alucinaba con tu presencia y no puedo creer que ahora esté hablando contigo. Quisiera reclamarte tantas cosas, preguntarte qué sucedió, pero solo estoy pensando en correr hacia ti.

—También te he extrañado, Hallie —se alcanzó a escuchar.

—No, aún no lo tenías que decir.

—¿Qué? —la voz de Zac volvió a la normalidad, y actuó con complicidad—. Yo no dije nada.

Hallie resopló y regresó la mirada a los estudiantes, ya estaban entrando.

—¿Quieres venir para acá? —giró sobre sus talones para buscar la raíz del hilo. Esta daba vuelta atrás del museo.

—No tengo ganas.

—¿Disculpa? —ella abrió los ojos con exageración—. No planeo hablar por aquí, van a pisar la cuerda, se romperá, los gerentes pueden quitármela, yo qué sé que pueda pasar.

—¿Y si dejas de preocuparte por un momento y me sigues?

—¿Qué? —arrugó la nariz.

—No entres. Tengo que mostrarte un lugar, solo sigue la cuerda, por favor.

—No suenas a Zachary… Él nunca desafiaría a las autoridades escolares. ¿Quién eres? ¿Qué le hiciste?

—Soy yo, te lo prometo.

—¿Cómo sé que eres tú?

—Me gustan los libros y para las grandes aventuras se necesita salir de la zona de confort, así que no preguntes más.

—No me convence, di algo que solo él y yo sepamos.

—Mmmmm —Zachary hizo una pausa—. No he dado mi primer beso, estuve a punto de darlo, pero me desmayé de nervios. Ella está enfadada conmigo por no ser su príncipe azul, parezco más una bella durmiente, lo sé.

Hallie soltó una risa.

—Te escuché —anunció Zac—. Pero no importa, intento remediarlo. Así que confía en mí y ven, por favor.

—¿Y me explicarás qué pasa? —preguntó ella, insegura. No deseaba tener problemas en la escuela.

—Sí, todo lo que quieras saber.

—Bien —comenzó a dar zancadas para llegar lo más pronto posible a él y conseguir respuestas.

20

Astronautas

Hallie recorrió la cuerda como si fuera un gatito persiguiendo un ovillo de estambre. Entre más lo estiraba, más emocionante se volvía.

—Oye, Zac —voceó a través de la lata—. ¿Cuánto falta?

—No sé, no puedo avanzar.

—¿Por qué? —Hallie paró en seco.

—En el parque hay una anciana alimentando a unas cuantas palomas y no las quiero ahuyentar si paso por ahí.

Hallie rio bajito por lo tierno que sonaba. ¿No se suponía que intentaba ser un chico malo? Sabía bien que no era su estilo.

—Bien, camina despacio y un tanto lejos —sugirió ella, y para hacer tiempo, desbloqueó su celular. Enseguida recibió un mensaje de Tom:

Tom: ¡Mocosa! ¿Dónde estás? La profesora te está buscando.

Hallie se rascó la nuca, eso era lo que precisamente quería evitar.

Hallie: Cúbreme, estoy por reunirme con Zachary.
Tom: Así que el raro volvió. Bueno, está bien :)
Hallie: Graciiiiiiiiias, te debo una \(^-^)/
Tom: No me debes nada.

Hallie hizo una mueca, el último mensaje no fue de su agrado, acarició la pantalla del celular pensando en cómo convencerlo. Pero inmediatamente Zachary interrumpió sus pensamientos.

—Funciona —susurró él—, sígueme el paso de la misma manera, no corras. Ya casi llegamos.

Hallie negó con tristeza la cabeza, por más que pretendía desplazarse de la manera que él pidió, la urgencia por volver y evitar sanciones de los profesores era apremiante. Corrió dos cuadras sin apreciar la tranquilidad de dicha ciudad, y dobló la esquina, luego entró al parque y, por sus ruidosas pisadas, terminó por ahuyentar a las aves.

La parvada alzó las alas y voló lejos. Y adelante de estas se iba descubriendo a la persona que esperaba paciente a Hallie.

Ahí estaba Zachary, con el rostro hacia el cielo, sentado a la fuente. Con sus manos en los bolsillos de su chaqueta de cuero negro.

De pronto, Hallie aminoró el paso, sintió que le faltaba la respiración. Era por correr a toda velocidad, ¿verdad? Sí, seguro era eso.

Contempló a Zac, quien seguía con la mirada en el vuelo de las palomas, parecía ser parte de las esculturas de la fuente, o ser un modelo para una sesión de fotos, todo parecía encajar, hasta que casi pierde el equilibro y cae al agua.

Por suerte, recargó una mano y simuló que nada había ocurrido. Error. Hallie lo presenció todo y soltó una fuerte carcajada, la cual hizo brincar a Zachary de un susto y, por ende, volver a perder el equilibro.

Esta vez sí resbaló. Gran reencuentro.

—¡Hey! —Hallie fue a auxiliarlo. Bueno, al menos lo ayudó a levantarse. Zachary le extendió su mano—. ¡La lata se va oxidar! —recogió el metal y así ignoró rotundamente a Zac.

Y él, con la mano en el aire, prefirió sacudirse el cabello.

—Yo también estoy bien, gracias —se reincorporó haciendo una abdominal.

La chica rubia giró hacia el joven castaño con el cabello húmedo y supo cuán atractivo era en realidad, seco o empapado, de chico bueno o de chico malo. Y, sobre todo, siendo verdaderamente Zachary Blackelee.

—Mírate —dio un pesado suspiro Hallie—. Vayamos al autobús escolar, quizá consigamos un conjunto de ropa.

—Me secaré pronto —asintió—, la chaqueta absorbió todo.

—¿Dónde la conseguiste? —frunció el ceño—. Nunca te la habías puesto.

Zachary llevó una mano a la parte trasera de su cuello, ¿y si le decía que la rentó justo para su cita? Ya saben, quería recurrir al

estúpido —pero no menos apreciado— cliché de chico con chaqueta negra.

—¿Entonces es nueva? —volvió a hablar Hallie.

—Eh… Sí.

Hallie movió la cabeza de un lado a otro. Zachary pescó su
nariz.

—Ya no te enfades —soltó su nariz para tomarle de la muñeca—, mejor acompáñame.

—¿Te gusta tener citas en una biblioteca? —Hallie recargó los codos en el mostrador de paquetería, mientras Zac entregaba la chaqueta.

—No es solo una biblioteca, son varios mundos en un mismo
lugar. Así que prácticamente te llevo de viaje por toda la galaxia
—guiñó un ojo—. ¿No es bonito? Seremos mejor que astronautas.

—Y por estas razones me convences de hacer las cosas —giró
los ojos.

Habían perdido un largo tiempo afuera de la biblioteca, Hallie no quería entrar, y no era porque le pareciese mala idea, sino
que su preocupación por la excursión escolar iba en aumento. No
obstante, Zachary la convenció de comprarle pollo frito a la salida; una orden para ella y otra para la profesora, así no los repren-
dería tanto si la sobornaban con comida.

—Todo estará bien —Zac le dio dos palmaditas en el hombro
e hizo un ademán para ingresar a la sala.

—No sé qué tramas —arrastró los pies no muy convencida y
atravesó la puerta de cristal.

Como era la Biblioteca Nacional de Blessingville, era inmensa
desde el comienzo, a la entrada estaban colocadas unas letras gi-
gantes y tridimensionales que decían:

Ciudad de palabras

Luego se enteró de que eran asientos para disfrutar de tu lectura, las personas tomaban un libro y lo leían plácidamente en la
banca en forma de letra.

A su derecha radicaban mesas redondas con sillas altas y gira-
torias, estas pertenecían a la cafetería con tapiz de letras cursivas.
El olor a café y galletas de canela conquistó a Hallie.

—¿Quieres ordenar algo? —invitó Zac.

—¿Puedo comerlo mientras recorro el lugar? —susurró, era un lugar tranquilo, con música instrumental de fondo.

—No creo —señaló con los ojos el piso blanco impecable—, solo es en esta zona —giró su cabeza a las escaleras que conducían a la biblioteca.

—Entonces sigamos —avanzó hacia delante y se giró hacia Zachary cuando no supo qué escaleras tomar.

—Hacia abajo está el auditorio, en él hacen presentaciones de libros o recitales musicales.

—¿Cuántas cosas hay? —preguntó sorprendida.

—¿Qué esperabas? Es la biblioteca nacional — se encogió de hombros—. Te sorprenderá lo que hay arriba —y con un ademán le indicó que subieran las escaleras de caracol.

—Tengo la impresión de que será mejor que una casa de muñecas —respondió risueña—. Un segundo, Barbie nunca ha sacado una biblioteca ¿o sí?, me hubiera gustado que de pequeña consiguiera una biblioteca en vez de una casa de juguetes, así incitaría a las niñas a ser lectoras y escritoras, ¿no? Nada de Barbie Moda en París, y blah blah…

Zac rio y siguió avanzando.

—Oye —volvió a decir Hallie—, ¿y si estudiamos juntos carpintería? ¿Te imaginas crear bibliotecas en miniatura? A los niños les puede llamar la atención, será fantásti…

—*Shhhhh* —espetó la bibliotecaria de anteojos. Ya habían llegado a la zona de libros. Y estaban divididos por sección, con letreros simulando cartas de Hogwarts.

—¿Sabes qué también me gustaría ser? —susurró Hallie, de nuevo—. Bibliotecaria —Zachary sonrió con tal respuesta—, así podré callar a las personas.

La sonrisa de Zachary desapareció y entrecerró los ojos.

—Hablas demasiado.

—Lo sé —asintió feliz de su personalidad—, comienzo a creer que venimos a una biblioteca para que deje de hablar. Pero como me sigues debiendo muchas respuestas, no guardaré silencio hasta conseguirlas.

—Bien —aceptó y se perdió entre los pasillos, estos eran anchos, y en el centro radicaban las mesas de estudio. Uno que otro estudiante estaba ahí con pilares de libros.

A Hallie se le dificultaba encontrar a Zachary una vez que corría hacia los libros, él tenía la manía de tocar el lomo y comenzar a olisquear las páginas, el olor a papel viejo y nuevo era de sus favoritos. Y esto confundía a Hallie, no veía su rostro. Solo veía libros que parecían tener cuello y cuerpo.

—Con que jugaremos a las escondidas —Hallie frotó con diversión sus manos y asomó la cabeza por los pequeños huecos que había entre las columnas de libros.

Del otro lado del pasillo estaba Zachary, y al escoger un libro de dicha fila, desenmascaró un ojo para Hall.

Ella, al observarlo, echó la espalda hacia atrás y corrió dando la vuelta al estante, Zachary se cubrió con un libro y, por ende, no veía nada y se golpeó contra la pared.

Bajó el libro y ya estaba Hallie a su lado.

—Te tengo —lo acorraló ella—, y no escaparás.

Así que de nuevo usó como escudo al libro.

—Tengo a *Percy Jackson* y no dudaré en usarlo —amenazó él.

Hallie paró, había visto las películas.

—¿Apoco son libros? —preguntó tratando de arrebatar el libro.

Sin embargo, Zachary lo apretó a su pecho.

—¡Dámelo! —chilló ella. Y él lo cubrió con ambos brazos—. ¿No quieres que yo también sea lectora?

—Sí, pero yo no he leído esa saga y quiero hacerlo primero.

Entonces Hallie pescó el cuello de su playera blanca y acortó la distancia entre ellos. Sus ojos retadores se fijaron en los de él.

—Dámelo o si no…

—O si no ¿qué? —esbozó una sonrisa torcida.

—Pero ¡¿qué hacen!?—interrumpió la bibliotecaria que pasaba por ahí y traía una escalera movible—, ¿creen que es uno de esos lugares para besuquearse?

Hallie dio dos pasos hacia atrás mientras Zac sacudía el libro como si fuera un abanico.

—Salgan de aquí —ordenó la encargada.

—Ya nos íbamos —se apresuró decir Zachary, a lo que Hall arrugó la nariz—, solo hacíamos tiempo para subir al árbol de libros.

A Hallie le volvió a desconcertar aquella respuesta y alzó el mentón para buscar un árbol, no logró ver nada, Zachary la tomó de la muñeca y caminó hacia fuera del pasillo.

—Joven, regrese ese libro.

Zachary retrocedió sin darse vuelta y colocó el libro en su lugar.

—Ni que me lo fuera a robar.

La bibliotecaria lo miró desconfiada por encima de sus anteojos.

—También entregue el libro de bolsillo que le acaba de lanzar a la chica.

Zachary giró lo ojos.

—Sí, quedó claro.

Después volteó hacia Hallie con una sonrisa somera en el rostro, un "aquí no pasó nada".

Subieron tres pisos más, para ese entonces Hallie cruzaba los brazos, parecía un tanto cansada.

—Es lo último y lo más importante —dijo Zac a mitad de camino.

—No lo entiendo…

—Es mi espacio favorito de mi lugar favorito —se quedó de pie en el último escalón—, y quiero compartirlo contigo.

Hallie descruzó sus brazos y asintió. Apreciaba bastante los lugares favoritos de las personas, le parecían un pedacito de Cielo en la Tierra. Entonces se registraron para entrar a la sala.

—¿Esto es un registro civil para contraer matrimonio con los personajes ficticios? —bromeó en la fila.

—Ojalá fuera cierto —suspiró Zac—, ya me hubiera casado desde hace tiempo.

Hallie se volteó hacia él.

—¿Se pueden sentir celos de los personajes ficticios?

Zachary se limitó a contestar:

—Eso no se pregunta, es más que obvio.

Las tres personas de enfrente terminaron el papeleo y tomaron de un cesto algo inalcanzable de distinguir, luego ingresaron por la puerta izquierda.

El registro era un tanto extraño, con tinta verde impregnabas tu huella digital sobre un papel que tenía dibujado un árbol seco, solo estaba el tronco y las ramas, las hojas se formaban con el dedo pulgar. Y al final escribían su nombre encima de estas.

La huella de Zachary estaba al lado de la de Hallie, en la misma rama.

—Gracias por participar —señaló la encargada para que abandonaran la mesa. Esto impidió que Hallie fotografiara sus huellas. Su oportunidad de tener más *likes* en Instagram se esfumó.

Zachary la tomó por la espalda y la digirió hacia la entrada.

—Bienvenida al Árbol de libros —anunció con una enorme sonrisa—. Sé que suena raro, pero me encanta la iniciativa de Blessingville, sugiere que los libros devuelvan a la naturaleza lo que tomaron de ella.

—¿Cómo? —Hallie dobló su cabeza.

—Obsérvalo por ti misma —presentó a su alrededor.

La habitación alta y construida con caoba, emitía poca luz, pero estaba alumbrada por series de luces color blanco en los altos pilares.

Lo más asombroso era el árbol sintético que se encontraba en el centro del lugar, era gigantesco y fino como un álamo.

—Los libros provienen de los árboles de dura madera como los robles y arces, estos son utilizados para producir el papel que usamos al escribir —explicó Zachary—, sin ellos no sería lo mismo el arte de escribir, están llenos de décadas o incluso de siglos de valiosos conocimientos. ¿No es así?

Hallie asintió sin despegar su mirada de arriba.

—En el año 2010, la biblioteca acordó que sería bueno dedicarle al menos unas palabras por su gran sacrificio. Existe vida después de la muerte —sonrío verdaderamente alegre—. Entonces invirtieron en este proyecto, está hecho a base de cosas recicladas, madera que desechan las empresas, y demás.

Zachary buscó la mano de Hallie para entrelazarla con la suya, y así se desplazaron cerca de la copa del árbol, el tronco era un tipo de escaleras angostas, de modo que solo podían entrar en fila india.

Con un ademán, Zachary le dijo que avanzara y Hallie agachó la cabeza para introducirse dentro del árbol. Le sorprendió que no le soltara la mano en ningún momento, su brazo se estiraba hacia atrás para alcanzarlo.

Después, admiraron la belleza recargándose en el barandal de madera, Zachary señaló las hojas elípticas de la rama más cercana.

—Las hojas son ecológicas y son plegables, tócalas —sugirió —. Las cambian conforme la estación del año; por ejemplo, como ahora es otoño, las hojas son color café, pero los mejores pensamientos los dejan siempre, por eso hay verdes y cafés —señaló con su dedo índice la punta de la rama.

Hallie intentó leer lo que había escrito en ellas.

—Me gusta venir aquí y leer lo que las demás personas le escriben a la literatura, me emociona que los lectores dirijan algunas palabras a los libros, una dedicatoria, un pensamiento, carta, poesía, o cuán importantes han sido en su vida, lo que produjo un libro en ti, o cualquier cosa que la literatura les dio.

—Es como si le estuviera contando una historia a un libro ¿cierto? —preguntó Hallie.

—Exacto, si ellos nos dieron varias vidas, también hay que hacerlos sentir vivos.

Entonces cada uno comenzó a leer dedicatorias y las que más les gustaban, las decían en voz alta:

—"Me gusta sentir su mirada mientras imaginaba el mundo que ustedes me narraban"—leyó Zachary—. "Melanie, 12 de mayo".

—¡Este debería ser tu lema, Zachary! —exclamó Hallie—: "Como decía el escritor Ray Bradbury, me gusta tocar un libro, respirarlo, sentirlo, llevarlo… ¡Es algo que una computadora no ofrece!".

—Entonces también debería decir como Stephen King: "Los libros son el entretenimiento perfecto, sin cortes comerciales, sin requerimiento de baterías, compatibles con todos los ojos y manos".

Hallie sabía que, si seguían por ese camino, sería una lucha infinita; entonces decidió leer algo distinto y mágico:

—"Me gustan las bibliotecas porque rescatan los libros de todo el mundo, recientes y antiguos, permitiendo que jamás dejen de existir. Imagina si los libros fueran despareciendo según las personas los fueran olvidando, sería triste la idea de que desapareciera un libro después de que la última persona que lo leyó muriera. Hay que leer siempre. Cuatro de enero, Sarahí Burquiza".

A Hallie se le apachurró el corazón con el pensamiento. ¿Y si las personas funcionaran de la misma manera? No quería que el recuerdo de sus padres dejara de existir, no quería pensar en ello o se deprimiría. Entonces leyó otra hoja:

—"Mi madre siempre me leía antes de dormir, por eso yo llegaba tarde a la escuela, ella olvidaba levantarme temprano y ponía de excusa que era culpa de ese capítulo más, Anónimo".

—"Creo que soy masoquista, porque me encanta leer libros con finales tristes, Arlet" —leyó Zac—. Me identifico.

—"Tengo la manía de anotar mi dirección en mis libros, pues soy muy olvidadiza y distraída. Aguardaba la esperanza de que alguien encontrara mi libro perdido y me lo regresara, entonces un 8 de diciembre un chico tocó a mi puerta. ¿Adivinen quién consiguió novio? Miriam, cuatro de agosto de…".

—"Los libros siempre me unieron a mi padre, cuando era niña él me leía *Cartas a Chepita*. Falleció cuando yo tenía dieciocho, ahora tengo veinte y sigo leyendo cada noche ese libro, siento como si todavía estuviera conmigo, ¡gracias libro precioso!".

—"Pienso que los autores enamoran a las páginas en blanco para que se dejen escribir y por eso al final del libro hay una página vacía, no encuentran sentido a la vida sin el escritor. Anónimo".

—"Algo que admiro de la imaginación escrita es que no existen los límites, no se puede acabar el presupuesto como en las películas, puedes crear y recrear millones de escenarios, centenares de personajes, y no necesitan sueldo para actuar su papel, ni nada. Kat Quezada".

—"Declaré mi amor comprándole el libro *Escucharás mi corazón*. Ella aceptó" —leyó Hallie—. ¡Qué linda propuesta!

—Es mejor esta —señaló Zac para que Hallie leyera en voz alta.

—"No sé cómo decirle que la amo, entonces la llevaré a mi lugar favorito (esta biblioteca) y le haré leer esto, ella me mirará estupefacta y así le robaré un beso…"—Hall soltó un suspiró con risa y continuó leyendo—. "Zachary Bla…cke.. lee…" —al final estaba escrita la fecha de ese mismo día.

Y tal como decía en la hoja, así ocurrió.

Hallie aún se giraba cuando Zachary la atrajo firmemente hacia él y la besó.

Aún no asimilaba la yema de sus dedos en su cuello, sus labios presionando contra los suyos, sus ojos cerrados y los de ella abiertos a causa de la impresión.

Era inesperado, sí, pero un tanto necesario para sonreír de ahora en adelante. Ya no quedaban dudas, él la quería, de manera tranquila, de manera alocada, en todas sus facetas. La quería como en un cuento de hadas, la quería con un beso único.

Entonces Hallie se aseguró de corresponder el beso y no hacerle pensar que besaba a una estatua.

Cerró los ojos, relajó los hombros y sintió la confianza que le ofrecían los labios de Zachary. Parecía besar sus latidos, los movimientos se asemejaban al ritmo de su corazón, sus mejillas ardían y su mente dibujaba corazoncitos rosados a su alrededor.

Besar a Zachary Blackelee era la sensación que necesitaba su cuerpo, crecían mariposas y volaban en su estómago, podía establecer un santuario de tantas mariposas que sentía dentro de ella.

Y por parte de Zachary, al fin comprendió todos los besos que se narraban en los libros. Ya no tenía que imaginar un beso en su mente, ya no tenía que saborear la emoción y sentimiento de una página, ahora las palabras se quedaban cortas para describir el mágico momento que le hacía sentir un beso real.

—Hallie… —se separó ligeramente de ella y buscó las palabras adecuadas para declarar sus sentimientos—. Antes leía para enamorarme y ahora… solo leo pensando en ti. Creo que eres la protagonista de mi vida, por eso te traje aquí. Significas tanto como este árbol.

Hallie le dedicó una sonrisa y torpemente subió un escalón arriba para estar a su altura y devolverle otro beso.

Después tendría tiempo de presumirlo en las redes sociales.

21

A kilómetros de distancia

Besar a Zachary Blackelee era como la experiencia de subir por primera vez a un avión, la mente de Hallie estaba lejos, volaba tan alto que sentía el poder de tocar las nubes, acariciar sus labios como un gesto suave y húmedo.

Sus emociones parecían una competencia de aviones en el cielo, la alegría de besar a Zachary gobernaba, pero también había emoción y agitación. Vértigo y terror de que aquello terminara.

El corazón le estallaba de amor, sus latidos eran tan fuertes que a su alrededor no solo se convertían en fuegos artificiales, parecían bombas.

Había tantos sentimientos cada vez que sus labios se rozaban con los de Zachary que no era posible guardar en silencio todo lo que sentía. Se estaba quemando por dentro.

Por su lado, Zachary la besaba tan tranquilo y delicado, disfrutando cada movimiento lento, largo y prolongado. Estaba decidido a guardar ese momento entre la esencia de literatura que habitaba ahí, los besos quedarían sellados junto a los libros del rincón.

Solo la necesidad de oxígeno los hizo separarse, y la mirada del joven recorrió el lugar, esperando no haber sido observado por alguna bibliotecaria, o un escritor encubierto entre los miles de turistas que visitaban la amplia y bella biblioteca. Si alguien escribiera sobre su historia, preferiría hacerlo él mismo.

Suspiró pleno y apacible de no visualizar moros en la costa. Después dibujó una sonrisa atrevida. Los labios de Hallie estaban rojos vivos, ardientes.

—Señorita Santini —guiñó el ojo Zachary—. Usted ha provocado que comience a hacer travesuras en la biblioteca.

Hallie arqueó una ceja.

—Cielos, mi labial se quedó impregnado en tu boca —dijo con la intención de remover el maquillaje de las comisuras de Zachary.

—Déjalo —Zachary volvió a reducir los centímetros que los separaban y posó sus manos en las mejillas de Hallie para dedicarle otro beso—, me gusta que me beses así.

Esta vez fueron interrumpidos por la voz de la temible bibliotecaria y el silbato de un policía.

—Son ellos —señaló la señora de anteojos.

—Heeeey —volvió a sonar el silbato—, bajen de ahí ahora mismo.

El joven no dudó en tomar fuertemente la mano de Hallie y conducirla de vuelta al tronco del árbol artificial.

—Ven, vamos, antes de que nos alcancen —anunció con prisas Zachary.

La chica bajaba rápidamente los escalones con temor de tropezar. La naturaleza de ser torpe y caerse en el lugar menos apropiado la perseguía siempre. No olvidaba su grande y grave error en aquel video viral.

—¿Por qué estamos escapando? —preguntó con dificultad al ver que tomaban el atajo trasero.

—Porque está prohibido besarse en la biblioteca —respondió sin mirarla, estaba concentrado en perder de vista al policía.

—¿Entonces no era broma? —trotó agitadamente Hallie—, ¿si era una rebelión?

—Así es, y en mi lugar favorito: Imagina cuánto te quiero para hacer tal cosa.

Hallie paró de correr y quería tomarse unos segundos para contemplar enamoradamente a Zachary. El joven notó sus intenciones y le dedicó una sonrisa que le transmitía ese mismo sentimiento. No obstante, fue imposible ponerse amorosos teniendo detrás al policía. Tuvieron que correr con mayor velocidad cuando estaban cerca de tocarse de nuevo.

Se escondieron en distintos pisos de la biblioteca. No funcionó.

También intentaron perderse en los pasillos. Tampoco lograron el objetivo.

De pronto sus corazones estaban tan agitados como al principio, con la única diferencia de que no eran motivados por los besos, sino por la adrenalina de escapar de un oficial del orden.

Fueron a la sala de lectura y cada uno tomó un libro, los acomodaron a la altura de sus ojos, de modo que ocultaran por completo sus rostros. Fingían leer y estaba funcionando, las pisadas del policía recorrían el lugar y ellos ignoraban su presencia por fijar su vista en las letras de en medio de la hoja seleccionada.

Zachary aprovechó la oportunidad para buscar la mano de Hallie y acariciarla con suavidad. Todo parecía salir a la perfección, el leve cosquilleo de sus manos aumentaba el interés de querer unirlas.

Ambos se miraban discretamente, hasta que Hallie decidió echar un vistazo fuera de su libro con la intención de verificar si el oficial ya se había marchado. Grave error.

El policía continuaba ahí, mirando lenta y detalladamente cada movimiento, y se percató de la curiosa mirada de Hallie, quien rápidamente intentó esconderse en el libro.

—Creo que ya nos descubrió —susurró Hallie señalando por detrás del libro.

—¡Y qué estamos haciendo aquí! —gritó Zac y soltó el libro, dejándolo caer.

Se volvieron maratonistas corriendo por todo lo que quedaba dentro de la biblioteca, sus risas traviesas funcionaban como energía para seguir avanzando con velocidad.

La respiración no fue un obstáculo para detenerse. Pasearon y corrieron por todos lados, de arriba abajo, sin pensar en la incomodidad que podía provocarles a los usuarios que estudiaban y leían plácidamente.

Incluso interrumpieron los pensamientos de un poeta frustrado, también en un estudiante con una mínima idea de su tesis de grado, y en una chica que leía para encontrar el amor.

Zac y Hallie estaban imparables, con las piernas exhaustas de tanto correr, pero con la actitud de mil hombres camino a la guerra.

Por suerte, la persecución terminó después de varios minutos. No les quedó de otra, tuvieron que salir de la biblioteca, algo difícil para Zachary porque no hubo tiempo para despedirse de los libros que le hubiera gustado leer, o al menos anotarlos en su lista de libros pendientes.

Estaban encorvados descansando en la fuente del centro.

—Fuimos expulsados —mencionó Zac con la mirada puesta en un punto fijo del suelo.

—No, escapamos —corrigió Hallie—, y con vida.

Zac se giró hacia ella:

—¿Tienes alguna mínima idea de por qué nos perseguían?

—Por besarnos —compuso Hallie con seguridad—, aunque no entiendo la gravedad del asunto. En los libros es donde más se siente el amor. ¿Por qué evitarlo en la vida real?

—Porque la fundadora de la biblioteca donó todos esos libros con la condición de que no fuera un lugar de citas —explicó Zac.

—No entiendo.

—Es verdad, había olvidado que pasas más tiempo en internet que aprendiendo de cultura general —dijo Zac, con aires de superioridad.

Hallie giró los ojos, ya se había tardado en volver a ser él mismo.

—Como sea, mejor cuéntame la historia.

Zachary aclaró la garganta y comenzó el relato:

—Como ya te había mencionado, la creación del Árbol de libros era para trascender la vida, y nuestra querida fundadora murió sin haberse casado, y sin haber encontrado el amor en su vida, por lo tanto, detestaba ese sentimiento que muchos años esperó, y se encadenó a una ilusión. Odiaba el amor, pero amaba la literatura, y llegó a la conclusión que el amor no existe; sin embargo, es disfrutable solo en los libros. Aun cuando a veces terminen con un final triste, ella se quedaba con un bonito recuerdo.

—¿Entonces su decreto es una especie de rencor? —preguntó Hallie—, ya sabes, no le gustaba que los demás creyeran que existe el amor, y no solo en la ficción.

—Algo así, supongo —Zac negó con la cabeza—, ella lo describió con palabras bonitas y adornadas que cautivaron a los demás y los hizo ceder a sus peticiones.

—¿Cómo cuáles? —arqueó una ceja Hallie—, no creo que sean mejor que las tuyas.

—Son mejores, te lo aseguro, Aitak fue una filósofa y poeta muy reconocida en Blessingville.

—Entonces, muéstrame —Hallie jugó con su cabello—, recita algo de ella.

—*"Es en la literatura donde encontramos la huella profunda de la incurable herida que deja la esencia del maldito amor"*.

Hallie parpadeó dos veces, y se le erizó la piel de escuchar la voz de Zachary recitando un poema de su posible escritora favorita.

—Vaya, sí tenía el don de manipular…

Zachary rio con la ocurrencia de Hallie.

—Lo bueno es que ambos creemos en el amor y no saldremos heridos —prosiguió Hallie—, no necesitamos de la literatura para sentir un amor ficticio, el nuestro es real.

Zachary desvió la mirada.

—¿No es así, Zac? —preguntó con algo de temor Hallie, luego de que él no contestara por un minuto.

No recibió respuesta por un largo tiempo, solo se escuchaba la fuente y el sonido de las palomas.

—Zac… —la voz de Hallie sonaba más quebradiza—, si no lo pensaras no me hubieras besado hace rato… Solo necesito que lo aceptes.

El joven se dio la media vuelta y suspiró.

—Pasaron cosas los días que estuve ausente, Hallie.

—¿Qué sucedió? —no lograba comprender, y en cierta manera, le aterrorizaba la respuesta que acompañaría la voz de su amado.

—Estuve en México los días que falté a la escuela…

—Qué bien, un viaje familiar, supongo —sonrió forzadamente, Hallie.

—Mamá tuvo la idea —hizo una mueca—, dijo que serviría conectar con la naturaleza, fuimos a las pirámides de Teotihuacán, nos vestimos de blanco y nos llenamos de luz y de energía.

—Oh —se sorprendió ella—, mmmmm, interesante.

—No, calla, fue espantoso.

—Entonces es un alivio…

—No realmente. Fue tan mala experiencia como el día que mis padres se vistieron de aztecas en mi cumpleaños. Estoy harto de sus pésimas ideas.

—Entiendo que no sean normales… —quiso interrumpir Hallie, pero Zac siguió contándole su historia.

—Esperaba con ansias el momento que terminara todo para correr hacia ti —la miró fijamente a los ojos—, porque me haces sentir que todo tiene solución.

—Y la tiene, Zac —frotó su mano—, el amor vence el temor, recuerda.

—No, Hall —el hecho de negarlo ya abría una grieta en el corazón de Hallie—, yo tengo tecnofobia, y tu nomofobia. Esto nunca va a poder ser porque las tendencias se contradicen.

Hallie intentó recargar su barbilla en el hombro de Zachary, pero este se deslizó hacia atrás y le impidió lograr su cometido.

La chica se mostró inmutable. No le quedaba más que esperar toda la mala hierba que Zac plantaría:

—Quise creer que sí, y entonces convencí a mi madre de venir a la capital de Blessingville a tratar de descifrar más sobre la alergia al wifi. Y adivina qué, los médicos y enfermeros nos trataron como locos, no ayudó nada tu estupenda idea. No existe, es solo un invento de tu estúpido internet.

—Tal vez no están bien informados…

—Tampoco hay libros que describan la evidencia —mantuvo Zachary su postura—, una publicación de una página de internet no es evidencia científica, es, como siempre, falso: todo lo que hay en la web es un fraude…

—Bien —repuso Hallie todavía animada—, tal vez es una noticia falsa, pero podemos seguir buscando una solución.

—Es bastante tarde —la voz de Zachary indicaba el desenlace—, te besé a manera de despedida.

El rostro de la chica rubia se tornó pálido.

—¿De qué hablas, Zac? No puede ser, vamos comenzando, el beso fue el inicio de nuest…

—Basta —dijo él con dureza—, me iré a vivir a México, ya está decidido.

Lo peor del asunto era la manera tan fría y sin sentimientos que le mostraba Zachary, si tan solo hubiera un poco de asertividad, de amabilidad… Todo hubiera sido diferente, e incluso le propondría una relación a distancia. Pero nada de lo que él decía le daba a ella la más mínima esperanza.

Hallie sentía sus palabras como promesas rotas. No quería que se fuera del país, ella deseaba ayudarlo a superarlo todo, trabajando juntos. Quería gritarle que se quedara. ¿Qué pasaría ahora con todas las cosas que habían planeado juntos para superar sus fobias? Las lecciones y los juegos… El proyecto académico que solo estaba postergando porque tenía la seguridad de que contaba con él para todo y con lo listo que era, lograrían grandes notas que la salvarían de su trágico historial académico.

Y, sobre todo, era su apoyo después de su vida cibernética arruinada. Con él había encontrado nuevos intereses que no se centraran solo en las redes sociales. Hacía parecer todo tan bonito y sencillo lejos de internet.

Hallie tenía ganas de llorar, pero no quería lucir débil frente a él, solo dejaría avanzar el tiempo para conocer sus reacciones, si había una chispa de interés todavía en él.

—No voy a negar que me gustas, Hall —anunció Zachary—, pero sé que esto no es amor.

Ojalá Hallie hubiera sido sorda de oídos y corazón antes de escuchar esas declaraciones que rompían y despedazaban cada vez más su alma pura.

—Es mejor que regreses a la excursión —incitó Zac a la vez que sacaba de su chaqueta negra las latas con hilo—, puedes quedártelo como recuerdo.

Hallie las arrojó al agua de la fuente. Era obvio que no servirían para mantener comunicación a miles de kilómetros de distancia, cuando dos corazones no latían al mismo compás.

22

Filofobia

Durante el regreso a casa, Hallie miró en dirección a la ventanilla. El tráfico para volver era interminable, y no tenía una linda vista, solo carros estacionados justo como su autobús.

Las mejillas de Hallie se humedecieron de lágrimas si recordaba su vida amorosa, amor en todos los sentidos: de familia, de pareja, de sí misma. Sabía que era precipitado pensar que Zachary la amaba, pero al menos creyó que la quería.

—*No voy a negar que me gustas, Hall* —volvió a vivir ese recuerdo—, *pero sé que esto no es amor.*

Negó y apretó los párpados, intentando olvidar aquellas palabras que resonaban en su cabeza.

No podía creer que eso fuera real. No después de haberla llevado a su lugar favorito y compartir los besos que se guardarían en la biblioteca, con el aroma de los libros, con la fragancia de Zachary, con esos labios tan suaves y cálidos sobre su boca. Simplemente no podía aceptarlo.

Era como si Zachary se despojara de todo sentimiento en menos de cinco minutos. Era increíble, era terrible creerle.

Al menos, hubiera dejado que la fantasía durara un poco más, pues había esperado ese beso durante mucho tiempo, no era justo que terminara tan rápido la ilusión.

Recibió un mensaje de su mejor amiga:

Leila: ¿Qué tal estuvo la excursión? Te extraño, no hemos hablado en todo el día, y siento que intercambiar mensajes es parte de mi vida. ¿Cómo estás?

Hallie, suspiró y decidió no contestar por escrito. Era mejor una llamada telefónica para explicar todo lo acontecido.

Hubo un momento en que la señal del celular se perdió en plena carretera, entonces decidieron volver a los mensajes. Por suerte, ya había terminado de contar la historia, y ahora se dedicaban a dar forma a teorías conspirativas.

Hallie: ¿Cuál era el sentido de besarme si al final me dejaría?
Leila: Mmmmmm, tal vez padece filofobia.
Hallie: ¿Qué eso? O.O
Leila: Miedo a enamorarse…
Hallie: Ahora todas las fobias me recuerdan a Zachary TuT
Leila: A qué no, la nomofobia es tuya :D
Hallie: Lei, no ayudas, ¿quién me enseñó esa fobia?
Leila: Okay, sí…
Leila: Regresando al tema, tal vez es de esos chicos que no buscan algo serio.
Hallie: No parece ser uno de esos chicos.
Leila: Tal vez no, pero sí es de aquellos que dejan en claro las cosas desde el inicio.
Hallie: No sé, se sintió como una patada en la barriga, creo que terminó por matar a todas las mariposas que habitaban en mi estómago.
Leila: ¿Y si lo dijo por qué se iba a ir del país? Tal vez no le gustaría llevar una relación a distancia, porque no funcionan.
Hallie: Eso es una tontería. Tú eres mi mejor amiga, y no te conozco en persona. Los sentimientos no dejan de existir por la distancia, míranos.
Leila: Pero es distinto. Es decir, él no usa un celular… es imposible.
Hallie: Oye, ¿y si…?
Lelia: No, un teléfono de latas con kilómetros de hilo no rescatará la situación.
Hallie: Lo sé, no era una opción.
Leila: ¿Entonces?
Hallie: Vale, según entiendo, faltan dos meses para que se mude a México. Es el tiempo justo para que él supere la tecnofobia, y podamos mantener una relación a distancia.
Leila: No lo sé, Hall. Él nunca dijo que le interesaba una relación.

Hallie: Pero esos besos me lo demostraron, lo juro. Puedo volver a conquistarlo, puedo hacer que se olvide de la tecnofobia. Por amor.

Leila: ¿Y cómo lo harás? Necesitas un plan muy bueno para que resulte.

Hallie: Así es, tú me ayudarás con las ideas.

Leila: Bien, primero necesitas una excusa para volver a acercarte a él.

Hallie: Ya la tengo, él tiene algo que todavía es mío, se lo pediré de vuelta.

Leila: ¿El teléfono celular?

Hallie: No. Mi gallina.

Zachary estaba exhausto del viaje, solo quería llegar a recostarse y leer un poco de literatura de horror, basta de boberías de romance. *Solo existen en la ficción,* seguía repitiendo esa frase de Aitak para no pensar más en Hallie, y en cómo debía estar su corazón.

Al entrar a casa notó el polvo que rodeaba los muebles y el suelo. Dean corrió a la cocina por una bolsa de plástico, y una escoba. ¿Era una broma?, ¿iba a limpiar?

—¿El viaje te dañó el cerebro, hermano del mal? —molestó Zac a Dean.

—Muy gracioso, pero te recuerdo que tenemos 2 gallinas y una cachorra, seguro que el patio trasero está hecho un caos —explicó Dean.

—No están ahí —Stella, su madre, intervino. Dean soltó la escoba, confundido—, no me miren así, obviamente no iban a sobrevivir una semana sin comida.

—¿Entonces, mamá? —preguntó Zac, alerta. No le agradaban las últimas decisiones que su madre había tomado estos días. Por ejemplo, enviarlo a estudiar a otro país.

—Tranquilos, están en casa de su primo Ryan.

—¿Y por qué no pasamos a su casa antes de venir a la nuestra? —objetó Dean.

—Ah —Stella suspiró—. Porque se quedarán allá de por vida.

—¿Qué? —el rostro de Dean reflejaba tristeza —, pero son mis mascotas. ¡Mías!

—Teóricamente, Martha no es tuya, es de una compañera de clases. Europa es mía, porque tú me la obsequiaste —protestó Zac—, pero sé que cuidas muy bien de ambas.

—Exacto —Dean alzó los brazos como si estuviera en una obra de teatro—. Nunca estoy de acuerdo con Zac, pero esta vez le doy la razón. ¡Soy responsable!

—No opinas igual si miramos tus calificaciones —alegó su madre.

—Eso es distinto, estamos hablando de la vida de mis animalitos, no de la mía.

—Te falta madurar, cariño —bostezó Stella, acomodándose en el sillón de uno.

—¡Mamá! —chilló Dean—, devuélveme mis mascotas, te prometo tener notas altas el próximo año.

Stella ignoró las palabras de su hijo, y cerró los ojos con la intención de terminar la conversación. Planeaba dormitar.

—Me siento solito sin Europa, Martha y Bucky… —susurró Dean.

—¿Quién es Bucky? —preguntó desconcertado Zac.

—Es el gallo —sonrió por un segundo Dean—, decidí llamarlo así.

—Ese es el problema, Dean —dijo su madre con los ojos todavía cerrados—, no puedes darle nombre a todo lo que quieras, en especial si terminará siendo tu comida.

—¡Ay, no! ¿Ya me comí a Bucky? —Dean puso una mano sobre su abdomen.

Stella emitió una pequeña risita malévola. Zachary solo se dedicó a mirarla.

—¡Creo que vomitaré! —Dean corrió al baño.

Parecía que Stella disfrutaba la escena, no se movió de lugar, tampoco se preocupaba por el sonido que provenía del cuarto de Dean.

Cansado, Zachary tomó las riendas de la situación y tomó llaves de la casa, así como de la camioneta. Se acercó a la puerta del baño y anunció:

—Acompáñame, Dean. Iremos a recuperar tus mascotas.

—¿En serio? —la voz de Dean sonaba quebradiza, en especial porque había estado llorando más que otra cosa.

—Sí, ven conmigo —murmuró Zac.

Dean salió al instante, todavía con los ojos cristalinos, y la nariz roja como Rodolfo el reno.

—Vamos —formuló una débil sonrisa.

—Bueno, primero suénate los mocos —Zac intentó hacerlo reír, y agitó el cabello ondulado de su hermano.

Stella giró la cabeza en dirección a ellos. Sobre todo, cuando se acercaban a la puerta de salida.

—¿Se puede saber a quién le avisaste, Zachary Blackelee?

Zachary paró en seco y giró sobre sus talones.

—Creí que ya no se hablaba de esto con los miembros de la familia, en especial porque tampoco se me tomó en cuenta para mi futuro —dijo con naturalidad, haciendo referencia a la mudanza a México.

Su madre tensó la mandíbula mientras escuchaba cómo sus hijos encendían el motor de la camioneta.

—… entonces llamé al gato negro desde lejos, y como no hacía caso, me acerqué más. Resultó ser una bolsa de basura —terminó de contar Dean.

Zachary prestaba atención al mismo tiempo que miraba hacia enfrente, y hacia el espejo retrovisor. Cuando dejó de escuchar la voz de Dean, suspiró:

—Vaya, necesitas actualizar la graduación de tus anteojos —dijo sin despegar la vista del volante.

—Es que no los llevaba puestos —se encogió de hombros Dean.

—¿Por qué?

—Ya hemos tenido esta conversación —suspiró Dean—, no me veo atractivo con anteojos.

—Vale, pero son necesarios —Zac miró de reojo a su hermano—, y encima no los llevas puestos hoy, ¡y eres mi copiloto!

—Esta vez no fue intencional, se ensuciaron con mis lágrimas, y los olvidé en el baño.

Zachary hizo una mueca. Detestaba que su madre hiciera llorar a Dean, y pensó que tal vez las decisiones de su madre también afectaban a Hallie. No quería imaginarla sufriendo por su culpa.

Y entonces recordó que él mismo ya le había hecho daño. Sin embargo, se convencía de que hubiera sido mucho peor si su madre le daba la noticia a Hallie.

Habían discutido durante horas por aquello. Y como a Stella no le agradaba ni un poquito Hallie, sabía que usaría el arma de lastimarla con palabras punzantes y dolorosas.

Mejor sería que se encargara de eso Zachary personalmente. Aun así, pensó que cruzó la línea entre decir la amabilidad y la falsedad. Se había sentido desesperado, y lo había arruinado todo.

Dios, quiso volver en el tiempo para contarle a Hallie las cosas y ser cuidadoso de no lastimarla. Si tan solo…

—¿Verdes o azules? —volvió a preguntar Dean.

—¿Ah? —no tenía la menor idea de lo que hablaba su hermano.

—Que con cuáles lentes de contacto piensas que me veré mejor, si verdes o azules —repitió Dean.

—Ammmmmmhh —pensó Zac. La mención a los ojos azules lo transportó de nuevo al recuerdo de Hallie.

Esos hermosos ojos.

Esa preciosa mirada que me dedicaba cuando hablaba conmigo.

Dios, necesito volver a verla. Y decirle que me encantan sus ojos.

—Tomaré eso como un voto para los azules —Dean lo despojó de sus pensamientos.

—Ah, sí…

Minutos más tarde ya estaban en la casa de su primo Ryan. Zachary tuvo que abandonar sus pensamientos cuando necesitaba encontrar una solución a las mascotas.

En primera, sus tíos tardaron alrededor de quince minutos en acudir a la puerta, lo que lo puso nervioso, pronto se aproximaba una tormenta, y no quería que la lluvia le estropeara los planes.

Perdieron más tiempo intentando convencer a sus tíos, ya que ellos se negaban a regresarles a Europa:

—No puedo hacerlo, cariño —se cruzó de brazos su tía—, acordé con tu madre que yo me quedaría con la cachorrita, Ryan ya se encariñó con ella, no puedo quitársela. Sería una mamá cruel.

Mamá cruel. Zachary reflexionó aquellas palabras.

—¡Yo también estoy encariñado con Europa! —replicó Dean.

—Sí, pero Ryan tiene cinco años, tú tienes catorce. Lo podrás superar rápido.

—¡Pero es mía!

—Encima te comportas como un inmaduro. Basta, no te devolveré a Bella.

—¡Se llama Europa, no Bella!

Zachary se masajeaba las sienes. La discusión entre su tía y Dean no lo dejaba pensar con claridad, mucho menos cuando se involucró el niño mimado y comenzó a llorar cuando Europa notó que Dean estaba ahí y deslizó sus patitas hacia su legítimo dueño, quien la recibió con las manos extendidas.

—Es todo —se levantó molesto el tío, apartando a Europa de Dean—, váyanse de aquí.

—¡No nos podemos ir sin Europa y mis gallinas! —Dean seguía a la defensiva, y daba saltitos para estar a la altura de su tío.

No sirvió de nada, con la fuerza de su tío, los lograron arrastrar hasta la salida.

—¡Capataz, esto es injusto! —Dean imitó la voz de la película. Y fue rotundamente ignorado.

—Vale, ¿mínimo podrían regresarnos las gallinas? —Zachary preguntó con calma.

—Las vendimos a la feria.

—No puede ser…

—Nos dieron 5 dólares, si quieres se los damos. Pero no podemos hacer más por ustedes.

—¿Y por qué no se los meten por el cu…?

—¡Dean! —Zachary regañó a su hermano.

El pequeño de los hermanos Blackelee suspiró.

—Es inútil —confesó Dean—, ni siquiera insultándolos harán que mis gallinas vuelvan.

—Podrían comprar unas nuevas en la feria —sugirió el tío.

—Cállate —reprochó Dean.

Zachary chasqueó la lengua. Pronto comenzaría a llover, entonces era mejor retirarse.

Dean subió a la camioneta con los ánimos por el suelo, y no habló durante el trayecto. Era sumamente extraño aquel compartimiento, en especial porque Dean nunca dejaba de hablar y estar feliz.

Zachary no imaginaba cómo se sentiría Hallie con tal noticia, a veces pensaba que era muy parecida a su hermano.

Las personas que más quería Zachary en el mundo tenían una H y una D en la inicial de sus nombres. No iba a defraudarlos, las sonrisas de ellos eran todo lo bueno de su existencia.

Entonces se prometió recuperar a las gallinas a como diera lugar, no importa si las tenía que robar. Iría por ellas en la madrugada, no perdería el tiempo.

23

Pero mínimo unos besos, ¿no?

—Son las diez de la noche y estamos comenzando una película de terror, no podré dormir.

—Esa es la idea —Leila sonrió—, prefiero no dormir por una película, que por un chico que me rompió el corazón.

Hallie giró los ojos.

—Pero tendré miedo… ¡prefiero imaginar el rostro de Zachary que el de una monja asesina!

—Ya, por eso cambiamos a *La noche del demonio*. Dale *play*.

Hallie suspiró. Su mejor amiga de internet había planeado una noche de películas a distancia. Cada una tenía en su computadora portátil la aplicación de Discord, Leila compartía pantalla desde Netflix, a la par de mantener una llamada para emitir comentarios de la película.

Hallie colocó un tazón de palomitas cerca de sus piernas, se acomodó en posición de loto y miró hacia la pantalla de la laptop. El escenario parecía perfecto para tomar una fotografía y publicarla en Instagram después de una edición fotográfica en VSCO.

Entonces, sin hacer ruido, tomó una sesión de fotos. La película pasó a ser solo sonido de fondo, mientras ella deslizaba sus dedos en el celular editando y publicando en Instagram, era parte de su nomofobia ser así. Aparentar que era un fabuloso viernes por la noche publicando en redes sociales, y no disfrutar realmente el momento.

—¿No estás prestando atención, cierto? —escuchó de la llamada. Al menos no era videollamada.

—Claro que sí —tosió Hallie. *¿De qué iba la peli?*

—Mentirosa, acabas de hacer un nuevo post.

—Si lo viste es porque tú también estás en el celular —se defendió.

—Tonta —rio Leila—, es porque me llegó la notificación.

—Tú ganas, ¿me haces un resumen de los primeros veinte minutos?

No se perdía de mucho, los primeros minutos de las películas de terror siempre eran aburridos, según el parecer de Hallie; contexto de una familia que se muda a una nueva casa, blah, blah, blah. ¿En qué momento comenzaba la acción?

Justo en medio del clímax, Hallie escuchó un ruido que golpeaba su ventana.

—Leila… Creo que alguien está aquí conmigo.

—No, es la brisa.

—Okay… —pasaron algunos minutos—, ¡Leila, están gritando mi nombre!

—Estás alucinando, no es nada.

—¡Voy a morir!

—A ver, ¿y si deslizas un poco la cortina?

—Me da miedo, ¿y si encuentro realmente a alguien que me mira desde fuera?

—No creo, llamo a la policía por ti —Leila intentaba tranquilizarla.

—Pero…

—Vamos, no es tan difícil. Solo mira de reojo a la ventana.

Hallie tragó saliva, y se acercó a la cortina, asomó su cabeza solo un poquito:

—Maldición, sí hay alguien.

—¿Lo ves? Te dije que no había nad… ¿Qué? Repítelo.

—¡Lo sabía! —hiperventiló Hallie—, es mi fin.

—Mmmmm, respira —dijo Leila con la intención de ganar unos segundos más—, lo solucionaremos, mmm…

—Espera —aguardó Hallie mientras desempeñaba el cristal—. Creo que es Zac.

—¿En serio? —preguntó incrédula—. ¿Y si es un fantasma?

—Lo averiguaremos ahora —Hallie tomó su celular para fotografiar al extraño que estaba afuera de su edificio, mirando hacia su ventana.

—¡Qué guapo fantasma! —soltó su mejor amiga de internet al recibir la foto.

—¡Leila, por Dios!

—Perdón, bueno, ahora sabemos que no estás alucinando, pero no es un fantasma.

—Sí es Zac… Cielos, ¿qué hace a estas horas aquí?

—Pues abre la ventana y pregúntale.

—No quiero hablar con él —cruzó un brazo Hallie. La otra mano la tenía ocupada sosteniendo el celular.

Los ojos de Hallie se depositaron en el ademán que hacía a lo lejos Zachary, sus señas aclamaban un "Por favor" con las manos.

—Podrías hacerte la difícil —sugirió Leila—, dicen que funciona para que los chicos se esfuercen más por salir contigo.

—Le aplicaré la ley del hielo.

—Perfecto.

—No pienso dirigirle la palabra hasta que me regrese mi gallina.

—¡Así se habla!

—Le diré que lo odio.

—Eh… si quieres.

—¡Le diré que besa mal!

—¿Mmmmm?

—Es para lastimar su corazón, obvio no besa mal, besa como un dios.

—Bien, necesita una cucharada de su propia medicina.

—Lo haré llorar con mi frialdad —dijo Hallie con una sonrisa.

—¡Eso!

Hallie estaba decidida a tratarlo con dureza hasta que ganara su perdón. No iba a ser una tarea fácil, en especial si la Zachary la seguía buscando.

—¿Qué haces aquí? —intentó gritar Hallie, aun cuando ya había deslizado la ventana—. Hace frío y no traes suéter, no me gustaría que te enfermaras. ¿Necesitas un abrazo mío? ¿Te presto una mantita?

—¿¡Pero qué demonios, Hallie!? —Leila soltó al oído de la chica—, eso no es ser dura…

—Perdón, me distraje —susurró Hallie—, vieras su carita haciendo pucheros, se ve tan lindo.

—Okay, inténtalo de nuevo —sugirió Leila.

Zachary había doblado su labio inferior para formar una un gesto emanando ternura como un bebé.

—Lo siento, no puedo permanecer enojada con él —suspiró tranquilamente Hallie—, te hablo después.

—Oye, p… —Leila se quedó a escuchar los tres tonos. Hallie había colgado la llamada para correr hacia Zachary.

Tomó fuerzas para abrir completamente su ventana y poder hablar con mayor comodidad con el chico de sus desvelos. Muy en el fondo de su corazón, esperaba ese momento, que él fuera por ella.

—¿Has visto la hora, Zac?

—Lo sé, no debí venir tan tarde, pero necesitaba hacer esto de noche.

—¿Qué cosa? —Hallie pensó en las posibilidades que existían de hacer ellos algo en las noches. No había muchas opciones.

—Necesito una foto de Martha —Zachary se mordió el labio, inquieto.

Hallie parpadeó incrédula.

—¿Una foto de mi gallina?

—Necesito saber cómo es, sus características físicas.

—Déjame ver si entendí —Hallie repasó en su mente—. Has venido, de noche, a preguntar por mi gallina, cuando en realidad vive contigo… No lo sé, pensé que usarías una excusa mejor para buscarme.

Zachary volvió a morderse el labio, y bajó la mirada, apenado.

—¿Crees que puedas bajar? Facilitaría explicarte un par de cosas.

Oh, no. Hallie entendió que no serían buenas noticias.

No lo pensó dos veces, tomó una gabardina rosa que colocó por encima de su pijama, y salió a la calle. Les dijo a sus tíos que iría a la tienda por más palomitas de maíz, a lo que ellos no prestaron tanta atención, estaban en su habitación medio dormidos.

—No me digas que tu familia hizo a Martha en caldito, y quieres una foto para recordarla y hacer un funeral… Si es así, te mato y de una vez hacemos los dos funerales juntos.

—Casi —admitió con dificultad Zachary. No quería que Hallie se enterara, pero ella era perspicaz—, vendieron las gallinas.

—¡Voy a matarte!

—Tranquila, todavía hay arreglo —avisó él—, iré a rescatarlas en este momento.

Hallie resopló esperando que el frío enfriara su enojo.

—Iré contigo.

—No, es peligroso. Planeo robarlas.

—Con más razón necesitarás ayuda.

Zachary hizo una mueca, indispuesto:

—Necesito hacer esto solo, solo debo saber cómo es, mi hermano pasaba más tiempo con ella que yo.

—No —soltó Hallie molesta—, es mi gallina, es mi responsabilidad.

—Estaba bajo mi cuidado, iré solo.

—Iré contigo —repitió ella, impaciente.

—Hallie… —suspiró Zachary—. He sido un idiota contigo y necesito enmendar mis errores si quiero ser digno de tu perdón. No puedo permitir que me acompañes, no será seguro, mi plan es asaltar una granja. Pueden tener escopetas, puede que te pase algo. No quiero arriesgarte, traeré sana y salva a Martha. Lo prometo.

La chica miró un punto fijo en el suelo.

—¿Sabes? No necesitas pedir perdón de nada —admitió—. Es culpa mía pensar que estabas enamorado de mí como yo lo estoy de ti. Ya has hablado, aclaraste que no quieres nada serio y debo entenderlo, pero mi tonto corazón es necio.

Sintió Zachary que debió aclararlo, y decir que dentro de él había un amor desmedido por Hallie. Pero, ¿qué sentido tenía ilusionarla? Pronto partiría del país, y nada podría cambiarlo. Era mejor callar.

En cambio, Hallie esperaba que lo dijera, anhelaba con su alma que la corrigiera y confesara sus sentimientos. Pero eso no pasó.

Suspiró, cansada, y reunió fuerzas para subirse el ánimo.

—Será divertido perseguir una gallina. Y estoy segura que no sabrías diferenciar mi gallina de las otras. Pero la conozco tan bien que sé que tiene un ojo más claro que el otro, incluso uno es más grande, y cuando te mira parece que es una psicópata, pero solo es ilusión óptica.

—La conoces bien.

—Y ella a mí. Cuando ella era más pequeña jugábamos a las escondidas, le cantaba, y ella alzaba sus alitas para correr en busca de mí, al final me picoteaba la cabeza, pero entendí que siempre respondía a mi canto.

Zachary dibujó una sonrisa en su rostro por la anécdota. Y supo Hallie que aquello era suficiente para seguir enamorada de él. La forma de sus labios sonriendo era preciosa.

—Me recuerda al cuento de los hermanos Grimm, el flautista que tocaba para que las ratas se acercaran.

—¿Acabas de comparar a mi gallina con una rata? —enarcó una ceja Hallie.

—Y a ti con un señor feo y sucio —rio él—, vámonos ya, cada minuto es fundamental para encontrarla viva.

Hallie achicó los ojos:

—Misión rescate de gallinas activada.

Zachary había tomado nuevamente la camioneta de sus padres, le había pedido a Dean que lo cubriera si ellos se llegaban a enterar. Su hermano menor aceptó con la condición de devolverle a Bucky, y comprarle golosinas al día siguiente.

De esta manera pudieron llegar más rápido a la feria del pueblo.

—¿No íbamos a una granja? —Hallie preguntó extrañada al ver las luces, y un resto de personas pasear por los juegos mecánicos.

—Ese es el plan B —guiñó el ojo Zac—, primero intentaremos negociar con el dueño del corral que tiene su puesto en la feria.

—¿¡Me trajiste a la feria en pijama!?

—Te dije que era mejor que no me acompañaras.

—Porque pensé que sería una aventura donde solo animales de la granja me verían, ahora luzco fatal frente a miles de personas —cruzó los brazos, indispuesta a salir así.

—Descuida, cada quien estará con su pareja, amigos, familia. Pasarás desapercibida.

Hallie seguía en la misma postura, sin intenciones de bajar de la camioneta.

—Bueno, cuidarás el carro.

—*Ahg* —Hallie salió a regañadientes y le siguió el paso a Zac.

La noche se iluminaba con todas las luces neón de su alrededor, provenientes de los puestos de comida y de las atracciones que formaban parte de la feria.

Las personas formaban una fila compacta en cada uno de los juegos de azar, y destreza. Los puestos de comida también estaban repletos de gente.

Hallie pasaba cerca de las personas, incómoda, abrochándose la gabardina.

—Algunos juegos en vez de dar juguetes de regalo, dan gallinas, o pollitos —avisó Zachary cerca del oído de Hallie, con la intención de que lo escuchara bien debido a todo el bullicio.

—Vale, buscaré esos puestos.

—Bien, separémonos.

¿Todavía más?, pensó Hallie, pero era claro que se refería a buscar las gallinas.

Hallie se distraía con la música de Icona Pop a todo volumen. Dirigió su mirada a los juegos de dardos y globos, después a los de loterías y canicas, tiro al blanco y bailes. No encontraba nada.

Solo notaba parejas jóvenes que reían y compartían sus triunfos o fracasos en cada uno de los juegos. Quería vivir ese cliché del chico lindo que le conseguía un peluche bonito a la chica.

Hallie bajó la cabeza y negó, eso no le pasaría. Esto no era una cita romántica.

Siguió buscando en una gran cantidad de puestos establecidos y ambulantes, solo encontraba más niños divirtiéndose, hasta que vio una pareja de ancianos que compraban un algodón de azúcar para ambos.

—¿Recuerdas cuando éramos jóvenes y subíamos a todos esos juegos para llenarnos de adrenalina? Sigo sintiendo esa sensación, sigue latente cuando te beso —le había dicho el señor a su señora.

La anciana sonrió ampliamente.

—Jorge, querido, no necesito este algodón de azúcar si te tengo a ti. Te amo.

—Y yo a ti, Margaret Brooks, para toda la vida —y ofreció un cacho de algodón de azúcar a su pareja.

Hallie apreciaba la escena pero apartó la vista cuando ellos giraron hacia ella notando su mirada. Inmediatamente se hizo a un lado, dio dos pasos hacia atrás y chocó con una jaula de gallinas.

Había llegado. Y la persona a cargo solo era un joven, más o menos de la misma edad que ella.

—¿Puedo ayudarte con algo? —preguntó aquel chico.

—Ehhh sí, estoy buscando una gallina, creo que es de la raza Vorwerk.

—¿Ah?

—De esas que tienen un plumaje dorado en el dorso del cuerpo, y negro azulado en las timoneras.

—¿Ah?

—En las plumas de la cola, pues —Hallie hizo un ademán con su propio cuerpo.

El chico se tomó el tiempo de mirar la parte trasera de la chica.

—¿Se te perdió algo, amigo? —llegó Zachary, no muy amigable.

—Zac, no seas grosero —susurró Hallie—, creo que aquí tienen a la gallina.

—¡Te estaba mirando el trasero!

—No es cierto, fue mi culpa por hacer un ademán.

—Ajá.

—Nop —dijo finalmente el chico—, no tengo de esas gallinas.

—Bien, vámonos, Hallie.

—Ah, pero sé dónde se consiguen —anunció el chico cuando Zachary ya le había dado la espalda, tomado la mano de la chica rubia.

—¿En serio? ¿Dónde? —Hallie regresó al chico.

Zachary cerró los ojos, no soportaba la idea de escucharlo.

—En una granja, no muy lejos de aquí.

—Sí, ya sabíamos —espetó Zac.

—No lo creo —continuó el chico—, seguramente piensas que me refiero al granero, pero está en reparación, así que por ahora la producción de gallinas está en otro lugar provisional.

—¿Nos darías la dirección, por favor? —pidió Hallie.

—Mmmmmm, no lo sé, tu amigo no se ve tan agradable de que charlemos.

Zachary cruzó los brazos y la miró.

—Descuida, así es de amargado siempre —respondió finalmente Hallie.

—Mmmm, no sé.

Zachary giró los ojos, exasperado, buscando dinero entre su cartera.

—No, viejo, no me interesa ganar dinero —interrumpió el chico—, para eso trabajo.

—Acosta de la vida de gallinas en producción intensiva, claro. Venderlas como si fueran un juguete.

—Es el negocio de mi familia, ¿tienes algún problema? —el chico se acercó al rostro de Zachary.

Zachary irguió la espalda.

—Eh, chicos… —intervino Hallie.

—Te propongo un duelo de fuerza, ¿aceptas?

—Acepto —respondió con firmeza Zachary.

Hallie puso los ojos en blanco. Era increíble que Zachary le siguiera la corriente.

Ambos chicos se acercaron al juego de la feria que parecía un termómetro inmenso, solo que no medía la temperatura, este medía la fuerza con que golpearas la parte inferior del juego con ayuda de un martillo inflable, aunque no menos pesado.

El primero en intentarlo fue el chico de la feria, con un sutil golpe lo elevó al número 60, la serie de luces cálidas iluminaron en el número de la puntuación.

—Supera eso —chasqueó la lengua el chico.

Zachary tomó el mango del martillo y apretó sus manos. Dio con seguridad un golpe sobre el juego. Llegó al puntaje 30.

—¿Qué?

—Novato —dijo el chico cruzando los brazos.

—Otra vez, no sabía cómo usarlo.

Tanto Hallie como el otro chico giraron los ojos pero cedieron. Esta vez Zachary alcanzó el puntaje de 45.

—Estaba nervioso, otra.

Nuevamente su puntuación fue baja: 25.

—Se me resbaló, lo prometo.

—¿Le creemos? —dijo el chico mirando los labios de Hallie.

—Sí, otra oportunidad —sugirió ella.

Zachary observó la cercanía que el tipo estaba teniendo con Hallie, y le hirvió la sangre. Tenía que ponerlo en su lugar.

Entonces en su último intento, respiró profundamente, y se concentró en el juego. En los otros intentos no pudo tener su mente fría, pero esta vez sí. Recordó que todo el ejercicio que hacía de fuerzas no era en vano, tenía que catalizar toda su ira.

Miró el máximo puntaje e imaginó el rostro del cabezota que era el tipo. Seguro funcionaba.

Cuando golpeó, el resultado arrojó un puntaje de 85. ¡Lo había superado!

—¡Sí! —alzó sus manos en victoria y dirigió su mirada a Hallie. Que daba brinquitos con aplausos de felicidad y orgullo.

El tipo bostezó y se acercó a la máquina. No duró mucho la celebración cuando él alcanzó el puntaje máximo: 100.

—¡Tenemos un ganador! —decía la voz del juego.

La sonrisa de Zachary se esfumó. Y Hallie hizo una mueca incómoda.

—No me subestimes, chico —chasqueó la lengua—, o no hay dirección.

—Podrían intentar otro juego —propuso Hallie, sin saber que fue la peor idea que se le pudo ocurrir.

Solo dejaba en vergüenza a Zachary en cada uno de los juegos de puntería como dardos con globos, dardos con una ruleta en el centro, y otros más.

De fondo sonaba la canción "I'm On my Way", conocida por muchos gracias a la película de *Shrek*.

Zachary podía ser la persona más inteligente de la escuela, pero sus habilidades kinestésicas y corporales parecían ser nulas.

I'm on my way from misery to happiness today. Ah ah ah ...

I'll do my best, I'll do my best to do the best I can.

No importaba cuánto se esforzara, era derrotado en cada juego. Al principio Hallie aun así le aplaudía, pero con el paso del tiempo y los juegos, los aplausos eran cada vez menos efusivos y más escasos.

Sin contar que el tipo le obsequiaba un peluche a Hallie cada que ganaba, ella los recibía con una sonrisa forzada. *¿Qué importaba si no provenían del chico que quería?*

Las fosas nasales de Zachary se ensanchaban mientras miraba tales escenas, y giraba su cabeza al lado contrario, maldiciendo al tipo en su mente.

Hallie comenzó a darse cuenta de su comportamiento y llegó a pensar que más que orgullo, eran celos. ¿Era posible?

—¿Es tu novio? —preguntó finalmente el tipo.

Hallie parpadeó con sorpresa. Pero aprovechó la oportunidad para poner celoso a Zachary al menos una vez en la vida. Ya le tocaba.

—Oh, no —Hallie jugó con un mechón de su cabello—, él me ha dejado claro que no quiere tener nada conmigo. ¿Cierto, Zac?

Zachary resopló y formuló una sonrisa fingida. Después ignoró la pregunta y ayudó a Hallie a cargar todos los premios que el otro tipo había ganado para ella.

—Ya no nos quedan manos, deberíamos regresar al auto.

—Muy buena idea, Zac, podrías llevarlos allá mientras yo como un algodón de azúcar con... ¿Cómo te llamas?

El tipo pronunció su nombre, pero Hallie no le prestó atención por ver cómo Zachary apretaba los dientes y se alejaba con los regalos en sus brazos, arrastraba los pies.

Al llegar a la camioneta lanzó los premios a la cajuela, y tomó unos segundos para apreciar el teléfono de lata que yacía también en la cajuela, él lo había recogido de la fuente, cuando Hallie lo arrojó molesta.

Frustrado, se deslizó los dedos sobre el cabello y suspiró hondo. Quería aguardar unos minutos para calmar sus nervios, pero cada segundo lejos de Hallie se sentía como una tortura, y un fracaso. En especial si ella estaba con ese tipo que le miraba los labios y ya le había tocado un hombro. ¡Un hombro!

No podía aceptar tal cercanía, así que regresó lo más pronto posible con ellos. Los encontró riendo a carcajadas. *¿Qué podía ser tan gracioso?*

—Oh —Hallie notó al fin la presencia de Zac—, ven, me está contando las aventuras de su granja.

—Y no te he dicho sobre la vez que mi caballo entró a la sala de mi casa, fue la cosa más...

—¿Podrías darnos la dirección? —cortó el rollo Zachary—, ya fue suficiente.

El tipo le ofreció una servilleta a Zac, quién rápidamente la arrojó al piso, como si estuviera asustando un mosco.

—Bueno, ahí iba la dirección —se encogió de hombros el chico.

Zachary maldijo el momento que tuvo que recoger el papel. Fue el día más humillante de toda su existencia, cometía error tras error.

—Gracias —dijo finalmente—, vámonos, Hall.

Hallie iba a levantarse de la mesa cuando el tipo intervino:

—No tan rápido —miró a Hallie—, dijiste que subirías a la ruleta conmigo.

—Ah… —Hall no sabía qué responder, seguramente había aceptado cuando no le prestaba atención—, sí.

Zachary giró los ojos, contando el tiempo que tendría que aguantar aquella tortura. Su paciencia llegó al límite cuando se enteró de la altura que tenía la ruleta, en cada carrito colgante solo entraban dos personas, curiosamente todos los asistentes parecían pareja.

El gran temor de Zachary era que ese desgraciado, perdón, ese tipo, la besara en la cima de la ruleta. Pues quedaban estacionados ahí por un tiempo.

Zac no despegaba la mirada del cielo, pasaba con dificultad la saliva a su garganta esperando que el tipo no intentara sobrepasarse con Hallie.

Maldición, imaginarlos en un espacio tan pequeño, a una altura que potenciaba la adrenalina, le ponía los nervios de punta. Quería que bajaran ¡ya!

Así como la ruleta daba vueltas, Zachary caminaba en círculos, pateando piedritas, las manos le sudaban y las agitaba en el aire con la intención de secarlas pronto.

Por otro lado, Hallie pasaba los minutos más incómodos de su vida, el chico acortaba cada vez más la distancia deslizando sus piernas hacia las de Hallie. Ella siempre intentaba mirar hacia otra dirección, como a las afueras del pueblo.

—¿Esa de allá es tu granja? —señaló.

—En efecto, es de mis padres —Dios, le apestaba la boca a cebolla. Justo por eso Hallie había propuesto comer algo, pensaba que así le disminuiría el olor tan fuerte a cebolla, pero no funcionó.

—¿Y no hay un dentista cerca de aquí?

—No, ¿por?

Con razón, pensó Hallie.

—Sólo es curiosidad.

—Pero por allá —señaló el lugar—, hay un motel, dicen que está bueno.

Hallie lo miró con sus pupilas temblando.

—Quiero irme.

—¿Fui demasiado rápido? —se rascó la nuca el tipo—, perdón, me puse nervioso.

—Ajam —Hallie desvió la mirada.

—Pero mínimo unos besos, ¿no?

—¿Qué? —respondió Hallie sin mirarlo a la cara con temor de que le robara uno.

—Pues sí… ni modo que fueran gratis todos esos regalos.

—Oh vamos, esas cosas salieron por las competencias que tenían tú y Zachary. No los pedí —se justificó—, y en todo caso, te los puedo regresar sin ningún problema, podrías envolverlos para una próxima novia.

—Ya tengo novia.

—¿Ah, sí? —Hallie lo miró incrédula—, ¿y por qué me coqueteas?

—Pensé que también te gustaban las relaciones abiertas —el chico se encogió de hombros.

—Estás equivocado…

—Obviamente tienes algo con ese chico de abajo, pero como lo negaron pensé que era porque les gustaba conocer a más personas.

—Pues no.

—Vale —el tipo se alejó un poco, y al fin Hallie pudo respirar.

El turno en la ruleta estaba por concluir, los carritos colgantes iban descendiendo. Entonces Hallie estaba impaciente por salir.

Cuando los trabajadores abrieron la puerta del carrito de enfrente, el tipo aprovechó el tiempo para intentar besar a Hallie por última vez.

—Te dije que no iban a salir gratis —dijo él antes de posar sus labios sobre los de Hallie.

Ella no tardó en actuar como si tuviera la velocidad de Flash, sacó de su gabardina un pollito asustado, que le mordió los labios al tipo.

—¡Auch! —el tipo abrió los ojos y notó que su labio inferior sangraba—. ¿Qué demonios? ¿En qué momento?

—Perdón —soltó Hallie saliendo con prisas del carrito colgante y cerró la puerta de nuevo—, lo tomé como precaución de tu puesto ambulante, sabía que esto pasaría.

—Oye, ¡vuelve aquí!

Los trabajadores lo detuvieron unos segundos, pues el cerrojo para salir se había atorado.

Hallie corrió hacia Zachary, quien estaba con la mirada perdida en el suelo.

—¡Corre, nos vamos! —anunció Hallie, golpeando con cariño el brazo de él.

Zachary reaccionó instintivamente, y comenzó a huir tras ella. Hallie miró por encima de su hombro y verificó que el tipo estaba a una distancia considerablemente lejana.

Sea quien seas, me alegra que no conociera tu nombre. Bye, bye.

Hallie soltó una carcajada. Y Zachary no entendía por qué reía, pero se unió a la causa.

Corrieron entre risas hasta que la parte superior del estómago les dolió.

—¿Qué fue eso? —preguntó finalmente Zachary arrastrando sus pies, estaba a menos de un metro de la camioneta.

—Una locura —respondió ella con dificultad para respirar. Tocó su pecho y sintió cómo su corazón palpitaba acelerado.

—Deberíamos descansar unos minutos dentro del coche —sugirió Zachary.

Hallie se tomó la libertad de cerrar los ojos cuando recargó su cabeza en la parte superior del asiento.

Zac decidió prender la camioneta cuando se dio cuenta que las ventanas se empañaban, y la temperatura dentro se elevaba. Miró de reojo a Hallie, quien respiraba agitadamente, y el sudor de la frente recorría sobre su rostro y cuello.

Tomó el volante y notó que los vellos de sus brazos se erizaron. Demonios, debía calmarse si no quería encender otras sensaciones de su cuerpo.

—¿Zac? —preguntó desconectada Hallie—, ¿por qué no avanzas?

—Estaba repasando la ruta en mi mente.

—Oh, bien.

El chico respiró profundamente:

—Siguiente parada, la granja.

24

Un caldito de gallina

—En un caso hipotético… —aclaró la garganta Zachary—, ¿Qué sucedería si llegamos tarde?

—¿Tarde? —Hallie repasó las palabras—, ¿a qué te refieres?

—Ya sabes… —Zachary no se atrevía a mirarla a los ojos, prefirió seguir con la mira al volante—, que Martha ya sea, ummm, un caldito…

—¡Por todos los cielos, Zac! —Hallie corrigió la postura de la espalda, antes se encontraba hundida en el asiento de copiloto.

—No quiero sonar pesimista, pero tenemos que estar preparados para cualquier escenario.

—Solo una persona pesimista se expresa así.

—¿Te he hablado de los beneficios de comer caldo de gallina?

—¡Zac!

—Solo trato de ser positivo, ¿sabías que su carne es rica en vitaminas y minerales? Por supuesto, destaca por su aporte de proteínas…

Hallie recargó sus dedos en el puente de la nariz. *Ahora no, por favor.*

—Y son alimentos de origen animal con muy bajo aporte de grasa, por lo que resulta más saludable que otras opciones cárnicas —continuaba hablando él—, ayuda a evitar enfermedades cardiovasculares, la expansión de adipocitos…

—¿Adipo-*qué*? —arrugó el ceño Hallie. Con trabajos podía entender las diferencias entre los conceptos de proteína y vitamina, ¿que no eran lo mismo?

—Adipocitos. Son las células de nuestro organismo encargadas de almacenar energía en nuestro cuerpo, pero si no cuidamos nuestra alimentación, contribuyen a la aparición de obesidad.

—Tener conversaciones contigo es tan extraño —admitió Hallie. Aún no podía entender qué relación tenía todo eso con su gallina.

—Tómalo como una clase de bromatología y de bioquímica.

—¿Broma qué?

—Bromatología —repitió Zac—, la ciencia que estudia la composición de los alimentos.

¿Cómo que la bromatología no estudiaba las bromas? Que decepción.

Hallie dedicó dos segundos a contemplarlo:

—Sí, definitivamente eres pésimo para entablar una conversación.

Era cierto, Zachary había comenzado a hablar por temor a permanecer en silencio durante el viaje en camioneta. No podía usar la radio del automóvil porque no existía tal cosa.

Además, todavía parecía que Hallie seguía distante con él. Ya no bromeaba tanto como antes, tampoco lo miraba con frecuencia, dirigía su vista hacia la ventanilla empañada del auto. Ni siquiera podía observar el exterior, pero prefería mirar hacia esa dirección y dibujar una carita triste con su dedo.

—Es que no quiero seguir lastimando tu corazón —Zachary decidió que era mejor decir la verdad. Hallie volvió su vista a él. Suspiró—, me rompería verte llorar por mi culpa.

Hallie le dedicó una sonrisa somera.

—Está bien, encontraremos a Martha —intentó animarlo—, y no será tu culpa si ya no está.

El chico pensó que debía explicar que no solo se refería a la gallina. Pero también imaginó que estaba de más expresar sus sentimientos.

Por suerte, no tuvo que mencionar nada al respecto, acababan de llegar a su destino: La granja.

Hallie no tardó en salir del carro mucho antes de que Zachary terminara de estacionarse. Solo podían recurrir a la luna, fuera de ello, todo estaba en completa oscuridad.

Ella no tenía una linterna convencional para alumbrar el camino, pero tenía algo mucho mejor.

—Y decías que el celular no serviría de nada —aseguró Hallie. Zachary solo achicó los ojos, limitado a guardar sus comentarios.

—Ten cuidado, el suelo es fangoso —anunció a simple vista, no era necesario alumbrarse con el celular para percatarse del lodo.

—Descuida, mi celular me guiará —y acto seguido su pantufla se hundió de lleno en el lodo. Hallie gruñó cuando sacudió su pie intentando que se limpiara.

Luz del celular [0] Vista de Zachary [1]

Caminaron unos cuantos metros más y frente a ellos encontraron una cerca de madera desgastada, con franjas blancas despintadas. Hallie tenía miedo de astillarse cuando brincó dentro, Zachary tenía más miedo a allanar propiedad privada, pero valía la pena arriesgarse por las gallinas.

Ellos no serían unas gallinas, irían a rescatar a sus gallinas y aquella noche saldrían triunfadores con esas gallinas…

Hasta que caminaron alrededor de un establo de toros.

—Ah… ¿Zac? —pronunció débilmente Hallie.

—No hagas mucho ruido —musitó y bajó lentamente sus pies, estaban en el establo equivocado, seguramente.

Hallie tragó saliva y retrocedió dos pasos. Uno de los toros soltó un ronquido bajo y grave, lo cual la hizo respingar, quería huir de ahí lo más rápido posible.

Zachary no tardó en tranquilizarla, colocó una de sus manos en la cintura de Hallie, y caminó detrás de ella, rodeándola de fuerza y valor.

Hallie hubiera querido disimular lo que sentía por el tacto de Zachary sobre su cuerpo, pero aquello solo incrementó más su nerviosismo. Si no moría a causa de un toro, moría por el chico.

—Solo sigue mi voz —susurró él con tersura—, y camina hacia atrás.

La chica se concentró en la voz de Zachary y en la suavidad de su mano acariciándola, suspiró profundamente y avanzó.

La adrenalina se instaló en sus cuerpos cuando creyeron que uno de los toros había despertado al mover ligeramente una de sus orejas. Pero solo se quedó en un susto, lograron salir sanos y salvos.

—Creo que mejor regresaré al coche —anunció Hallie.

Zachary suspiró. Por eso no quería traerla en un inicio, no quería exponerla más.

—Está bien, yo buscaré a Martha —dijo con temor a darse por vencido. La granja era inmensa, seguramente había establos para cada animal y aquello dificultaba más su búsqueda.

El tiempo pasaba y tenía que adivinar el lugar donde guardaban las gallinas. En ocasiones, el olor o el sonido delataba qué tipo de animales se encontraba dentro: cerdos, borregos, vacas.

Entre más avanzaba, más se nublaba su vista por la noche oscura, y sus zapatos se ensuciaban de lodo, de paja o de algún desecho.

Zachary se asomó en el último establo, esperando encontrarse con los nidales para gallinas. Y halló algunas en su ponedero de huevos, empollando y con un foco iluminando su estancia.

Recorrió el plumaje de cada gallina y buscó las características de Martha, no estaba ahí. Al menos no la estaban explotando de esa manera.

De hecho, entre más buscaba dentro de la granja, más ideas sobre la explotación animal le llegaban a la cabeza, no le parecía una vida tranquila y sencilla tener en dichas condiciones a los animales. Se enfocaban más en la producción que en la calidad de vida de estos, ya que algunos parecían aprisionados en jaulas metálicas.

Si Dean estuviera presente, seguramente lloraría.

Por un momento pensó en liberarlos a todos, abrir cada reja y soltarlos. Pero lo detuvo pensar que ponía en riesgo a Hallie si realizaba aquel acto de rebeldía. Algún día lo haría, pero lo ideal sería con Dean.

—¿Martha? —preguntó incrédulo Zac, al ver que todavía llevaba puesto el babero que Dean le había dado.

La gallina estaba comiendo, y alzó su pico cuando escuchó su nombre. Zachary suspiró, la tomó entre sus brazos y también al otro gallo que seguramente era Bucky, o al menos le haría creer eso a Dean, y se encaminó a la salida.

A pesar de cargarlos en los brazos, sentía un peso menos en su cuerpo, sentía que se redimía de sus malas decisiones.

—¿Quién anda por ahí? —se escuchó la voz de un señor, alumbrando con una linterna.

Zachary no lo pensó dos veces y aceleró el paso, ocasionando un sonido más resistente y fuerte, se estaba delatando.

—¡HEY! —bramó el pastor de ovejas—, vuelva de inmediato o llamaré al jefe.

Zachary hizo caso omiso y corrió con mayor velocidad. Por un segundo miró por encima de su hombro para ver la altura del hombre y vio que el pastor cargaba una escopeta.

Entonces soltó a las gallinas en un movimiento veloz:

—Tranquilo —se apresuró a decir—, podemos hablarlo.

—Ajá —apuntó con la escopeta el pastor.

—En serio, todo se trata de un malentendido —tragó saliva Zachary.

—Ajá —respondió y soltó el primer disparo a un tambo, solo para asustarlo.

El sonido hizo que las gallinas se pusieran nerviosas y con los ojos saltones, empezaron a cacarear corriendo en círculos, moviendo el cuello desesperadamente. En resumen, ya eran las gallinas locas.

Zachary no se inmutó, permaneció sereno esperando su final.

—¡Alto! —entró Hallie, exhausta—. Por favor, no lo maten, es el padre de mis hijos.

El joven pastor bajó la escopeta y Zachary inclinó la cabeza en señal de confusión.

—Estoy embarazada —se acarició el vientre, tenía un bulto ligero—, lo que pasa es que vi esas gallinas en la feria, las compraron ahí, ¿no?

El pastor asintió.

—Y se me antojó un rico caldo de gallina, específicamente de ese par —señaló a las gallinas locas—. No quiero otras. Ellas son perfectas para mi bebé.

Hallie seguía en su papel de mujer embarazada, y con los ojos, pidió a Zachary que le siguiera el juego.

—No debe quedarse con el antojo, le hace daño a nuestro bebito —sonrió Zac.

—¿Y por qué no las compran en vez de robarlas? — enarcó una ceja el pastor.

—Porque acabamos de llegar al pueblo —prosiguió Zac—, como ve, somos solo dos jóvenes amantes, nuestros padres nos echaron de casa por nuestro fructífero amor. Y no tenemos donde habitar, todavía no consigo un empleo… pero no puedo dejar a mi amada sin comer, soy capaz de todo por mantenerla en perfectas condiciones, y, en eso concierne tomar prestadas a esas gallinas.

El pastor suspiró.

—También cometí los mismos errores, sé lo que se siente estar en ese lugar sin ningún apoyo ni nada —le dio el pésame a Zachary.

Increíble, les estaba creyendo.

—Por eso, le ruego que me permita adquirir estas dos gallinas locas.

—Es que no son mías —suspiró el pastor—, solo cuido la granja del gran jefe.

—¿Tendremos oportunidad de hablar con él? —preguntó Hallie.

—No lo creo, está de viaje.

—Con mayor razón, podremos ocultárselo…—Hallie cargo a Martha con intenciones de marcharse después.

—No tan rápido —espetó el pastor.

Zac y Hallie giraron sobre sus talones con temor a que la conversación se alargara mucho más y existiera la oportunidad de perder a las gallinas.

—Me tendrán que invitar al *baby shower* —anunció el pastor, con una sonrisa entre sus dientes—, seré el padrino de gallinas.

—Oh —musitó Hallie—, por supuesto, sin falta le enviaré la invitación.

Zachary asintió y tomó de un hombro a Hallie para darse la vuelta.

—¿Y ya? —prosiguió el pastor—, ¿dónde quedaron las gracias?

Hallie rio incómodamente y regresó:

—Gracias, señor, fue muy amable.

—A mí no —bramó—, a tu chico.

Hallie lo miró con cara de "¿por?".

—Es un acto de amor —continuó—, iba a robar y morir por ti. Mínimo se merece un beso.

Antes de que el rubor aterrizara en los pómulos de Hallie, decidió actuar por impulso y plantó un beso sonoro en la mejilla de Zac, para rápidamente apartarse y ocultar la mirada.

A Zachary lo sacudió el movimiento tan veloz que fue imposible de disfrutar.

—Eso no fue un beso —cruzó los brazos el pastor—. ¡Dale uno de verdad!

No podían escapar. Estaban destinados a volver a unir sus labios y descubrir el poder de besar nuevamente a la persona que es capaz de desatar al corazón y desnudar su alma.

Hallie inclinó la cabeza, incrédula de que Zachary la besara después de todo. Pero Zac se acercó, levantó su mentón y atrajo su rostro al de él.

Todavía quedaba una pequeña distancia entre sus labios, pero sentían la necesidad de unirse, como una corriente eléctrica que les recorría el cuerpo y los incitaba a darse calor.

Las mejillas de Hallie ardían, y las pupilas de sus ojos temblaban. Zachary le brindó confianza, acariciando deliberadamente su rostro, y asintiendo con ligeros movimientos. Prosiguió a cerrar los ojos.

Entonces Hallie entendió que estaba bien besarlo, miró por última vez los labios brillantes de Zachary y acortó la distancia entre ellos.

Sus bocas se correspondieron como dos imanes imposibles de despegarse una vez unidos. Zachary fue deslizando sus manos del rostro de Hallie hacia su cuello, para bajar por la espalda, llegar a la cintura y apretarla fuertemente.

Hallie accedió acomodando sus brazos en el cuello de Zachary, mientras él le rodeaba la cintura con ambas manos, lo que provocó sensaciones nuevas en su cuerpo. Sonrió durante el resto del beso.

Al tomar aire, Zachary mordió ligeramente el labio inferior de Hallie para concluir el apasionado momento, dejando pulsaciones altas en los corazones de ambos.

—Vaya… —silbó el pastor—, pensé que esto iba a terminar en la concepción de su segundo hijo.

Hallie desvió la mirada, avergonzada. La confusión de lo que acababa de pasar se instaló en su mente.

En cambio, Zachary rio con ligereza, por un lado, parecía divertirle la situación; por el otro, parecía relajado.

—En serio, llegué a pensar que esto era un engaño y en realidad no eran pareja —prosiguió el pastor.

—Bueno —se apresuró a decir Zac—. Creo que es hora de partir.

Colocó entre sus brazos a las dos gallinas, mientras Hallie tomaba unos segundos para respirar profundamente, intentando procesar los besos de Zachary, agitando nerviosamente las manos.

No se dio cuenta de que, gracias a ello, el bulto falso de embarazo fue bajando poco a poco de su cuerpo, hasta caerse por completo.

Ya estaban por llegar a la salida del establo cuando el pastor se dio cuenta de la artimaña.

—Un momento —frunció el ceño y ambos chicos pararon de caminar—, esto es falso.

Al escuchar las últimas palabras, generaron la suficiente fuerza para escapar.

Gastaron la poca energía que les quedaba, después de aquellos besos, para correr con velocidad hacia el auto.

—¡VUELVAN ACÁ! —gritaba a lo lejos el pastor. Por suerte, la escopeta se había quedado atrás, en el establo—. ¡Me las pagarán!

Zachary y Hallie corrieron acompañados de Martha y Bucky, las alas de las gallinas se agitaban, provocando que una que otra pluma se les desprendiera.

—Genial, ahora Martha estará calva —dijo Hallie.

—Y tú posiblemente estarás sin vida si no te apuras.

Hallie miró de reojo a Zachary y aceleró el paso a regañadientes. Las pantuflas ejercían más fuerza en sus pies y le pesaban, odiaba no haber llevado tenis.

Una vez dentro de la camioneta, se aseguraron de que el pastor no los persiguiera, Zachary observó por el espejo retrovisor, Hallie por la ventanilla.

Entonces Zachary encendió el auto y aceleró.

—¡Espera, no les he puesto el cinturón de seguridad a las gallinas!

—¡Vámonos así, Hallie!

Así que tuvo que mantener encima de sus piernas a Martha, acariciando su cresta. Durante el viaje Bucky revoloteó con ansiedad en los asientos traseros.

—Te dije que necesitaba el cinturón —comentó Hallie.

Zachary soltó una carcajada y Hallie se le unió entre risas.

—Esto es lo más loco que he hecho en la vida —dijo girando el volante.

—Lo sé — le dedicó una sonrisa Hallie—, ha sido una noche increíble.

—Aún no me decido por qué parte ha sido la mejor de todas.

—Una patética competencia en la feria…

—Huir de los toros…

—Buscar a las gallinas con prisa y con temor de caer en el excremento de miles de animales…

—Estar cerca de morir por una escopeta… —rio Zachary—. Correr como si fuera el fin del mundo…

—Fingir que estaba embarazada… —Hallie giró con gracia los ojos—. O ser descubierta en el engaño.

—Pero lo mejor fue nuestro apasionado beso —anunció finalmente Zachary.

Hallie eliminó su sonrisa del rostro, con eso de escapar de la granja, y toda la adrenalina que había provocado, olvidó ese pequeño pero significativo detalle.

—Para, por favor —pidió ella. Zachary la miró de reojo y siguió conduciendo—. Detén la camioneta, te digo.

Tuvo que ceder, se mordió el labio y buscó la orilla para detenerse.

—Listo —dijo y apagó el coche.

—¡No puedes seguir haciendo esto! —Hallie desabrochó su cinturón para girar hacia él cómodamente.

—Solo hice lo que me pediste.

—Me refiero a… —suspiró, incapaz de poder enfrentarlo—, tú sabes a qué me refiero.

—No, de hecho, no lo sé.

—¡Pero cómo! —se exaltó Hallie—, es como si no te importara lo que provocas cada que me besas.

Zachary bajó las manos del volante para acercarlas a las manos de Hallie.

—¡No puedes besarme y al siguiente momento fingir que no ha pasado! —apartó sus manos—. O peor aún, besarme de nuevo y decir que lo has disfrutado… Me confundes, ¿quieres jugar conmigo? ¿Romper más mi corazón? ¿O qué pretendes?

—Quiero volver a besarte.

Hallie tragó saliva al escuchar dichas declaraciones.

—Me gusta besarte, me gusta mucho —volvió a decir Zachary.

Hallie quedó helada. Sin palabras.

Zachary buscó nuevamente sus manos para acariciarlas y transmitirles calor. Los dedos de Hallie estaban fríos de los nervios. Zachary los unió con los de él para frotarlos y darles aliento.

—¿Y cuando termine la noche que pasará? —preguntó Hallie, sin esperanzas.

—Te seguiré queriendo a mi lado.

Hallie sonrió, emocionada de la respuesta.

—No sé cuánto tiempo durará esto, pero me hace feliz.

—Dos meses.

Hallie borró su sonrisa.

—Cuidado, no vayas a ser tan directo —hizo un ademán sarcástico.

—No —rio Zachary—, mis padres me enviarán a estudiar a la universidad en México, pensé que no tenía sentido enamorarme más de ti si me iba a marchar, ya sabes, las relaciones a distancia no funcionan. Menos si soy incapaz de tener un celular y mantener comunicación a través de mensajes electrónicos.

—¿Entonces era por eso? ¿Me habías apartado por tu tecnofobia?

—En teoría…

—¿Y si la superas? ¿Y si decides quedarte aquí?

—No puedo hacer eso.

—Ya lo estabas intentando —reprochó Hallie—. Me atrevo a decir que, si fuera un objetivo, ya estabas por llegar a la meta. Si algo me dolió fue que botaras nuestras latas como si no significaran nada.

Zachary desvió la mirada, arrepentido.

—Me dejé llevar por algunos comentarios…

—Lo sé, parecías otro después de que desapareciste. Como si ese viaje te hubiera cambiado.

—Lo hizo —se defendió—, decidí que quiero ser escritor, pero no de novelas, me gustaría ser historiador, conocer las culturas maya y azteca, por eso pensé que era mejor documentarme y vivir en México para lograr una verdadera investigación.

—Y yo todavía no sé si lograré graduarme de la preparatoria…

—Exacto, ese es el otro punto. Somos tan diferentes, Hallie. Ni siquiera te importa la escuela, no has buscado tema para el proyecto final.

—Confié en que lo haríamos juntos —se excusó ella—. Lo dijo la directora, ¿recuerdas?

—Sí, hace meses… No he vuelto a ver interés en ti.

—De hecho —Hallie chasqueó la lengua pensando en alguna idea—, tiene que ver con todo lo que he estado preparando para que tú superes la tecnofobia.

—Ah, ¿sí? —Zachary arqueó una ceja.

—Sí, apuesto a que te sorprenderás de lo mucho que he trabajado en ello.

—Estoy ansioso de conocerlo —dijo con sarcasmo.

—Oye —Hallie se acercó al asiento de Zachary—, será tan bueno que te hará superar la tecnofobia, y querrás quedarte aquí conmigo.

Por alguna extraña razón, eso a Zachary le resultó atractivo, esa determinación y confianza.

—Te enamorarás de mí —anunció Hallie.

—Ya lo estoy —Zac se acercó al rostro de Hallie, para besarla.

—Lo digo en serio —ella se apartó antes de que le tocara los labios—, no podrás vivir sin mí. Sin mis locuras, sin mi amor, sin esa chispa que te invita a salir de tu zona de confort.

Hallie tomó otra postura en su asiento, como si estuviera emocionada.

—Te prometo que estos dos meses los aprovecharé al máximo y te demostraré que soy más que una chica que siempre está en su celular, superaré la nomofobia, te ayudaré con la tecnofobia y nuestro proyecto será el mejor. Y aceptarás una relación a distancia, donde obviamente será indispensable el celular, o sea que, gracias al amor, superarás la tecnofobia.

—Hablas muy segura de ti misma —aquello le gustaba a Zachary.

—Por supuesto. Me amarás tan plenamente que podrás usar las redes sociales para hablar conmigo. O puede que no te queden ganas de ir al extranjero. No importa, de ambas formas podemos luchar por lo nuestro.

—Bien —asintió Zachary—, pero solo si durante todo este proceso me dejas besarte. Ya sea que tu plan funcione o no.

—Funcionará —dijo Hallie arrugando las cejas.

—Bien, me parece un buen reto —Zachary alzó sus hombros.

—¿Entonces sellamos el trato? —ella le tendió su mano para fundirla en un apretón.

Zachary miró por un segundo la mano extendida y rio. La estrechó solo con intenciones de acercarla y robarle un beso a la chica.

Volvió a besarla hasta derretirle los labios y dejarla sin aliento.

—Así, Hallie, se sellan los tratos.

25

Batería al 100%

El temor a que no funcionara y esos meses fueran una pérdida de tiempo era uno de los tantos pensamientos que Hallie tenía cada que recordaba que Zachary tenía intenciones de marcharse a finales de año.

Si Zac le rompía el corazón no lo consideraba como la peor parte. Era mucho peor no haberlo intentado. Y aquello era un riesgo que estaba dispuesta a asumir, por amor.

No se trataba de una repentina atracción del momento, o de un romance pasajero. Amaba a Zachary. Lo descubrió cuando se volvieron a besar en la granja, el lugar no era precisamente el mejor de todos, pero a veces los escenarios menos románticos se volvían especiales al compartirlos con "esa" persona importante.

De solo acordarse, sonrió involuntariamente. Y acarició sus propios labios, buscando con la yema de los dedos algún rastro de él, una esencia que emanaba cuando la besaba.

Podía acariciar sus labios todo el día a no ser que ocupara las manos para escribir en la escuela. Era una lástima tener que seguir con su vida académica luego de enamorarse.

Sobre todo si quería salvar el semestre sin reprobar asignaturas que, en teoría, ya estaban perdidas.

Bueno, solo miraré a Zachary una última vez para recargar energía y después me concentraré en la escuela, se dijo.

Pero era imposible dejar de pensar en él si lo observaba mientras leía y subrayaba los libros. Zachary alzaba el mentón para comprender y reflexionar, chasqueaba los dedos y realizaba apuntes en su libreta. Todo un hombre inteligente y estudioso, Dios, era tan atractivo a sus ojos que podía pasar el resto de la clase solo mirándolo.

Desafortunadamente, la clase terminó y Zachary comenzó a empacar.

—Acabó muy pronto la clase, ¿no? —Hallie se acercó al pupitre de Zac.

—Duró dos horas, ¿de qué hablas? —respondió Tom, uniéndose a la conversación—. Fue eterna.

Zachary no se pronunció al respecto. En cambio, se dirigió a la salida del aula.

—Sentí que duró como cinco minutos… —Hallie intentó hablar de nuevo, con la esperanza de que esta vez Zachary girara hacia ella.

—Parece que alguien no prestó mucha atención —volvió a responder Tom—. ¿Estabas dormida?

Hallie persiguió con la mirada a Zachary y fue tras él no sin antes despedirse de Tom:

—Te veo luego, ¿vale? —dijo apresurada y corrió hacia la puerta.

Alcanzó a Zachary a escasos metros, en el pasillo escolar.

—Hola —Hallie estiró las tiras de su mochila, para ocultar sus nervios. Zachary solo sonrió débilmente—. ¿Todo bien?

Zachary asintió y continuó caminando.

Esta vez ella no le siguió el paso, se quedó a mirar un punto fijo en el suelo, le daba tristeza pensar que otra vez la estaba evadiendo, sobre todo cuando la había vuelto a besar tan solo unas horas antes de que se hubiera puesto el sol.

—¿Quieres que nos reunamos hoy en la biblioteca para avanzar en el proyecto? —preguntó Hallie, con temor a ser ignorada, pues solo veía la espalda de Zac.

—Mejor otro día —dijo él a lo lejos, sin voltear a mirarla.

En un intento por esconder sus sentimientos, tomó del bolsillo el teléfono para restarle importancia. Fingir que no le dolía el rechazo.

Decidió escribir un mensaje a su mejor amiga de internet:

Hallie: Lo volvió a hacer.

Leila: ?

Hallie: Zac. Es un idiota. No sé por qué me gusta tanto si me ignora.

Leila: Porque el corazón es necio, y siempre ama a quien lo trata con desprecio.

Hallie: ¿Traficando rimas?, jajaja.

Leila: Solo quería hacerte reír :(Aunque no esté ahí, puedo notar cuando estás triste o enfadada.

Hallie: Ah, sí. ¿Cómo?

Leila: No utilizas emojis, y siempre los pones para hacer más amena la conversación, además, escribiste una palabra altisonante.

Hallie: Jajajaja, ¿idiota?

Leila: Y va de nuevo xD

Hallie: Idiota. Idiota. Idiota. ¡Zac es un completo idiota!

Leila: Pero no me lo digas a mí, grítaselo a él xD

Hallie: Buena idea, ahora vuelvo :D

—Zac —dijo Hallie mientras apenas despegaba su vista del celular. No creyó que él estuviera de regreso, frente a sus narices.

—Lo sé —suspiró arrepentido—. Me pasé otra vez —quiso buscar las manos de Hallie para sostenerlas.

Hallie guardó el celular y accedió a entrelazar sus dedos con los de él.

—Sí quiero pasar tiempo contigo, pero es Dean, tengo que estar con Dean —dijo él con sinceridad.

—¿Qué tiene? —Hallie intentó comprender.

Zac caminó cabizbajo y sin ánimos. En esos instantes, su fuerza solo provenía de sostener la mano de Hallie.

—No se ha recuperado de la pérdida de Europa, y no puedo evitar sentirme culpable. Tengo que hacer algo al respecto.

—¿Y si la robamos como hicimos con las gallinas? —propuso Hallie, entusiasmada de una nueva aventura.

Zachary soltó una débil risa por tal locura.

—No todo se resuelve robando, ¿vale?

—Le quitas la diversión a todo —rio Hallie.

—Solo intento que no vayas a prisión tan joven —le columpió las manos.

—Aburridoooo —ella hizo girar los ojos—. Si se tratara de robar libros, aceptarías mi propuesta.

—Suena bastante tentador —sonrió Zac, y después continuó con el semblante solemne—, pero hablo en serio, no puedo quitarle la mascota a mi primo.

—Era tuya en un principio.

—Pero no soy partidario de provocarle dolor a alguien para que otra persona esté mejor. Solo invertiría los papeles, Dean estaría feliz y Ryan triste. No puedo permitir que salgan heridos.

—Mmmm, ¿y no le causó felicidad a Dean volver a ver a Bucky?

—Sí, aunque no es lo mismo. Él extraña a Europa, la paseaba en el parque todas las tardes a las cinco, lo que significaba que después de la escuela, comía, hacía sus tareas y luego le dedicaba el resto del día a ella. Ahora, sin Europa, él no sale de su habitación, tampoco quiere comer, ni dibujar, solo se queda acostado en cama. Y no sé cómo ayudarlo.

—No es tu responsabilidad, Zac —trató de animarlo Hallie, era un peso que ella no quería que él cargara—. Solo eres su hermano.

Zachary suspiró hondo.

—Y por eso entiendo lo que significa estar así en casa, no puedo evitar sentirme como él. Es la única persona que sabe cómo se siente haber sido criado del mismo modo que yo, él me entiende como nadie en el mundo.

—Lo quieres mucho, ¿cierto? —arqueó una ceja Hallie.

—Nunca se lo digas. Me gusta fastidiarlo.

Hallie sonrió, una parte de ella quiso tener hermanos para experimentar aquel sentimiento de amor incondicional. Se le achicó el corazón.

—Tu manera de demostrar amor es tan extraña —resopló Hallie.

—Contigo no —procedió a soltarla de las manos para tomarla de la cintura.

Hallie sintió un hormigueo en el estómago por el tacto en su piel.

—¿Quieres saber todo lo que puedo hacer para demostrarte que te quiero? —ofreció Zachary con picardía.

—Eso me interesa —respondió ella con el mismo sentimiento.

—Bien, comenzaré por aquí —se acercó al rostro de Hallie de tal modo que se apoderó de ella. De los pómulos, de las mejillas y de la comisura de los labios, sus besos eran como una caricia suave y húmeda.

Hubiesen deseado que aquel momento en el pasillo durase toda una eternidad, pero al final, el destino indicaba que debían marcharse a su hogar.

Pero la buena noticia era que ahora podían despedirse con besos, y no con un apretón de manos.

—Besarte es tan electrizante —dijo Zac, mordiéndose los labios—. Vivificas mi alma.

Y era cierto, los besos que compartían eran como un desenchufe del mundo cuando sus labios se unían para crear una corriente eléctrica que conectaba las pulsaciones de uno, con el corazón del otro, y hacía que sus cuerpos vibraran con cada caricia y con cada latido. Más allá de desgastarse por los movimientos, cobraban energía, como si luego de besarse su batería personal alcanzara el ciento por ciento de carga, y como si alrededor de ellos el mundo resplandeciera un poco más.

Hallie sentía que las calles brillaban, que el mundo era más bonito. Estaba enamorada, porque el mundo seguía siendo un lugar terrible, pero al menos ella ya tenía una razón para mejorarlo.

Caminó un par de calles pateando piedritas y con la cabeza ideando cómo ayudaría a Zachary y a Dean. Por más que le daba vueltas al asunto, no encontraba una solución que no lastimara a nadie.

Hasta que cruzó la calle, y vislumbró un refugio de perritos. Los latidos del corazón le indicaron que debía seguir el camino y entrar.

Al ingresar se llevó la sorpresa de que eso no parecía una tienda de mascotas que exhibía a los cachorros en una vitrina y bajo un espacio reducido como si fueran jaulas.

Estos perritos parecían… libres. Respiraban el aire fresco del césped, podían estirar las patas, acostarse en miles de posiciones sin resultar incómodos, brincar unos sobre otros en forma de juego, rascar en la tierra, tomar agua y comida en el momento que lo desearan.

En sí, el lugar no tenía la mejor infraestructura, todavía se encontraba en construcción, o en remodelación, o tal vez en un periodo pausado de reforma: había cinco cuartos habitables, pero sin capa alguna de pintura, y una barda de ladrillos levantada a medias. Pero aquello no le restaba importancia, ni hacía que llamara menos la atención, el lugar se mantenía atractivo, un sitio lleno de amor hacia los peluditos.

—¡Qué alegría ver caras nuevas por aquí! —dijo, animada, una anciana bastante entera, casi con alma de joven—. Pensé que el resto de mi vida solo vería rostros de perros, ya comenzaba a alucinar.

Hallie sonrió amablemente:

—¿De cuántos animalitos se hace cargo? —preguntó Hallie, impactada por el recibimiento.

—Si mis cuentas no me fallan, de unos treinta y siete perritos, pero ayer me acaban de llegar cinco procedentes de las calles —respondió la mujer mirando su libreta de apuntes.

—Entonces, son rescatados —dedujo Hallie.

—Así es —respondió orgullosa de dedicar su última etapa de la vida a los peluditos—, nosotros creemos en las segundas oportunidades, ellos merecen un hogar.

Segundas oportunidades. Hallie pensó en ese concepto, que le dio esperanza.

La anciana continuó explicando:

—No imaginas la cantidad de mascotas que viven en las calles por amar a las personas equivocadas, muchos de ellos fueron abandonados porque enfermaron, se preñaron, dejaron de ser útiles para un negocio, no fueron lo suficientemente estéticos para sus dueños, o simplemente, los dueños se aburrieron… —inspiró profundo—. Es terrible, porque a pesar de todo, los perritos creen que volverán por ellos y las posibilidades de sobrevivir a la espera son casi nulas, muchos terminan asustados, desorientados, atropellados, con lesiones, deshidratados, hambrientos, débiles y no vuelven a recibir una muestra de amor en sus últimos suspiros.

Hallie cerró los ojos, pero las imágenes evocadas en su cabeza de aquellas situaciones no se esfumaron fácilmente.

—Tranquila —la anciana posó su mano en el hombro de Hallie—, no todo es una tragedia, por eso existen fundaciones como esta que ayudan y mejoran el mundo para ellos.

A Hallie todavía le pesaba el corazón, pero al menos se había aligerado la carga.

—Tal vez salvar a un perro no cambiará el mundo pero, sin duda, el mundo cambiará para él —dijo Hallie finalmente, comprendiendo la situación.

—No podías haberlo dicho mejor —aseguró la anciana con una sonrisa. Pese a que no tenía todos los dientes, se veía linda—. ¿Quieres adoptar a un pequeñín?

La anciana se había levantado de la silla de plástico para mostrarle de cerca a los perritos.

—Quisiera, pero no puedo —se lamentó Hallie—, en mi edificio no aceptan mascotas.

—No te preocupes, hay muchas maneras de apoyar. Hay donaciones, ya sea con efectivo o con alimento; también hay voluntariado: venir a darles cariño, atención y jugar con ellos, o difundir la información para conseguir benefactores o adoptantes…

—Espere —interrumpió Hallie—. Sí puedo hacer todo eso, pero creo que, también conseguir a las personas indicadas para adoptar a uno.

La anciana volvió a sonreír, y Hallie le devolvió el gesto cómplice y feliz.

El resto de la tarde, aquella mujer le explicó a Hallie más a detalle cómo funcionaba el refugio. Tenía un espacio destinado para los nuevos perritos que primero pasaban por un filtro para una revisión médica, lo cual ayudaba a descartar y tratar algunas enfermedades antes de juntarlos con los demás canes.

Además, le recapituló los pasos, el papeleo necesario —como un cuestionario que preguntaba la dirección y el teléfono de contacto— y las condiciones para adoptar: destacaba un donativo de croquetas para el refugio y el pasar tres días de visita para familiarizarse con el perrito elegido. Si después de ese tiempo, el animalito también los elegía como sus dueños, eso demostraba que los adoptantes eran aptos, y el proceso se completaba satisfactoriamente para todas las partes.

Al día siguiente, sin falta, llevaría a Zac para iniciar el proceso. Le hacía sentir bien formar parte de ello, se despidió de la anciana prometiendo dedicarle una publicación en sus redes sociales para así dar difusión a las campañas de esterilización y de "adopta, no compres" de aquel refugio perruno.

Y aunque sería extraño tener una cita romántica en un refugio de animales, no le importaba si aquello tranquilizaba el corazón de Zachary.

—¿Tienes planes para hoy? —preguntó bajito Hallie, estaban en la biblioteca.

—Aparte de leer en casa, creo que no —respondió anotando en la libreta, solo se percibía el sonido del lápiz cruzando con la hoja.

—Bien, porque ahora ya los tienes —frotó sus manos, en forma emotiva.

—¿En serio tendré que posponer mi lectura? —resopló Zac.

—Vamos, lo valdrá.

—Y si no, me deberás un nuevo libro, ¿vale?

—Ya estamos de exigentes, ¿eh? —bromeó Hallie—. En todo caso, lo cambiarás por croquetas.

—¿Eh? —respondió confundido Zac.

Durante varios días, el chico había estado espiando con binoculares a Europa, para asegurarse de que tuviera un buen trato con su nueva familia; solo así se sentía mejor y no tan culpable.

Pero al llegar al refugio que lo condujo Hallie, entendió que no podía aferrarse a Europa, si tenía la oportunidad de ayudar y amar a otro perrito que lo necesitara. Había tantos peluditos y tan pocos adoptantes. Era una balanza desnivelada, injusta y desalentadora.

La anciana les contó que el estimado de adopción en el refugio era de tan solo dos animalitos al mes, mientras los números de rescate no paraban de incrementar, además de que los perritos con mayor edad eran menos propensos a ser considerados para las adopciones, lo cual dejaba a ese refugio como su muy probable único y último hogar.

Zac y Hallie conocieron bastantes historias de perritos durante sus días de voluntariado, aquello fue determinante para el día de adopción.

—Yo digo que es un Chihuahua —Hallie inclinó la cabeza.

—¿Bromeas? —dijo Zac, acariciando la oreja del perro—. Es un salchicha.

—Es una cruza de esos dos —se incorporó Grace, así se llamaba la anciana rescatadora—. Está *chistosito*, pero tiene un corazón muy grande.

—¿Tan grande para amar a dos hermanos? —preguntó Zac—, planeo compartir la crianza con mi hermano.

—Claro, de hecho, él llegó con su familia; su madre fue rescatada cuando estaba embarazada de esta camada. Lamentablemente, ella venía en pésimas condiciones y falleció después del parto, y sus chiquillos estaban muy débiles, algunos de sus hermanitos se unieron a la madre, pero él y uno de sus hermanos lucharon por sobrevivir, y se acompañaron durante su tiempo de cachorros, después el otro fue adoptado y este tuvo que despedirse de su única familia.

—¿Eso hace cuánto fue? —quiso saber Hallie.

—Hace aproximadamente tres años.

Zachary hizo una mueca.

—Significa que cada vez sus probabilidades de adopción son menores… —dijo desanimado Zachary y se asomó a los ojos del perro, como si pudiera conectar con ellos—. Creo que lo elegiré.

—Él ya te había elegido antes —sonrió Hallie.

Zachary sonrió, pero esta vez se trataba de una sonrisa permanente, que iluminaba su rostro y dibujaba unos hoyuelos en sus mejillas.

—Gracias —dijo Zac en dirección a ella—, aprecio lo que haces por mí.

—Con gusto esperaba el día que volviera a ver tu sonrisa.

Una lágrima de felicidad enjugó la mejilla de Zachary y se preguntó cuándo había sido la última vez que había disfrutado la acidez de una gota de sentimientos. Parecía que el corazón le salía del pecho, sus pulsaciones eran agitadas y sus labios estaban desesperados por encontrarse con los de Hallie. Siempre que la besaba encontraba una nueva forma de ser feliz.

Y disfrutaba los placeres de la vida descubriendo el sabor de su boca, y del aroma que emanaba cerca del cuello. Zachary se perdía en Hallie de mil maneras.

—Esto terminará siendo un beso de tres si no se quitan pronto de ahí —interrumpió Grace, señalando al perro. Y todos rieron después de eso.

—No entraré.

—Pero Hallie… —resopló Zac. Estaban frente a la casa de los Blackelee, y él intentaba convencerla de presentar al nuevo perro juntos.

—Con todo respeto, tus padres me asustan un poquito.

—Ajá, pero es normal temer a tus suegros. Además, es nuestro perrohíjo.

Hallie arqueó una ceja, divertida.

—Buen intento, Zac, pero formalizar no me hará cambiar de opinión.

—Pero te necesito a mi lado —le hizo un puchero, y fuera de verse infantil, resultó atractivo para Hallie.

—Te veré desde aquí —agitó los binoculares—, y esperaré tu respuesta. Recuerda, si todo sale bien, prenderás y apagarás la luz de tu habitación dos veces seguidas, y si no, solo lo harás una vez.

—Qué complicado —chasqueó la lengua.

—Todo sería más fácil si tuvieras un celular y me escribieras un mensaje —hizo un ademán de fatiga—, pero no: tenemos que recurrir a señales de humo por ti.

—Ya, ya —se despidió Zachary con un beso—, gracias por aceptarme con mi tecnofobia.

—Y tú a mí, aun con nomofobia —Hallie devolvió el beso y Zachary ingresó a su hogar con una caja ostentosa adornada con un gran moño.

Dean se encontraba en la sala, mirando hacia la nada, pero acariciando a su gallina. De no conocer su personalidad, Zac juraría que estaba ideando un plan vengativo y malévolo en contra de su madre, quien se hallaba a un costado leyendo una revista de chismes sobre farándula.

—Hola —carraspeó Zac. Dean no respondió, seguía ensimismado—. Traje algo para ti.

—¿Comida? —preguntó él, súbitamente reanimado.

—No —negó el hermano mayor.

—¿Comida para Bucky?

—Tampoco.

—Entonces no puede ser nada bueno —Dean devolvió su vista a un punto indeterminado del suelo.

Stella Blackelee rio levemente y prosiguió leyendo.

—En realidad no es algo que pueda comerse, pero sí podrás alimentar —dijo finalmente, dejando la caja arriba de un sillón, evitando que de esta manera el movimiento fuera brusco.

Dean no tardó en acercarse a husmear, y al soltar el moño un perrito de estatura pequeña brincó de la caja.

—¡No puede ser! —sonrió Dean, con un brillo inigualable en los ojos—. ¿Ya tiene nombre?

—No que yo sepa.

—Bien, lo llamaré Pizza —afirmó Dean.

—¿Por? —a Zachary le pareció raro el apelativo.

—Porque tengo hambre —se encogió de hombros—, y antes de que llegaras, estaba manifestando que me trajeran una pizza, pero Dios obra de maneras misteriosas.

—Entonces dale una bienvenida a Pizza a la familia—sugirió Zac.

—Sí, deberíamos ir por una para celebrar. Mamá, ¿podemos ir a la pizzería?

—No —dijo corto y seco la señora Blackelee.

—Bueno, lo intenté —dijo Dean, sin desaliento, dio media vuelta y sostuvo a Pizza en sus brazos, después subió a la habitación para darle un recorrido en su nuevo hogar.

Los sonidos que emitía de felicidad Dean se fueron alejando hasta dejar en silencio sepulcral al mayor de los Blackelee y a su madre.

—¿Qué te sucede? —soltó enfurecida Stella.

—Quería hacer feliz a mi hermano —respondió con sinceridad, e hizo bajar sus hombros.

—Lo echaste todo a perder, ya estaba superando a Europa, y con lo mucho que me costó que saliera de esta casa como para meter ahora a un callejero, *iuu* —hizo una mueca de desagrado, como si le diera náuseas.

Zachary observaba los gestos de su madre, cómo pataleaba de enojo y coraje.

—Dean no es capaz de cuidarse a sí mismo, ¿tú crees que una mascota más hará la diferencia? —resopló molesta—. Solo será otra carga.

—Dean es responsable, mamá. Deberías darte una oportunidad de conocer a tu propio hijo, no hay nada que él ame más que a sus mascotas.

—Ya veremos el día que desaparezca de la nada ese mugre perro —amenazó Stella.

—No puedo creer que hayas dicho eso —respondió Zac, en tono serio, apretó los puños.

—Yo no puedo creer que ni siquiera me hayas preguntado por la adopción. Soy tu autoridad, Zachary, ¿se te olvidó que me debes pedir permiso?

—Creí que no era necesario —alzó los hombros, despreocupado—. Tú decides por mi futuro, sin preguntarme si es lo que quiero o no.

Acto seguido, subió las escaleras, rumbo a su habitación.

—Zachary, vuelve aquí —le gritó su madre—. No hemos terminado.

Al llegar arriba, por un momento considero prender la luz una sola vez, como considerando un fracaso la misión. Pero entonces Dean apareció por detrás y lo abrazó por la espalda.

—Gracias, hermano del mal —le susurró—. Has devuelto la vida a esta casa.

Y entonces Zachary permaneció inmóvil para poco a poco ir soltando la acumulación de ira que había estado conteniendo. Mientras Dean lo rodeaba con sus brazos, más era la paz que sentía Zac dentro de él.

—Me gustaría hacer una fiesta de bienvenida para Pizza —propuso Dean—, pero no hay que invitar personas, hay que invitar mascotas, para que socialice, ¿qué opinas?

Zachary rio por tal idea.

—No creo que haga falta, convivió con muchos perros en el refugio.

—Pero podrías invitar a Martha —sugirió Dean—. Sí, las gallinas no pueden faltar.

—Su dueña no me la prestará de nuevo, Dean.

—Bueno, que venga la dueña, pero disfrazada de una gallina también.

—¿Y yo puedo disfrazarme de gallo? —le siguió el juego Zac.

—¿Eso quiere decir que es la chica que te gusta? —preguntó confundido Dean y lo soltó del abrazo.

—Creo que es más que eso —era la primera vez que lo admitía frente a alguien.

—Por Dios, al fin llegó una chica, pensé que eras gay.

—Eres un tarado —agitó el cabello rizado de su hermano para molestarlo y que este se apartara de la habitación.

El plan funcionó, Dean terminó huyendo y Zachary prendió y apagó dos veces la luz de su cuarto.

En su idioma, no solo le estaba diciendo a Hallie que todo había salido bien, también le decía que la quería. Pero tenía que apurarse a comunicarlo en persona antes de que fuera demasiado tarde, y la luz de su vida se agotara en verdad.

26

Amor a primera lectura

Cuando la batería del teléfono de Hallie se agotaba, le causaba cierta ansiedad no seguir compartiendo lo que encontraba en internet, no deseaba perderse de algo en tendencia. A veces se desorientaba cuando se alejaba un tiempo de las redes sociales, y entonces, cuando volvía a entrar, ya no entendía nada de lo que todo mundo estaba hablando.

Sentía que si el porcentaje de batería de su celular llegaba a cero, ya no podría hacer nada. Cada vez que tenía alguna duda, sobre lo que fuese, de cualquier cosa, siempre terminaba googleando.

¿Si le daba hambre? ¿Si tenía antojo de algo? Googleaba platillos fáciles de preparar para no gastar tanto tiempo en la cocina y así continuar en internet.

Últimamente, le interesaba conocer datos curiosos de la historia mundial, por ejemplo, acababa de obsesionarse con un tema de teorías conspirativas sobre el *Titanic*.

Pero también había periodos cuando usaba el internet para ver tutoriales de maquillaje complejos o para aprender algo fuera de lo común, o algo que le serviría más adelante, aunque eso incluía almacenar información innecesaria en la memoria del celular, o en la mente.

El peor de los casos era cuando invertía tiempo en tutoriales que estaba segura que no iba a seguir, y, aun así, decidía verlos.

A veces descubría nueva música y aquello implicaba ver los videos promocionales, y para entender el contexto de la letra terminaba por investigar todo sobre aquel nuevo artista: con quienes había salido, con quienes sembraba una amistad, con quienes del medio artístico no se llevaba. Revisaba entrevistas, leía en Wikipedia los perfiles biográficos, se unía a grupos de fans, discutía con otras personas en internet sobre gustos y rumores. Era un mundo sin final.

Pero detestaba la idea de usar el teléfono conectado a la luz eléctrica, resultaba incómodo cómo el artefacto cambiaba a una temperatura ardiente y llegaba a acalorar las yemas de los dedos, incluso la mano completa.

Según Zachary, hacer aquello representaba un daño adicional para la salud, y, para evitarlo, intentaba dejarlo reposar mientras se cargaba la batería. Entonces, para no caer en la tentación, optaba por apagar el celular con la intención de no seguir pensando en él, y dejar que este alcanzara la carga completa de batería más rápido.

Pensó que si lo hacía mientras dormía, no sentiría aquella necesidad de tenerlo entre las manos. Eran alrededor de las dos de la madrugada y no podía conciliar el sueño, los minutos se convertían en una eternidad. Cuando cerraba los ojos, imaginaba una pantalla brillante y a sus dedos deslizar para ver fotos y videos.

Volvió a pensar en Zachary, él le decía que usar el teléfono celular al anochecer provocaba insomnio:

—La exposición a la luz azul antes de dormir inhibe la producción de melatonina, hormona encargada de regular el ciclo del sueño, la cual empieza a producirse dos horas antes de acostarse —le había dicho una vez—. Pero lo más interesante es que esto no ocurre cuando lees un libro.

Hallie frunció el ceño.

—Es mentira, me has dicho que trasnochas cuando lees un libro.

—Soy un lector que no tiene autocontrol cuando me engancha una historia —había dicho entre risas—, pero, en serio, nuestro cerebro reacciona diferente entre la lectura y el estar en internet. Leer es relajante, la mente se concentra en una única actividad, lo que ayuda, de cierta forma, a desconectarte de las preocupaciones y problemas cotidianos.

—Pues me pasa lo mismo cuando estoy en las redes sociales —quiso defenderse Hallie.

—Mmmm —Zachary lo dudó un poco—, siempre te he visto estresada cuando estás en línea, sueles anhelar lo que otras personas tienen y, en el peor de los casos, comparas tu vida con las vivencias aparentemente idílicas de los demás.

Hallie guardó silencio. No podía negar que algo de eso era verdad.

—También te afecta el preocuparte y estar todo el tiempo al pendiente por las interacciones que pudieran tener tus publicaciones —seguía argumentando Zac.

Hallie siempre refrescaba la página para ver si tenía nuevas notificaciones. A veces necesitaba la aprobación de los demás.

—Es un desahogo, como un diario. Escribir *tweets* o hacer historias me permite liberar el estrés.

—¿Y por qué no lo haces en una hoja y papel? —propuso amistoso—, así nunca serías juzgada por personas que no conoces.

—No sé —Hallie suspiró, frustrada—, compartir mis pensamientos en internet es esperanzador. Saber que alguien en el mundo siente lo mismo que yo en ese preciso momento, me hace creer que no estoy sola.

—No estás sola, Hall —pronunció Zachary cerca de los labios de ella—. Me tienes a mí.

Pero Hallie no lo sentía así, aunque el corazón de Zachary permaneciera conectado al de ella, sentía que la manera de pensar, tan diferente, los desconectaba. La idea de no compartir con él todo lo que veía en internet le resultaba frustrante, no podía enseñarle nada, de hecho. Él no comprendía lo importante que era eso para ella.

El internet significaba una conexión directa a lo que quería ver y escuchar. A veces, deseaba con todas sus fuerzas que Zac entendiera un poco más de lo que la juzgaba tan duramente. Quería mostrarle ese mundo que tanto amaba, sin remordimiento por pasar tantas horas allí.

Entonces, liberó la frustración colocándose una almohada sobre la cara, para acto seguido contener el ruido de un grito. No deseaba despertar a sus tíos que dormían en el cuarto contiguo.

Quiso revisar la hora en su celular, y este todavía no se terminaba de cargar. La ansiedad y autosaboteo seguían en aumento, por ello, decidió caminar de puntitas al escritorio y encender la laptop, necesitaba distraerse. Así era siempre, dejaba de usar un dispositivo solo para recurrir a otro con similares funciones.

Dos cuarenta y siete de la madrugada, indicaba el reloj de la computadora portátil. Se preguntó si Zachary estaría dormido, o tal vez seguía leyendo.

No estaba equivocada, Zachary también estaba despierto, desde su habitación, alumbrado solo por la lámpara del buró, y con un libro entre los dedos. Una luz les iluminaba el rostro; a Zachary una luz cálida, a Hallie una luz fría.

Pero ambos mudaban sus pensamientos a un lugar donde emanaba tranquilidad en sus tormentas, el tiempo se agitaba, cada día era un día menos para estar juntos, un día más cerca del final de semestre…

Hallie tenía que hacer algo antes de que se agotaran los días y Zachary se fuera del país, anteriormente le había comentado el chico que su madre le había mostrado los boletos de avión, y aquello confirmaba el destino separados.

No deseaba perderlo, tenía que buscar alguna manera en la que él superara su fobia, o al menos llevara consigo un teléfono para mantenerse en contacto a la distancia.

Pero sentía el tiempo encima, como si fuese un cronómetro en el celular que enviaba vibraciones y señales que indicaban cómo la hora de despedida se acercaba sin freno, implacable.

Investigó soluciones en internet. Si existía allí una respuesta prácticamente para todo, seguramente también habría herramientas para ayudar a resolver la situación en la que se encontraban. Existían tantas posibilidades, solo tenía que abrir una nueva pestaña, era como organizar sus pensamientos en carpetas.

Los intentos anteriores habían sido infructuosos, Zac siempre encontraría la forma de destruir los argumentos a favor del internet debido a su amplio conocimiento de ciencia, biología, física, química… Incluso geografía, ella podría googlear una dirección, y él podría saber de memoria las coordenadas, conocía los caminos sin necesidad de ocupar Maps para llegar a un destino. Hallie paró un momento, sus búsquedas eran como un callejón sin salida, como una dirección inexistente.

Recordó que cada quince minutos era necesario hacer pausas activas para no adormecer el cuerpo, debía descansar los ojos de las pantallas para que fuesen nuevamente lubricados ya que al pasar tanto tiempo mirando un punto fijo el ojo dejaba de parpadear y, por consecuente, comenzaba a presentar problemas oculares y dolores de cabeza.

—Aghh —se quejó Hallie entre bostezos. El otro dispositivo ya le marcaba batería baja, y estaban por dar las tres de la madrugada.

Hizo sonar algo de música para inspirarse y lo volvió a intentar. No iba a tirar la toalla, aunque el sueño tocara la puerta de los párpados, no quería rendirse, aunque los dedos se le helaran por mantenerse rígida, no quería cambiar de posición, aunque le provocara tensión en la espalda, y al día siguiente presentara molestias.

Googleó todo lo relacionado con libros con la intención de encontrar algo que le fuese útil para convencer a Zachary de usar un teléfono celular, y le provocara el gusto por el internet.

Sentía que estaba cerca de descubrirlo, el teclado sonaba como si fuese marcado el trazo de palabras claves, clics del ratón la fueron guiando por las páginas correctas.

Y entonces… lo halló.

Encontró una red social de escritores y lectores que resultaba llamativa y adictiva al crear una cuenta y comenzar a interactuar con la comunidad.

Una plataforma naranja… Wattpad.

Zachary necesitaba conocer Wattpad y volverse adicto a leer en dispositivos electrónicos.

A Hallie se le dibujó una sonrisa en el rostro. Creó una cuenta enlazada y pasó el resto de la madrugada probando la app y todo lo que ofrecía.

Ya sabía cómo llevar a Zachary por el mal camino del internet: las historias de Wattpad.

—¿Estás escuchando? —repitió en voz baja Zac, estaban en la biblioteca. Hallie asintió al tiempo que un bostezo le desencajó el rostro—. No me digas que otra vez no dormiste por estar en internet.

Hallie sonrió, no sonaba como a un regaño de sus tíos, Zachary sonaba tierno cuando parecía preocupado por ella. Era como una manera de cuidarle el ciclo del sueño.

—Esta vez no —le aseguró Hall—, estuve leyendo.

—¿Un libro? —preguntó sorprendido—, ¿tú leyendo un libro?

—Sí, aunque parezca irreal.

—No —dijo en sarcasmo—. ¿Cuánto te pagaron?

—Lo hice por voluntad propia —Hallie enderezó la espalda, orgullosa.

—Mmmmm, no lo sé —se alzó de hombros—. ¿Cuál es título del libro? Conozco todos los títulos del mundo.

—Es imposible que conozcas este —comenzó a jugar Hallie con un mechón de cabello rubio.

—Pruébame, los sé todos —aseguró él, competitivo.

Hallie se acercó al rostro de Zachary, acortando la distancia entre sus labios y plantó un fugaz pero placentero beso.

—Ya te probé, y nop —dijo divertida—. Te prometo que no lo sabes.

Zac no se conformaba con un corto beso. Él disfrutaba besar a Hallie como si se tratara de leer un libro completo, tenía que repasar cada línea y párrafo, cada página y capítulo. Los puntos y comas solo eran una pausa para respirar y seguir leyendo sus labios.

—¿Sabes? —detuvo el beso para mirar a detalle el rostro de la chica—. En tus labios encuentro todos los libros que quiero leer.

—Muy halagador —confesó Hall con un tono cerezo en las mejillas.

—Muy poético —compuso Zac.

—Muy *lector* de tu parte —ironizó y prosiguió a besarlo de nuevo—, ¿harías algo por mí?

—Lo que sea —dijo llevándose el labio inferior de Hallie—, salvo disfrazarme de una gallina —aclaró.

Hallie soltó una risa bajita, la idea de tener una fiesta de disfraces de animales parecía divertido. Pero no era el momento.

—Tampoco algo relacionado con el internet —gruñó Zac—, no me convencerías ni con besos —agregó apretando firmemente la cintura de Hallie, aquello ocasionó que la silla de la biblioteca se inclinara más hacia él por la fuerza de atracción.

—¿Ni aunque se trate de libros? —Hallie arqueó una ceja, divertida de la situación.

—Tentador —admitió doblando la cabeza—, pero no lo suficiente.

—Te dije que nunca adivinarás el libro que leí —le recordó.

—Y yo te dije que lo descubriré en tus labios —abrió ligeramente la boca para atraerse como imanes.

Hallie no tardó en colocar el dedo índice sobre los labios de Zac, impidiendo el dulce destino.

—Menos besos, y más lectura —aseguró ella con determinación—. Si me prometes leer este libro, te dejaré volver a besarme.

Aquello enloquecía al chico. Se mordió la lengua suprimiendo las inmensas ganas de volver a unir sus labios con los de ella, y aceptó. Pensaba que, si terminaba rápido de leer, podía volver a disfrutar el sabor tan adictivo de Hallie.

El chico se sentía confiado, creyó que se trataba de un volumen grueso, o de algún ejemplar en latín, para considerarse como un verdadero reto. En cambio, frunció el ceño cuando observaba cómo Hallie guardaba todos los libros de estudio en la mochila, y dejaba sobre la mesa solo su teléfono celular.

Esto comenzaba a ser raro. Algo andaba mal.

Zac quiso abandonar el asiento, pero Hallie fue más rápida que él.

—No —lo hizo volver—, vas a leer conmigo.

—Pero… —suspiró Zac—, me engañaste. Un libro electrónico no es un libro.

—Entiendo.

—Y ya habíamos tenido esta conversación —prosiguió—. No voy a leer en PDF. Estoy en contra del robo de derechos de autor.

—¿Y si te digo que esto no es ilegal? ¿Y leer gratuitamente los libros beneficia al autor?

—¿Cómo así? —le causaba curiosidad algo tan contradictorio. Los autores ganaban regalías si los usuarios leían su libro gratis en internet, pero, ¿cómo funcionaba?

—Cada lectura de un libro es una visita que la plataforma contabiliza, así se va posicionando una historia por encima de las otras. Lo cual abre la oportunidad de que más personas se enteren de su existencia y lo lean, y la disfruten.

—Ajá, como funciona con las listas de los más vendidos, los *betsellers*. ¿Y luego?

—No es igual —corrigió Hallie—, aquí estás desde el inicio. Conoces todo el proceso.

—¿O sea que son borradores de manuscritos? —no le parecía atractivo.

—Pero no es cualquier borrador —aseguró Hall—, es el indicado para convertirlo en una historia en papel. Es como descubrir un diamante y permitir que aparezcan en todas las notas periodistas porque tú lo encontraste.

—Déjame ver si entiendo, ¿quieres que lea libros que todavía no son publicados formalmente?

—Si —se le iluminó el rostro a Hallie.

—Entonces no son libros.

—Son libros.

—No lo son.

—Sí lo son.

—No.

—Sí.

Hallie suspiró y le dio un beso a Zac con la esperanza de convencerlo.

—Okay, sí son libros —le dio la razón. Con cada beso atontaba a Zac y la mirada se le iba enterneciendo.

Después volvió a la realidad. Despertó.

—Oye, eso es manipulación —frunció el ceño, nuevamente, de manera tierna.

—Por favor —suspiró desesperada Hallie—, necesito que le des una oportunidad. Si tú lees el libro, alimentas la posibilidad de que se publique por una editorial. Sabes que es un mercado muy competitivo, no todos cumplen el sueño de ser escritores publicados. Wattpad permite a nuevos autores ser descubiertos.

Zac meditó unos segundos, era difícil negar los deseos de la chica que amaba.

—Hagamos algo —propuso él—, te escucharé y si mencionas algo que revolucione la lectura, haré el intento de leer. Y no vale decir "el formato es digital".

—Bien —Hallie se relamió los labios—. Los lectores pueden cambiar el rumbo de la historia que leen, tienen la posibilidad de evaluar y decidir el futuro de los personajes, convirtiendo la literatura en un proceso mucho más participativo. Ya no es aislado.

—¿Por qué?

—Puedes hacerle saber al autor lo que piensas capítulo a capítulo.

—Eso es como una reseña. Ya existe.

—Es correcto —asintió Hallie—, pero aquí puede darse párrafo por párrafo, y de inmediato. No necesitas terminar un libro para hacerle saber al autor tu reseña, aquí puedes opinar desde la primera línea del libro. Mientras lees, vas compartiendo lo que piensas y sientes, ya no se queda todo encerrado en tu pecho; Wattpad se convierte en un sitio seguro para ti.

Zac suspiró, la plática comenzaba a tornarse interesante. Pronto, Hallie le explicó más sobre el sistema de la plataforma; podían mantener contacto con otros lectores que leían el mismo libro que ellos. Podían enviar mensajes directos, escribir una dedicatoria de capítulo, votar por un libro que les gustaba, podían dejar un comentario… era como, por fin, pertenecer a un lugar, a una comunidad lectora y escritora.

—Suena mejor que un mero círculo de lectura —admitió Zac—, ¿Puedo dar talleres?, ¿puedo trabajar en Wattpad?

Hallie esbozó una sonrisa, pero negó con la cabeza.

—¿No existe un Wattpad presencial?

Hallie rio por la ocurrencia.

—Tendrás que conformarte con un sistema que se creó exclusivamente para operar en línea.

A los oídos de Zachary el mundo de Wattpad sonaba encantador, hasta que le mencionaron que era parte de una red social de internet; además, había un pequeño gran problema: tener que sostener un celular para leer.

27

Como un libro de Wattpad

—¡No, no, no! —hiperventiló Zachary, lo que llamó la atención en la biblioteca—, ¿lo trajiste aquí? Pensé que ya no existía.

—Sigue siendo tu celular —le recordó Hallie—, y necesitas uno para leer en Wattpad. Yo leeré desde el mío.

—¿No puedes leer en voz alta desde el tuyo y yo solo escuchar?

—No, tienes que seguir la lectura.

—¡No quiero estar cerca de ese artefacto! ¡Una vez explotó!

Hallie suspiró, esa iba a ser una larga y tediosa tarde.

—Para que el teléfono de latas funcione, ¿te quedas cerca o lejos de él? —preguntó Hallie.

—Cerca —dijo entre dientes.

—Es lo mismo con el celular —le extendió la mano—, ven.

—Espera, deja voy a comprar unos guantes, y unas gafas de protección —Hallie lo miró estupefacta—. ¿Qué? No quiero perder mi vista leyendo en una pantalla. Tampoco quiero que queme mis células.

Hallie giró los ojos.

—No seas ridículo. Ven así.

—Ahora que lo recuerdo, la última vez que toqué un celular me desmayé —pensó que, si lo decía, se salvaría de tocarlo.

Hallie tuvo que enternecer los ojos, y hacer un puchero para que Zachary dejara las excusas, volvió a su asiento con el cuerpo temblando de temor. Aunque parecía exagerado, Zachary estaba haciendo su mayor intento.

—Bueno —la chica aclaró la garganta—, primero tenemos que configurar el celular. Te crearé un correo y después iremos a la tienda.

A Zac le pareció extraña la relación, pero no quiso preguntar más y se alistó para salir.

—¿A dónde vas? —preguntó extrañada Hallie.

—Pues a la tienda —dijo él metiendo el brazo por una manga del abrigo.

—No iremos a ninguna parte —esbozó ella con una sonrisa—, es aquí. *En* el teléfono —alzó el artefacto de manera divertida y graciosa.

—Aún no me acostumbro a este juego de palabras —suspiró, resignado.

El resto de la tarde, Zachary tuvo que dar varios gritos ahogados, le atemorizaba proporcionar información personal a un teléfono, como su fecha de nacimiento y lugar de residencia, además de permitirle el rastreo de su ubicación a diferentes aplicaciones. Sentía que ocuparían los datos para darle un mal uso, aunque existieran acuerdos de confidencialidad. Zac imaginaba que, si los robots algún día gobernaban el mundo, ellos sabrían exactamente dónde encontrarlo.

Especialmente ahora que había escuchado la voz de la inteligencia artificial. Hallie le había comentado que, si quería evitar escribir o leer directamente, *ella* podía hacerlo por él. Lo que alteró más los sentidos a Zachary.

—De verdad, no es tan malo como piensas —aseguró Hallie, con voz tersa.

Zac asintió con la barbilla temblorosa.

Hallie pensó que tal vez debía parar, quizás era mucho para él. Miró al ángulo superior del celular, ya era hora de comer.

—¿Y si vamos por una pizza? —propuso Hall, con la intención de ablandar la tensión del momento.

En otras circunstancias, Zac no hubiese aceptado por ser tan "Sr. Saludable", pero aquello lo ameritaba. Necesitaba relajarse de aprender tantas contraseñas y maneras de usar el teléfono.

Hallie habría creído que sería más fácil, dado que en la escuela Zachary absorbía el conocimiento como una esponja, pero esta vez no fue el caso. Zac parecía como un ancianito aprendiendo a usar el celular.

Algunas cosas parecían lógicas, como deslizar adelante o hacia atrás, conectarse a una red de internet, bloquear o desbloquear la pantalla, pero le parecían tan difíciles como el hecho mismo de sostener un celular entre sus manos, lo sentía como un bebé en pañales.

Ir a una pizzería resultó ser una buena idea. Hallie ordenó una pizza grande dividida por dos sabores, la mitad de pepperoni, la otra mitad de hawaiana. A Zac le gustaba la piña en la pizza.

Mientras esperaban el pedido, Hall observó la piscina de pelotas, había unos cuantos niños divirtiéndose dentro, arrojándose pelotas y subiendo al tobogán. Decidió capturar el momento con una fotografía en el celular.

—¿Siempre tomas fotos de todos los lugares a los que vas? —preguntó curioso Zac.

Aunque la respuesta era un sí, esta vez tenía otro motivo. No era para publicar en las redes sociales.

—Es que hace mucho no veía a niños jugar de verdad, cuando miro alrededor, los niños siempre están jugando en el celular o en las consolas de videojuegos.

—Vaya, comienzas a sonar como yo, ¿estamos intercambiando los papeles?

—Así es —sonrió Hallie, siguiéndole el juego—, hoy es el día al revés. Hoy tú usas el celular, y yo no.

—Entonces acabas de perder, porque tomaste una foto hace… —Zac miró su reloj en la muñeca—, un minuto y medio.

—Rayos, es cierto —dio ella un golpe amistoso en la mesa—. Por cierto, ahora puedes ver la hora en el teléfono, no se te olvide.

—Cierto —rascó su nuca—, también perdí, no usé el celular.

—No te preocupes, recuerda que somos el equipo torpe.

Zac se inclinó hacia el rostro de Hallie.

—Torpes, pero siempre juntos.

El mesero no tardó en entregarles la orden, olisquearon el aroma a pizza recién horneada y se dedicaron a degustar, quizá no hablaban, pero las miradas decían más que mil palabras.

Los ojos de Hallie se iluminaban cuando Zac le ponía cátsup y la salsita de los sobres, a ella le costaba romperlos con los dientes, y él tenía el amable gesto de preparar la rebanada de pizza por ella.

¿Alguna vez has visto a dos adolescentes comer con una sonrisa entre los labios? Parecían disfrutar cada bocado que se llevaban a la boca, y no precisamente por el sabor del mejor platillo del mundo, era por comer pizza con la persona correcta, era disfrutar su compañía, y los ojos de ambos sonreían cómplices. El momento era mágico.

Después de quedar satisfechos, pidieron una orden de dedos de queso para que sirviera de postre. Mientras volvían a las clases de aprender a usar el celular.

—Bitácora número uno —dijo Hallie a manera de broma, ocupando el puño de su mano como si fuese un walkie-talkie—, el joven Blackelee está seleccionando la primera historia que leerá en Wattpad, aún no se decide por el género.

—Creo que elegiré una novela histórica.

—Yo elegiría una novela juvenil.

—Lo sé, todo buen lector inicia con la literatura juvenil —aseguró Zac.

Si una persona comenzaba en el mundo de los libros, los libros juveniles iban a marcar un antes y un después en su vida. Elegir ser lector significaba una decisión sin vuelta atrás.

Hallie agregó a su biblioteca la misma historia que Zac, solo para percatarse de que realmente estuviera leyendo. Zac leía en voz alta el prólogo y Hallie seguía la lectura en su mente.

Siendo sincera, Hallie no entendía nada del lenguaje de época, y aquello la distraía de la actualidad, pero no había manera de culparla si Zac estaba leyendo un libro digital.

Eran como sus dos amores unidos: Zachary y el teléfono celular. Ambos coexistían en el mismo lugar y espacio, creando un mundo perfecto para ella.

La voz de Zac parecía de narrador de cuentos mágicos, Hallie quería que fuese el narrador de su vida. No quería conocer más voces, quería escucharlo una y otra vez, para siempre.

—¿Cómo sigo leyendo? —interrumpió Zac y mostró la pantalla en Wattpad.

—Desliza hacia abajo —hizo un ademán—, o si quieres puedo configurarlo como si estuvieras cambiando de página en un libro.

Zac le entregó el celular. Hall también le enseñó a cambiar el fondo a un tono claro u oscuro, a modificar el tamaño de la letra, a votar el capítulo para no ser un "lector fantasma", y a comentar en casi todos los párrafos para animar al escritor a seguir escribiendo.

—Está increíble —decía él entusiasmado—, y la mejor parte es que puedo comer sin temor a ensuciar el libro que estoy leyendo, está loco.

Mostró la pantalla con un poco de grasa.

—Sí —Hallie soltó una risa—, pero también se ensucia el celular.

—Pero se limpia y asunto arreglado, ¿no? —la chica asintió sonriente.

Nunca había limpiado su teléfono celular.

Fingió frotar una servilleta por la pantalla, pero en realidad alzó el celular y tomó una fotografía de Zachary leyendo en Wattpad. La subiría a Instagram, la adornaría con corazones alrededor y le pondría una canción de Ed Sheeran de fondo.

Una foto del perfil de Zac era todo lo que necesitaba para colocarla de fondo de pantalla. No se alcanzaban a apreciar los ojos verdes, pero sí sus largas pestañas mirando en dirección al teléfono celular, reposando su cuerpo sin miedo, con una postura ligera y apacible.

El tiempo pasó volando cuando leía, Zachary ya estaba en el capítulo siete de la novela, la última actualización disponible de ese libro en Wattpad.

—Creo que se fue el internet o algo —concluyó él.

—¿Por? —Hall extendió la mano para recibir el celular, verificó si estaban encendidos los datos.

—Ya no aparecen más capítulos de la historia, y no he llegado al final.

—Oh —rio traviesa Hall—, eso no es culpa de internet. La autora dejó de subir capítulos, tendrás que esperar.

—¿Y qué se supone que haga con mi vida ahora? —gruñó—. Me gusta concluir las historias, si no siento un hueco en la mente o el corazón, depende de cuánto me guste la historia.

—¿Y esta llegó a la mente o al corazón?

—Al corazón —Zac desvió la mirada, arrastrando las palabras, le costaba admitirlo.

—Ja, lo sabía, te iba a encantar leer en Wattpad.

—Bien, tú ganas —respondió—. Me agrada la modalidad de lectura, es algo nuevo para mí, algo que no creí que existiría. No imagino a los escritores del siglo XVIII escribiendo en Wattpad, y contando con sus primeros lectores a través de la plataforma. Esto revoluciona la escritura.

—Y fomenta la lectura, de hecho.

—Sí, es lo que vi en los comentarios.

—Espera, ¿*Zac* leyó los comentarios? —Hallie abrió los ojos con exageración.

—No tengo muchos amigos con quienes hablar de libros, no me culpes.

—Así que ya comenzaste a socializar…

—No tanto así, a la mayoría no le entiendo.

—Te falta leer más en internet —lo invitó Hallie—, entre más interacción tengas, más entenderás cómo se expresan los jóvenes.

—Me ofendes, también soy joven.

—Sí, pero actúas como un anciano.

Zac emitió una risa bajita, y acercó su cuerpo al de Hallie, le rodeó con ambos brazos la cintura.

—Pero soy un anciano muy guapo.

Hallie no podía negarlo, inconsciente, abrió ligeramente los labios, en busca de recibir la boca de Zachary.

—Nop —volvió en sí, separándose—, era parte del trato no besarnos hasta que termines un libro de Wattpad.

—Ya lo hice —murmura él, cerca del oído.

—No cuenta —le recordó que ese estaba en proceso de escritura—, tiene que ser uno completo.

—Está bien —relamió sus labios—, leeremos más, pero solo si te sientas sobre mis piernas.

El corazón de Hallie comenzó a bombear más rápido de lo normal, latía como si quisiera ganar una carrera, o como si quisiera hacer ejercicio.

—Cielos, estamos en una pizzería —se apresuró a decir, con nerviosismo.

—Podríamos ir a un lugar más privado —dijo él con un sutil guiñar del ojo.

¿Era su imaginación o al lugar le faltaba ventilación? De pronto sentía mucho calor.

—Sí, como a una biblioteca —pensó ella—. Hay que regresar.

No tardó en levantarse del asiento y ordenar al mesero la cuenta.

De regreso, Hallie caminaba mordiéndose la lengua, preguntándose si regresar a la biblioteca era una buena idea, o debió haber aceptado la propuesta de Zachary.

Por alguna desconocida razón, aquel comentario había despertado nuevas sensaciones en su cuerpo que nunca había imaginado, y que le hubiese gustado sentir junto a Zac.

—Hall —murmuró él, dos pasos atrás.

—¿Sí? —dio media vuelta.

—Creo que —bajó la mirada, apenado—, hace rato fui algo atrevido, y no es propio de mí… me dejé llevar por…

—No —Hallie se adelantó al verlo abrir la boca—, no tienes que darme explicaciones.

—Claro que sí, me siento tan estúpido, no quiero arruinar lo que tenemos.

Hallie desvió la mirada, continuó caminando.

—Yo soy la que se siente estúpida.

—¿Por? —preguntó sin comprender.

—Porque… —paró, no se atrevía a admitirlo sin saltarle un color rojizo en las mejillas—, creo que, si me hubiese gustado, pero no supe reaccionar.

El rostro de Zachary se iluminó y una sonrisa divertida lo acompañó.

—Eres muy tierna en el amor, Hall —aquello provocaba que la quisiera abrazar.

—¿Y qué me dices de ti?

—Creo que no soy tan tierno como pensábamos.

A Hallie le causó curiosidad la respuesta.

—Digamos que el libro que estaba leyendo en Wattpad no era muy inocente —rio Zac—. Y activó un *modo extraño* en mí.

—Cierto —lo había olvidado—. Se me pasó decirte ese pequeño e insignificante detalle, en Wattpad hay muchos libros cochinos.

—Se le dice *literatura erótica*, por favor —bromeó Zac.

Hallie soltó otra carcajada y el resto del camino no hubo ningún otro momento en silencio, las risas tan frescas y contagiosas se encargaron de hacerse presentes durante toda la conversación.

Como ya era tarde y ya estaban por cerrar, la biblioteca se veía cada vez más vacía, ellos cruzaban la entrada y los demás la de la salida.

No eran malas noticias, al contrario, Zac se alegraba de tener más privacidad con Hallie. Solo eran ellos y los libros.

—Entonces, ¿sí te gustaría leer conmigo? —preguntó él, una vez instalados en un sitio con luz tenue—, ¿o lo vuelvo a preguntar?

Cuando Zac pronunció aquella frase, Hallie no lo pensó dos veces, era su oportunidad… Le parecía una propuesta atrevida, pero no indecente.

—Ah-ha —balbuceó ella y asintió. Se le olvidó cómo se decía la palabra *sí*. De solo pensarlo, ya comenzaba a delirar.

—Ven —Zac señaló a toquecitos su regazo—, tengo ganas de leerte.

Hallie caminó hacia él con el corazón saliéndosele del pecho, ardía por dentro.

Una vez sentada y acomodada en las piernas firmes de Zac, el chico se encargó de juntar el cabello rubio de Hallie en un solo lado del cuello. El leve roce de los dedos sobre su piel la hacía estremecer. Después, recargó su mentón en el hombro de Hallie y formó un refugio con sus brazos, solo los alzaba para sostener el teléfono celular.

Hallie no podía procesar lo que le hacía sentir la respiración de Zachary en su cuello. Cada vez que terminaba un párrafo, Zac pausaba la lectura para plantarle un beso, lo cual poco a poco fue formando un camino húmedo. Ella no consiguió concentrarse en el texto (¿quién en su sano juicio podría escuchar algo mientras, debajo de ella, se encontraba un bulto firme y duro?). Tenía la sensación de que la sangre viajaba por sus venas a gran velocidad; estaba nerviosa y ansiosa. En ese momento no existía ninguna razón para mantenerse lejos de él; solo las inmensas ganas de voltearse y besarlo.

Dirigió la mirada a los ojos de Zac, que también la contemplaba con anhelo y ansia de consumir su boca. Entonces no resistió más, cerró los ojos y se dejó llevar. Los besos fueron cambiando de intensidad: de lentos y suaves a desesperados y apasionados. Hallie giró el torso sin despegar sus labios del beso para lanzarse sobre el cuello de Zac y, al mismo tiempo, frotar su entrepierna. Él tomó su rostro, intensificando el beso, y fue bajando sus manos hasta delinear la figura de sus calderas. Entonces, las apretó contra él. Hallie soltó un jadeo, y Zac ordenó con el dedo índice que no hiciera ruido o los descubrirían. Ella asintió.

—¿No que ya no me ibas a permitir besarte? —susurró, mientras esbozaba una sonrisa traviesa.

Hallie lo calló con un beso y marcó los movimientos con sus caderas, disfrutando del roce que provocaban sus cuerpos en fricción. Ambos se deslizaban de forma frenética, ocasionado respiraciones descontroladas.

Debían parar. Se escuchaba cerrar a los lejos las cortinas de la biblioteca.

Los dos sentían un inmenso deseo por el otro. Sus pupilas dilatadas, sus mejillas ardientes, sus labios entreabiertos y el calor de sus cuerpos presente por medio del sudor hacían de ese momento un escenario que jamás olvidarían.

—Hay que irnos —anunciaron al unísono. Y no dejaron de reír por estar conectados también de esa manera.

No existía conexión más fuerte que la que ellos acababan de formar. Era la primera vez que ambos experimentaban algo así, y tenían ganas de seguir acercándose y probar.

El regreso a casa fue un trayecto exhaustivo. Era difícil soportar la idea de separarse; cada uno debía dormir en sus respectivas casas, lejos, distantes.

—No quisiera despedirme —suspiró Zac, sin soltar la mano de Hallie.

—Ni yo de ti —Hallie acarició el dorso de su mano, y estiró el brazo en dirección a la puerta de su edificio.

—Me gustaría seguir hablando contigo —admitió Zac débilmente—, pero sé que debes entrar.

—Creo que existe una solución —Hallie le ofreció el celular.

—Oh, no —se negó él rotundamente—, solo lo voy a ocupar para leer, no para chatear.

—Ya nadie usa ese término, Zac. Supéralo.

—Y ya nadie envía cartas para enamorar.

Hallie se recargó encima de la puerta del edificio, en desacuerdo.

—Solo piénsalo, si me envías una carta, la recibiré en un par de semanas, mejor escríbeme por teléfono celular. Hay mucho de qué hablar.

—*Pff*—resopló—. Me da miedo que sea instantáneo. No tarda ni un segundo en llegar.

—Es como si fuera otro medio, por ejemplo, hablar en persona.

—No, porque no puedo escuchar tu voz.

—Existen las llamadas.

—Bien, pero no puedo verte.

—Existen videollamadas.

—¡Pero no puedo tocarte! —dijo finalmente.

Hallie no tenía argumento contra eso, nada podía reemplazar el contacto físico. Mucho menos ahora, que ya era tan cercano.

—Y es lo que más me gusta —admitió Zac, apretando los puños.

Hallie se acercó para sostener su rostro con ambas manos.

—Está bien, estoy aquí, contigo.

Zac negó con la cabeza, inconforme.

—Lo sé —intentó sonreír—, pero cuando pienso en el futuro, y en el poco tiempo que nos queda juntos…

—Tranquilo —ella posó las manos sobre sus mejillas—, superarás la tecnofobia, mira todo lo que has avanzado hoy.

Zac también quería ser optimista, pero debía ser realista.

—Pero temo por el día en el que solo por medio de la tecnología pueda hablarte —admitió con el corazón en la mano—. No entiendes que si la acepto, estaré asumiendo ese destino.

—No —se negó Hallie a creerlo—. Mejor velo desde el lado romántico; imagina que solo usarás la tecnología conmigo, suena más bonito así, ¿no crees?

—Bien —aceptó él, no muy convencido.

—Comienza con Wattpad y, si quieres, puedes enviarme un mensaje desde ahí, no necesitas instalar otra aplicación.

—No lo sé, no planeo estar pegado al celular toda la noche y todo el día.

—Eso dices ahora —rio Hallie—, pero eres lector y Wattpad es adictivo.

—Está bien —concedió—, podemos comunicarnos por Wattpad, pero no me envíes muchos mensajes.

—No te preocupes —Hallie dio brinquitos de felicidad—, tú escríbeme, no contestaré si tú no das el primer paso.

—No prometo nada —dio él, y se alzó de hombros.

Hallie cruzó los dedos pidiendo por la suerte de recibir su mensaje ese mismo fin de semana. Lo esperaba con ansias.

28

Lección de emojis

—Hola —apareció Samantha, Hallie se sobresaltó.

—Por Dios, me asustas —Hall se llevó una mano al pecho y llamó al elevador.

—Te estaba buscando —la chica entró junto con ella—, hace mucho que no pasamos tiempo juntas, ¿quieres hacer una pijamada hoy?

Hallie solo miraba los botones de los pisos, esperaba llegar a casa.

—Otro día —anunció y caminó hacia la puerta—, hoy tengo planes.

—¿Cuáles?

—Hablar por mensajes con mi *crush* —dijo con cierto orgullo justo antes de que las puertas se cerraran.

Era lo que siempre había soñado desde que le había obsequiado el celular. Aún no podía creer que iba a hablar por mensajes de celular con el chico que le gustaba, solo en sus sueños más locos intercambiaba textos con él.

Tantas noches había esperado recibir una señal de él, un mensaje, por muy corto o largo que fuese. Era algo que anhelaba, verlo en línea, ver su nombre como encabezado en su chat, con la descripción de contacto en *"Escribiendo…"*.

Se desplazó hasta al departamento de sus tíos dando brinquitos de felicidad, no le importaba molestar a los vecinos de abajo, nada podía arruinar su noche.

Hallie silenció el estrépito, colocó la llave en la puerta de su habitación y se tendió boca arriba sobre la cama, mirando el techo revivió todos los momentos tan encantadores que había tenido con Zachary.

Le sonreía al techo blanco, le sonreía al celular, que abrazaba en su pecho. Reprodujo canciones románticas en Spotify y enternecía los ojos, el sueño casi la venció.

Pero eran más sus ganas de esperar un mensaje de Zachary. Realizó su rutina habitual en internet, aunque quedaba atenta a sus notificaciones, actualizando y verificando si estaban encendidos los datos.

Quizá Zachary había apagado sus datos, quizá no sabía encenderlos, sí, seguro era eso. Habían transcurrido dos horas, y no daba señales de vida a través del teléfono celular.

Hallie escribió varios mensajes, pero al final los terminó borrando. Quería que él iniciara la conversación.

Esa noche no logró conciliar el sueño, cuando dormía por periodos cortos soñaba despertar con un mensaje de Zac, con un mensaje gigante, o con un simple saludo, alguna disculpa por no hablar antes, o con solo un "Te extrañé".

Llegó la mañana del sábado y lo primero que revisó fue el celular. Nada.

Zac no le había escrito.

Intentó no desanimarse y seguir con su día habitual, pero todo siempre se resumía a navegar en internet. Incluso le parecían tediosas las tendencias, solo deslizaba por deslizar, estaba realmente aburrida y desanimada.

Desayunó sin disfrutar el platillo, cepilló sus dientes y volvió a revisar el celular, comenzaba a perder la esperanza de recibir una notificación de su chico.

Al menos tenía a su mejor amiga, lo que arreglaba el día.

Leila: ¿Hay noticias?
Hallie: Creo que me ghosteó TwT
Leila: Noo, seguro todo tiene una explicación, ten paciencia.
Hallie: ¡Solo quiero vivir un romance adolescente normal! TwT
Leila: Pero no te enamoraste de una persona normal ._.
Leila: Zac es rarito, jajaja.
Hallie: No ayudas TwT
Leila: Jajajaja, veamos una película romántica, siempre funciona ver el amor como espectadora (:

Hallie obedeció e intentó distraerse, aunque la esperanza de poner pausa a la película y que él apareciera de la nada siempre estuvo latente en su pensamiento.

Pero no sucedió durante el resto de la tarde.

Solo le quedaba acariciar a su gallina que posaba en su regazo.

—Lo extraño —le acarició la cresta, y la gallina abrió un ojo—, ay, pero no me mires así.

La gallina volvió a acomodarse de modo que regresó a dormir. Hallie también.

Reposaba dormida con la cabeza colgando, seguro al despertar le dolería el cuello.

Una vibración cerca de sus piernas tomó fuerza, había llegado un mensaje.

Hallie abrió los ojos de golpe, y espantó sin querer a su gallina, que terminó bajándose del sofá, airada.

—¡Sí!

Zachary_Blackelee: —Hola.

Hall: Holaaaa

Hall: ¿Cómo estás?

Zachary_Blackelee: —Muy bien —sonreí—. Estuve pensando en ti todo el día.

Hall: Awww, qué bonito :3

Hall: Oye, no tienes que escribir así, como si estuvieras hablando en un libro. Para enviar un mensaje no necesitas empezar con una raya, jajaja

Zachary_Blackelee: ¿Entonces cómo se expresan los sentimientos implícitos?

Zachary_Blackelee: ¿Qué es " :3 "?

Hall: Con emojis :3

Hall: Justo el " :3 " es un emoji.

Zachary_Blackelee: ¿Qué es un emoji?

Hall: Son las "caritas" de internet. Ayudan a enfatizar la intención del mensaje, para que se entienda mejor.

Hall: Por ejemplo, si quieres dar a entender que cuando hablas conmigo eres feliz, puedes utilizar " :D ", no necesitas decirme que sonreíste.

Zachary_Blackelee: ¿D?

Hall: Nop, así: :D

Zachary_Blackelee: No entiendo por qué una D.

Hall: Ayyy, tienes que ser más imaginativo. Gira el celular y velo en horizontal. Simula una carita.

Zachary_Blackelee: Oh, ya vi.

Zachary_Blackelee: Es una amplia sonrisa, con la boca abierta.

Hall: Síiii :D

Zachary_Blackelee: :D

Hall: xd

Zachary_Blackelee: ¿?

Hall: Perdón, fui muy rápido.

Zachary_Blackelee: No sé si quiero aprender a usar emojis, me gusta usar más las palabras. Los adjetivos transforman el texto, embellecen el mensaje.

Hall: Es que te ves muuuy serio sin emojis, das a entender que no quieres hablar o que la intención de tu mensaje es pasivo-agresiva.

Zachary_Blackelee: No entiendo.

Hall: Ve a la biblioteca. Te daré una clase del lenguaje de los emojis :3

Zachary_Blackelee: No quiero :f

Hall: ¿ :f ? ¿Qué es?

Zachary_Blackelee: En mi imaginación, es una carita con el labio torcido hacia la derecha, pero el palito acostado de la f simula un cierre. Como si la boca tuviera un cierre.

Hall: Jajajaja, me encantó, acabas de inventar un emoji.

Zachary_Blackelee: :D

Hall: Muchas personas usarían " :$ " pero me gusta más el tuyo: :f jajajaja.

Zachary_Blackelee: —Gracias. Primer día en internet y ya lo estoy modificando —anuncié victorioso.

Hall: Aquí vamos de nuevo (/_.)

Hall: Y todavía no te enseño los *stickers*.

Hallie tenía suma paciencia para hablar con Zachary. A ella solo le tomaba unos segundos escribir los mensajes. Él demoraba minutos en escribir, daba por hecho que todo el tiempo estaba sobre el teclado, buscando la letra correcta, borrando la equivocada. Seguro que al intentar oprimir la barra espaciadora apretaba accidentalmente el espacio del punto, sus pulgares eran demasiado anchos para teclear.

Ella tenía activado el autocorrector, y el bloqueo de pantalla después de quince segundos, que tuvo que modificarlo a un minuto; y ni así lograba recibir más rápido el mensaje de Zac, quien demoraba muchos minutos en escribirle cada contestación.

Hall: Te veo en 5 minutos en la biblioteca. Daré clase de emojis y *stickers*. No cobro mucho xd

—¿Cómo llegaste tan rápido? —preguntó sorprendida de encontrarlo antes de que ella llegara.

—Todo el tiempo te escribí desde aquí —alzó el celular—. Acuérdate que debo esconderlo de la familia, es difícil tener un momento a solas, en especial cuando mi molesto hermano está todo el rato encima de mí.

—Podría guardar tu secreto —sugirió Hallie.

—No, él me pediría que le comprara uno. Estoy seguro, muere por uno.

Hallie sacudió la cabeza con gracia.

—Bueno, hoy tendremos que pedir una sala, necesito un pizarrón para explicar.

Zachary asintió y tomó sus cosas en los brazos.

—Ah, por cierto —regresó a Hallie —, quise enviarte un mensaje desde ayer, pero había olvidado cómo se hacía en el teléfono.

Hallie suspiró aliviada, pensó que no quería hablar con ella.

—Está bien, lo supuse.

—Pero sí te escribí toda la noche, mira —metió una mano en la mochila—. Escribí una carta para ti.

Hallie dejó las cosas sobre la mesa y se dedicó solo a sostener la hoja enrollada como un pergamino, con sutiles detalles tipo antiguo, desde el color café y los bordes con destellos de incendio.

—¿Esto es vela aromática? —tocó el sello personalizado.

—Es una mezcla de resina y cera —repuso Zac—, pero sí, también derramé una esencia con aroma a lavanda.

—Es hermoso —lo sostuvo con ambas manos, anonadada.

Él había cuidado cada detalle de la carta hecha a mano, asegurándose de parecer verdaderamente a una carta decorada de la edad media.

—Léela sin mi presencia, pero acompañada de una balada de violines, iluminada solo por velas —pidió con dulzura—, me gustaría que se mantuviera mágico el momento.

Nunca había recibido una carta de amor así de bonita. Solo recordaba notitas de compañeros en el jardín de niños, básicamente su nombre escrito con crayones de colores.

—Te prometo leerla con todo el corazón —y acto seguido lo abrazó.

Por supuesto, moría de ganas por leerla en ese preciso momento, pero quiso respetar las instrucciones de lectura.

Amaba que Zac fuera así de detallista y romántico. Amaba cada fase de él, incluso la irracional y tecnófoba.

De solo imaginar que había ocupado la noche, que regularmente dedicaba a leer, para escribir con tinta letras de amor, envolvía el corazón de Hallie y se apropiaba de las palabras en su alma. Sentía que finalmente algo era suyo, como esa carta.

Con ello en mente, era difícil concentrar su atención para explicar su clase de emojis. Comenzó con lo más básico, los emojis representaban emociones o estados de ánimo, y estaban diseñados para ocuparse en distintas situaciones, no necesariamente para resaltar lo obvio, también de forma irónica o dramática.

—No es lo mismo la carita feliz con dos puntos y un paréntesis —dibujó en el pizarrón—, que dos puntos y una D. La primera no es amigable, está enojada.

—Esto es estúpido —Zac soltó la pluma de su libreta—, solo pienso que una está más feliz que la otra, no lo contrario.

—Si yo te escribo esta —señaló—, huye o arregla las cosas de inmediato.

Zachary se rascó la cabeza, confundido.

—Hagamos un ejercicio —Hallie tomó su celular y le escribió a Zac—: acabas de conocerme en una fiesta y me pediste mi número, ¿okay? Sigue la conversación.

Hall: Fue un placer conocerte :)

Zachary tardó en redactar el mensaje, pero finalmente lo hizo.

Zachary_Blackelee: El placer fue mío :)

—¡No! —exhaltó Hallie—. No entendiste el mensaje, te estoy diciendo a gritos que la cita fue un desastre y no quiero volver a verte. Pero no quería sonar grosera.

Zachary suspiró, desganado.

—La buena noticia es que no necesitaré ligar nunca en internet.

—Pero tienes que aprender las reglas básicas del internet: no escribas con mayúsculas, significa que estás gritando —añadió Hallie—; si no sabes qué decir, pero quieres seguir hablando con esa persona le envías un emoji, es un comodín. No los uses tanto, u ocasionará el efecto contrario. Pero sí úsalos.

Zac comenzó a hacer bolitas de papel, y se entretuvo mientras Hallie explicaba.

—No escribas con tan perfecta puntuación, parece que estás enojado y quieres acabar la conversación.

Continuó mostrando especificaciones para usar emojis, revelar sentimientos, intenciones, representar el mensaje escrito, apaciguar, suavizar o complementar el texto. El emoji por sí solo contenía información.

No se olvidó de incluir una tabla de marcaje con los icónicos "equis de" con todas sus variantes: xd, xD, XD, xDDD, Xd. Carita de Pac-Man, carita kawaii, caritas tristes y llorando, caritas molestas, fue desglosando cada una.

—Ahora, tu examen final —anunció con la garganta seca, había hablado demasiado.

Hall: UwU

—Un emoji con esas letras significa una reacción a algo bonito y que te hace feliz —comentó Zac con cierta desesperación por obtener la aprobación de Hallie.

—¿En pocas palabras…?

—Significa que algo es adorable.

—¡Sí! —festejó Hallie extendiendo los brazos sobre su cabeza.

Imaginó que Zachary chocaría las palmas con ella, brincaría y se darían un abrazo. Pero él tomó su celular y de la emoción escribió algo de inmediato:

Zachary_Blackelee: Tú eres adorable :3
Hall: 7u7

Zachary ya conocía ese emoji, no esperó más y se lanzó sobre el rostro de Hallie para plantarle un beso sonoro.

—¡Felicidades! Te has graduado de la Universidad Emoji —le extendió diplomáticamente una mano—. Pasa a recoger tu título.

Le fascinaba que Hallie fuese así de espontánea y divertida. Estaba encantado de seguirle el juego siempre.

—¿Así de fácil es esto?

—¿Qué cosa?

—Encontrar la felicidad en los pequeños gestos de la vida.

—Me parece que sí —lo abrazó de manera que terminó hundiendo la cabeza en el pecho de Zac. Podía escuchar desde aquella altura las pulsaciones de su corazón.

Los latidos incrementaron entre más cerca estaban y se transmitían cariño y calor con sus brazos. Zachary recargó una mejilla en la cabeza de Hallie y acarició su sedoso y suave cabello dorado, enrollo los ligeros rizos preguntándose si eran rayos de sol, ella simplemente brillaba con su existencia.

Todo lo que vivía con ella, valía más de todo lo que había vivido sin ella. Hacía que cada movimiento valiera la pena.

Entonces pensó que era capaz de cambiar su vida por ella. Ya no veía tan malo usar un teléfono celular si tenía a Hallie a su lado.

Estaba a un paso de superar la tecnofobia.

29

Como un personaje de Wattpad

—¿En dónde estabas a tan altas horas de la noche? —preguntó Stella, al tiempo que encendió la lámpara de estancia.

Zachary respingó y se llevó una mano al pecho, por el susto. Había entrado a casa y ya se sentía bombardeado por preguntas incómodas, en especial cuando eran las ocho y media de la noche, era relativamente temprano.

—Estaba en la biblioteca —contestó más por obligación.

—La biblioteca cierra a las siete de la noche.

—Lo sé, me quedé hasta el cierre de puertas.

Inconforme, la señora Blackelee alzó una mirada con desdén, por encima de los anteojos de lectura.

—Me siento inquieta, Zachary —esperó una respuesta por parte de su hijo, que no llegó—, muy inquieta.

El chico se limitó a cerrar los ojos, con la intención de evadir la situación.

—No sé en qué pasos andas, o con quién.

—Todo está bien, mamá.

—Tus notas académicas han bajado —anunció y colocó a un costado el libro que leía, para cruzar los brazos.

—No es cierto.

—El otro día visité a la directora, y me ha dicho que no has entregado el proyecto de investigación que realizas cada semestre para intercambiar la materia de tecnología y acreditar tus calificaciones.

—El semestre no ha terminado —*por suerte*—, todavía tengo tiempo.

—Falta menos de un mes y no te he visto al pendiente.

Ella lo tenía bien vigilado, y por más que quisiera sonar como una madre preocupada, daba un efecto contrario, incluso controlador.

—Por eso fui a la biblioteca.

—Deja de mentir —comenzó a elevar el tono de voz.

—Digo la verdad.

—Nunca te quedas tan tarde.

—Pero ahora tengo quien me acompañe —se alzó de hombros—, es todo.

—No me digas que es esa niñata rubia...

—Se llama Hallie, no es una niña —*es mi novia*, pensó para defenderla, aunque no fuese cierto.

—¿Hallie? —arrugó el entrecejo—, ella no es nadie.

Zachary no sabía si desafiar la delgada línea de respeto que mantenía con su madre. No quería problemas. No más.

—¿Qué quiere estudiar? —preguntó Stella sin buenas intenciones.

—Tiene diecisiete años —suspiró.

—No pregunté cuántos años tiene.

—Solo tiene diecisiete años —repitió él—, todavía es muy pronto para saber con exactitud lo que quiere hacer con su vida.

—¿Ves? Es una donnadie.

Zachary apretó la quijada. Era difícil contenerse.

Su madre continuó:

—Está en la edad en la que todos eligen la carrera que quieren estudiar, ejercer, dedicarse...

—También es la edad donde más personas se sienten presionadas por su futuro, no por nada hay tantas deserciones en la universidad.

—Tú no estás presionado, y no te cambiarás de carrera. Sabes el camino que debes elegir.

—Porque desde pequeño me has preparado para ello, pero no significa que esté convencido.

Stella se cruzó de brazos.

—A eso me refería —dejó las palabras en el aire—, estás desenfocado. Ella solo te estorba, Zac.

—No —le devolvió la mirada airada—, ella me ha inspirado a vencer mis miedos. Es buena para mí, lo prometo.

—Ella no sabe ni lo que quiere —negó con la cabeza.

—Me quiere a mí —sonrió él como un tonto—. Ella es auténtica, es preciosa y conoce mi corazón.

—Yo te conozco más —su madre quiso abrazarlo como cuando él tenía siete años—, sé lo que es mejor para ti. Y Hallie no lo es.

—Estás equivocada —Zac retrocedió una larga distancia para esquivar sus abrazos.

—No puedes hablarme así, soy tu madre.

—Y ella será mi novia.

—Zac, la olvidarás en cuanto estudies en el extranjero, no podrán tener una relación a distancia.

La conversación continuó por el mismo camino, y Zachary prefirió callar y no discutir con su madre, mudó sus pensamientos a otro lugar, podía estar presente físicamente, pero su mente estaba en un sitio más tranquilo y sereno. Ya no quería escuchar "Déjala" "No te conviene", y un sin fin de frases semejantes.

Le parecía más inteligente fingir que la escuchaba y no desgastar su energía ni su saliva. No iba a cambiar de opinión, él sabía lo que Hallie valía, y no tenía que demostrarle nada a nadie.

Hallie le había enseñado más de la vida de lo que podía aprender en la escuela. Ella tenía un nivel insuperable.

Stella Blackelee continuó con el castigo, decomisó la biblioteca personal de Zachary, y la familia completa se encargó de vaciar los estantes de la recámara y trasladarlos a la sala común, hubiese sido más eficiente mover el librero completo, pero para ahorrar el esfuerzo, perdieron su tiempo apilando libros.

Dean terminó exhausto y sediento, quedó tirado en el sofá, mientras Pizza lo aplastaba y le lamía la cara.

Arnold decidió ir a comer algo de la nevera para compensar el esfuerzo.

Stella se fue a dormir con una sonrisa victoriosa entre los dientes. Eran extraños sus castigos.

Pero Zachary no se percató del espacio que habían dejado los libros en físico, ahora tenía Wattpad, y podía trasnochar leyendo sin que sus padres lo notaran.

Echó llave a su puerta y la lámpara del buró lo mantuvo alumbrado, aún no se acostumbrada al brillo de la pantalla del celular, todavía le costaba adaptarse a leer a oscuras.

Desde que comenzó a leer en Wattpad sentía sus párpados más cansados, sabía que tallarlos no ayudaría, prefería realizar ejercicios de lubricación de ojos, pronto compraría gotas, o comenzaría a usar anteojos si permanecía leyendo así todas las noches.

Zachary_Blackelee: Ahora que he leído más en Wattpad que en papel, busco al final de cada párrafo los comentarios de los lectores, me siento una persona diferente.

Hall: ¿Sigues despierto? Son las 3 de la madrugada.

Hall: ¿A qué monstruo he creado?

Zachary_Blackelee: A un lector de Wattpad.

Hall: De hecho, pareces más un personaje de Wattpad.

Zachary_Blackelee: ¿Protagonista o personaje secundario?

Hall: Protagonista, definitivamente.

Zachary_Blackelee: ¿Chico malo o chico bueno?

Hall: mmmm, eres una combinación de ambos. Y eso lo hace aún más original.

Zachary le sonrió al teléfono, era tan extraña esa sensación, sonreírle a los mensajes, y no a los libros, como estaba acostumbrado. Era como leer el inicio de su propia historia. Y entendió que, las noches también podían disfrutarse en internet solo si tenía con quien intercambiar palabras.

Hablaron hasta el amanecer, se sentía como la primera noche juntos, aunque solo hayan compartido mensajes, Zachary imaginaba la voz de Hallie cada que recibía una notificación, los emojis solo reforzaban la idea, y eran la versión más sonora de su risa, él grabada cada mensaje en su mente.

Era emocionante, como desvelarse leyendo un libro. Esta vez, siendo en carne y hueso el personaje principal.

Zachary_Blackelee: El último en dormir apaga la luna. Buenas noches, Hall.

Hall: Awww. Descansa, Zach <3

A la mañana siguiente, se reunieron en la biblioteca, aun con dolor de cabeza por las pocas horas de sueño, no soportaban la idea de estar separados. Tenían una necesidad de sentirse entre los brazos del otro, una desesperación por mantenerse cerca y besarse como si fuese la última vez que se tocaban los labios.

Vivían su romance en su punto más apasionado. Pero, sin descuidar las obligaciones.

Habían decidido realizar su proyecto escolar sobre Wattpad. Durante la madrugada acordaron algunos detalles y ambos coincidían que la lectura era un privilegio, y si se decía que los jóvenes no tenían el hábito de leer, era porque no contaban con las herramientas.

Wattpad podía ser el comienzo de múltiples lectores, porque era más sencillo hallar en la calle a una persona con celular, que con un libro en las manos. Y si se juntaban los dos mundos, Wattpad era la causa.

—Creo que sería una buena campaña de fomento a la lectura —dijo Hallie, convencida de la idea.

Con el pulgar, Zachary acarició el mentón de su chica. Aprobando la propuesta.

—Lo malo son las faltas de ortografía, y algunos huecos argumentales en las historias —suspiró, un poco desanimado —, pero se me ocurre que podríamos realizar una planeación didáctica. Poner en práctica las habilidades de comprensión lectora y redacción.

—¿Hablas de analizar los textos? —temía que una actividad divertida se convirtiera en fastidio.

—Ajá, en parte —ahora había acariciado una línea de su sonrisa, cada vez más cerca de sus labios—. He notado como toda la clase se queja de los libros que nos ponen a leer en Literatura, todos mueren de aburrimiento. Y lejos de adquirir el hábito, solo provoca repulsión a los libros.

—Por cada libro obligado, la posibilidad de conseguir un nuevo lector muere.

—Correcto —esta vez la besó—, y con Wattpad se disfruta la lectura. Creo que podemos partir de allí.

—Lo que me preocupa es que le quitemos lo divertido a la plataforma por volverlo método de estudio —agitó el bolígrafo en forma de desesperación.

—No creo, son lectores apasionados. Lectores que viven las historias.

Hallie dejó en paz al bolígrafo y unió sus manos con las de Zac. Él no tardó en moverse para sostener la muñeca de Hallie, pensaba dibujar algo sobre ella.

Ella sentía cosquillas cuando la tinta rozaba su piel, pero, intrigada por el resultado, no se movió hasta que Zachary terminara su obra de arte. Inclinó la cabeza intentando comprender.

—¿Una viñeta? —preguntó confundida.

—Se supone que es el ícono de comentar en Wattpad.

Los comentarios hacían más bonita la historia. Era como un adorno personal en los libros.

Hallie soltó una carcajada.

—Wow, ya se convirtió en una obsesión, chico.

—Nunca pasó por mi mente que existiera un sistema así, si Wattpad hubiera existido cuando Edgar Allan Poe vivía, no hubiera acabado su vida en la miseria.

Hallie sonrió, era bonito creer que Zachary había creado un mundo paralelo donde incluía la tecnología. Se imaginó a las personas de siglos pasados, enfundadas en ostentosos vestidos y pelucas, sostener un smartphone. Una imagen alternativa sin duda sacada de Pinterest.

—Bueno, ahora me toca dibujarte algo —Hall pidió la muñeca de Zac.

El chico extendió la mano y el dibujo no tardó más de cinco segundos en materializarse. Hallie había delineado un muñequito de palitos, que sostenía un rectángulo.

—¿Es un libro? —inquirió.

—O un celular —propuso Hallie.

Zachary rio, sabía que el dibujo ambiguo lo había hecho intencional, justo para que tuviera dos interpretaciones.

—Lo bueno es que ninguno de los dos quiere ser artista —dijo con ánimos.

—Seríamos un fracaso —añadió Hallie entre risas.

Al final, Zachary accedió a tomarse una foto desde el teléfono celular de Hallie donde se apreciaba con claridad el lado posterior de sus brazos, era su primera foto unidos, aunque no aparecían los rostros, eran las manos que entrelazaban cuando estaban juntos. Era una prueba de amor.

Garabatear con los dedos la piel, tontear con ocurrencias como esas, transmitirse calor y compartir el sudor producto de sus manos unidas, provocarse cosquillas, reír hasta que la bibliotecaria los silenciara, acabarse la tinta por travesuras inocentes y que no le hacían daño a nadie.

Amarse se sentía como volver a ser niños, sonreír por cualquier cosa, olvidarse de todas las preocupaciones y del todo mal en el mundo, no sentir el cansancio, desconocer el enojo y la tristeza. Era como volver a creer que la vida era sencilla en todos los aspectos.

30

Fonógrafo

El día parecía tener solo minutos, el tiempo pasaba volando y solo la urgencia de comida los hacía volver a la realidad.

—¿Regresamos a las pizzas? —dijo Hallie, con cierto entusiasmo en su voz y ojos.

Zachary decía que sí, aceptaba todo. Ya no podía resistirse, aunque no le agradase la idea de comer seguido comida rápida o chatarra, no le importaba con tal de seguir a su lado, verla feliz.

El exceso de carbohidratos le dejó de significar un problema. Si él iba a casa, seguramente su madre le serviría una comida tan rigurosa que hasta podía atentar contra la salud por la restricción de algunos nutrientes.

A la hora de recibir la pizza hicieron una competencia, quién comiera más rebanadas ganaba, y quien perdiera, le tocaba pagar la cuenta. Como era de esperarse, el estómago de un hombre era más grande que el de una mujer.

Zachary ganó, y Hallie bajó su mirada, derrotada.

—¿Si sabes que es broma que debas pagar, no? —Zac se limpió la boca con una servilleta —, siempre que te invite a salir, yo pagaré.

—Genial —festejó Hallie—. Se estaba acabando mi mesada y todavía no he pagado Spotify.

—¿Era esa cosa que me decías de los datos celulares, o algo así? —intentó recordar Zac.

—Nop, es una plataforma para escuchar música.

Zachary frunció el ceño, ¿pagar por cada vez que escuchara música?

—¿Por qué no mejor usas la radio?

—¿La radio? Zac, eres un anciano.

—Pensé que la radio era lo más reciente.

—Ay Dios, no. Ya nadie usa la radio.

—Tampoco los tocadiscos, excepto mi familia.

—Sí, bueno, eso es un tema aparte —Hallie desvió la mirada—, pero, ¿por qué creías que la radio era lo más actual?

—Alguna vez escuché a mis padres hablar sobre ello, creía que era por la tecnología.

Hallie resopló, en ocasiones Zachary era la persona más inteligente, en otras situaciones, no tanto.

—¿Quieres escuchar en este preciso momento la radio? —se iluminaron los ojos a Hallie.

Zachary miró a su alrededor, desconcertado.

—¿No se supone que es un artefacto ostentoso? —lo buscó con la vista.

—Se puede escuchar desde el celular.

—¿Hay algo que no haga esa cosa? —dijo él entre dientes.

Le dolía admitir que era un excelente aparato, tenía de todo: calculadora, calendario, reloj, bloc de notas, libros, cámara fotográfica y de video, acceso a internet, radio, música, mapas, linterna. Si Zachary tuviera que llevar todo eso en su mochila, sería realmente pesada y tendría que ser muy grande. Era increíble que Hallie cargara con todo ello en un solo objeto.

Maldición, qué envidia. Tantos años desperdiciados y tanto esfuerzo por nada.

Hallie se colocó los audífonos inalámbricos en busca de una estación de radio. Zachary frunció la nariz, incómodo de verla introducirlos en sus orejas.

—Ni creas que voy a usar eso —le anunció de una vez.

Hallie pulsó el botón de *siguiente*, todavía no hallaba la estación ideal, eran tantos géneros que aún no se decidía por uno. Tenía curiosidad, quizá Zachary no había escuchado música electrónica, o estaba en busca de una estación de radio que reprodujera ese género; sin embargo, también le agradaba la idea de encontrar alguna narración, había escuchado una vez de las radionovelas, quizá le sorprenderían a Zac.

Escuchó con atención la voz de un locutor, con la esperanza de hallar algo valioso. Cuando se enteró de lo que estaba diciendo no puedo controlarse y soltó un grito que provocó que Zachary pasara rápido los alimentos.

—¿Qué sucede? —dijo Zac, con temor a que el audífono se apoderara del cerebro de Hallie. ¿Había leído mucha ciencia ficción? Definitivamente.

—¡Están regalando boletos para un concierto!

—¿Para qué concierto? —arrugó el entrecejo.

—No sé, ¡pero están regalando boletos! —aplaudió con entusiasmo—, voy a participar.

Zachary dirigió su vista hacia otro lado de la pizzería, ocultando su sonrisa. Era un alivio que no iniciara una invasión de robots que querían controlar a las personas por medio de los audífonos. Le había sudado la frente solo de pensarlo.

Hallie, sin percatarse de Zachary, marcó a la cabina con esperanza de ser atendida por el locutor. Sonó un tono, sonaron dos, tres, le colgaron.

Persistió, volvió a marcar. Esta vez alcanzó hasta los cinco tonos de llamada.

La tercera era la vencida, cruzó los dedos. No escuchó el primer tono, estaba desanimada, iba a colgar. Y entonces una voz de locutor le respondió:

—Hola, estás hablando a NDEI radio. ¿Con quién tengo el gusto?

El corazón se le detuvo un segundo.

—Hallie Santini —respondió efusiva. Zachary aprovechó para pedir la cuenta en la pizzería.

—Cuéntanos, ¿por qué te gustaría ir al Festival de música electrónica?

Con que era un festival, eh. Premio doble, ella se hubiera conformado con un solo concierto.

—Ammmm —mientras pensaba qué decir, fingió estar nerviosa—. Porque, porque, porque…

Hallie se tapó un oído para no escuchar doble su voz, la interferencia le estaba jugando una mala pasada, tuvieron que salir de la pizzería. Ya en la calle, continuó la llamada.

—Pareces un disco rayado, Hallie. Toma un segundo para respirar. Sé que es emocionante y aterrador que miles de personas te estén escuchando —dijo el locutor con un tono amigable, para romper la tensión.

—No lo sé, quisiera que mi *novio* viviera la experiencia de escuchar música electrónica, creo que nunca la ha escuchado.

—¡¿Cómo crees?!

—Solo escucha música en tocadiscos.

—Interesante, ¿sabías que la música electrónica comenzó con la mezcla de discos de vinilo? Creo que uniría ambos gustos de pareja.

—Y en vivo sería mucho más emocionante, sería un recuerdo inolvidable.

—Me estás convenciendo —anunció el locutor—, por lo regular damos boletos solo a fans, pero no estamos peleados con el amor, creo que sería una gran cita ir al festival de música electrónica más importante del mundo. ¿Qué opinan?

Se dedicó a leer un par de *tweets*, algunos estaban molestos de que Hallie fuera la afortunada en estar al aire. Entre tantas posibilidades y probabilidades, ella había sido seleccionada.

—La probabilidad del amor siempre gana —concluyó el locutor—. Hagamos algo, si le marco a tu novio, y él me termina de convencer, el pase doble es para ustedes. ¿Aceptas?

Hallie se mordió el labio, indecisa de que Zachary aceptara. De hecho, se había alejado unos cuantos pasos de ella porque le daba miedo que hablara sola por la calle, aunque en realidad estuviera en una llamada, pero claro, él no estaba acostumbrado y pensaba que estaba loca, o poseída por un robot.

—Sí —aceptó finalmente. El que no arriesga, no gana.

—Por favor, no nos cuelgues, en un momento regresamos contigo—, el locutor dejó correr una canción para hacer tiempo, a Hallie le tomaron sus datos, como nombre y dirección, y el número de teléfono de Zachary.

Pobre de él, estaba caminando por la calle, tan desprevenido, sin saber que en unos segundos su cuerpo se convertiría en un infierno. Cuando sintió la primera vibración casi se desmayaba, pero era más fuerte hallar la ubicación de las ondas de sonido, comenzó a palparse las piernas y parte del abdomen, era un horror que se esparcieran por todo su organismo.

Sentía un hormigueo extraño, no era nada parecido a la circulación de la sangre cuando se hace ejercicio, solo podía tratarse de ondas electromagnéticas emitidas por una llamada telefónica.

—No, no, no —anunció antes de tomar el teléfono simulando que sus dedos eran pinzas—, aleja esa cosa de mí.

—Contesta, por favor —le dijo Hallie tapando la bocina del celular, y se negó a tomar el celular de él.

—Parece que no quiere contestar —el locutor se unió y puso un efecto de sonido triste en la cabina—. ¿Le damos otra oportunidad?

—¡Sí! —dijo ella, animada, y suplicó con señas a Zachary para que atendiera la llamada.

A Zachary le temblaban las manos, y soltaba el celular hacia arriba, al aire, pero por gravedad terminaba en sus manos, como una mantequilla derretida, que brincaba y se resbala entre los dedos.

Hallie dobló el labio inferior, y enterneció los ojos, un gesto de petición.

Una parte de Zac quería que la vibración cesara, aunque la única manera era contestando. Y aquello implicaba llevar el celular a su oído, qué miedo. ¿Estaría caliente? ¿Le dolería la cabeza?

Se armó de valor y deslizó el dedo índice sobre la pantalla. Alejó el celular lo más que pudo para no pegárselo al oído, pero lo suficientemente cerca para oír lo que decía el locutor.

Hallie apretó el botón de altavoz. Y Zachary agradeció, se sintió más tranquilo, aunque algo asustado de que se escuchara más fuerte, al menos ya no tenía que mantenerlo en su cabeza.

—¿Bueno?

—Zac, ¿es cierto que todavía escuchas música en tocadiscos?

—¿Sí? —respondió bajito, la garganta se le había hecho un nudo a causa del miedo.

—Okay, si respondes bien a esta pregunta, los boletos son tuyos. ¿Qué te parece?

Hallie asintió con la cabeza, y a Zac no le quedó de otra: aceptó. No sabía ni un comino en qué estaba metido.

—¿Qué día se celebra el Día Internacional del Disco de Vinilo? —preguntó el locutor, con la intención de que errara—. Tienes solo dos segundos, no se vale buscar en internet.

Hallie resopló en la bocina, inconforme. ¿Qué pregunta era esa? Seguro iban a perder…

—El doce de agosto —respondió Zachary sin titubeos, sin dudar ni un segundo.

Hallie sonrió. Al locutor se le desvaneció la sonrisa. Nadie pensaba que realmente lo supiera, nadie guardaba eso en su memoria.

Excepto Zac.

—En homenaje a Thomas Alva Edison, quien un 12 de agosto de 1877 creó el fonógrafo, antecesor del tocadiscos —finalizó Zac, con una sonrisa victoriosa, como si hubiera ganado un campeonato de historia, y no se tratase de un concurso de radio. Le restaba categoría.

—Vaya, en verdad eres un apasionado por la música, mereces el pase doble al festival de música electrónica, ¡Felicidades! —añadió un efecto de aplausos y después uno de celebración por acertar.

—¿Ganamos? —Hallie seguía asombrada—. ¡Ganamos!

Era la primera vez que ganaba un concurso, no cabía duda que cuando tenías la probabilidad del amor a tu favor, todo era posible.

Hallie avanzó por el bulevar dando brinquitos de alegría, emocionada, maravillada. Zac no tardó en unirse en celebración. Se sumergieron en un encanto por las cosas buenas que les sucedían.

Irían por primera vez juntos a un concierto, o, más bien, a varios conciertos dado que se trataba de un festival de música. Y Zachary había recibido una llamada telefónica, otro paso superado en la tecnofobia. ¿Habría otro momento más feliz que ese?

—No puedo creerlo —soltó Hallie, una vez que finalizó la llamada de las oficinas de la radio—. Tengo tantas ganas de gritar.

—Grítalo —la animó Zac, enamorado de verla tan feliz.

Hallie tomó aire y exhaló, levantó la voz liberando toda la emoción. Zac le hizo segunda.

—Grita lo más alto que puedas —propuso Hallie.

Definitivamente eran dos locos por la calle, la gente a su alrededor los miraba extraño, y ellos solo respondían con risas y saltos.

Zachary cada día se sentía menos pesado, más ligero. Podía conocer todo el conocimiento del mundo, pero a veces le afectaba no llevarlo a la práctica, justo como ahora.

—¿Cómo sabías la respuesta?

—Cuando era niño y me aburría, leía las biografías de los personajes de la historia mientras escuchaba música —comenzó a relatar—, cada invención de Tomas Alva Edison fue relevante para revolucionar el mundo, la vida no sería lo que es ahora sin la cámara de cine, el micrófono, la bombilla… Quería ser como él, descubrir algo, inventar algo.

—Por eso memorizabas todas las fechas… —asumió Hallie y Zac asintió—. Qué curioso, lo único que yo retengo es la vida privada de las personas famosas de la actualidad, y tú de personajes históricos, somos como de otra época.

—Pero en cada era sucede lo mismo —reflexionó Zac.

—¿Cómo?

—Las tecnologías siempre han existido, en épocas pasadas, las innovaciones también fueron llamadas tecnologías —dijo, comprendiendo—. Toda la vida ha existido la tecnología.

—¿Por qué no se me ocurrió plantearlo así antes? —se lamentó Hallie.

—Solo que hay dos tipos de personas en la tecnología: los que la desarrollan, y el resto que la sigue, en esta época abundan más estos últimos, pero eso no quita que existan los que la crean.

—Quizá debí haber comenzado por ahí las clases para superar la tecnofobia.

—Hallie, eres un genio —la elogió Zac—. Sin ti, no hubiera pensado nada de esto.

—Es bueno saber que tengo algo de mérito.

—¿Sabes? En el futuro inventaré algo, haré algo trascendental y será por ti, lo prometo.

—Entonces, ¿quizá ya no estudies literatura? —preguntó desconcertada.

—Exacto —dijo Zac, firme en su decisión—. Voy a estudiar ciencias, aún no sé cuál, pero sé que quiero ese camino.

—También me gustaría estudiar ciencias —añadió Hallie—. Ciencia y tecnología. Voy a crear una computadora que permita el acceso a internet usando una bicicleta, las personas de oficina dejarán de estar siempre sedentarios y usarán el movimiento de su cuerpo para crear su propia energía eléctrica.

—Suena bastante saludable —admitió Zac, impresionado de tal ingenio.

—Lo sé, soy la mejor —ella peinó su largo cabello, vanidosa.

Zachary quedaba hipnotizado con Hallie.

—Deberíamos ir juntos a la universidad —propuso, no se imaginaba la vida lejos de ella.

—¿De verdad? —Hallie se quedó de pie, absorta —, pero tus padres quieren que vayas a una del extranjero.

—Es mi vida, no la de ellos —se alzó de hombros.

Aunque sonara egoísta, a Hallie le agradaba escuchar esa respuesta. Le gustaba esta nueva versión de Zac.

—Vale, pero primero tenemos que ir juntos al festival de música —le recordó Hallie.

—Me cuesta creer que hayamos ganado esos boletos, pero es aún más increíble que haya recibido mi primera llamada al celular y haya sido de una estación de radio —sus ojos demostraban asombro.

—Siéntete afortunado, mi primera llamada fue de mi tío, y estaba en la habitación contigua a la mía, solo era para probar que funcionara la línea, y se escuchaba horrible por la cercanía de ambos teléfonos.

—Debió lastimar los tímpanos.

—Definitivamente —de solo acordarse, le dolieron de nuevo.

—Pero, aun así —suspiró Zac—, me hubiese gustado más que tú hubieras sido mi primera llamada.

—¿Por?

—Me gusta que me hables al oído —admitió con un sonrojo—, solo quiero contestar el teléfono si eres tú quien llama.

El rubor no tardó en reflejarse en las mejillas de Hallie, era un hermoso cumplido, solo querer oír la voz de la persona que amabas.

—Zac —suspiró ella, hipnotizada de amor—. Se supone que el escenario romántico era el concierto, pero tú ganas cuando hablas así.

Cuando decía cosas como aquellas, Hallie solo quería dedicarse a besarlo, acarició en sus manos el rostro de Zac, y sus labios bailaron al compás de una canción que solo sonaba dentro de ellos.

Se moría de ganas por ir con él al festival de música, quería que asistieran juntos a la universidad como habían prometido. Pero había promesas que no estaban hechas para cumplirse. Y estas eran de esas.

No llegarían a compartir esos momentos, por más que lo anhelaran.

31

Contigo, ¿sin internet?

Hall: Si la pila de tu teléfono definiera cuánto me quieres, ¿qué porcentaje sería? :3

Zachary_Blackelee: ¿Es en serio? ._.

Hall: Síii, anda. Yo te quiero el 98%

Hall: Me gusta mantenerlo bien cargado :3

Zachary_Blackelee: Te querría el 9%

Hall: Un visto dolía menos :((((

Zachary_Blackelee: Entre más rápido se acabe la batería del teléfono es mejor para mí, no lo pongo a cargar más de una vez al día.

Zachary_Blackelee: Nunca quiero depender de él.

Hall: Lo sé, una cosa es que lo aceptes, otra que tengas nomofobia como yo TwT

Zachary_Blackelee: No creas que se me ha olvidado que te ayudaré a superarla. Estuve investigando, y encontré apps que desactivan su uso para que te concentres en las actividades, podrías comenzar por ahí.

Hall: Me agrada, es mucho mejor que la idea de poner un post-it amarillo en la pantalla del celular.

Zachary_Blackelee: Oye, funcionó, pero en la biblioteca.

Zachary_Blackelee: Ahorita estás lejos de mí.

Hall: Lo sé, pero la buena noticia es que podemos seguir hablando, aunque no estemos juntos físicamente.

Zachary_Blackelee: Sí, es emocionante cuando recibo una notificación tuya.

Zachary_Blackelee: Eres mi notificación favorita <3

Hall: JAJAJA, pero Zac.

Hall: No recibes otras notificaciones, solo las mías, jajaja, qué dices.

Zachary_Blackelee: Calla, quería sonar romántico, pero no sirvo para las tecnologías TwT

Hall: JAJAJA, admiro tu esfuerzo.

Zachary_Blackelee: Me encantan tus piojos.

Hall: ¿Qué?

Zachary_Blackelee: ¡Tus ojos!

Zachary_Blackelee: ¿Ves? El teléfono distorsiona todo lo que quiero decir. Detesto el celular.

Hall: JAJAJAJA, solo se trata del autocorrector, desactívalo y listo.

Zachary_Blackelee: Ya no me acuerdo cómo se le movía TwT

Hall: Ay, Zac, ¿qué harías sin mí? xD

Zachary_Blackelee: Ya no puedo imaginar la vida sin ti.

Hall: Eres un romántico, Zac ❣

Zachary_Blackelee: Esta vez no intenté esforzarme.

Hall: Pero te salió bien ☺

Zachary_Blackelee: No, Hall. Un mensaje no significa nada.

Zachary_ Blackelee: Prefiero complicarme la vida buscando maneras de conquistarte que recurrir a lo fácil y fugaz, donde los mensajes le ganan a sostener tu mano cada día.

Hall: ¿Cómo? 😳 😮

Zachary_ Blackelee: Enviar un mensaje de texto cada día no es lindo ni mucho menos original, aunque te escriba todo un testamento, me parece brutal no hacerlo en persona, o tener la creatividad para ganarme tu amor.

Zachary_ Blackelee: En la actualidad solo hay personas presas del teléfono celular, presas de conversaciones interminables por chat, esas pláticas que se borran fácilmente del historial como de la memoria; ¿acaso ya no existen recuerdos verdaderos?

Zachary_ Blackelee: No quiero que la tecnología lo resuelva todo, quiero esforzarme por estar contigo, pedirte que salgas conmigo con detalles, ir a casa y llevar serenata, no solo adjuntar el enlace de una canción, prefiero mantener una comunicación de verdad.

Hall: ☺ Dame un segundo, le tengo que mandar SS a mi amiga para saber qué responder.

Zachary_Blackelee: ¿?

Hall : Ay, carajo, eso no lo tenías que saber.

Zachary_Blackelee: Lo bueno es que soy nuevo en esto y no entiendo nada.

Hall : 😄

Se dio dos golpes leves en la frente por ser tan tonta al escribir sus pensamientos. Zachary la ponía muy nerviosa, el estómago se le contraía, había un hormigueo que crecía y se le expandía por el cuerpo.

Bastaba ver un mensaje de él para cambiar su estado de ánimo por completo. Sabía lo tanto que significaba que él escribiera un mensaje, y más cuando decía lo que lo hacía diferente a todos los otros chicos.

Era maravilloso creer que Zachary ya había aceptado las tecnologías, pero no había cambiado su forma de ser, no se dejaba llevar por la corriente, su forma de ver las cosas y la vida le causaban admiración. Estaba perdidamente enamorada.

Le atraía, le fascinaba. Estaba tan hipnotizada por él que a veces no sabía qué responder, su corazón palpitaba fuertemente.

Necesitaba una guía, el apoyo de una amiga:

Hallie: LEILAAAAAAAAAAAAAAA, VE ESTOOOOOOOO.
Hallie: MIRA LO QUE DICEEEEEEEEEEEE.
Hallie: ¿Cómo no amarlo?

Y reenvió los mensajes de Zachary. Leila no tardó en abrir la conversación y dejar las palomitas azules.

Leila: OMG. Tiene razón, en los amores de hoy ya no existe el romanticismo.
Leila: Nació en la época equivocada, JAJAJA.
Hallie: Ya sé, es lo que siempre le digo xD
Hallie: Pero no sé qué responderle, ¿me ayudas?
Leila: Para eso soy tu mejor amiga, ¡manos a la obra!
Hallie: No sabes cuánto te quiero. Gracias <3
Leila: Nada de gracias, al rato hacemos video-pijamada para contarnos más chismecitos mientras comemos hotdogs y vemos pelis.
Hallie: Es lunes, mañana tengo que ir a la escuela :c
Leila: ¿Y? Siempre nos desvelamos en internet -.-
Hallie: Tengo que cambiar ese hábito, a Zac le preocupa.
Leila: -.- no te ayudaré si se vuelve un novio controlador y posesivo.

Hallie: Jajaja, para nada. Es algo bueno, me ayudará a dejar de procrastinar las actividades, pierdo muchísimo tiempo frente a la pantalla. Cada que intento hacer tarea, dejo en blanco la página, inconscientemente abro TikTok y adiós a todo :(

Leila: Lo sé, solo cierras un segundo los ojos y ya son las 3 am.

Hallie: Necesito buenas notas, quiero estudiar para el examen a la universidad, quiero prepararme.

Leila: Me alegra tanto que priorices los estudios. Solo no olvides a tus amigas, me asusta la idea de que la distancia se haga más larga al volvernos adultos responsables :(

Hallie: Claro que no, serás mi amiga toda la vida <3

Después de eso, comenzaron a redactar el mensaje de respuesta a Zachary. Tardaron lo suficiente para que, al enviarlo, Zachary ya no contestara. La batería se le había agotado antes de recibirlo.

Ahora solo le quedaba a Hallie esperar verlo al día siguiente en la escuela. Se le quebró un poco el corazón, a veces solía ilusionarse con recibir mensajes de Zachary, mantener contacto día y noche, pero sabía que tenía que darle tiempo. Todo era poco a poco. Y en el proceso, ella debía ser paciente y perseverante.

Suspiró, un tanto desanimada y decidió también desconectarse de las redes sociales, era peor quedarse a esperar un mensaje que no llegaría.

Abrió una pestaña en la laptop e ingresó a Canva, comenzaría la presentación del proyecto de lectura sobre Wattpad. Zachary ya había cumplido con su parte de estructura y planeación, a ella le toca volverlo atractivo y estarían preparados para presentarlo a la directora.

Tomó una cena ligera y se adentró en el trabajo escolar, a su tía le llamó la atención el compromiso y dedicación de permanecer horas frente a la laptop.

—¿Qué haces, hija? —se acercó por detrás, se paró cerca del hombro de Hallie.

—Tarea —dijo y Hallie despegó un momento la mirada de la pantalla para sonreírle.

—Pensé que estabas en internet.

—La tarea se basa en el uso del internet para el fomento de la lectura y la escritura —comenzó a platicarle con cierto brillo en los ojos. Realmente era un tema que le apasionaba y, por supuesto, le recordaba a Zac.

Su tía se quedó a escuchar hasta que la taza de café se le terminó, fue a la cocina por otra y la dejó para Hallie.

—La necesitarás más que yo —acarició ligeramente su cabello y depositó un beso sobre su cabeza—, descansa.

—Gracias, ma —le sonrió y agitó la mano en forma de despedida. Su tía se fue alejando a la habitación hasta desaparecer de su vista.

Respiró hondo unos segundos para descansar y retomó el proyecto.

—Vamos por esa calificación perfecta —se dijo, entusiasmada.

Como cualquier estudiante a finales de semestre, dormía pocas horas: estudiaba y hacía tarea más de lo que comía y descansaba. Tenía ojeras pronunciadas, pero había quedado complacida por el resultado del proyecto.

—¿Cómo haces para lucir tan bien esta semana de muerte? —le reprochó a Zac, que lucía fresco como una lechuga. Hallie parecía un vegetal en descomposición.

—Se llama ser organizado —dijo sereno, tranquilo—, y me dio tiempo de leer dos libros.

—Ay, cómo te odio —ella dejó caer su cabeza en el pupitre, para dar más dramatismo.

—Yo sé que no —levantó el mentón de Hallie y le dio un beso corto en los labios—, te enseñaré a ser más organizada para que no te suceda en la universidad. Nos dará tiempo de salir a pasear… y de hacer otras cosas.

—Como comer, por favor —pidió con desesperación. No había desayunado esa mañana.

Por suerte, Zachary había preparado un emparedado exclusivo para ella, y un jugo de uva que le había comprado de camino hacia la escuela. La cuidaba en todos los aspectos.

Después de recuperar la energía suficiente, colocaron el proyector en la sala de cómputo. Hallie tenía todo listo para exponer, incluso las ganas de hacerlo. Pero ver rostros desagradables era un impedimento, recordar a las personas que la molestaban y se burlaban de ella.

Hallie sentía que era más sencillo escribir y levantar un movimiento por redes sociales, a hablar en público a personas que ya conocía. Al menos en internet les hablaba a desconocidos. No se sentía tan expuesta como en ese momento.

A veces se sentía más juzgada en la vida real, que a través de una pantalla. En internet tenía un refugio, un escape.

Zachary, al ver que Hallie no tomaba la iniciativa, decidió que él entonaría las primeras palabras:

—Wattpad se ha convertido en el arte de volar sin alas, de bailar sin música y de soñar sin despertar. Huir sin salir de casa, y sin equipaje; basta con abrir la mente, leer libros que quieres vivir, escribir libros que quieres leer. Leer sin comprar libros, leer con internet.

Hallie dio clic a la diapositiva, y todo inició. Poco a poco los nervios dejaron de controlarla, y los argumentos comenzaron a ser convincentes, atractivos.

La dinámica de crear una generación de lectores, escritores, correctores y editores fue persuasiva para los alumnos y para los profesores. La idea consistía en crear una cuenta con *nickname*, sin usar su nombre real, y comenzar a escribir, y leer. Agregar a las listas de lectura a todos los usuarios del salón.

Solo el profesor tendría el registro de los verdaderos nombres para evaluarlos, pero el resto de la clase permanecería encubierto, así se evitarían discusiones y *ciberbullying*; nadie se sentiría superior o inferior por haber leído más o menos, por haber comentado más o menos que otros.

Iba a ser un espacio para expresar de todo, como en las redes sociales comunes, pero con la pequeña diferencia que reforzarían las habilidades comunicativas, creativas e imaginativas. Sería algo artístico.

Zachary se encargó de explicar cómo funcionaba la plataforma, qué herramientas tenía y lo que la volvía atractiva.

Aprenderían a ser empáticos con las historias, ser asertivos con los comentarios, pacientes con cada actualización, constantes en la lectura y escritura. Aprender a corregir sin lastimar, conocer sobre reglas gramaticales y ortográficas, llevarlas a la práctica, y mejorar durante todo el proceso.

Las oportunidades de publicar libros en papel, pertenecer a un programa de pago, o ganar algún premio Watty, eran solo un plus de los beneficios de tener todo publicado en la plataforma. El objetivo no era ese, pero si se daba en el camino, no se iba a despreciar.

—Los libros son un lujo —añadió Hallie—. Si queremos que Obless sea un país culto, tenemos que comenzar con algo que esté al alcance de toda la población, y llame la atención.

—Todos tenemos una voz en nuestro interior —siguió Zac—, y son voces que necesitan ser descubiertas.

—Y con esa voz crear tu propio mundo —continúo Hall.

—Tu propia historia —concluyó Zachary.

Zac le ofreció la mano a Hallie para que juntos hicieran la reverencia de término.

Los aplausos no tardaron en hacerse presentes, y Zac dio paso a un tipo clase-tutorial para crearse una cuenta en Wattpad. Hallie se encargó de dar la planeación didáctica a los profesores, ejercicios de escritura y de comprensión lectora que podían incluir.

La idea ya no era llevar libros viejos, era trabajar sobre la nueva propuesta de plataforma.

Y a todo el mundo pareció encantarle la propuesta, que se extendió por la escuela como mensajes instantáneos. Después de aquello, la preparatoria mejoró sus resultados en Literatura a nivel nacional.

Muchos usuarios solo desahogaban sus pensamientos, miedos, frustraciones, sueños, anhelos, y muchos otros se sentían identificados, y otros más hasta brindaban ayuda al resto.

Se creó una generación de lectores, escritores y artistas de Wattpad y Webtoon.

Hallie aún no podía creer que había aprobado el semestre, parecía irreal, pero después de un año tan inestable, de altibajos, de una montaña rusa de emociones, lo logró.

Los nombres de Hallie y Zachary se escuchaban por los pasillos. Pero esta vez no eran insidias para crearles mala reputación, se habían vuelto populares dentro y fuera de la escuela. En internet, el proyecto superó en seguidores el número total de alumnos de la escuela, lo que significaba que las historias creadas en la preparatoria comenzaban a leerse más allá de las aulas escolares.

Hallie no dejaba de ver cómo aumentaban sus seguidores y le parecía irónico cómo internet te podía hundir y también te podría llevar a la cima. Los que un día te odiaban, otro día te amaban, quienes juraron que estarían siempre para ti desaparecían cuando ya no eras novedad, y quienes alguna vez tiraron *hate*, otro día te apoyaban. Era extraña la comunidad cibernética.

Aquello causaba cierta ansiedad por revisar el teléfono celular, poco a poco estaba recuperando en sus redes personales el público que había perdido tras aquel vergonzoso video viral. Otra vez tenía seguidores en Instagram que la amaban y pedían actualizaciones de historias.

Pero no se sentía tranquila, creía que solo había sido suerte y que, en un futuro, todo se desvanecería, tenía miedo de arrojar un mal comentario en internet y que todo se volviera en su contra, de nuevo. No quería defraudarlos.

Por supuesto, trataba de ocultarlo, fingir que ya no le importaban los números en redes sociales, aunque por dentro se moría de ganas de estar pendiente del teléfono, el excesivo tiempo que le dedicaba por las noches volvió a ser parte de su rutina.

Su amiga Leila siempre se mantenía en línea, y era realmente un reto no contestar sus mensajes, cuando eran tan divertidos e interesantes.

Leila no respetaba que Hallie quisiera dejar de ser tan dependiente del celular, la envolvía con conversaciones, con videos, videollamadas, con una amistad incomparable a las amistades en persona en las que esperaba al día siguiente para contarle lo que quisiera, con Leila podía hablar las veinticuatro horas del día, si llovía, si hacía sol, de noche, de día, ella permanecía conectada al corazón de Hallie.

Leila: ¿Ya no me quieres?
Hallie: Por supuesto que sí, ¿por qué lo dices?
Leila: Ya no pasamos tanto tiempo juntas :c
Hallie: No puedes estar celosa de Zac, él es mi chico, tú mi amiga. Son cariños distintos.
Leila: ¿Quieres practicar un tutorial de maquillaje conmigo? Vi un *trend* de moda y quisiera intentarlo.
Hallie: Suena bien (:
Hallie: Pero ya debo dormir :c
Leila: Anda, adoras maquillarte a las tres de la madrugada.
Hallie: El sábado, ¿va? Mañana voy a la escuela.

Leila: Para el sábado será historia esta tendencia. Hay que aprovecharla mientras dura.

Hallie: La puedo aprovechar más el sábado que salga con Zac.

Leila: ¿Decides tu maquillaje a partir de agradarle a un hombre? Te desconozco

Hallie: Nunca dije que me arreglaría para él :c

Hallie: Solo creo que podría ocuparlo más tiempo. Si me maquillo ahora, tendré que borrarlo después de terminar.

Leila: Pero se quedará en muchas fotos y videos :3

Leila: No me dejes sola TwT

Hallie: Leilaaaa :(

Leila: Por favor.

Hallie: :(

Leila: Será divertido, lo prometo ♥

Hallie: Esta bien 🖤

La presión social por permanecer conectada podía más con Hallie, que los intentos por soltar el celular.

Durante el día trataba de dejarlo, esconderlo de la presencia de Zac. Pero él se daba cuenta que Hallie podía estar presente físicamente, pero con la mente en otro lugar. A veces la veía perdida, con la mirada en un punto fijo del suelo.

A Zac le dolía hasta los huesos verla así, Hallie medía constantemente su popularidad en internet y se enganchaba con los "me gusta" que recibía y los nuevos seguidores que conquistaba. Le dolía ver cuánto se obsesionaba.

—Se acabaron las vacaciones —anunció un día Zac, con la intención de hacerla volver en sí.

Hallie regresó de sus absortos pensamientos.

—¿Cuáles vacaciones? —preguntó desconcertada, al ciclo escolar le quedaba una semana.

—Me refiero a nuestro acuerdo —continuó Zac—. He superado la tecnofobia, pero todavía falta que tú superes la nomofobia. Nos dimos un tiempo para concluir el semestre, pero ahora es tiempo de retomar el reto.

—Fue lindo mientras duró —quiso bromear Hallie.

Zachary rio.

—Es mi turno de apoyar —quería ayudarla tanto como ella lo había hecho con él—. Daré por inaugurada la Operación Nomofobia. ¿Estás conmigo? —le ofreció una mano.

Hallie observó las líneas de la mano de Zachary, y notó que combinaban con las líneas de ella. Era una ruta que estaba dispuesta a seguir.

—Contigo, hasta el fin del mundo —confiaba plenamente en él.

Sabía que podía contar con Zac, él le dedicaría la máxima atención posible, para escucharla, para intentar entender sus inquietudes, al tiempo que idearía dinámicas divertidas para ayudarle a superar la obsesión.

—¿Conmigo, hasta que el internet deje de existir? —propuso Zac, pronto le daría más noticias sobre el plan.

—Contigo, sin internet —asumió el reto, y después entrelazó los dedos con los de él.

Zachary tenía que sostener su mano fuertemente, el hecho de soltarla un solo momento podía significar perderla para siempre.

32

Ventajas y desventajas de la tecnología

Leila: ¿Por qué Zachary todavía no te ha pedido ser su novia?

Hallie: En mi cabeza, ya lo somos; es más, hasta hemos comprado una casita en un monte y hemos adaptado un espacio para que Martha viva en libertad <3

Leila: JAJAJA, con que en unión libre, ¿eh?

Hallie: No, estamos planeando la boda, por eso no me ha pedido ser su novia, él quiere ir directo al grano, me pedirá ser su esposa.

Leila: Pido ser madrina de gallinas 7u7

Hallie: Espero que eso no signifique que serán servidas en el banquete de bodas D:

Leila: jajajaja, le tejeré un vestido de dama de honor a Martha, ¿qué opinas?

Hallie: No puede ser, me imaginé a una gallina con vestido de novia, JAJAJAJA.

Leila: Descuida, intentaré que no te opaque, pero será difícil teniendo en cuenta que tu mejor amiga será diseñadora de modas 💃♀

Hallie: Tendrás que diseñar mi vestido de novia también <3

Leila: Y los atuendos que usarás cuando des a luz a tu primer hijo, cuando vaya al kínder, cuando se gradué de la universidad…

Hallie: ¡Así es, me diseñarás toda la vida!

Leila: Por supuesto, si no puedo conocerte, al menos tendrás algo con lo que me recuerdes <3

Hallie: Pero prometimos conocernos en persona…

Leila: A veces pienso que nunca sucederá u.u

Leila: Tuve una mejor amiga de internet antes de conocerte, teníamos como doce años, éramos inseparables, juramos conocernos en persona… y después comenzamos a alejarnos porque entramos a la secundaria, la distancia se volvió cada vez más notoria y hoy en día ya no hablamos, a veces nos escribimos, pero dejamos de contestarnos de la nada, pasan los días y la intensidad y emoción por hablar baja, ya nada es igual.

Hallie: Pero esa historia no se va a repetir conmigo :(

Hallie: Verás que soy la excepción <3

Leila: No me quiero ilusionar TwT

Hallie: Jamás romperé nuestra promesa. Créeme, por favor.

Leila: A veces pienso que la distancia se hizo para comprobar la intensidad y honestidad del sentimiento que se tienen dos personas.

Hallie: Así es, y a pesar de estar distanciadas, nos sentimos tan cerca del alma y del corazón, cosa que no logra cualquier persona que no estuviera a centímetros.

Leila: Awww... tienes el poder de hacerme sonreír con tus mensajes uwu

Hallie: Y ve el lado positivo de la distancia, sirve para acumular todos los abrazos que tengo para darte <3

Leila: Está bien, seré pacienteeeee.

Hallie: A mí no me importa esperar, si es por ti.

Leila: Quizá todavía no es tiempo de conocernos, pero antes de morir tengo que conocer a mi mejor amiga de internet.

Hallie: ¿Estás enferma? u.u

Leila: No, ¿por?

Hallie: Mi mamá decía que, si mencionas la muerte, podría estarte escuchando y llevarte 😕

Leila: Ay, no, jajaja, hoy no podré dormir, jajajaja.

Hallie: Es broma, solo era para asustarte un ratito. Descansa, ibf <3

Leila: jajaja, tonta. Buenas noches, ibf <3

Hallie bloqueó la pantalla del celular y por un instante observó el techo de su habitación, ella era la que no iba a dormir, pensar en el futuro le aterraba, y fallar a su palabra con Leila más.

Por supuesto que también se preguntaba por qué Zachary no formalizaba con ella, algo en su interior le decía que él planeaba irse del país como sus padres habían acordado y por ello no iban a lograr ser novios.

Por más que se esforzara en revertir el miedo irracional a las tecnologías, le asustaba la idea de que no fuese suficiente para que Zachary eligiera quedarse. Aquello le quitaba el sueño.

Además, nunca le había pronunciado las palabras "Te amo", pero se convencía de que lo demostraba con sus acciones. ¿No? A veces hacía falta decirlo, aunque sonase cliché, una palabra reciclable, tenía mucho poder, quizás aquello le tranquilizaría el corazón.

Cuando cerraba los ojos en busca de conciliar el sueño, imaginaba todos los escenarios posibles de propuesta de novios, quizás estaba idealizando mucho la relación, tal vez Zachary tardaba en pedírselo porque planeaba algo ultrarromántico, o quizá porque no tenía intención de serlo. Su cerebro daba vueltas y vueltas como una lavadora, arrojando pensamientos oscuros como ropa sucia.

No se había encariñado con nadie desde la pérdida de sus padres, cuánta falta le hacían. Deseaba que su madre estuviera ahí para aconsejarla sobre los chicos, nada era igual con su tía, no existía la misma confianza como madre e hija, aunque los papeles dijeran lo contrario.

Deseaba que su mejor amiga, Leila, dejará de ser tan virtual y se convirtiera en una persona de carne y hueso frente a ella, deseaba que salieran de compras juntas, se tomaran un café, se pusieran mascarillas juntas, hicieran pijamadas una noche y otra también, con peleas de almohadas y maratones de películas…

Detestaba cuando su mente la traicionaba y la hacía pensar en escenarios imaginarios que quizá nunca ocurrirían. Por ello, refugiarse en internet la despejaba, refrescar las noticias en redes sociales la hacía olvidar y relajarse. Entonces volvió a su celular, y se conectó para no oír más sus pensamientos.

Resultó otro día más sin dormir. Pasó el resto de la noche en internet hasta que los párpados cansados finalmente se cerraron. Entonces sonó la alarma que marcaba la hora de despertar para ir a la escuela.

Zachary notaba cómo la energía de Hallie se agotaba con cada cambio de clases, su cuerpo estaba más pesado mientras más avanzaba el día.

—Hall —él le ayudó a cargar su mochila, ella apenas podía mantenerse en pie—, ¿te parece si nos saltamos las clases?

Hallie agitó la cabeza y se talló los párpados, anonadada de la propuesta rebelde.

—No puedo creer que seas tú quien lo dice.

—Son clases innecesarias —se alzó de hombros—, en teoría, ya acreditamos·el semestre.

—¿Y a dónde iríamos? —pestañeó Hallie.

—A los pastos —señaló el área verde de la escuela—, para que duermas. Velaré tu sueño.

La manera tan amable y cuidadosa en la que Zachary lo decía provocaba una sonrisa enorme en Hallie.

—¿No te molestaría? —arqueó la ceja—. Suelo roncar.

—Puedo usar audífonos para no escucharte.

—Ah, gracias —Hallie pensó que le respondería algo lindo.

—Estaré usando audífonos —le recordó—. ¿No te hace feliz?

—Es cierto —había olvidado lo mucho que significaba ese sacrificio.

—Además, seré feliz mientras pueda verte dormir.

Hallie dibujó una sonrisa, esa respuesta estaba mucho mejor.

Cada vez que uno sonreía no se sabía quién de los dos era más feliz.

Una vez instalados en el pasto, Zac recargó la espalda en el tronco de un árbol, querían permanecer en la sombra que proyectaban las hojas y ramas del árbol. Hallie acomodó su cabeza en las piernas de Zac de modo que fueran su almohada.

Zachary no necesitaba contarle cuentos para dormir, causarían el efecto contrario por lo interesantes que llegarían a ser, lo que requería Hallie era oírlo hablar sobre temas complejos, con lenguaje técnico y difícil de comprender.

Él no tardó en explayarse sobre los motivos que ocasionaban los ronquidos, y Hall comenzó a pestañear. Zac prosiguió a contar sobre los ciclos del sueño y lo importante que era dormir cinco o seis ciclos por noche para tener un descanso reparador.

Ella no entendía ni fu ni fa, solo sabía que ni para dormir bien servía.

—Eres como un murciélago —volvió a decirle Zac, una vez que notó que casi conciliaba el sueño.

—¡Oye! —Hallie frunció el ceño, con los ojos cerrados.

—Durante el día duermes, y durante la noche vives en internet.

—Pero soy un murciélago encantador.

—Ni cómo negarlo —delineó el perfil de Hallie con la yema de sus dedos, una caricia tan delicada que era como si estuviera tocando las páginas de su libro favorito—, pero no le quita lo peligroso.

Hallie no escuchó las últimas palabras, yacía plácidamente dormida.

A Zachary le preocupaba que no durmiera. No tenía sentido intentar superar la nomofobia en presencia de él si en casa ella no tenía ninguna medida de control parental. Le parecía sumamente extraño que los padres aceptaran aquel comportamiento tan adictivo, había días en que Hallie perdía noción del tiempo y espacio por el internet, temía que aquello acabara con su identidad.

Hallie pasaba largos periodos en su teléfono, mirando la vida de los demás, de las figuras públicas y los artistas, de sus amigos cibernéticos, que se olvida a veces de sí misma.

Comenzaba a descuidar su aspecto físico. Zac presentía que ella no se duchaba todos los días, ni tampoco se cepillaba los dientes con la frecuencia debida, ya no peinaba como antes su lindo cabello rubio y había dejado de vestirse de rosa. La atractiva silueta de su cuerpo había sido sustituida por una delgadez ocasionada por el constante olvido de comer que le provocaba pasar tanto tiempo en internet.

Él había diseñado un par de estrategias y dinámicas para disminuir su consumo de la red. Con la autorización de ella, había aprendido a cambiar las contraseñas de sus redes sociales; así, cada semana tenía una clave distinta, y solo los fines de semana podría acceder libremente a ellas, con lo que acumulaba puntos canjeables por actividades recreativas que Hallie había elegido con anterioridad.

Si durante la semana juntaba veinticinco puntos por intentar aprender un idioma, se ganaba la contraseña de una red social. Otros veinticinco puntos por aprender cocina, otros veinticinco por realizar actividad física, otros tantos por leer un libro. Y por un tiempo esa dinámica parecía funcionar para cambiar los malos hábitos de Hallie, pero al llegar el fin de semana, cuando ella obtenía su esperada recompensa, todo progreso parecía desvanecer.

Había tantas cosas por hacer, por aprender, y Hallie prefería que el celular le robara la vida. Zachary intentaba ayudar con la adicción, pero si ella no se ayudaba a sí misma jamás vería un cambio verdadero.

Todo el amor que Zac desbordaba, Hall no podría recibirlo si ella no derrumbaba los pilares que le impedían acceder a ese amor. No estaban preparados para una relación.

Parecía que la tarea de superar la tecnofobia había sido más sencilla que la de superar la nomofobia. Era más fácil integrar algo nuevo a la vida, que luchar para erradicar una costumbre bien arraigada.

Zachary volvió a acariciar el cabello de Hallie, y con la voz como un hilo, le habló:

—Me hiciste entender que odiaba la tecnología sin motivo alguno —susurró, era casi imposible que Hall lo escuchara teniendo en cuenta que seguía dormida—, y no quiero odiarla por una razón que te incluya, me asusta demasiado la idea de que te pierdas en ella. Vive la vida conmigo, no a través de una pantalla, por favor. Quédate conmigo, elígeme.

Las pestañas de Hallie se abrieron con un ligero y delicado aleteo.

—Estoy segura de que no completé un ciclo de sueño —bostezó y estiró las puntas de sus pies—, pero descubrí que descanso muy bien en tu regazo.

Zac se inclinó hacia ella para depositarle un beso en los labios y devolverla al sueño. Esperaba que no hubiera escuchado cómo le pedía que se quedara con él, le gustaba la idea de que ella lo eligiera sin mediar suplica.

Lo mismo sucedía con Hallie, a ella le asustaba la idea de que Zachary se alejara.

—Me alegra que hayas recargado energía —repuso él, pasado un tiempo—, necesitas estar lista para algo que preparé ¿crees ganarme?

—¿De qué hablas? —Hall se sentía perdida, estaba volviendo en sí y parpadeando por la luz del sol.

—Vamos a la cafetería —él la jaló del brazo—. Tom nos está esperando.

Al levantarse, Hallie se mareó un poco a causa del súbito movimiento, el dolor de cabeza no había desaparecido del todo, pero al menos ya podía mantenerse despierta.

Dentro de la cafetería, Tom permanecía sentado en una mesa doble. De un lado colocó una hoja doblada en un triángulo que tenía escrito "Tecnofobia", y del otro lado, una hoja que decía "Nomofobia".

Tom estaba en medio, con un tablero de puntuaciones como si se tratase de un partido del equipo deportivo de la escuela.

Y traía consigo un botón rojo que parecía más una pelota desinflada.

—¿Qué es todo esto? —Hallie seguía sin comprender.

Zachary no pensaba rendirse, era otra dinámica que se le había ocurrido.

—Van a competir los equipos "Tecnofobia" *vs.* "Nomofobia", y seré el encargado de elegir al ganador —dijo Tom, fingiendo la voz de un conocido conductor de concursos—. Solo tienen que decir todos los argumentos a favor que se le vengan a la mente sobre su fobia, quien deje callado a su oponente, gana.

—Esto es injusto —cruzó los brazos Hallie—, no sabía y no estoy preparada para defender a la tecnología.

—La idea es que digas solo lo que se te ocurra. No quise basarme en argumentos avalados porque, seamos sinceros, obviamente ganaría —añadió Zac, airoso.

—No es suficiente —resopló Hallie—, organizaste un debate sin mí, es obvio que Tom estará de tu lado, exijo que haya otra persona evaluándonos.

—Hall, no tenemos más amigos —Zac hizo un ademán para reforzar su punto—. No hay nadie más.

Aquello era cierto, pero Hallie conocía a otras personas que valían la pena más que todas esas personas que podía ver en la escuela todos los días.

—A que no —Hall tomó su celular y tecleó el número telefónico de Leila—. Hola, ¿estás ocupada?

—¡Hola! —su amiga había contestado al segundo tono, y ahora hablaba a través del altavoz—. Nop, ¿por?

Hallie se encargó de explicarle lo que sucedería a continuación. Zachary se dio la media vuelta para ocultar una mueca.

—¿O sea que tendré poder? —preguntó entusiasmada Leila—. ¡Genial, es mi momento de gobernar!

—Resta puntos que ella, al ser virtual, sea una juez —argumentó Zac—. No sé si será imparcial.

—Resta puntos que hayas preparado esto sin avisarme — Hallie alzó su cuello—, tramposo.

—Con que ya comenzó el debate ¿eh? —alegó Tom—. Primero tomen asiento y, a la cuenta de tres, comienzan.

Hallie dejó caer su cuerpo en el borde de la banca sin despegar la vista de Zac.

En cambio, Zac tomó asiento con más calma y ligereza.

—¿Quién es ella? —le susurró a Hallie antes de comenzar.

—Es mi mejor amiga de internet —sonrió al decir la frase—. Se llama Leila, salúdala, te está escuchando.

—Hola, extraña —Zac agitó la mano, no muy convencido.

Aún no estaba acostumbrado del todo a escuchar una voz de fondo sin sentir su presencia física. Para él, era como escuchar una conciencia maligna.

—Ella no puede verte, no es videollamada. Pero te adelanto, se parece mucho a mí.

—Físicamente somos un *copy paste* —añadió Leila.

Tom acarició su barbilla intentando imaginarla. Zac no entendió el término usado para referirse a la semejanza que existía entre ellas dos.

—Solo que yo tengo un lunar en el dedo —Hallie alzó el dedo índice para mostrar el punto café y pequeño que nacía de su piel.

A Zachary se le escapó una sonrisa, le agradaba que tuviera lunares poco visibles para los demás, pero no para él, pues había memorizado cada línea de sus manos desde que comenzaron a compartirse calor, cada parte suave y áspera de su mano ya la había sentido entre sus dedos, lo mismo pasaba con las cicatrices y los lunares ocultos.

Zac anhelaba seguir así, descubriendo más secretos de su cuerpo.

Tom hizo sonar la señal que indicaba que el debate había comenzado… ¿En qué momento Zachary se había distraído…?

—El internet te permite conocer culturas distintas a la tuya —Hallie apretó primero el botón.

—Eso se puede conseguir viajando —frunció el ceño Zac, quiso destruir el argumento—, o leyendo.

—Pero no gastas tanto dinero en internet, y consigues amigos de otros países.

—Tener amigos de internet es peligroso, nunca sabes con quién puedes estar hablando.

Hallie arrugó el entrecejo.

—Tener ibf es lo mejor que te puede pasar si no eres muy sociable ahí donde vives.

—Sí, la tecnología te acerca a las personas que se encuentran lejos, pero te aleja de aquellas que se encuentran verdaderamente cerca.

—Puedes iniciar movimientos sociales a través de internet, lo que muchos no se atreven a decir de frente, pueden expresarlo abiertamente en internet.

—Pero la preocupación por revisar constantemente las interacciones en las redes puede aislarte, hacerte olvidar lo que hay a tu alrededor, descuidar a tu familia, vivir en otra realidad…

Leila quiso objetar, pero Hallie cambió repentinamente de tema.

—Puedes aprender miles de cosas, hay disponibles infinidad de cursos, diplomados…

—Y también puedes perder gradualmente la vista al pasar tanto tiempo frente a una pantalla, o que los párpados se cansen fácilmente.

—Pero puedes bañarte escuchando música —dijo Hall sin pensarlo—. ¿Acaso no cantan en la ducha?

Tom inclinó la cabeza, extrañado de las respuestas.

—Estar tanto tiempo en el teléfono genera malas posturas de la espalda y cuello —continuó Zac.

—Pero puedes ver una película mientras haces tus necesidades en el baño, también jugar, mensajear… —reviró Hallie.

—¿Me escribes desde el baño, Hall? —Zac le dedicó un mohín—. Eso es asqueroso.

—Eso no cuenta como argumento —alegó Tom—. Di algo o quedarás descalificado.

—El celular tiene más bacterias que un inodoro —dijo Zachary a toda prisa.

Hallie giró los ojos, siempre decía esa frase.

—Cuando hablas por internet no tienes que soportar el mal aliento de una persona a diferencia de una conversación cara a cara.

Tanto Tom, como Leila y Zac quedaron con el ojo cuadrado por la dirección que parecía tomar los argumentos de Hallie.

—¿Qué? —ella se alzó de hombros—. Me estoy quedando sin argumentos…

Zachary aprovechó para contraatacar:

—Con el avance constante de las tecnologías, y debido a que estas hacen cada vez más las labores del ser humano, eso impide que las personas adquieran la capacidad de resolver las cosas por sí mismos, lo cual está creando una generación de idiotas e incompetentes.

—No necesariamente, si no fuera por las nuevas tecnologías, no habría un progreso real en las ciencias.

—El internet es caldo de cultivo para la abundancia de desinformación, faltas ortográficas…

—El internet está erradicando el analfabetismo.

—No si le pides a la inteligencia artificial que lea y escriba por ti.

Hallie aprovechó para respirar, su voz se estaba secando.

—Su uso se presta al plagio, al sedentarismo, al incremento de hábitos que decantan en la obesidad…

—El celular te rescata de situaciones incómodas en las que no quieres interactuar.

—Pero a veces te sientes ignorado cuando la persona prefiere el celular antes que a ti —dijo Zachary con cierta nostalgia.

¿Acaso se había sentido él así? Hallie no respondió por quedarse pensando en las palabras de su chico.

—Primer *strike* para Hallie —anunció Tom.

—Propongo que exista una pausa —intervino rápidamente Leila—, han hablado sin parar.

Zachary asintió, con la intención de que Hallie reflexionara sus respuestas.

Quería que se diera cuenta por sí sola que el internet no era una mala herramienta, pero el uso que ella le daba no era el mejor.

—¿Listos para volver? —preguntó Tom, luego de escasos minutos de descanso.

Hallie había aprovechado para beber agua, todavía sostenía la botella con la boca cuando Zachary cerraba la suya, listo para reiniciar el duelo.

—Los elementos que componen la batería del celular resultan tóxicos para la tierra, por ende, generan contaminación luego de su uso —dijo él.

Hallie tragó el líquido.

—La tecnología ha diseñado múltiples procesos que combaten el calentamiento global —ella devolvió la pelota.

—Almacenar tanta información en la "nube" proporciona un impacto considerable en las emisiones de carbono, las cuales afectan al planeta.

—Pero ha ahorrado toneladas de impresiones, es decir, ha disminuido el uso de papel, lo que en cierta manera cuida de los árboles.

—¿De qué sirve si no hay abasto para transformar tanto CO_2?

Hallie se congeló.

—Segundo *strike* —anunció Tom.

Zachary volvió a cambiar el rumbo del debate:

—Cuando pasas tantas horas mirando la pantalla, los dolores de cabeza surgen.

Hallie se sintió identificada, no supo contraatracar. Zac continuó.

—Romantizar el estilo de vida que mayoritariamente se refleja en internet puede ocasionar problemas de salud física y mental, puede hacer que te sientas que no estás a la altura de los demás y provocar un anhelo desesperado por lo que otros tienen. Nada de eso es sano.

—El internet es capaz de hacerte sentir mejor en momentos difíciles, se liberan neurotransmisores de felicidad…

—Sí, como haría una droga… —cruzó los brazos Zac— que al final te destruye.

Entonces Hallie supo que todo esto había sido personal, para exponer su adicción.

No dijo nada más, dio por terminada su participación.

—Zachary ganó —anunció Tom con voz alegre. Pero ni los grillos le festejaron.

—¿Y qué se ganó? —preguntó Hall—, nunca supe el premio.

—Bueno… —pensó Tom—, creo que nada. ¿Acordamos algo?

—Podría elegirte un castigo, Hall —sugirió Zac, con cierta seducción en sus palabras.

—¿Disculpa? —Hallie se levantó del asiento y miró afiladamente a su contrincante.

—Treinta días sin internet —sentenció Zac. Tom chocó las manos con él solo por verla sufrir.

—¿Es una broma? —sopló ella y recargó los brazos sobre la mesa.

—Bueno, dejémoslo en tres días —sonrió él nuevamente.

—Inaudito —Hallie hizo girar los ojos, se sentía por demás indispuesta.

Aunque la cantidad había disminuido drásticamente, no se imaginaba ni un solo día sin internet, tal vez unas horas, no más.

—Bien —Zac paseó la lengua por sus labios—, un fin de semana. Piénsalo, tú, yo, desconectándonos de la ciudad. ¿Qué opinas?

Hallie se quedó con la boca entreabierta. Sonaba más a un premio que a un castigo, ¿pasar unos días a solas con Zac? Dios, qué sueño más salvaje.

—A que no lo esperabas, ¿verdad? —prosiguió Zachary al compás de llevarse una mano al abrigo y como un acto de magia, aparecer con dos boletos de tren entre sus dedos.

La emoción de Hallie le hizo dar cortitos aplausos sin siquiera pensarlo.

—¡No puedo creerlo! —soltó con entusiasmo.

Exactamente, ni Tom ni Leila se esperaban aquella jugada maestra de Zachary. *Qué envidia, maldición.*

—Pero —él alejó los boletos de Hallie, quien estaba a punto de probar su suerte—. La única condición es que no lleves teléfono, y que consigas el permiso de tus padres para pasar un fin de semana conmigo. ¿Lo tomas o lo dejas?

Cierto, había olvidado que tenía diecisiete años y no se mandaba sola.

Ay, no, ¿por qué tenían que existir los permisos de los padres? ¿Por qué no podía ser como en las películas hollywoodenses donde se refleja la ausencia de ellos? Quería vivir su romance al límite.

Entonces, en cierta manera sí era un castigo, ni modo, se las arreglaría para escaparse con Zac unos días.

—Asumo la responsabilidad —dijo con seguridad.

Zachary esperaba que dos días fueran suficiente para demostrarle que la vida fuera de internet también era valiosa, que esa era una de las formas más libres de vivir.

Deseaba con toda el alma que el plan funcionara. Era el último recurso antes de marcharse.

33

La abeja y el murciélago

Era tan extraño hacer una maleta y no empacar cargadores, audífonos y teléfono. ¿Cómo se suponía que sobrellevaría un largo viaje? Además, ¿un viaje sin publicar en redes sociales dónde estaba? ¿En serio? ¿En qué año se suponía que vivían? Parecía un tanto anticuado, como si fuera una excursión de abuelos, o de la generación de sus tíos.

Y aunque no le entusiasmaba mucho la idea de permanecer un fin de semana sin teléfono, le emocionaba tener un tiempo a solas con Zachary, quizá no necesitarían pasar tiempo en internet para pasarla fenomenal, si él había vivido sus dieciocho años sin aburrimiento, quizá podía animarla a desconectarse un poquito con las actividades que podían realizan juntos.

¿Sería entretenido? ¿Agitado? ¿Cansado? Demasiados pensamientos llenaban el almacenamiento de su cerebro, tenía que mandar todo a la papelera de reciclaje y olvidarse de ello, Zac se encargaría de sorprenderla.

A veces la vida era como navegar en Windows, se basaba en aceptar, cancelar, ignorar y reintentar.

Zac había aceptado la tecnología, Hallie había aprendido a ignorar los malos comentarios de internet, pero aún faltaba reintentar, por última vez, superar la nomofobia.

Anteriormente ya había intentado cancelar las redes sociales, a su manera, en casa, pero siempre volvía a ellas. Esperaba que esta vez rindiera frutos convivir un fin de semana entero con un tecnófobo.

¿Compartirán la misma cama? ¿Dormirían en habitaciones separadas? ¿En casas de campaña? Dios, necesitaba respuestas. Se sentía ansiosa.

Hallie: Ya me voy, estaré desconectada, pero nunca olvides que mi corazón está conectado al tuyo.

Leila: Qué tengas un bonito viaje, ibf. Toma muchas fotitos y al regresar espero tu llamada o tus audios largos <3

Hallie: Lei, no llevaré celular…

Leila: TwT pensé que era por la mala señal de internet en la naturaleza.

Hallie: Nop, recuerda lo que dijo Zac u.u

Leila: Está bien, prometo llenarte de mensajes bonitos cuando enciendas el teléfono. Cualquier cosa que pase, te la haré saber para que no te pierdas ninguna tendencia o escándalo.

Hallie: Yo también te extrañaré, ibf.

Leila: No me olvides, ibf <3

Hallie: Siempre estás en mis pensamientos, ibf :3

Leila: Y tú en mis ojos. Cuando sientas que me extrañas, mira hacia la luna, es la misma que veo yo, podremos estar lejos, pero ella nos conecta de una forma que nadie más puede. Brillamos juntas.

Hallie: No puede ser. Odio cada km, cada metro y cada centímetro que me separa de ti ☹

Leila: Algún día nos burlaremos de esa tonta distancia. Lo prometo.

Hallie suspiró y apagó el teléfono, lo guardó en un baúl de la habitación. Acarició por última vez la cresta de Martha y se despidió de sus tíos con un abrazo, era hora de partir.

Salir de casa sin celular se sentía extraño, era como salir sin llaves, o sin dinero. Se había vuelto como un objeto indispensable.

Durante el trayecto hacia el punto de reunión con Zachary, se percató del sudor en sus manos, producto de la ausencia del celular. De cierta manera, le causaba seguridad llevarlo entre los dedos, no tenía temor de perderse en ningún sitio, y si cruzaba con alguna situación incómoda el celular siempre la podía salvar de esos momentos. Los minutos se estaban volviendo eternos, un martirio sin él.

De pronto, cuando vislumbró el rostro de Zac a lo lejos, todo el miedo se esfumó, el corazón dejó de latir fuertemente y encontró la calma. El chico que amaba le daba plena tranquilidad, confiaba ciegamente en él, nunca haría algo para lastimarla, no desde que le había entregado su alma.

Zachary le regaló una sonrisa encantadora acompañada de la brisa mañanera y Hallie supo entonces que el día iba a ser maravilloso, él alumbraba la ciudad con solo su sonrisa.

Poco a poco, las unidades de casas habitacionales fueron dando paso a arboledas y prados. Hallie veía el paisaje a través de la ventanilla del tren que se opacaba por el frío de fuera, Zac se encargaba de dibujar con los dedos un corazón al cual colocó las iniciales de los enamorados.

También habían comprado chocolate caliente, pero se enfrió antes de consumirlo, aunque aquello no impedía que disfrutaran del sabor entre sus labios, la combinación dulce y excitante de los besos que compartían. Todo ello hacía el viaje más disfrutable, fueron tres horas de camino que se sintieron como cinco minutos.

Hallie comenzó a sentir que no necesitaba algún artefacto electrónico para olvidarse del pesado viaje; a lado de Zac, todo parecía más sencillo y cómodo.

Dejaron atrás el frío y se encontraron con un paisaje más cálido y colorido, Hallie todavía no podía verlo, Zac le había vendado los ojos como parte de una sorpresa que había preparado para ella.

Las risas no faltaron cuando tuvo que bajar del tren así; imposibilitada de la vista, tropezó y chocó con maletas de otros pasajeros. Y aunque quizá ello le dejaría algún hematoma en el cuerpo, era más la adrenalina por descubrir el lugar donde se encontraban.

Se aferraba a la mano de Zachary, él le indicaba por dónde caminar, si tenía que subir o bajar los pies.

—Te daré pequeñas pistas —dijo conduciéndola por el camino—. Tendrás que usar tus sentidos para adivinar el lugar…

Primero le puso algo en la mano y le pidió que lo manipulara y oliera con cuidado.

—Es rocoso —sintió ella la textura entre sus dedos, luego se lo llevó a la nariz—, y huele a agua de rio.

—Cerca —aceptó Zac.

Después, le pidió que recargara su cuerpo en la corteza de un árbol, aquello solo reforzaba el prominente aroma a naturaleza. Y escuchó el crujir de las hojas al caminar.

—Estamos en un bosque —aventuró Hallie.

Pero entonces Zac le hizo avanzar hacia arriba, el camino se volvió más pesado, las piernas le dolían como si hubiese subido a la escaladora en el gimnasio.

—Ahora abre la boca —le pidió él, quien derramó un líquido denso pero dulce sobre los labios de ella. Hall paseó la lengua por su labio inferior intentando apreciar el sabor.

—Es miel —dijo ella con seguridad.

—Vaya, Santini, es en lo primero que aciertas —le sonrió Zac, aunque ella no lo pudiese ver—. Solo como dato curioso, ¿sabías que las abejas no soportan la señal de wifi?

—¿Por qué?

—Las ondas electromagnéticas las desorientan, de hecho, impiden que consigan sus tareas, así que disfruta la poca miel que queda, quizás en unos años solo sea parte de tu memoria.

A Hallie no le agradaba que un momento mágico se tornara oscuro por los pensamientos pesimistas de Zac.

—Mmmmm —dijo sin soltar su mano—. ¿Te has dado cuenta de que eres como una abeja alérgica al wifi y yo un murciélago que no duerme por las noches?

Zachary soltó una risa.

—Claro, y esta es la historia donde ellos se enamoran.

La mejor pareja del mundo, pensó Hallie y apretó la mano de Zac. Continuaron caminando por el sendero.

—Ya estamos cerca —anunció Zac—. Ten cuidado cuando pises, podrías aplastarlas.

—¿Aplastar *qué*? —cuestionó ella en tono de alarma.

Zac se acercó lentamente a su oído:

—*Serpientes* —susurró.

—¡Zac! —Hall se soltó de él e hiperventiló, estaba a punto de quitarse la venda.

Pero unas manos largas y cálidas se lo impidieron, y la tranquilizaron.

—Era broma —dijo él a toda prisa—. Te va a encantar, solo espera un poco más.

Hallie decidió confiar en su palabra. Ya deseaba la hora de descubrirlo.

—A la cuenta de tres soltarás la venda… a la una…

Ella humedeció sus labios por los nervios.

—A las dos…

Las manos le sudaban, sentía el viento en sus mejillas.

—¡A las tres!

Hallie bajó la venda a su cuello y encontró la mejor vista de su vida.

La luz del sol pintaba los árboles de un café más iluminado, el cielo azul claro estaba decorado de mariposas, presenció el espectáculo del vuelo y movimientos en el aire.

Entre más soleado estaba el día, más mariposas había alrededor; tapizadas en los árboles, en el suelo, y en su ropa, solo la silueta de sus zapatos estaba libre.

Deslizó ligeramente el brazo hacia arriba y una cantidad grande de mariposas dio un recorrido por debajo de él. Parecía que de ella emanaba un tipo de polen, como polvillo de hadas.

—Bienvenida al Santuario de las Mariposas Monarca —anunció Zachary ocultando los brazos en su espalda, cruzando los dedos con la esperanza de que fuese del agrado de Hallie.

Ella soltó una carcajada genuina, en su cabeza había creído que la llevaría a una especie de retiro a las montañas para "limpiarla de las tecnologías", en cambio, la había conducido a un escenario que solo podría haber imaginado en un sueño. ¿Estaba soñando? ¿Estaba en las nubes? ¿Por qué se sentía tan mágico?

Observó detenidamente en su pecho las mariposas brillantes de alas color anaranjado, con venas negras y manchas blancas a lo largo de los bordes. Era como si estuviesen salpicadas de pintura, eran como una obra de arte de Dios.

Su revoloteo era delicado, no emitían sonido, pero por la cantidad que había tenían la fuerza suficiente para alzarle un poco el flequillo. Sonrió y las mejillas se le inundaron de color.

No había necesidad de atraparlas, ellas se acercaban por sí solas a Hallie, quizás era su calidez, quizás era su alma pura la que las atraía.

Los carteles colocados en los árboles tenían reglas específicas de lugar: guardar silencio, no tomar fotografías con flash, no atraparlas, no llevárselas.

Zac le quería señalar a Hallie las mariposas que estaban en la laguna, y otras que se inclinaban por las flores planas y abiertas, con grandes pétalos para posarse fácilmente y obtener néctar. Sin embargo, una mariposa se posó sobre el dedo índice de Zac y él no tardó en hacerle una casita con su mano libre.

—Ahí dice que n… —susurró Hallie y Zac siseó.

—Cuenta una antigua leyenda nativoamericana que cuando se quiere un sueño que crees inalcanzable, hay que susurrárselos a una mariposa y después liberarla. Ella, agradecida, volará con el anhelo, volará tan alto hasta hacerlo realidad.

Hallie apoyó las manos en las rodillas para observar de cerca a la mariposa, no parecía alterada con Zac.

—Según esa leyenda —continuó Zac la narración—, las mariposas, al ser el único insecto que no emite ningún sonido, son los únicos seres vivos que se comunican con Dios, y, al no poder hablar, jamás contarán tu secreto a nadie más que no sea a Él.

—¿Le quieres contar algo? —preguntó bajito Hallie.

—Estaba guardando la oportunidad para ti —le sonrió—. ¿Quieres decirle tu anhelo?

—Tal vez podríamos hacerlo ambos —propuso ella, con iniciativa.

Hallie cerró los ojos y le susurró unas cortas palabras a la mariposa. Después, Zac subió las manos para decir en voz baja su secreto. Ninguno de los dos pudo leer los labios del otro. Abrió lentamente los dedos y la mariposa retomó su vuelo.

Un latido de sus corazones había partido en esa mariposa, el rostro se les iluminó de alegría y Hallie buscó la mano de Zac para sostenerla y seguir compartiendo el paisaje maravilloso.

No tuvo la necesidad de tomar fotografías, había olvidado la existencia del teléfono. Ni siquiera lo extrañó para grabar el momento, entendió que vistas así eran mejor disfrutarlas. Pero la mejor de todas las vistas se producía cuando las compartía con la persona que amaba. Era como mirar ambos con los mismos ojos, con el mismo corazón.

—Esta es la vida que quiero darte, Hall. Quiero llenarla de luz natural —dijo finalmente Zachary—, amarte con todos los matices y tonos, vivir la vida al máximo, experimentar con nuestros propios ojos, y no a través de una pantalla.

"Cuando estás tan ocupada mirando hacia abajo, a tu teléfono, no ves las oportunidades que pierdes. Me encantaría que levantaras la vista, apagaras la pantalla y soltaras las ataduras. ¿No es irónico? Internet te abre las puertas del mundo, encerrándote en una habitación. Me gustaría creer que decidas conocer el mundo real a mi lado, pero solo si tú también lo deseas.

Hallie se preguntó cuándo había sido la última vez que había dejado de preocuparse por lo que tenía que publicar día a día, o de ponerle filtro a las imágenes luego de conocer un lugar nuevo sin apreciarlo realmente, fingir la perfección en redes, la falsedad en tantos videos. Hacer las cosas como zombie por llevar el teléfono adherido a la mano, como si el cerebro estuviese en modo vuelo, apagado, sin vida.

—Imagina tener que leer un libro en el que el personaje principal se sentó todo el día en su habitación con su teléfono, sería aburrido, ¿verdad? Hay que vivir la vida realmente, hacer cosas dignas de un protagonista —continuó Zac—. Toma mi mano, podemos correr muy lejos, podemos cambiar nuestro mundo, hacer cualquier cosa que queramos. Juntos.

Entonces, Hallie eligió vivir el momento presente con intensidad y sin distracciones, sin entregar la mitad de todo su cerebro a la pantalla de un teléfono; observó que el cielo se teñía de colores cálidos, como telón de fondo para las mariposas y para su amor. El cielo no permanecía de ese color todo el día, las mariposas y las personas tampoco, algún día se iban y no había manera de recuperarlas, de recobrar el tiempo.

Atisbó cómo las ramas donde se posaban se desprendían, regando un sin número de mariposas por el suelo. El viento cesó, la ligera brisa solo era producto del emprendimiento del vuelo de otras mariposas, que se alejaban más y más. Otras también volvían. Era un paraíso, un hogar, la chispa de una felicidad muy especial.

Un grupo de mariposas venían en dirección a ellos.

—Mira, Zac —dio brinquitos en su lugar por la emoción que le causaba presenciar tantos aleteos y hojas de árboles caer.

—Tienes toda mi atención, Hall —y ambos bajaron en cuclillas para no intervenir.

A Hallie se le dificultaba mantenerse en equilibrio, pero se sostenía de los hombros de Zac. Dio un pequeño respingo cuando algunas de las mariposas surgieron del suelo para volar y, sin buscarlo, se encontraban rodeados por una capa de mariposas a su alrededor.

Hallie miraba la multitud de alas con la boca abierta. Zac la miraba con los ojos enternecidos.

No se distinguía quién de los dos disfrutaba más el momento.

—¿Quieres ser mi novia? —Zac pronunció finalmente aquellas palabras en voz alta.

Hall dejó de mirar las mariposas y dirigió la vista hacia él, tomó su rostro entre sus manos. ¿Las mariposas se sentían en el estómago o fuera de él? No identificaba la diferencia.

—Sí —dijo sin pensarlo dos veces, sonrió eufórica, embelesada.

Los ojos de Zac se arrugaron de felicidad y se aproximó a ella con un beso lento para sellar su respuesta, ni el cosquilleo de mariposas en las mejillas de ambos logró separarlos.

—Aguarda —se detuvo él después de largos minutos, dejando los labios entreabiertos de Hallie—. No siento mariposas en mi interior.

La sonrisa de Hallie se le desvaneció, y en su lugar, una cara de horror se colocó.

—La vida de una mariposa es efímera —repuso Zac—. duran solo dos semanas, bueno, las monarca viven nueve meses, y como lo que tú y yo tenemos es eterno, no es suficiente. En la literatura se quedan inmortalizados los sentimientos, los siglos pasan y se siguen leyendo los mismos libros de la antigüedad, y es por eso que siento libros dentro de mí por ti.

Hallie suspiró, aliviada.

—Si sientes libros por mí, yo siento librerías y bibliotecas por ti.

Zac le lanzó una mirada cómplice y se mordió los labios, para luego fundirlos desesperadamente en los de ella. La amaba sin remedio.

34

Hora de la verdad

Lo primero que tienes que saber a partir de ahora es que esa noche sería la última vez que serían felices.

El día continuaba maravilloso, Zac había preparado una lista de cosas por hacer ahora que estaban apartados del mundo y las señales de teléfono celular eran débiles o inexistentes.

Organizó un picnic en el bosque y, para llegar más rápido al sitio, rentó una bicicleta tándem. Hallie subió en la parte de atrás, él dirigió el pedaleo y en cuestión de minutos ya estaban instalados en el área de picnic aspirando el pasto verde, húmedo y con distintos largos en las puntas.

Hallie se dedicó a contemplar la laguna mientras Zac acomodaba manta y canasta cerca de la sombra de un árbol robusto. Eran tan altos que podían reflejarse en el agua, añadiendo un toque más precioso al paisaje.

Arrojó piedritas para crear ondas y en su segundo lanzamiento apretó con fuerza la roca hasta descubrir que ya la había palpado antes.

—Aguarda —se giró hacia Zac—. Esta era la pista, ¿verdad?

—Así es —sacudió una manta que se había impregnado de pasto.

—¿Y la miel?

—En los aperitivos que estás por comer, mi receta especial de pan francés —le guiñó un ojo.

—En verdad lo estuviste planeando…

—Muy detalladamente —confesó.

—¿Desde hace cuánto?

Zac colocaba las copas de vino sobre la manta y reposó las manos sobre sus rodillas.

—Mejor será que no te enteres —quiso ocultar lo que tuvo que hacer para que sus padres accedieran al permiso.

Como sabían que era lector, tuvo que fingir que había comprado más libros para su colección, y aquello era difícil, ver libros desde afuera de la librería, sentir que podía tocarlos y no podérselos llevar a casa. Ahorró todo el dinero que gastaba en libros para comprar los boletos, rentar el sitio donde dormirían y demás. Vendió un par de apuntes en la escuela para tener dinero de sobra. Realizó tareas extras en casa, tuvo que ayudarle a Dean en matemáticas, requisito de su madre. Pero el verdadero esfuerzo, el que representaba el mayor reto, era la condición que su madre le había puesto para ir.

Todavía no se atrevía a decirle a Hallie lo que aquello implicaba.

Ella, en cambio, permanecía contenta, las orejas y mejillas se le acaloraban con cada gesto romántico. Y si aquel solo era el primer día de novios, no podía imaginarse cómo se sentiría ser amada por él todos los demás días.

Entonces, en una travesura de niños, corrió al lago para refrescarse. Humedeció las puntas de sus manos y después fue a salpicar el rostro de Zac.

—Oye —él sacudió su cabello para eliminar las gotas de agua.

Con el rostro empapado y el cabello húmedo, Zac lucía irresistiblemente atractivo a sus ojos. Solo quería besarlo hasta fundirse en sus labios. Él notó las intenciones, y la atrajo hacia él, su cuerpo se amoldaba al suyo, cruzaron miradas y…

—En las películas siempre que se van a besar, suena un teléfono —irrumpió el momento—, lo bueno de nuestra situación es que eso nunca va a pasar.

—Hallie…

—¿Sí?

—Lo acabas de arruinar diciendo eso.

Ella arrugó el entrecejo.

—No creo —le plantó un beso jugoso, desesperado.

Pronto, Zachary apretó su cintura y bajó los dedos a la curvatura de su cadera. Ella, perdida en el instante, no se percató de que solo lo hizo para cargarla y llevarla a sumergirse en la laguna. Abrió la boca en respuesta al frío que le recorría la piel, pronto sintió que la ropa le pesaba y se ajustaba al molde de su cuerpo.

—No se vale —tiritó, el agua estaba helada, pero con la compañía de Zachary podía resultar lo contrario.

Ella estaba encendida por dentro, aunque el espacio exterior no estuviera a su favor, no le impedía dejar de sentir. En especial cuando Zachary capturó su boca y las puntas de su cabello le causaba cosquillas en las mejillas.

Sentía cosquillas en su rostro, y adentro de su estómago.

El beso subió la temperatura de Hallie, y temiendo ella ser descubierta, hundió el rostro en el cuello de Zachary. El olor natural de su piel le resultaba exquisito, y el sabor de su boca la refrescaba, ella siempre deseaba un poco más.

—No sé nadar —le dijo, y aprovechó que tomaron unos segundos para respirar. Todo el tiempo habría permanecido prendada de los hombros de Zac.

—A mí me conviene, podrías subir las piernas y enrédalas en mí —dijo él en un susurro.

No sonaba como una orden, sino como una petición añorante. De repente, los pies de Hallie abandonaron la arena y se colgaron en el torso de Zac. Él permanecía a flote, acariciando sus muslos.

Miles de remolinos se dibujaban en los brazos de Hallie y aquello no podía ocultar las sensaciones naturales de sus cuerpos. A medida que los besos continuaban, no perdían la sincronía de sus bocas, la necesidad por morderse con suavidad los labios y al tiempo mantener los latidos elevados, unidos en un solo corazón.

—Aún me cuesta creer que estaremos un fin de semana juntos —soltó él con una sonrisa ladina—. No creí que tus padres te otorgaran el permiso.

Padres. Era algo que todavía no le había dicho a Zac.

Hallie regresó a la realidad y miró en dirección del agua, no era tan profunda como los secretos que ella guardaba, tampoco cristalina. No podían ver a través de ella, justo como ella se escudaba en su interior. Sacudió la cabeza en un intento por negarse, y se separó de él. Salió con dificultad del estanque.

—¿Sucede algo? —Zac fue tras ella, desconcertado—. ¿Dije algo malo?

Entreabrió la boca. Aún con los labios rojizos de tantos besos, y el cabello escurriéndole por todos lados, lucía fascinantemente guapo.

Hallie le dio la espalda para evitar caer en sus encantos, y cubrió sus codos con los brazos, salir del agua le causaba calosfríos, necesitaba buscar con qué secarse, o cubrirse del viento. Paseó la mirada por la manta del picnic, y comenzó a creer que fue mala idea entrar al agua con ropa.

Rendida, giró de vuelta a Zac, que seguía tratando de descifrar lo que pasaba. Se sentía expuesta, con aquellos ojos verdes que la examinaban.

Pero si iban a ser pareja, la confianza debía ser un elemento fundamental en una relación, tenía que ser franca con él. Y contarle aquello que ocultaba de todos los demás.

—Zac —suspiró y un escalofrío le recorrió la piel—, hay algo que no te he dicho.

—Está bien, Hall. Cuando sientas que es momento de hacerlo, te escucharé —alzó las manos en son de paz, aún no sabía si acercarse o permanecer lejos—. No quiero que te sientas presionada, de hecho, yo también necesito contarte algo, pero puede esperar.

—¿Te parece si yo te cuento primero y después lo haces tú, que al yo terminar de inmediato me cuentas lo tuyo? —propuso con la intención de no ser la única en sincerarse, de ver enturbiadas sus aguas cristalinas.

En primera instancia, el chico no reaccionó, no sabía si era buena idea mencionar la decisión sobre el futuro que había determinado sus padres para él. Era un bonito día, no quería arruinarlo, pero tampoco iba a mentir.

—Está bien.

—Es algo que no le he contado a nadie —Hallie tiritó al decirlo—, serás la primera persona en saberlo, claro, fuera de mi familia.

—¿Internet lo sabe?

—Es el lugar de donde más lo he ocultado, así que no.

—Vaya, ahora sí me siento especial —bromeó Zac, intentando aligerar el ambiente. No entendía cómo de la nada se había vuelto denso. ¿Sería aquello tan importante?

Hallie no encontraba el valor para enunciarlo, paseó la mirada por el paisaje, intentando buscar las palabras correctas. La brisa la congelaba, pero necesitaba aspirarla, en su interior se sentía asfixiada, necesitaba sacarlo, decirlo a los cuatro vientos.

En espera, Zac dejó caer sus labios sobre sus mejillas, desvaneciendo la angustia de Hallie. Inspiró hondo y habló:

—Nunca les dije a mis padres que vendría aquí contigo.

La alarma en los ojos de Zac apareció, se pasó las manos por el cuello, nervioso, en seguida recobró la compostura y el aliento.

—Hay que regresar antes de que anochezca, rápido, ayúdame a empac…

—No —Hallie lo detuvo—, no es necesario, quiero decir…

Silencio. Zac esperó pacientemente a que Hallie volviera a hablar.

—No vivo con mis padres.

—No entiendo, los he visto —quiso hacer memoria.

—Las personas que conoces no son mis verdaderos padres… —suspiró con un nudo en la garganta—, ellos son mis tíos. Tienen mi custodia desde que tengo memoria, y estoy a su cargo porque mis padres no pueden cuidarme.

—¿Por qué? ¿Dónde están tus padres, Hallie?

—En el cielo.

Listo, lo había dicho.

Aquella declaración tomó a Zac por sorpresa, y lo hizo tambalear. A Hallie, en cambio, le provocó una laguna en los ojos.

—Hall, lo siento, yo no…

—Soy huérfana —contuvo unos segundo más la firmeza en su voz, después fue inevitable romperse—. Me cuesta admitirlo, no me gusta contarlo porque me hace sentir débil, ¿sabes? Pero creo que puedo serlo contigo, es decir, vulnerable.

—Jamás te juzgaría —él se acercó a besarle las mejillas inundadas en lágrimas—. ¿Quieres contarme más?

—Si tuviera a mis padres conmigo, probablemente nunca me dejarían quedarme una noche con un chico. Eran cristianos, es decir, a menos que fueras mi futuro esposo, podría estar contigo el día de hoy.

—Está bien, Hallie. No necesitamos hacer nada que tú pienses que los defraudaría, podemos honrar su memoria —asintió, convenciéndose él mismo—. Habrá solo una cama, pero puedo estar en la misma que tú sin que pase nada. Mi anhelo es dormir contigo, y si mis brazos pueden cubrirte del dolor, ten por seguro que te abrazaré hasta que puedas descansar.

Hallie alzó la vista para mirarlo y una sonrisa diminuta le envolvió el rostro, aunque la chispa de felicidad no le duró demasiado.

—Ese no es el problema —repuso—. Puede sonar irónico, incluso patético. Pero me gustaría tener esa clase de problemas, el lidiar con unos padres estrictos y protectores, a quienes les importara mi vida. Cambiaría todo, toda mi vida, por recibir algún regaño de ellos. Los echo tanto de menos, a veces imagino cómo sería mi adolescencia si estuvieran todavía a mi lado, pero detesto crear escenarios imaginarios al anochecer, creyendo que mi vida es otra, que están detrás de mí, preocupados…

Hallie tomó una pausa para respirar y tranquilizarse, en aquel punto era difícil diferenciar su rostro empapado por sumergirse en la laguna, y el rostro mojado generado por el llanto incesante.

—A mis tíos no les intereso, ni siquiera habían notado que dejé de asistir a la escuela durante un mes, se enteraron a la tercera semana, ¿puedes creerlo? Son despistados, son individualistas, si tuvieran hijos propios tal vez sería distinto, pero ellos no buscan esa vida, sus trabajos y sus días tan ocupados no encajan con el prototipo de familia hogareña. Yo no pertenezco a ese lugar, o ellos no pertenecen a ese sistema.

En un gesto desordenado, pero gentil, Zachary la arropó entre sus brazos. El frío de las prendas empapadas se mezclaba contra sus cuerpos y producía cierto calor, aminorando el gélido en el interior de Hallie.

—Creen que sustituyen la crianza con regalos, comida… incluso con un techo. Piensan que solo eso necesito, ¿Qué hay del amor y la atención? Las cosas materiales jamás reemplazarán el amor de una familia —suspiró desganada—. Y no me malentiendas, soy feliz de que hayan accedido al dejarme venir contigo, pero en el fondo sé que fue una medida desesperada por deshacerse de mí un fin de semana, y es doloroso admitirlo.

A Zac no le dolía el rumbo que conducía la conversación, esa melancolía, esa tristeza se estaba convirtiendo en un camino de queja y desolación. Odiaría pensar que, fuera de esa imagen alegre que proyectaba Hallie, ella estuviera sumida en una depresión por la pérdida de sus padres. Quizás esa mirada perdida lo confirmaba.

—¿Cómo eran tus padres? —él quiso rescatar la situación—. ¿A quién de ellos te parecías?

—A mamá —una sonrisa floreció sin buscarla.

—Te creo, seguro la belleza fue hereditaria.

—Y también el buen corazón —añadió Hallie—. Ella me contaba historias de la Biblia cuando iba a la cama, para mí eran como cuentos para dormir. Y papá siempre cantaba canciones para mí. No recuerdo muchas cosas de ellos, era aún pequeña cuando los perdí…

—¿Qué más recuerdas? —Zac pensó que sería buena idea empaparse de recuerdos felices.

—El día que todo terminó —agachó la cabeza, ocultó su rostro en el pecho de Zac—, el incendio.

Supo entonces Zac que ningún abrazo o beso sería suficiente para restaurar el alma de Hallie. Tenía una herida profunda, pero estaba dispuesto a cubrirla con amor.

—Alguien desde afuera incendió la iglesia cuando papá daba un mensaje especial de Navidad. Recuerdo el caos, las familias asustadas que salían despavoridas, mis padres ayudaban a desalojar a todas las personas; había niños, ancianos, jóvenes, familias enteras. Papá se quedó hasta el final para socorrerlos —se sorbió la nariz, Zac le acarició el cabello, enredando los dedos en sus rizos desordenados—. Yo me aferraba a los hombros de mamá, no quería soltarla de la blusa, pero entonces decidió que lo buscaría, me dijo que volvería, lo prometió… pero la iglesia se vino abajo antes de siquiera encontrarlo.

Zachary alzó el mentón de Hallie, no iba a permitir que ocultara el rostro, aunque sus ojos acuosos reflejaban la tormentosa memoria, él le quería hacer saber que él estaba ahí para ella. Tomó su mano y la apretó como muestra de apoyo.

—Estaba muy pequeña, así que no supe asimilarlo —arrugó el rostro—, primero me asusté y creía que nos tomaría años reconstruir el templo, y entonces caí en la cuenta de que aquello nunca sucedería. Los bomberos asistieron a apagar el fuego, y después a levantar los escombros, pero no había rastro de mis padres. Me sentí sola, desprotegida.

”La noticia me la dieron horas después, cuando estábamos en revisión de quemaduras, mis tíos llegaron agitados, y me dijeron lo que había ocurrido con mis padres. Pero ya lo presentía, es decir, sabía que ellos faltaban en la Tierra desde que el pecho me tembló, y me estrujó los pulmones, como si me imposibilitara respirar y me dejara un hueco dentro del abdomen, un dolor como si me hubiesen golpeado.

Aquello le causaba pesadillas constantemente, era desgarrador y decepcionante que los pocos recuerdos que tenía de sus padres se esfumaran como el humo de esa noche de incendio. Era imposible recuperar todo lo que se había quemado, incluyendo su memoria.

Según el diccionario, la palabra "incendio" significaba "fuego grande que destruye lo que no debería quemarse". Sintió Zac entonces que la vida de Hallie era un incendio, vivía entre escombros y cenizas. Había perdido algo que a nadie debía faltarle: sus padres, su familia entera.

A estas alturas, las lágrimas eran imperceptibles en la ropa de Zachary. Hallie arrugó el borde de la camisa de Zac en un arrebato de desesperación.

—Desde aquel día, no volví a sentirme igual, como antes. Es decir, ya era huérfana… y me sigo sintiendo así todos los días, aunque mi nombre esté acompañado del apellido de mis tíos, no me siento parte de *su* familia. No puedo evitar creer que estoy sola.

—Nunca volverás a estar sola, Hall —prometió Zac y le besó las mejillas, el sabor salado en sus labios le ardía, era como estar conectado al mismo dolor—. Me tienes a mí.

—Pero no es lo mismo —sollozó—, a veces solo quisiera el abrazo de mamá, el canto de papá a la hora de dormir.

Incluso escucharlos hablar de la Biblia, aunque no esté muy de acuerdo, lo haría por volver a escuchar sus voces, pensó ella, aunque no quiso mencionarlo.

Zachary imaginó si la situación estuviera invertida, y él hubiese perdido a su familia. No sabría ni cómo salir adelante, Hallie le pareció sumamente fuerte, quien, a pesar de todo lo que había vivido, nunca se flageaba, hasta ese momento.

Debió ser duro volver a dormir sin un beso de buenas noches, relajarse sin una caricia en el cabello, disfrutar una comida sin la sazón de mamá, sentirse segura sin la protección de papá.

—No sé cantar —admitió Zac sintiendo vergüenza de sí mismo, no sabía cómo ayudarla—, pero puedo tararearte una canción al oído, si aquello te hace sentir mejor.

—Lo que sea que hagas para mí, siempre me hará sentir mejor.

Zachary sonrió y no tardó en cantar entre dientes y sin articular palabras, solo siguió el ritmo de esta canción:

Cuando sientas demasiada tristeza, piensa en mí,
crecerán los latidos de tu corazón,
estará bien, porque estoy de tu lado.
Cuando empieces a sentirte cansado
podremos sentarnos juntos y mirar nuestros zapatos.
A donde vayas te seguiré,
y si quieres descansar, también lo haré.

Hallie recargó la mitad de su rostro en el cuello de Zachary, podía sentir la vibración de las cuerdas vocales, los latidos desbocados de su corazón y observar el subir y bajar de su torso. Agradeció al cielo que la ropa se entallara por el agua del estanque, así podía visualizar las dimensiones de su espalda, su pecho fornido.

Las ganas de sentir su piel contra la de ella siempre le pasaba por la mente, pero este no era un buen momento después de ser completamente transparente sobre su vida. Aunque sus temores ya los conocía, hasta ese momento aún no había dejado que él descubriera el dolor de la pérdida de su familia. Entonces, se permitió sentir, aceptar, abrazar, su aflicción.

Cerró los ojos y se transportó a la vieja memoria, con su padre. Cuando él la cargaba y alzaba hacia el techo causándole pequeñas cosquillas. Apretó los puños en respuesta al vértigo, a los nervios que entonces revivía y la aligeraban de alguna forma, la hacían reír presa de la adrenalina.

Pero después fue como un arrullo, sintió que Zachary podía ser la única persona que la haría volver a dormir tranquila, podía estar a su lado y sentir paz.

Al cabo de casi una hora, el sol les ayudó a secar la ropa. Hallie se preguntó si fue producto de los rayos, o era la calidez del corazón de Zac la que la hacía sentir mejor, sin frío.

Pronto pudieron volver al picnic para llenar sus estómagos de risa y comida. El azúcar de la miel, el pan crujiente y la fruta repuso el ánimo de Hallie, si de por sí el hecho de alimentarse le hacía sentir bien, comer platillos preparados por su novio la hicieron alcanzar un nivel de bienestar superior; aunque se tratase solo de recetas sencillas, sabían más deliciosas que cualquier preparación de un restaurante lujoso. Porque él había cocinado para ella y valoraba el gesto como ninguno otro.

Durante ese tiempo, Zachary leyó un libro en voz alta, pero esa vez no se trató de una novela romántica, era un libro sobre el significado de las fobias. Aquello le causó gracia a la chica, eran comentarios realmente curiosos e irónicos.

—La mirmecofobia es el miedo a las hormigas, ¿te imaginas cuántas hay donde estamos sentados?

—Me alegra que haya una manta sobre nosotros —Hallie reposaba su espalda en el pecho de Zac. Él se mantenía sentado apoyando su peso en una mano, mientras ella permanecía con los pies estirados.

—La turufobia es el miedo a estar cerca de un queso —leyó Zac al tiempo que se comía un cubito de queso.

Hallie mordió un trocito del mismo queso y continuaron leyendo:

—La hilofobia es el miedo a los árboles, específicamente a los que se encuentran en un bosque.

—El miedo a las palabras largas: Hipopotomonstrosesquipedaliofobia

—Ja, ja, ja —resopló Hall con sarcasmo. A este paso, solo acabaría muerta de miedo en los brazos de Zac.

—Miedo a los botones: Koumpounofobia.

—¿Son fobias o trabalenguas? —bromeó Hallie.

—Aguarda —se enderezó un poco Zac—. Descubrí otra fobia relacionada a la tecnofobia, se llama telenofobia.

—Oh no, ¿no habíamos dejado ya esa etapa? —chasqueó la lengua Hallie, divertida.

—Es el miedo a contestar llamadas telefónicas —repuso—. Y tiene lógica, me asusta escuchar la voz de alguien que no está cerca de mí. Es como si escuchara a un fantasma.

Hallie hizo una mueca, de hecho, ya lo había notado desde que le presentó a Leila.

—La buena noticia es que no necesitaremos hablar mucho por teléfono, podemos pasar más tiempo juntos y así evitar las llamadas, ¿qué opinas? —propuso Hall.

—Eh... sí —respondió él no muy convencido, y algo nervioso.

—¿Qué tal si solo nos marcamos en casos de emergencia?

—¿Y no te parecerá una urgencia escuchar mi voz? —la respiración de Zachary le rozaba la piel, la punta de la nariz jugueteaba en su cuello y le provocaba cosquillas.

—No creo —dijo Hallie con cierta seguridad en sus palabras.

—Ah, ¿no? —Zac arqueó una ceja, jovial.

—En serio —repuso ella—, me acostumbré a tu tecnofobia.

—Pero, Hallie, serán necesarias las llamadas.

—Parece que estamos al revés, ahora yo no quiero al teléfono, ¿y tú sí? —rio ella.

Esperaba que fuera una broma de Zac, pero sus labios formaron una línea recta, pronto cerró el libro y aquel gesto desconcertó a la chica.

—Es respecto a lo que quería contarte...

—Oh sí, casi lo olvidaba —ella se mantenía optimista a pesar de todo—, ¿era lo que querías decir hace rato?

Zac desvió la mirada hacia el lago, intentó buscar en la naturaleza una pista de cómo abordar el tema sin arrancar cada hoja verde del árbol de la esperanza que habitaba dentro de Hallie. No quería marchitarlo ni de raíz arrancarlo.

—Hablé con mis padres —se aclaró la garganta—, y la condición de aceptar este tiempo a tu lado fue que asistiera a la universidad que ellos quieren para mí.

—Oh —soltó por lo bajo, fue su primera reacción—. Entonces... ¿me dejarás? —aunque era una pregunta, sonaba casi a una afirmación.

—Claro que no, seguiremos a distancia, por eso decía que serán importantes las llamadas.

Pero ni siquiera me has preguntado si es lo que quiero.

—Aguarda —Hallie recobró la postura—, tú querías que superara la nomofobia, pero después yo tendría que estar pegada al teléfono para hablar contigo.

—No es eso, me tenía que asegurar de que no tuvieras una adicción antes de que me marchara —se sinceró.

—¿Entonces todo esto fue por eso? —ella arrugó el entrecejo.

—Fue para cuidarte. Haría cosas que no me gustan solo por protegerte.

—No sabes lo que dices —Hallie se levantó de súbito, y, sin sacudirse el pasto de la ropa, se alejó rápidamente de su presencia—. No entiendes el dolor que se siente amar a distancia. Tengo a mi mejor amiga, y es horrible no poder abrazarla, estar con ella. No tengo a mis padres, el único amor que me queda es el tuyo, ¿y piensas irte lejos?

—No —Zac la abrazó por la espalda, aferrándose a ella, a su aroma—, incluso cuando miles y miles de millas nos separen, tú seguirás sosteniendo mi corazón.

—Basta —se ingenió una forma de soltarse de su agarre, se levantó de la manta—. Es horrible que todas las personas que ame no estén conmigo. ¿Para eso querías que estuviéramos juntos?

—Hallie, no sabía todo lo demás…

—Da igual, ya me cansé de sufrir —resopló—. No me gustaría ser tu novia si sé cómo va a terminar eso.

—No puedes decir eso, Hall —en sus ojos se reflejaba la tristeza—, es nuestro primer día oficialmente…

—No lo acepto —dijo ella con firmeza—. Di todo mi esfuerzo para que te quedaras aquí, y me escogieras. ¿Alguna vez preguntaste la raíz de mi nomofobia? ¿Por qué elegía refugiarme en internet? Quería olvidarme de mi vida, la soledad me ahogaba y tú fuiste un chaleco salvavidas, me llevaste al puerto, a tierra firme, conocí nuevas islas. Me diste motivos para vivir. Por ti busqué miles de maneras de superar las fobias, y ¿para qué?

—Para que podamos mantener la relación a distancia ahora que sé usar el celular. Tú misma lo propusiste.

—Eso tiene tiempo, ya no es lo mismo —dijo exasperada—. Cada día te quiero más, y saber que te dejaré de ver hasta no sé cuándo, no podré soportarlo. ¿Cómo solucionaremos las discusiones cuando no hayan besos ni abrazos de por medio? ¿Qué haré cuando extrañe tu piel, tu alma, tu voz? —apretó sus puños de la impotencia—. Una relación a distancia es una relación fragmentada, es enviar pedazos de tu vida a otro continente, en un lugar en el que no estás físicamente y del cual no sabes si volverán a regresarte el corazón.

—Puedo venir cada fin de semana, lo prometo —Zac quiso arreglarlo.

—Abre los ojos, Zac —agitó las manos en un ademán—. Irás al extranjero, no será sostenible por mucho tiempo, más si solo te dedicas a ser universitario.

—Podría buscar un empleo, o una beca —sugirió—. No importa lo que tenga que gastar para seguir viéndote —buscó sus manos para juntarlas y llevarlas a su pecho.

—No, es estúpido —bufó Hallie y se alejó más—. Ya no quiero seguir amando personas que están lejos de mí y no pueden estar a mi lado, es doloroso —dijo pensando en sus padres, en su mejor amiga, y ahora en su novio—. ¿Por qué las personas que más quiero no pueden quedarse conmigo?

35

Promesas que se desvanecen

Hallie había creado un sentido de pertenencia y seguridad en los brazos de Zac, por lo que ahora su partida le generaba un vacío inmenso.

El chico se quedó en blanco, helado. Él nunca había experimentado el abandono. Y se lamentó de su decisión. Pero ya era tarde, la chica estaba indispuesta a hablar. Zachary daba dos pasos hacia delante y Hallie se alejaba más, como protegiéndose con los brazos cruzados.

Entendió que todo lo que había preparado para su velada romántica ya no iba a llevarse a cabo. Hallie se negaba a mirarlo porque quería ocultar de su vista las lágrimas.

No pudieron ver el atardecer como Zachary lo había planeado, en una canoa, con el agua reflejando los rayos del sol. Lo observaron por la ventanilla del tren de camino a casa. Por supuesto, la vista no le hacía justicia a la naturaleza.

Hallie pegó la frente al cristal, con desaliento. Zachary la observaba de pie, con la mirada comprensiva mezclada con desánimo. El cabello le caía finamente en la cara, eso resultaba bueno para ocultar sus sentimientos, que podían delatarse en sus ojos.

Aún no sabía qué había hecho mal, pensó que Hallie lo entendería y haría funcionar lo que para muchos parecía imposible. Una relación a distancia no era para todo el mundo, habría personas que no se atreverían a dar ese paso. Pero habría algunas que, aunque tuviesen miedo, demostrarían un amor real, como Zac, quien proviniendo de un antecedente de tecnofobia, creyó que Hall lo vería como una propuesta, aunque aterradora, también encantadora.

Cuando Zac intentaba hablar para explicar el reto que él asumía al mantener su postura, era como si Hallie tuviera audífonos en los oídos: se dedicaba a ignorarlo. Y ella detestaba no tener su escondite perfecto: su teléfono. Esperaba que su indiferencia fuera suficiente para demostrarle a Zachary sus sentimientos. La puesta de sol se sucedía en medio de un silencio sepulcral.

El chico intentó aprovechar los últimos rayos de luz para leer, pero no lograba concentrarse más allá del ruido de los vagones. Sus pensamientos estaban en Hallie, aunque la tenía a centímetros de él, ya sentía que estaban separados por kilómetros.

Detestaba la idea de permanecer lejos de ella. Quería besarla, recargar su frente contra la de ella, acariciar su cuello, delinear su rostro.

Pero existía una línea divisoria entre lo que se quería y lo que se podía hacer.

Hallie, ansiosa en el asiento del tren, agitaba un pie. Su mente era su peor compañera, las manos le sudaban, solo quería volver a casa para encender su teléfono y olvidarse de Zac, de sus sentimientos. Necesitaba desconectar del corazón y volver a conectarse a internet como método de escape.

—Me quedé pensando en Leila —Zac inició la conversación cuando el cielo había alcanzado su punto más oscuro y caminaban en dirección a los edificios de departamentos—, es peligroso mantener una amistad como esa.

Hallie permanecía molesta, pero la simple mención de su amiga la hizo romper el silencio.

—Tú no la conoces.

—Exactamente —asintió—, y tú tampoco. No puedes querer ni extrañar tanto a una persona que nunca has conocido.

Hallie giró los ojos, exasperada. Zac sonaba igual que sus tíos, pero no pensaba darle el gusto de discutir. No tenía caso desgastarse en intentar hacerlo cambiar de parecer, ella se limitaría a defender su punto.

—Estás equivocado —dijo ella y caminó a pasos agigantados, quería llegar pronto al departamento—, las amistades de internet son uno de los amores más puros que existen.

—Hallie —Zac se mantuvo estático para clavar sus ojos en ella, en forma de ruego—, si yo me voy, no tendré cómo cuidarte. Por favor, no vayas a hacer algo imprudente.

—¿Cómo qué?

—No sé —se alzó de hombros, ahora que sabía que ella no contaba con el cuidado de sus tíos, aumentaba más su preocupación—, de conocerla en persona…

—¿Por qué? —tensó ella la quijada.

—Presiento que es riesgoso, creo que nunca terminas de conocer las intenciones verdaderas de una persona en internet. No lo hagas, por favor.

—Presientes mal.

—Por favor —la voz de Zac sonaba apagada, preocupada—. No puedo irme sabiendo que tú querrás conocer extraños.

—Leila no es una extraña.

—Por favor —replicó en ruego—. Dime que en un futuro no piensas reunirte con alguien de internet.

Hallie desvió la mirada.

—Tú no sabes lo que quiero.

—Es verdad —Zac se relamió los labios—, pero yo sí estoy seguro de lo que defiendo y quiero.

—Ah, ¿sí? —preguntó ella, desafiante—. ¿Y tú qué quieres, Zachary?

A este punto la exasperación inundaba la garganta de Zachary. Él sabía que había elegido irse, y no quedarse con ella. Y aquello la destrozaba. No sabía por qué había preguntado lo obvio.

—Tú eres todo lo que quiero —le anunció—, y si algo te sucediera, mi corazón se detendría.

Era increíble cómo una sola frase era capaz de devolver los latidos a tu corazón. Pero Hallie no quería hacerle saber que sus palabras le causaban cosquillas en su interior, odiaba que estas resurgieran sin permiso, sin aviso. Demonios, no quería ilusionarse de nuevo, ya había tenido suficiente.

Hallie tenía que convencerse de que no lo quería más, aunque le gustara la idea de recibir frases como esas en forma de mensaje de texto, misivas electrónicas que le repetirían cuánto él la quería, solo a ella.

Podía ella escucharlo hasta creerlo otra vez. Podía escuchar romperse su corazón en dos, y, al mismo tiempo, sentir que volvería a latir por él.

—Si hubiera sido cierto —resopló con furia Hallie, intentando mantenerse firme—, no te irí…

Zac la calló con un besó, cubrió con las dos manos su rostro, y a través de sus labios le transmitió el ferviente amor que sentía por ella. No dejaría que la chispa ardiente se apagara, él quería crear fuego en su boca.

¿Por qué besarlo se sentía tan bien? El enfado se desvanecía y la desesperación por sentir su cuerpo gobernaba en el ser de Hallie. Si iban a arder hasta convertirse en cenizas, lo harían juntos; si esa iba a ser la última vez que lo besaría, quería llegar hasta el final.

Ella hundió los dedos en su pelo y Zac perdió el autocontrol. La arrinconó cerca de un auto estacionado, la besaba como si eso le fuera indispensable para respirar y se inclinaba más a ella, metiendo una pierna entre las suyas. El simple roce la incitaba a tirar de su camisa. Hallie quería pasear sus manos por el torso libre de Zachary, sentir su calor corporal, comprobar que su piel ardía y su pecho palpitaba con fuerza, con impaciencia, tanto como el de ella.

Pero Zachary dejó de besarla y condujo sus labios cerca de oído de Hallie.

—Es una lástima que no hayas querido quedarte en el bosque conmigo, ¿verdad? —susurró él sin perder la sonrisa.

Hallie arrugó la nariz, divertida y molesta por igual.

—¿No que solo ibas a dormir conmigo? —enarcó una ceja haciendo referencia a una sola acción.

—Sí, pero me besas como si quisieras hacer algo más que eso.

—Ah, ¿sí? —ella juguetó colgando los brazos en su cuello—. ¿Y qué más te dicen mis besos?

Zac se balanceaba de un lado a otro, siguiendo el compás de Hallie.

—Que mueres por seguir siendo mi novia —le guiñó un ojo—. Y, por supuesto, tener los beneficios que ello representa.

—Eso es mentira —bajó las manos a los hombros de Zac—. No quiero una relación a distancia —dijo ella, esta vez intentando sonar seria, pero eso era imposible después de aquel apasionado momento.

—Tus besos me dicen lo contrario.

—Mis besos dicen que te quiero —corrigió Hallie—, pero no estoy dispuesta a partir en dos mi corazón para que un fragmento viaje contigo en ese avión. Sentiría un hueco dentro de mí.

—Que puedo rellenar con más y más besos, si me lo permites.

Hallie suspiró.

—No lo sé, tengo que pensarlo.

—Bien —Zac reanudó el paso, estaban solo a pocas cuadras de llegar al edificio donde vivía Hallie—. Me iré el próximo domingo por la mañana, si decides cambiar de parecer no dudes en escribirme, solo estoy a un mensaje de distancia.

Sonaba tan surrealista que Zachary incorporara la tecnología a su rutina, a una conversación casual. *Haría cosas que no me gustan solo por protegerte*, recordó Hallie que Zac había dicho.

—De acuerdo —dijo ella finalmente frente al edificio de los departamentos—, pero no intentes presionarme.

—Te daré espacio, lo prometo —él le aseguró no aparecerse por ahí durante la semana siguiente—. Me encantaría pasar a tu lado mis últimos días en Obless, pero entiendo si no quieres, no voy a incomodarte.

Hallie miró la punta de sus zapatos, en un intento por buscar la manera de despedirse.

—¿Podríamos… juntar nuestros labios para desearnos buenas noches? —dijo ella por lo bajo, un tanto avergonzada de pedirlo.

Zachary respondió con una sonrisa ladina y, sin pensarlo, de inmediato unió su boca a la de Hallie, creando con ello una descarga de electricidad que la recorrió por su espina dorsal hasta cimbrar su punto débil y provocar que su piel se encrespara con tan chispeante caricia.

—Estoy seguro de que esta no será la última vez que te besaré —masculló él manteniendo entre los dientes el labio superior de la chica—. Sabes que cuando el sol deje de brillar, estaré ahí para sostenerte, buenas noches.

—Adiós, Zac —deslizó sus manos hasta dejarlas caer.

Se suponía que Hallie debería sentirse ligera, pero había demasiada pesadez en su corazón. A diferencia de Zac, ella sabía con certeza que sí sería la última vez que lo besaría. Aunque su corazón desbocado la impulsaba a correr en dirección a él, Hall persistió en darle la espalda y entrar al ascensor del edificio. El camino se le hizo bastante largo, y pesaroso.

Una vez dentro de casa, notó que no había nadie. Tal como imaginó, sus tíos accedieron a darle permiso porque ellos también ansiaban escaparse ese fin de semana.

Sin encender la luz, fue en busca de comida a la nevera, pero no había nada comestible en congelados y refrigerados. Entonces daba igual si dejaba abierta la puerta del refrigerador, aquel brillo fue suficiente para recalcar la presencia de Martha.

La gallina rascó con su pico el fondo del tazón de comida, estaba vacío.

—Entonces fue bueno que regresara —asumió ella, y prosiguió a servirle frutos y semillas en cuclillas—. Si yo no estuviera aquí, ¿qué sería de ti?

Luego de acariciarle la cresta, decidió que se iría a la cama para no sucumbir al hambre, prefería dormir para así ya no sentir nada.

Tampoco prendió la lámpara de su habitación. Por alguna razón, la oscuridad le dolía menos que la luz. Irónicamente, la ausencia de todo la hacía sentir menos sola. No distinguir si abría o no los ojos le causaba un poco de tranquilidad en medio de tal caos emocional.

Después de tumbarse en el colchón, prendió el celular. A veces creía que cuando se alejaba de las redes, quienes terminaban alejándose de verdad eran los demás, todo un mundo olvidándose de la existencia de Hallie, y no al revés.

No tenía esperanzas de encontrar notificaciones nuevas. Entonces el teléfono vibró como con una llamada entrante, pero solo se trataban de mensajes de Leila.

El brillo del celular ya no resultaba cegador, era cómodo porque alguien la había buscado. Eso le iluminó la sonrisa enormemente.

Leila: Hola, ibf. ¿Cómo te va en el viaje? ¿Es largo el trayecto?
Enviado a las 9:33 am.
Leila: Tengo mucho tiempo libre, así que imaginé como si el viaje al que fuiste fuera para conocernos. Me siento triste de no ser la persona que te acompaña ☹
Enviado a las 9:50 am.
Leila: Te extraño, me siento solita en internet :c
Enviado a las 10:43 am.
Leila: Auxilio, mi hermana me tomó como su modelo para practicar mantras, mandalas en mi mano. Descubrió la cultura hindú, no para de ver películas de Bollywood.

Enviado a las 12:00 pm.

Leila: Juro que no es el autocorrector. Hollywood es la industria cinematográfica estadounidense más importante, y Bollywood es lo mismo, pero para el cine oriental o indio.

Enviado a las 12:01 pm.

Leila: No sabía de su existencia hasta que Laila me lo explicó, jajaja. No estaría mal ver una película juntas de ese estilo, me gustan sus vestuarios, podría inspirarme a crear una tendencia de ropa. Ah, y cantan mucho, todas son como un musical, jajaja.

Enviado a las 12:01 pm.

Leila: Tienen buenas frases: *hamare dil ek dhadakte. Aur ek saath rukthee bhi hain.*

Enviado a las 12:02 pm.

Leila: Significa "Nuestros corazones laten al unísono, y dejarán de latir al separarse".

Enviado a las 12:02 pm.

Leila: Te la dedico :3

Enviado a las 12:02 pm.

Hallie se tomó la libertad de apreciar los mensajes de Leila, le agradaba que ella le contara su día, la película que había visto y cómo la relacionaba con su vida. Era bonito creer que alguien miraba películas, leía libros, escuchaba música, y en automático pensaba en compartirlo con su amigo especial.

Prosiguió a leer más mensajes:

Leila: *We don't talk anymore, we don't talk anymore, like we used to do...* ♪ ♪♪♪
Una canción depre mientras te espero, jajaja.

Enviado a las 2:02 pm.

Leila: Sé que es una exageración, pero siento que ya no hablamos como antes. No sabes cómo espero que vuelvas a casa para conectarte.

Enviado a las 2:10 pm.

Leila: Ya quiero que llegue el día en que podamos decir muchas tonterías en persona, reírnos a carcajadas, contarnos cosas, abrazarnos y ser felices.

Enviado a las 2:10 pm.

Leila: Por cierto, descubrí una nueva canción que habla sobre las amistades de internet, se llama "Break the distance" de Asthon Edminster. La traducción dice así:

Enviado a las 3:07 pm.

Leila: *Si tuviera una oportunidad, la tomaría más rápido que un latido del corazón.*

Si tan solo pudiera correr hacia ti, correría como si nadie nos estuviese mirando.

Pero es tan difícil llegar a ti, porque cuando ves el sol, yo veo la luna.

Miles de kilómetros para llegar a dónde estás. Desearía que no estuvieras tan lejos.

Miles de dólares para estar cerca de ti, incontables pensamientos donde imagino que estás aquí.

Desearía que no fuera tan difícil, pero quizás un día podamos salvar la distancia.

Sé que es difícil que las personas lo entiendan, pero siempre estás en mi corazón.

Desearía poder llegar a ti, verte cara a cara, sin una pantalla de por medio.

Enviado a las 3:08 pm.

Leila: Quiero llorar TwT (y no estás aquí para hacer cadenas de lamentos). ¿Qué te parece la letra? Siento que nos describeeeeeeeeeeeeeeee.

Enviado a las 3:08 pm.

Leila: Desearía que un océano no nos separara, desearía que las olas me guiaran a ti.

Enviado a las 4:00 pm.

Leila: Perdona que me ponga sentimental, pero me afecta tu ausencia, las horas se me hacen eternas, no he dejado de reproducir la canción porque me siento identificada :c

Enviado a las 4:56 pm.

Leila: Es difícil hablar contigo cuando solo lo podemos hacer a través de internet.

Enviado a las 5:00 pm.

Parece que Leila le había leído el pensamiento a Hallie, pues ella se sentía de la misma forma que su amiga. Continuó leyendo.

Leila: ¿Sabes? Volver a hablar después de días de no hacerlo y que todo siga bien, eso es realmente estupendo. No con cualquier persona puedes hacer ese clic.

Enviado a las 5:45 pm.

Leila: Se me ocurrió algoooooooo!!!!

Enviado a las 6:28 pm.

Leila: Cuando regreses del viaje con Zac, te encontrarás una enorme sorpresa de mi parte.

Enviado a las 6:30 pm.

Leila: Estoy tan emocionadaaaaaaaaaaaaaaaaaaaaaaaaaaaaaa.

Enviado a las 6:30 pm.

Leila: Me he dado cuenta que eres fundamental para mi vida, siempre reviso el celular esperando un mensaje tuyo y no puedo resistirme, aunque avisaste que no estarás, mi cerebro lo capta como si me estuvieses ignorando.

Enviado a las 8:14 pm.

Leila: ¿Has escuchado la frase de "No valoramos lo que tenemos hasta que lo perdemos"?, bueno, pues he sentido que te pierdo, aunque no sea cierto…

Enviado a las 8:15 pm.

Leila: Así que me he atrevido a hacer la cosa más loca y espontánea de mi vida antes de que termine el año.

Enviado a las 8:15 pm.

Leila: Convencí a mi familia de ir a conocerte. Sé que no está planeado, sé que nos estamos saltando todas las cosas que podríamos organizar juntas, emocionarnos por la cuenta regresiva de los días para encontrarnos, pero es que ya no aguanto más la espera. Quiero conocerte, ¿me dejas?

Enviado a las 8:16 pm.

Leila: Ya compré los vuelos de avión, ya tengo el destino, el lunes iré a tu ciudad, pero solo falta que tú quieras verme.

Enviado a las 8:16 pm.

Ya no había más mensajes, ese era el último.

Una parte del corazón de Hallie se aceleraba a mil kilómetros por hora, sabía lo que era anhelar a alguien con todo tu ser y saber que estaba fuera de tu alcance. Pero otra parte, la que le pertenecía Zac, recordaba las palabras de advertencia.

¿Por qué era tan difícil compaginar con alguien en persona, pero por internet ya sentía haber encontrado a su mejor confidente?

Contuvo las ganas de responder el mensaje con un impulsivo *SÍIII!*, en cambio, planeaba dejarla en visto hasta mañana. Total, se suponía que hasta el domingo regresaba del viaje con Zac.

Durante la madrugada, Hallie no podía dormir. El insomnio la obligó a entablar conversaciones con los moscos; comenzó a narrarles parte de sus crisis existenciales, a ver si así se alejaban también de ella.

Como tus padres, como Zac, dijo para sí.

Dio vueltas en el colchón, ansiosa, indecisa. No quería romper ninguna promesa, como la de conocer algún día a Leila, y la de no hacer algo que atentara contra su vida. Por supuesto que las promesas no se tomaban a la ligera, pero inevitablemente iba a terminar por quebrar alguna.

Respiró hondo y cerró los ojos, dejando que su corazón tomara el rumbo de la promesa que iba a mantener hasta cumplirla.

El corazón es engañoso, recordó la voz de su padre. Y negó con la cabeza, ignorando aquellas palabras.

Cruzó los dedos, esperando no equivocarse en su sentir, de confiar y creer que era lo correcto, lo que la hacía feliz por encima de todas las cosas.

Entonces tomó el teléfono y escribió:

Hallie: Tal vez las personas piensen que es peligroso o imposible. Pero yo estoy muy segura de que tarde o temprano te voy a conocer. Ya no me importa si las personas me dicen que no puedo tener amigos por internet, ya no me importa, porque ellos nunca van a entenderlo. Te veo el lunes, ibf <3
Enviado a las 3:33 am.

36

Desvirtualizando

—Te quedarás aquí —indicó Hallie—. Y cuando me acerque a ella, grabarás nuestro primer abrazo, pero esconde el teléfono y mantente lejos, no quiero que se dé cuenta de que estás aquí.

—¿No le dijiste que venía? —preguntó Tom, un tanto desconcertado.

—A nadie —replicó Hallie—. Ella piensa que la recibiré sola.

—Espera —el chico bajó el celular que sostenía listo para grabar— ¿Tampoco saben tus padres que estamos en el aeropuerto esperando a tu amiga de internet?

Hallie levantó uno de sus dedos y lo llevó a los labios, en petición para guardar silencio. Tom hizo girar los ojos, y asintió.

Había invitado al chico solo como una medida de seguridad: era rubio, alto y fornido, cualquier situación extraña él podría ser capaz de brindar ayuda. Si la persona que Hallie estaba esperando no era Leila, él podría acudir a rescatarla.

¿Por qué él y no alguien más? Fácil: ni sus tíos ni Zachary hubieran accedido. ¿Qué otra opción tenía? ¿Pedirle a Samantha —quien estaba más loca que ella—, que la acompañara?

Y una parte, solo una diminuta parte, desconfiaba de conocer por primera vez a su mejor amiga. En los periódicos, en las noticias, siempre se hablaba de los peligros que podían suscitarse por una cita a ciegas, a través de aplicaciones para conocer personas y esas cosas. Esto, por supuesto que no se trataba de una relación amorosa, pero había un vínculo poderoso. La amistad solo era otro tipo de amor.

—O sea que, si esto sale mal, en vez de convertirse en un video viral para redes sociales, ¿será evidencia para mostrar a la policía? —dijo Tom, insinuando el peor de los escenarios.

—Ja, ja —espetó con sarcasmo e hizo un mohín—. Solo cúbreme, ¿sí?

¿Por qué nadie le tenía fe a una amistad sincera? ¿Por qué todos daban por hecho que aquello era peligroso? Y si así lo fuera, ¿por qué era tan tentador caer? ¿Por qué amarla era una locura?

Cruzó los dedos atrás de su espalda con la esperanza de que todos estuvieran equivocados. Después, recibió un mensaje de Leila, el avión había aterrizado. El corazón le bombeó con fuerza, ahora solo estaban a latidos de distancia.

Leila: Estoy en el área para recoger la maleta.
Leila: ¿Estás lista para conocerme, ibf? :3

Los nervios gobernaban el interior de Hallie, y se hicieron presentes con sudoración en las manos y choques de electricidad en sus piernas: toda ella temblaba de felicidad. Agitó sus rodillas sin mover los pies del suelo.

Nubes, ¿me ayudan por favor? Necesito verte ahora.
Tómenme de los pies, sé que es una locura.
Pero estoy lista.

Recordó la letra de la canción que Leila le había mandado por mensajes.

En muchos de sus sueños, había imaginado la escena distinta, siempre creyó que ella era la que subiría a un avión, y no Leila.

Se limpió el sudor de las manos en el vestido color rosa corte imperio y se desplazó hacia las escaleras eléctricas hacia donde habían acordado el punto de reunión.

Cada pisada que Hallie daba provocaba una sensación nueva en su estómago, estába ansiosa por verla bajar, sentía el pulso en el cuello, y creía que podía percibir el vibrar de los latidos de su corazón en cada rincón del cuerpo.

Una vez que la vio a lo lejos, sus ojos se encontraron. Leila soltó la maleta sin importar el paradero y corrió en dirección de su amiga. El organismo de Hallie respondió de forma inmediata y le hizo competencia en la carrera.

Leila extendió los brazos para recibir a Hallie, que corría con una sonrisa que parecía también un abrazo con el rostro. Nunca se había sentido tan feliz por esforzarse en hacer ejercicio, por lo regular solo quería permanecer encorvada mirando el teléfono. Pero el motivo que la mantenía en aquella posición estaba frente a ella. Ya no necesitaba más.

Era gracioso creer que un artefacto tan delgado y frágil fuera el medio que las comunicó durante meses y ahora ya no importaba más. Lo único que le faltaba era ella y quería estar a su lado.

La abrazó como si con aquel gesto pudiera comprobar que fuese tangible. Hallie hundió el rostro en el hombro de Leila. Ella, por su parte, se encargó de levantarla ligeramente, la punta de los pies de Hall despegaba del suelo como si volara, era como un sueño hecho realidad.

Pronto estaba mirando el brillo de sus ojos, y no el brillo de una pantalla. Y nada podía ser más bello.

Era fabuloso ver su rostro, ya no tenía que imaginarlo. Ya no necesitaba abrazarla en sueños, ella era real. Real. No era una persona ficticia, no era un señor canoso y regordete. Era su mejor amiga, era como mirarse en un espejo, pero con el detalle de que el reflejo reaccionaba con una identidad propia.

Leila y Hallie estaban existiendo en el mismo lugar y espacio, compartían el mismo oxígeno.

Ellas no eran más solo mensajes, o letras borrosas cuando lloraban durante las conversaciones escritas, ahora podían escuchar sus voces en directo. Y la primera frase que Leila pronunció causó cosquillas en el corazón de Hallie, su voz le recordó porqué le gustaban las canciones aún sin escucharlas en vivo, el por qué se amaba aquello que no se podía ver, pero sí sentir.

—Alguien pellízqueme, por favor —dijo Leila, incrédula de lo que sucedía.

Su voz, tenía un acento distinto al español de Hallie. Era bonito escuchar tan de cerca la diversidad del idioma, las variaciones por países lo hacían más especial y exótico, era enriquecedor culturalmente.

—No puedo creer que estés aquí —aspiró por última vez el aroma de Leila, era una fragancia de manzana que la envolvía, no quería despegarse de ella.

—Yo tampoco puedo creer que te esté sosteniendo, ibf —acarició su cabello rizo y desordenado—. Eres real.

Tanto tiempo escribiéndose, y ese día tenían la dicha de convertir las palabras en abrazos acumulados, en conversaciones pimpantes, sonrisas espontáneas y risas que se escapan de sus labios. Seguramente, las estrellas estaban alineadas, conocer a su mejor amiga de internet era el mejor día de su año.

El mundo a su alrededor se había desvanecido desde que se encontraron, pero Tom... por supuesto que había dejado de grabar para conservar algo de memoria en su teléfono, e ido hacia ellas, para interrumpir el momento.

Leila respingó del susto. Hallie se masajeó las sienes.

—No te preocupes, ibf —se apresuró a decir Leila—. De hecho, también traje a mi familia, está por allá, esperándome —señaló hacia unas bancas al fondo—. Espero que no te moleste, ya sabes, todos necesitamos tomar precauciones, a papá no le agradaba la idea de que te conociera y mucho menos después de que le dije que éramos parecidas, hizo un chiste sobre que quizás fueras mi hermana perdida.

Hallie soltó una risa por la ocurrencia y cambió completamente el estado de ánimo, le alegraba saber que no era la única en llevar acompañantes.

—Si me hubieras dicho antes, les traía un regalo a tus padres —se lamentó Hallie—, bueno, en realidad también algo para ti, todo fue tan repentino que no tuve tiempo de planear algo.

—Ya habrá tiempo, Hall. Ahora podemos hacer todo aquello que antes era...

—... imposible —terminó la oración Hallie, las lágrimas querían bañar sus iris.

La conexión entre ellas era tan intensa que ambas pensaban lo mismo, o terminaban la frase de lo que su amiga quería decir, aun cuando nunca se hubiesen visto en persona, y viviesen en distintos continentes.

Demostraban que las horas de diferencia eran solo latidos de las manecillas del reloj para acercar sus corazones y apreciar cada minuto que compartían, no existían limitantes de tierra, mar o cielo para hablar. Su amistad era como un amanecer o puesta del sol, en alguna parte del mundo siempre sucedían. Y ellas se sonreían como lo hacía el sol cuando la luna llegaba, o viceversa.

Leila era como el sol, estaba ligeramente bronceada por la playa. Hallie era un poco más pálida, como la luna, a causa del centelleo de la ciudad. Eran de un brillo distinto, pero ambas resplandecían a su manera, y en aquel preciso instante su encuentro era como un eclipse capaz de asombrarlos a todos.

Tom no dejaba de fijar su mirada en Leila. Le sorprendía el parecido con Hallie, pero se sentía irresistiblemente atraído por la nueva chica, aún con las minúsculas ojeras que adornaban su rostro debido al *jet lag*.

—¿Y por qué no cantaron la canción de Barbie *"soy como tú, tú eres igual"*? —se quejó Tom—. No me miren así, tengo una hermana pequeña que ama *La princesa y la plebeya*.

Leila soltó una risa encantadora para Tom, ¿estaba soñando? ¿Él había hecho reír a una chica? Se frotó los ojos, incrédulo.

—Soy Tom, por cierto —le extendió la mano.

—Leila —ella le correspondió el saludo—, mucho gusto. Y también me encanta esa película.

Hallie giró los ojos, y comenzó a cantar la canción para captar nuevamente la atención de Leila. Ella giró la cabeza y se unió en el coro, al finalizar ambas rieron.

Tú nunca ibas a creer,
hoy me conoces y ya ves.
Tan cierto es, como el cielo es azul.
Ya ves, soy como tú.
…
Todos lo pueden comprobar,
con la verdad, y un corazón real.

Tom aprovechó para enfocar su cámara en Leila y grabarla cantando.

—¿Cuántos días te quedarás? —replicó él con una sonrisa de bobo.

—¿Por? —la chica agachó la cabeza, tenía las mejillas sonrosadas.

—¿Me aceptarías una salida? Podría enseñarte los lugares más hermosos de la ciudad.

—Yo le daré el *tour*, no te preocupes —añadió Hallie para romper la tensión, y acarició uno de los hombros de su amiga.

—Ibf —Leila volvió la vista a Hallie—. Tú tienes a Zac, ¿por qué no me dejas conocer a chicos?

—¿No tienes novio? —volvió a hablar el prospecto.

Leila negó al tiempo que recogía uno de los mechones que le ocultaban la cara.

—Bueno —inspiró hondo Hallie—. ¿Te parece si hoy solo la pasas conmigo y mañana con Tom?

—También las podría acompañar hoy —propuso él.

—¡No! —se exaltó Hallie—. Quiero decir, me gustaría hablar temas privados con mi mejor amiga, ¿te importaría dejarnos?

Leila giró su cabeza, extrañada.

—¿Todo bien? —le susurró a un oído. A lo que Hallie contestó de la misma manera que si se tratara de Zac—. Okay, ammm, entonces, ¿te parece si nos vemos mañana? —esta vez se había dirigido a Tom.

—Bien —levantó él la cabeza haciendo que su cabello cayera hacia atrás—. Contaré las horas para volver a encontrarme con tus ojos.

Acto seguido se alejó, y Leila suspiró.

—Por favor, no me mires así —anunció a su amiga.

—Lo acabas de conocer —Hallie se cruzó de brazos—, no puede surgir así de la nada el amor.

—A ti ya te amaba sin conocerte, ibf.

—Eso es distinto… Y no me cambies el tema, te estás conformando con el mínimo interés de un hombre, en especial, alguien como Tom, *iugh*.

Leila soltó una carcajada y entrelazó su brazo con el de Hallie para caminar hacia la salida del aeropuerto.

—Mejor cuéntame, ¿ahora qué hizo don latitas?

—¿Latitas?

—Ya sabes, en referencia a su primer teléfono —bromeó Leila para disminuir la tensión de los problemas amorosos de su mejor amiga.

Ella era el tipo de persona que daba consejos de amor, aunque nunca hubiese estado en una relación.

37

Amigas hasta la muerte

Durante el día, se percataron de que no necesitaban un plan elaborado de lugares por visitar juntas, podían hablar donde fuera y convertir ese espacio en un sitio cómodo y acogedor. Incluso si solo permanecían sentadas en las bancas de un parque o en las mesas de la pizzería que Hallie frecuentaba con Zac.

Hallie amaba cuando Leila le contagiaba su emoción al hablar de un tema que le apasionaba. El solo hecho de verle los ojos brillarle con una inmensa sonrisa en el rostro, sin tomar aire, y solo parlotear, la hacía feliz, a pesar de que no entendiese lo que dijera, o no compartiera el mismo gusto por las cosas, simplemente la flechaba con su forma de ser. Era confrontable estar a su lado, entrelazar los brazos para caminar.

De pronto, las horas pasaron volando, como un pestañeo. Se habían citado desde las nueve de la mañana, y ya casi daban las cinco de la tarde.

—¿Qué te parece si te llevo a conocer a mis padres, cenas con nosotros y te llevamos a casa después? —propuso Leila.

Hallie lo meditó unos instantes. Apreciaba cada segundo a su lado, porque sabía que, al ser amigas virtuales, no podría verla todos los días. Necesitaba aprovechar cada minuto a su lado.

—Me encanta la idea —aclaró su garganta—, pero prefería llegar por mi cuenta a casa, si no te molesta.

—¿No tienes hora de llegada? —arqueó una ceja.

—Podría decirse que no —Hallie se alzó de hombros. Era verdad, aunque también era cierto que no quería que nadie más se enterase de la situación que estaba viviendo.

Leila chistó los dientes y procedió a soltar una carcajada sonora que contagió a Hallie, el estómago les dolía por las tantas veces que habían reído durante el día, a veces eran producto de los nervios, otras veces surgían espontáneas, naturales, genuinas.

Cuando estaban a punto de abandonar el parque, caminaron en dirección opuesta. La conversación dominaba su atención y sus pies, sin buscarlo, habían hallado un sitio donde colgaban listones en las ramas de un árbol gigante.

—Aguarda —Hallie se detuvo—, este lugar no lo había visto antes.

—Entonces veámoslo de cerca —también le causaba curiosidad a Leila.

Los ojos de ambas se posaron en el rótulo que colgaba del tronco robusto. La leyenda contaba que aquel era un árbol de los deseos.

Se trataba de un cazahuate, el cual, en la cultura teotihuacana, representaba el centro del universo; sus hojas transformaban los deseos en radiación magnética que viajaba por todo el mundo para cumplir el deseo. Si se tenía una petición, se podía remplazar una hoja por un nudo de hilo o listón para que el árbol mantuviera su función, es decir, cumplir el anhelo.

Leila abrió los labios para expresar su interés y emoción por la dinámica.

En cambio, Hallie se quedó estática. ¿Era su imaginación o todo aquello le recordaba a Zac? El motivo por el que viajaría; la cultura mexicana, el árbol de pensamientos en la biblioteca de Blessingville, la radiación tan vinculada a la tecnofobia, los deseos por cumplir, como en la leyenda de las mariposas.

En todos lados veía a Zac, entonces Hallie entendió que, aunque él se marchara, seguiría con ella en recuerdos como aquel. Él se las arreglaría para aparecer siempre en su vida, a veces en un pensamiento, otras veces en un recuerdo o anhelo.

Tenía tantas ganas de abrazarlo, cuando se suponía que no debería.

—De donde yo vengo solo rayan los troncos con las iniciales de las parejas, pero no es nada original —espetó Leila, irrumpiendo los pensamientos de Hallie—. ¿Y si escribimos algo nosotras? Suena bonito, un recuerdo de amistad, un sueño para compartir.

—Sí, me parece perfecto —Hallie asintió aprobando la idea—. Porque te iba a proponer que nos hiciéramos un tatuaje, o mínimo intercambiar brazaletes de la amistad.

—Jum —hizo una mueca Leila—. Me has convencido con lo del tatuaje.

—Pero también podríamos hacer lo del listón —añadió Hallie—, aunque no creo que se pueda hoy, no traemos el material…

—Eso crees tú… —su amiga cruzó los brazos en una postura airada—. Pero sé resolver los problemas, como me llamo Leila Miller.

Y, sin previo aviso, la chica se acercó al rostro de Hallie y con un leve jalón de pelo le retiró el listón rosa que peinaba su cabello.

—¡Oye! —bramó ella, dolorida.

—Ay, no fue nada, no exageres.

—¡Seré calva por tu culpa! —bromeó Hallie.

Leila acompañó su gesto divertido con una risa y hundió los dedos en su bolso, buscó el estuche de cosméticos y extrajo un labial oscuro, quizás era de un tono café, morado o azul, no se lograba distinguir cuando escribía con él sobre el listón.

—Tenía que improvisar —se justificó—. ¿Qué deseo quieres que se cumpla?

Buena pregunta. Hallie dudaba sobre el contenido:

—¿Qué te parece pedir por nuestra amistad, para que dure toda la vida?

—Muy cliché. ¿Qué tal si cambio la frase por "Amigas hasta la muerte"?

—Suena un poco siniestro…

Hallie comenzaba a notar que Leila no era tan linda como aparentaba en los mensajes, pero tampoco le pareció decididamente peligrosa. Es decir, quizás era solo un poco más sombría de lo que simulaba, sin con ello perder ni un ápice de su personalidad encantadora.

—Lo voy a escribir así —determinó Leila—. Si muriera hoy, quiero que sepas que eres el amor más bonito que conocí.

Lo dicho. Aún tenía la capacidad de hacerla sentir especial.

—Mientras Tom no usurpe mi lugar, estaré bien —asintió—. Espera, ¿y si mejor escribimos sobre un viaje juntas?

—Sé más específica —pidió con dulzura.

—No sé, tal vez sea una locura, pero podríamos ir a México juntas.

—Mmmm —Leila achicó los ojos—, me suena a que quieres ir tras Zac, pero no deseas hacerlo sola.

—Podría convertirse en doble aventura si me acompaña mi mejor amiga.

—¡Me apunto! —dijo la otra, entusiasmada—. Ahora que lo pienso, es difícil elegir un solo sueño cuando existen tantos por cumplir a lado de la persona que amas.

—Quizá podríamos hacer una lista…

—De cosas por hacer antes de morir —volvió a mencionar el día final Leila.

—No me das buena espina cuando hablas así.

—¿Acaso no piensas en la muerte a menudo? —la chica levantó la cara al sol.

Hallie recordó a sus padres biológicos.

—Prefiero no hacerlo —fue todo lo que dijo.

—Pero si no lo mantienes presente —se explayó Leila—, no vivirías cada día al máximo, porque olvidarías que la vida se escapa en cualquier momento. Y, al menos a mí, me gusta respetar la idea de que lo último que haga sea satisfactorio. Si consigo ser una diseñadora de modas, quiero estar contenta de diseñar cada prenda como si fuera la última, como si fuera mi más grande y mayor obra. ¿Se entiende? ¿Estarías feliz de morir sabiendo lo último que hiciste?

Hallie no tuvo que meditarlo, sabía la respuesta. Entonces tomó el labial y escribió su deseo, en el cual mantuvo el tono de esperanza y felicidad durante toda la frase. Las letras que flotaban en su mente habían aterrizado por un solo motivo: hacerlas realidad.

Colgaron el listón en una rama baja, porque ninguna de las dos era muy alta, y capturaron el momento con una fotografía que pronto le haría competencia en redes sociales al video emotivo del tan esperado primer encuentro de amistad.

Antes de irse, leyeron un par de sueños que acompañaban su listón y también esperaban cumplirse. Era bonito creer que muchas personas confiaban en la magia de los árboles de los deseos.

—Lo tomaré como una promesa —mencionó Hallie—. Nos volveremos a ver para cumplir nuestros sueños…

—*Juntas* —añadió Leila al tiempo que hacía otro nudo al listón, para asegurarse de que no se cayera, y con ello, se olvidara—, prometo regresar a este árbol por ti.

—Y yo seguiré viniendo por aquí para recordarte. Cuidaré el árbol, no dejaré que ningún deseo caiga o se marchite. Las hojas de este árbol, a diferencia de otro ordinario, no cambiarán con cada estación; no importa si tardamos tres o más otoños en cumplir nuestra promesa, esta seguirá viva.

—Prefiero que se cumpla en invierno —susurró Leila.

—¿Es tu estación favorita?

—Sí, vivo en la playa, que es como un eterno verano. Y me gustaría probar otro clima siempre que puedo.

—¿Por qué no en primavera u otoño?

—Porque te conocí en invierno —recordó Leila—, y lo volviste especial.

Era cierto, conocer a su mejor amiga se sentía como experimentar nuevos climas en el corazón. Invierno en algunas partes del mundo podía ser frío, y en otras, cálido. Provenían de distintos hemisferios, dependiendo del punto geográfico se vivían diferente las estaciones del año, y aunque a la ciencia le pareciese imposible juntar en el mismo lugar distintos climas, ellas estaban unidas más que nunca, desafiando cualquier pronóstico.

—Te quiero tanto, ibf —susurró Hallie.

Leila le transmitió lo mismo con un abrazo.

La realidad de la separación inminente la golpeó un poco más tarde, cuando conoció a los padres de Leila. Habían llegado con retraso a la cena debido a que pasaron a cotizar a la plaza del centro unos tatuajes de amistad; pensaban grabar en su piel la palabra *Ibf* acompañada de su símbolo: Hallie se tatuaría una media luna, Leila, la mitad del sol; además, a manera de promesa, modificarían su tatuaje a un eclipse el día que volvieran a verse.

Su mejor amiga de internet había creado el diseño y se lo había propuesto al tatuador, que no estaba muy convencido de que no siguieran sus bosquejos, porque esto implicaría que el costo final sería ajustado en su contra.

Así, después de charlarlo por casi una hora, el hombre accedió a darles una cita dentro de tres días, lo que era ideal para que Hallie terminara de juntar el dinero de su parte, y Leila pudiera salir con Tom al día siguiente.

—Llegas tarde —vociferó el padre de Leila, una vez que la vio entrar al restaurante.

—Te presento a Hallie, papá —respondió ella, ignorando el comentario anterior.

Hallie indicó una ligera reverencia con la cabeza, no sabía cómo saludarlo. ¿De beso? ¿De mano? ¿De abrazo? Le temblaban las piernas de los nervios.

El señor Miller cambió su expresión cuando la miró de cerca, examinando cualquier detalle en su rostro, buscando la similitud con el perfil de su hija. Primero, el gesto pareció asombrado, luego un poco incrédulo, para finalmente desembocar en una sonrisa ladina.

Después le presentó a las otras dos chicas que lo acompañaban: Laila, su hija menor, y Lauren, su sobrina. A su lado también permanecía su esposa, aunque no parecía estar presente, su mente estaba en otra parte.

Pronto, Leila le indicó a Hallie en un susurro que se trataba de una medicina que su madre tomaba para mantenerse cuerda. Hallie asintió sin tomarle mucha importancia al asunto, pues no deseaba incomodar.

Procedieron a tomar asiento en una mesa reservada, era un restaurante de cortes de carne con cierto prestigio en la ciudad y aunque Hallie lo ubicaba, nunca había entrado y mucho menos comido ahí.

—¿Han pasado un buen día conociendo la ciudad? —preguntó Hall sin dirigirse a alguien en específico, solo para iniciar una conversación abierta mientras comían.

—Ya habíamos venido antes —dijo la madre de Leila, al parecer las pastillas estaban dejando de causar efecto, la mujer se veía más alegre—. Mi esposo nació en Obless.

—¿En serio? —se impresionó Hallie y turnó la vista hacia su amiga—. ¿Por qué no me lo habías dicho antes?

—Ni siquiera yo lo sabía —se alzó de hombros Leila, sin despegar los dedos de los cubiertos, estaba más empeñada en cortar la carne.

—De hecho, tiene varios negocios aquí —volvió a decir la señora Miller—. Una cadena de hospitales, un…

—Cielo —interrumpió el señor en un tono apático disfrazado de simpatía—, sabes que no me gusta que hablen mientras comen.

En ese instante, Hallie se tensó. Sentía que su cara se le caía a pedazos, en sus esfuerzos por romper el hielo y agradarle a la familia, estaba logrando el efecto contrario.

—Lauren —continuó el hombre en dirección a su sobrina—. ¿Quieres usar bien la servilleta, por favor?

La chica se limitó a asentir y enseguida colocó la servilleta sobre sus piernas asegurándose de que esta vez no tuviera ningún doblez. Aquello, por supuesto, le pareció un poco controlador a Hallie, pero decidió mejor bajar la mirada, no quería seguir observando la escena.

Por otro lado, Laila, la hija menor, estaba jugando con el collar hindú de su cuello.

—Venimos a cenar —espetó el señor Miller. Y Laila bajó las manos de la mesa.

—Camarero —esta vez habló Leila—, ¿podría traerme un vaso con agua? —el empleado acató la orden y Leila le sonrió para después dirigir la vista a su padre—, es para que mamá tome el medicamento…

¿Y deje de hablar?, pensó Hallie.

Nuevamente, el señor Miller no añadió más de la cuenta y continuaron cenando en silencio.

Pero la mente de Hallie se quedó inquieta, le hacía ruido el apellido Miller, le parecía un tanto misterioso. En redes sociales, cuando Leila colgaba una publicación donde aparecían los integrantes de su familia podía describirlos de muchas formas; como encantadores, unidos, atentos, perfectos, excepto con la palabra *misteriosos*.

Estaba ante un choque de ideas, no cuadraba lo visto en internet con lo observado fuera de él. Muchas veces, Hallie deseó la vida de Leila, ahora que la tenía a un lado, lo consideraría dos veces.

No creas todo lo que ves en redes, Hall, ella sintió que escuchaba a Zachary. E inevitablemente sonrió, otra vez en el mismo día, el chico se apropiaba de sus pensamientos. Estaba atrapado en su cabeza.

Recordar la sonrisa de Zachary la tranquilizaba, su nariz respingada y fina le confería un resplandor maravilloso cuando en la media luna de sus labios se percibía un brillo ligero que le adornaba los dientes.

Ahogó un suspiro y volvió a su plato negando con la cabeza sin dejar de sonreír hasta que se percató de la expresión pétrea que el señor Miller le devolvía, él clavaba sus ojos en Hallie como si fueran flechas. Ella desvió la mirada como mecanismo de defensa.

—¿Me disculpan? —Hall se levantó a toda prisa para ir al tocador. Todavía podía sentir esos ojos en su espalda a pesar de que caminó a pasos agigantados.

Una vez dentro de los sanitarios se miró en el espejo inspirando hondo, intentando calmarse.

Recibió un mensaje de Leila al instante:

Leila: ¿Estás bien, ibf?
Visto a las 9:34 pm.
Leila: Disculpa si mi padre te incomodó, todavía sigue anonadado por nuestro parecido):
Visto a las 9:40 pm.
Leila: Te ofrecerá una disculpa, no queremos asustarte, lo prometo.
Visto a las 9:42 pm.
Leila: Regresaaaaa, no me dejes morir sola :/

Hallie no contestó, lo que hace unas horas podía describir como sentimientos intensos más que ningunos otros, ahora se veían diluidos por la situación. De todos modos, decidió asumir la conversación de frente. Volvió a su asiento y notó que su plato ya había sido recogido por el mesero.

—¿Hallie? —espetó el señor Miller, devolviéndola a la realidad—. ¿Así te llamas? —asintió—. Perdona mi comportamiento, verás, a veces me cuesta separar los negocios de la vida personal, viajé hasta acá por un contrato que todavía está en el aire, toda la cena mi mente ha tratado de buscar una propuesta alternativa para eso.

—No se preocupe, no tiene por qué darme explicaciones… —dijo Hallie, aunque la respuesta iba más dirigida a Leila que al padre de esta.

—Lo sé, pero eres la mejor amiga de mi hija —replicó él—, y no me gustaría darte una mala impresión. ¿Qué tal si mañana vamos todos a…?

—Ya teníamos planes ella y yo —mintió Leila, rescatando a su amiga de la situación—. Lo siento, papá.

—Muy bien —volvió los ojos a su esposa—. Disfruten al máximo los días que les quedan juntas. ¿Nos retiramos?

Hallie no sabía con exactitud de cuántos días estarían hablando, en especial porque tenía que contemplar que los compartirían también con Tom. Ya no sonaba tan mala idea después de conocer al señor Miller, con el que preferiría tomar distancia. No culpaba a Leila por ello, nadie elegía la familia en que la nacía.

Por ejemplo, los Blackelee eran más extraños. Seguro se acostumbraría rápido.

Así, Hallie restó importancia a los comportamientos de la familia Miller. El cariño que sentía por Leila era más grande que toda la distancia que las había separado por tanto tiempo.

38

El fin de la comunicación

Al día siguiente Hallie no salió con Leila, su amiga había tenido su primera cita con Tom. Pero, aunque no estaban juntas físicamente, se mantenía en contacto por mensajes para no perder la costumbre.

Hallie seguía sin dirigirle la palabra a Zac, todavía hablando con Leila sobre el tema de la relación a distancia, su corazón duro se negaba a aceptar la realidad.

—La distancia no separa corazones —le había dicho Leila cuando abordaron la conversación—, y lo sabes bien. Yo te quería desde el otro lado del mundo, no dudes en que Zac también lo hará.

Sin embargo, el problema no eran los sentimientos de Zachary, sino los de ella misma. No se sentía capaz de lograrlo, por supuesto, no dudaba de que lo amaba y lo seguiría amando incluso separados por un océano y miles de kilómetros.

Pero la asustaba la idea de perderlo, de no saber contener las ganas de sentirlo cerca; de besarlo, abrazarlo, acariciar su cabello, aspirar su aroma. Quería atrapar su voz en un frasco. Soltó una risa, la voz no se podía ver, así como Zachary a la distancia no se podía tocar.

Como tuvo toda la tarde libre, decidió que no le haría daño pasar el tiempo en las redes sociales como antes, y notó que el video de ella conociendo a Leila se comenzaba a viralizar y centenares de cibernautas comentaban etiquetando a su ibf.

"¡Felicidades!", "Metas", "Algún día", eran las palabras que más se repetían.

Y por más que luchaba contra ese deseo, le hacía sentir bien tener seguidores nuevos, le gustaba recibir miles de comentarios, de "me gusta", de "compartido". Era tonto, porque a pesar de que para Hallie aquel momento lo había sido todo, más de la mitad de las personas que lo habían visualizado terminarían por olvidarlo en unos minutos, pues el consumismo afectaba la retención; las personas solo buscaban sentir emociones inmediatas y después continuaban con su vida. Pero Hallie no.

Bloqueó la pantalla de su celular, habían pasado tres horas y ella seguía en la misma pestaña de internet. Detestaba perder el control, caminó ansiosa por la habitación. ¿Cómo iba a superarlo ahora que Zac se iba?

El tiempo no iba a quedarse paralizado, eran los últimos días de Zac en Obless y ella lo sabía. En un impulso, tomó su abrigo para salir a buscarlo, pero antes de que pudiera cerrar su puerta, el ruido de las latas cayendo de la repisa por el movimiento violento de la puerta la sobresaltó.

La distancia de caída fue suficiente para abollar una lata.

—¡No! —corrió en socorro al objeto inanimado.

Ahora se sentía como la lata, con un golpe que le fracturaba el corazón, le dolió que aquello que comenzó con su comunicación acabara de esa manera. Tenía que repararlo, cuidar aquello que le quedaba, no podía acabar así…

En su desesperación, después de que la mente se le nublara unos minutos, pensó en crear uno nuevo, y a medida que se tranquilizaba la idea fue tomando mejor forma. Sonrió, porque eso quizá podría rescatar no solo la lata, sino también la relación con Zachary.

Pronto puso manos a la obra, primero fue al súper para comprar nuevas latas, y también hilo nuevo, esta vez, rojo. La propuesta le encantaría.

Zachary, por su lado, llevaba días sin terminar de empacar. Guardaba unas camisas, pero luego las devolvía al clóset.

—Debí usarlas para salir con Hallie —se lamentaba—. No para un viaje que no quiero hacer.

A Stella Blackelee no le agradaba el comportamiento tan insípido y hostil de su hijo frente a algo que quizás hace unos meses le hubiese causado alegría y emoción. Estaba segura de que antes de que terminara la semana, él cancelaría el viaje por completo.

Tenía que hacer algo al respecto para "proteger" a su hijo de que tomase aquella irresponsable decisión.

Leila le volvió a cancelar la salida a Hallie para el siguiente día. Otra vez estaría sola.

Un gesto débil y triste se dibujó en su rostro. Sin pensarlo, le escribió.

Hallie: ¿No se supone que habías venido a visitarme a mí? TwT

Hallie: ¿Qué clase de mejor amiga de internet no sale con ella cuando están en la misma ciudad? TwT

Leila: Es que ya tengo NOOOVIOOO, mañana iremos a patinar sobre hielo :3

Hallie: ¿Y no puedo ser el mal tercio que los incomoda y no los deja besarse?

Leila: Jajaja, tú sabes que tengo que aprovechar el tiempo con mi novio antes de que me vaya.

Hallie: ME SIENTO OFENDIDA.

Leila: jajaja, tú más que nadie deberías entenderlo, es la misma situación con Zac.

Hallie: De hecho, le estoy preparando una sorpresa para desearle un buen viaje :3

Leila: OMG. ¿Eso quiere decir que estás de acuerdo con que se vaya a estudiar al extranjero?

Hallie: Sí, quiero decir, he sido inmadura. No debo pensar solo en mí; si es lo que él quiere, lo apoyaré.

—No iré a ninguna parte —dijo finalmente Zac a su madre el viernes por la mañana.

Ella lo sabía, Stella nunca se equivocaba, lo conocía tan bien que era capaz de predecir sus movimientos.

Por ello ya había reunido las pruebas suficientes para demostrar, de una vez y para siempre, que Hallie no le convenía.

Arrojó un periódico a la barra del desayunador. Aquello lo hizo sobresaltar.

—¿Qué es esto?

—Léelo, por favor —pidió su madre.

No muy convencido de hacerlo, le dio un vistazo. El titular de primera plana pronto le llamó la atención. Quiso creer que era una nota amarillista, nadie se pelearía por un teléfono celular de última generación al grado de ir tras él a una alcantarilla, ni siquiera Hallie. ¿O sí?

Entonces leyó el contenido de la nota con frenesí. Pronto supo que las características concordaban con las de Hallie, la manera en que la había conocido cuando recibía humillaciones constantes por sus compañeros, quienes aseguraban que ella apestaba… Todo comenzó a cobrar sentido.

Reunió las piezas faltantes en su mente, esa nota era la que había sepultado a Hallie en burlas y desgracias escolares.

—Pero… —Zac regresó los ojos a Stella, quien también lo miraba—. Eso fue hace tiempo.

No tenía cómo defenderla.

—Zac —su madre posó los brazos sobre la encimera—. No deberías relacionarte con personas que están mal de la cabeza.

—Ella está bien —él frunció el ceño.

—¿Te parece correcto su comportamiento?

—Mamá —replicó Zac, molesto—, eso fue antes de que habláramos, y… es complejo. Ella sufría de una condición especial, una fobia llamada "nomofobia", pero ya la superó. Ya no es la misma persona de esta noticia.

—Por favor, Zac. Entra en razón, ella no te conviene —repitió por milésima vez su madre.

Zachary se levantó del asiento, dispuesto a abandonar la cocina.

—Espera —su madre lo retuvo de la muñeca—. Eso no es todo, solo es el comienzo.

—No quiero saber de su pasado, mamá —resopló él y se liberó de su agarre—. Todos nos equivocamos, pero camb…

—Esto es reciente —interrumpió ella alzando dos fotografías al aire—. Creo que, de ayer, para ser más específica.

—¿En serio? —volvió la vista a la parte trasera de las fotografías intentando ver a través de ellas—. ¿La estuviste espiando?

—No —se defendió su madre—. Solo hice lo necesario por ti, hijo.

—Eso —señaló con un dedo—. No es estar bien de la cabeza.

—Okay, estuvo mal, pero necesito que lo veas.

—Adiós —anunció él, sin mostrar interés. La conversación comenzaba a aturdirlo.

—No quería llegar a esto —le dijo su madre a sus espaldas—, creí que sería suficiente con enseñarte su obsesión por el celular, pero al parecer ya eres inmune a lo tecnológico. Dime, ¿también te lavó el cerebro con sus ideas? ¿Es cierto que ya no tienes tecnofobia?

Demonios, demonios. Zachary había escondido bien ese secreto a sus padres; en el fondo, todavía buscaba agradarles.

Luego de unos segundos, habló:

—Es verdad —asumió él sin tapujos—. Ahora creo que la tecnología es necesaria para la vida.

—Oh, cielos —Stella pasó las manos el cuello, estresada—. No puedo creer el daño que te hizo esa tonta niña.

—Me abrió los ojos, me enseñó un mundo nuevo —respondió él con firmeza—. Y no quiero que la vuelvas a insultar o haré algo más que solo renunciar a ese viaje.

—¡No me provoques, Zachary! —respondió su madre con lava en los ojos—. Subirás a ese avión, y me aseguraré de que regreses a tu antiguo tú, no estás respetando lo que te enseñé, cómo te eduqué.

—¿Por qué es tan difícil que la quieras? —él le cambió el tema—. ¿Por qué no la quieres?

Stella arrastró sus manos por la cara, impaciente.

—¡Te está engañando!

—¿Qué? —aquella declaración no tenía sentido, para empezar, no sabía a qué se refería.

—Está saliendo con otro chico —replicó sin atreverse a mirarlo—. Y las fotos lo comprueban.

En primera instancia, Zachary rio por nerviosismo, y su corazón le agitó todo el pecho.

Su madre extendió las fotografías incriminatorias, y aunque Zac se negaba a creerlo, no pudo evitar verlas.

—No es ella —dijo luego de un simple vistazo—. No se le ve la cara.

—¿Pero conoces al chico? —arqueó una ceja Stella.

Era Tom, por supuesto que reconocía esa cara molesta.

—*Sí…*

—Ahí está —se empeñaba en decir su madre—. Solo puede ser *ella.*

Zachary cerró los ojos y echó atrás la cabeza, exasperado.

—Debe haber una explicación lógica. Nunca dudaría de Hallie.

—¡En esta se están besando! —continuó la mujer.

En efecto, Tom tomaba de la nuca a la chica rubia para besarla en la pista de hielo.

—No es ella —repitió él, convencido. Se sentía seguro de su amor, es decir, aquellas pruebas parecían tontas, incluso infantiles, nada como aquello lo rompería—. ¿Terminaste?

Stella Blackelee se asombraba de la serenidad con la que Zachary tomaba las noticias, abrió la boca sin saber qué más argumentar. ¿Qué sentido había tenido contratar a alguien para tomarle fotos? ¿Podíamos pensar en el dinero que invirtió? Su cartera lloraba en silencio, justo como ella.

—Es todo —suspiró su madre, aparentemente dándose por vencida—. No puedo creer que estés ciegamente enamorado de Hallie.

Zachary hizo girar sus ojos y subió a su habitación. En cuanto estuvo lejos de su madre, la armadura interna que se esforzaba por mantener firme, fue cayéndose a pedazos. No dudaba de Hallie, pero tenía que admitir que sí lo había entristecido enterarse de sucesos por medio de otras personas, y no directamente por ella.

La confianza le parecía vital, no obstante, no la juzgaría. Solo deseó desde el fondo de su corazón que aquello fuese lo último que le ocultaba. Lo destrozaría saber que Hallie no era la persona de la que se había enamorado.

Por supuesto, no iba a permitir que su madre volviera a intervenir en su vida, en sus elecciones. Defendería a Hallie delante de todos, sin importar si tuviese razón o no, incluso aunque estuviese mal; la elegiría por sobre todas las cosas, la amaría a pesar de todo, porque su amor era honesto. Tenía fe en que crecería como persona, creía en ella.

Suspiró y dirigió su mirada a su librero. Los libros, así como el teléfono para Hallie, eran su escape de la realidad. Claro, ambos medios no funcionaban de la misma manera, era más sencillo perderse en internet que en una historia compleja que se va desmenuzando poco a poco a medida que avanza la trama, no como en un video menor a tres minutos de duración que estaba diseñado para enganchar desde el primer segundo.

Zac sabía que los libros no le podían ayudar en ese preciso instante, su mente no lograría concentrarse en las primeras páginas de la historia, necesitaba algo repentino que le liberara dopamina en altas cantidades y sin tanto esfuerzo.

Por ello, días atrás se había unido a otras redes sociales aparte de Wattpad, él había sabido que tarde o temprano terminaría creando otras cuentas, así que no demoró más ese destino.

Le daba curiosidad saber por qué a las personas le resultaba tan atrapante y adictivo mirar videos cortos, sin contexto previo, con audios pregrabados.

Dio un vistazo a las recomendaciones de videos que la plataforma arrojaba por default debido a los millones de visualizaciones.

Se paralizó, colocó una pausa y talló sus ojos, seguramente ya alucinaba el rostro de Hallie. Entonces continuó mirando con atención al encuentro de unas mejoras amigas de internet.

El pulso se le aceleró, era muchas coincidencias, pero ella le había prometido que no haría algo como eso, confiaba en su palabra, confiaba en…

Era ella, al final del video se lograban apreciar mejor sus facciones, enseguida dio clic en perfil, estaba mejorando en el uso del teléfono, o quizás era la adrenalina la que lo manejaba mejor que el sereno Zac.

Su corazón se detuvo, un regusto amargo se le instaló en la boca, la tristeza le distorsionaba la realidad. No era un video antiguo, era reciente. Comprobó que enterarse por terceras personas no dolía tanto como averiguarlo todo por su propia cuenta, de algo que le habían ocultado.

Tragó saliva, comenzó a dudar, ¿y así en realidad Hallie nunca iba a liberarse de la nomofobia? Peor aún…, ¿y si lo que decía su madre también era cierto? Respiró, volvió a inhalar aire, salió de esa aplicación y entró a la de los mensajes. Escribió:

Zachary_Blackelee: Veámonos.
Hall: Es bueno saber de ti, yo también necesito verte.

Era el primer mensaje que intercambiaban en la semana. Hallie no había tardado ni un minuto en responder, aunque aquello la dejaba, según Leila, como desesperada.

Zachary_Blackelee: Te veo en la biblioteca.

En menos de veinte minutos, Hallie llegó al destino, buscó una mesa para colocar las latas encima, acomodar el regalo. Cruzó los dedos, emocionada, esperando a que Zachary se presentara.

—Hallie —escuchó la voz de él detrás de su espalda.

Si no hubiese sido por el ensayo de su monólogo, ella se hubiera dado cuenta que el tono del chico no había sido amigable.

—Zac —giró su torso para mirarlo, una sonrisa acompañó el movimiento—. Antes de que digas algo, necesito decirte que…

—Yo también vine a hablarte de algo.

—Déjame hablar primero —se apresuró a decir Hallie, agitando las manos de la emoción—. Me dejé llevar, pero solo fue una reacción inmediata; es decir, no lo pensé, solo expresé como me sentía en el momento —se humedeció los labios—. Pero ya recapacité, y no seré egoísta, es tu vida, y si tú quieres ir a estudiar a otra parte no quiero ser la persona que te detenga, quiero ser el tipo de amor que te impulse a comerte el mundo. Te apoyaré y aplaudiré hasta que mis manos duelan de hacerlo, aunque me canse y solo me quede con el eco de tu voz, será suficiente para creer que tu silueta seguirá aquí conmigo.

Zachary se mantuvo inexpresivo.

—Y preparé algo para ti —Hallie jugó con los dedos y se hizo a un lado para enseñar las nuevas latas—. A simple vista podrán parecer iguales, pero están hechas con un hilo rojo. ¿Conoces la leyenda oriental? Esta dice que todos estamos unidos a otra persona por un hilo invisible que puede enredarse, estirarse, desgastarse, pero nunca romperse… Creo que el cordón siempre ha caracterizado nuestra comunicación, todo comenzó así, y sé que debe ser invisible, pero quería que lo vieras y lo recordaras al mirar las latas. Sé que no funcionarán al cruzar tales distancias, no pueden cubrir el océano, pero mi idea era que fuera significativo porque, aunque pronto nos separarán miles de kilómetros, yo seguiré conectada a ti como el primer día.

La chica sonrió al decir la última palabra. El corazón le palpitaba desbocado, como si hubiese agua termal hirviendo dentro de su cuerpo, agua que se escondía tras sus mejillas y coloreaba un cálido color rojizo sobre su piel. Ardía de amor, y sintió que aquella confesión era la más grande de su vida: asumía su destino y abandonaba todos sus miedos, los cubría con nobles sentimientos. El amor no se condicionaba, no renunciaba, no buscaba lo suyo.

"El amor todo lo sufre, todo lo cree, todo lo espera, todo lo soporta. El amor nunca deja de ser", Hallie recordó las palabras que le citaba su padre.

Y alargó su sonrisa esperando que Zachary le correspondiera.

Pero había algo distinto en los ojos de él, el brillo que lo caracterizaba no se asomaba, no irradiaba felicidad, era más poderosa su indignación.

—¿Y piensas que voy a creerte? —bufó con cierto coraje en la oración.

En otras circunstancias, por supuesto; es más, hubiese llevado algo que superara con creces el regalo de Hallie, pero esta vez no podía dejar que su corazón mandara.

—¿Cómo? —parpadeó ella, desconcertada.

—No creo ni una sola palabra que brota de tus labios, *mentirosa*.

Hallie disipó la sonrisa de su rostro, no le dio tiempo de reaccionar cuando Zachary volvió a tomar el rumbo de la conversación.

—¿Desde hace cuánto te burlabas de mí?

—No entiendo…

A raíz de su respuesta, Zachary decidió refrescarle la memoria, le tendió los diarios del primer escándalo, esas mismas pruebas que Stella Blackelee le había dado.

Ella se llevó la mano a la boca involuntariamente.

—Es cierto, me equivoqué esa vez —asumió un tanto avergonzada de su pasado, bajó la mirada—, pero he superado la nomofobia, no lo olvides.

—¿Lo superaste subiendo videos conociendo a tu amiga de internet?

El color en su rostro se desvaneció.

—¿Cómo te enteraste…?

—¿Me crees tan ingenuo? —agitó la cabeza por enfado—. Lo publicaste en internet, oh no, espera, ya sé, pensaste que nunca lo vería porque no uso internet, ¿verdad?

—No, claro que no —ella hizo un abanico las manos—. Creí que Tom…

Zachary apartó la mirada para esconder la tristeza. Había cambiado de emoción en cuestión de segundos.

—¿Entonces eso también es cierto? ¿Tienes algo con él?

—¡Cómo puedes creer eso! —bramó ella, molesta—. Él está saliendo con Leila.

—Eso no tiene lógica —apretó los labios Zac—. ¿No se supone que nadie la conocía, ni siquiera tú? Deja de mentir, se acabó el teatro.

Hallie tensó sus hombros y suspiró, no le gustaban tales acusaciones.

—No miento —le riñó—. El día que la conocí, Tom me acompañó…

Las palabras perforaron justo en el corazón de Zac, ella había preferido a otro hombre antes que a él. A alguien insignificante en sus vidas, un extra en sus historias. Y eso le dolía en su ego. Cuando estaba enojado, su juicio era pésimo.

—¿Y por qué lo elegiste a él y no a mí? —le picaba la garganta.

Silencio.

—Él no significa nada…

—Deja de mentir… Una persona que miente a la persona que dice amar, es porque realmente *no la ama*.

—No te mentí… yo solo oculté algunas cosas.

—Es lo mismo, Hall. No te reconozco, no sé quién eres.

—No es para tanto.

—Nunca me hablaste de lo que sucedió con el celular y la alcantarilla, creí que no existían secretos entre nosotros, porque tú también conocías mis debilidades. Aparte, no me consideraste con tu mejor amiga, sé que no estaba de acuerdo, pero podía hacer el intento por ti, así como cualquier otra cosa que me has pedido y yo he terminado accediendo: dejé la tecnofobia, incluso si aquello me traía problemas con mi familia. Te preferí a ti por encima de todo, y tú escoges a Tom para compartir ese momento, ¿ese tan especial que querías que sucediera desde hace tiempo? Y lo peor, parece que confías más en miles de personas de internet para contarles, y no en mí. ¿Por qué decides ocultarme algo que haces público con desconocidos? ¿Acaso no soy nada para ti?

Hallie abrió ligeramente la boca para hablar, pero las palabras no salían de su garganta.

—Dime, ¿fingiste todo este tiempo sobre su progreso con la nomofobia? —no le dio tiempo para responder—. ¿Realmente te conocí alguna vez? ¿Cómo puedo confiar en ti?

—Zac, eres la persona con la que más he sido sincera en mi vida —ella se llevó una mano instintivamente a su pecho—, me estás lastimando.

—¿Y no te das cuenta de que también me lastimaste a mí? —replicó él con ardor—. ¡Yo hubiera ido contigo a conocerla, Hallie! Por el simple hecho de que eso a ti te importa, pero decidiste no contemplarme, mentirme además…

—Zac, yo hubiera subido ese avión por ti, y acompañarte al extranjero. ¿Alguna vez se te pasó por la mente pensar en mí?

Cada uno estaba empeñado en su coraje, aunque no estuviesen directamente relacionados. Durante la discusión tocaban temas sensibles, temas que habían enterrado y ahora excavaban con una pala sin importar toda la tierra que sacudían y los ensuciaba, de polvo y desechos, de pequeños gusanos. Así se sentía perder los estribos, solo después de que la ira cesara, notarían el desastre que habían dejado, toda la basura que ocasionaron.

—Pero no —chasqueó la lengua Hallie—. Eres tan cuadrado que solo ves como posibilidad lo que tus padres te dicen, no haces nada sin su aprobación, no decides sobre lo que quieres. ¡Tienes que vivir, Zac! ¡No puedes seguir dejando que tus padres decidan sobre tu vida!

Los restos de leña en su interior volvieron a encenderse. ¿En serio iba a hablar sobre la familia? Bien, Zac se tensó y escupió:

—Al menos yo sí tengo padres —en su cabeza no había sonado tan cruel—, y les importa mi futuro.

Qué necesidad de aplastar el corazón de Hallie.

Él tenía el poder de destruirla con lo que más le dolía, con aquello que trataba de ocultar a todos para evitar salir lastimada, y Zac lo había hecho de manera intencional, en la primera oportunidad.

Esperó unos segundos a que se disculpara, pero el mutismo le comió la boca.

Si él hubiese elegido el camino de protegerla, decirle cuánto ardía su corazón cuando estaba cerca de ella, en lugar de nublarse la razón por la ira, quizá todo hubiese sido diferente.

No importaba cuánto arreglara o adornara las palabras, el mensaje era atroz. La había herido tan profundo, hasta el punto de imposibilitarle el articular una frase completa.

—Fuera de mi vista —dijo finalmente Hallie, las lágrimas amenazaban con salir a borbotones, y si ella no huía rápido de la escena las derramaría todas en su presencia—. Esto se acabó.

—¿De qué hablas? Esto nunca empezó —se atrevió a agregar él—. Nunca fuimos novios. Mi madre tenía razón, solo eras un error en mi vida.

Lo que existía entre ellos, aunque solo hubiera sido por un solo día, se sentía como miles de años juntos. Y que ahora él lo negara tan frívolamente, fue algo demoledor.

Hallie se obligó a mantenerse firme, pero las lágrimas necias y sensibles rodaron sus mejillas sin control.

Se hizo pequeña para cruzar a lado de él, avanzó por los pasillos de la biblioteca que ahora se le antojaban apesadumbrados e infinitos. No quiso mirar hacia atrás, porque sabía que Zac no intentaría detenerla. No esperaba ya nada bueno de él, ya había hecho suficiente daño.

Aquel día fue la última vez que Zachary se reuniría con Hallie, antes de que el caos llegara como un huracán que arrasaba todo a su paso, como un nuevo volcán hasta entonces oculto bajo una isla.

39

Nunca te enamores de un Blackelee

Querida Hallie:

Si algún día te pierdo, todos los buenos momentos de mi vida se
    irán contigo.
Si algún día me pierdes, no me iré del todo, porque mi corazón se
    quedará contigo.
En tus manos. Podrás estrujarlo, o cuidarlo. Solo late por ti,
y eres la única persona que deparará su destino.
A tu lado ya no hay tormentos,
eres la persona por la que arde mi cuerpo,
y eres la misma que me salva de ahogarme en mis pensamientos.
Calmas mis miedos, agitas mis latidos.
Quiero escribir esto para ti, en tus labios, en tu mente,
y que con mis besos sientas lo mucho que extrañé verte.

Decía la carta que una vez Zachary le había escrito cuando no supo
usar el teléfono, pero le quería hacer saber a Hallie que la pensó
durante toda la noche.

Ella la volvió a leer. Quería arrugarla, romperla, y en cambio,
solo la pegó a su pecho.

Hallie permanecía acostada en su colchón, intentando creer
que aquellas palabras eran reales, que esto no podía ser el final, no
de esta manera tan fatídica y tormentosa.

¿A quién le hacía caso, al Zachary del pasado, que la enamo-
raba con citas románticas en lugares especiales, o al chico del presente que había destrozado su corazón con palabras afiladas? ¿Por
qué darle más peso a lo que la hería con una sola frase? ¿Por qué su
mente recordaba lo malo por encima de lo bueno? ¿Por qué dolía
tanto el corazón roto?

Todas esas promesas que se sentían reales, todos los momentos juntos, aquellos besos y caricias, aquel sudor y aquellas palpitaciones alocadas que compartían cuando entraban en contacto, todo ahora se desvanecía entre las lágrimas, como una cascada que golpeaba las rocas con agua helada, y salpicaba su hiel alrededor.

Era impresionante cómo unas pocas palabras podían hacer el mismo daño que el filo de un cuchillo al enterrarse en tu pecho. Cómo podían abrir una gran herida e incrustar dentro pedacitos de acero imposibles de retirar.

Cuando sus tíos se acercaban a la puerta de su habitación, ella subía el volumen de la música para disfrazar su llanto; todavía quería que su familia tuviera en buena estima a Zachary, iba a protegerlo de que cayera del agrado de ellos, todavía tenía esperanza de que se arreglarían las cosas.

Pero entonces, cuando escuchaba una canción desgarradora, cambiaba de opinión, lloraba la letra y creía que no había remedio. Escuchaba el compás de su corazón desentonado con los ritmos enamorados. No habría vuelta atrás, se sentía como esa canción que llegaba al silencio después del último estribillo, era el final.

Y no pudo soportarlo más, volvió a refugiarse en internet. Subió una publicación desesperada, una indirecta, pero después de dos minutos, y de notar que no tenía interacciones, decidió borrarla al tiempo que se carcomía las uñas. Odia sentirse así, sola, incluso en internet.

Procedió a enviar una nota de voz a Leila para contarle lo que había ocurrido. Ella no tardó en reproducirla pocos minutos después.

Hallie cerró los ojos, y solo un tono de llamada la hizo volver a abrirlos.

Por un instante, creyó que la llamada entrante era de Zachary. Anhelaba volver a escucharlo, pensaba que su voz podría reparar aquello que rompió. Nunca le había marcado, bajo ninguna circunstancia, por ello, se volvía más adictiva la idea de que la buscara por ese medio.

—Ibf —vociferó su mejor amiga—, ¿por qué me cuentas por mensajes algo que puedes decirme en persona?

—¿Cómo? —su mente le había nublado el juicio—. Solo quería desahogarme.

—Y yo quiero consolarte, ven a mi casa. ¿Se te ha olvidado que ahora estamos a metros de distancia?

—¿Casa? —repitió Hallie.

—Oh, es verdad. Se me había olvidado decirte —rio Leila—. ¡Nos quedaremos a vivir aquí!

—¿Bromeas? —se le paralizó el corazón con el simple hecho de fantasear que estarían siempre juntas.

—¡No! Papá me dio la sorpresa esta mañana —ella engrosó su voz para simular seriedad—. ¿Recuerdas que durante la cena dijo que estaba arreglando unos problemas? Era con unos tíos que tenían propiedades desocupadas, papá las iba a comprar. Y hoy, por fin, llegaron a un acuerdo; abandonamos el hotel para quedarnos en la casa que ahora llamaremos hogar… Bueno, todavía falta iniciar la mudanza, pero tú me entiendes.

Leila continuó hablando, pero Hallie había dejado de escuchar. Aún no asimilaba sus palabras, se había estado mentalizando toda la semana para la amarga despedida en el aeropuerto, con lágrimas sabor a promesas de volver a encontrarse.

Por supuesto, ahora serían reemplazadas por lágrimas de felicidad, solo pocas veces en la vida había llorado por un sentimiento lindo, puro y eterno. Una parte de su alma, se sintió mejor con la declaración.

¿Entonces se iba un amor, el de Zachary, y el amor de Leila llegaba para quedarse? ¿No podían existir ambos al mismo tiempo?

—¡Es la mejor noticia que recibí hoy! —sollozó. La euforia le nacía en el cuerpo y le recorría las piernas, le daba una corriente de electricidad que le regresaba el ánimo.

—Lo sé —se unió Leila al llanto, podía escuchársele sorbiendo la nariz—. Imagina, cuando llegue la mudanza podrías ayudarme a decorar mi nueva habitación, ¡me emociona tanto!

Hallie dibujó una tenue y débil sonrisa en su rostro.

—Pero bueno, eso lo hablaremos después —prosiguió Leila—. Quiero curarte con mi cariño, dejemos las palabras atrás y aprovechemos que estamos cerca. En lo que llegas, puedo pedir a unos de los empleados de papá que vayan a comprar helado, podemos cambiar esas noches de películas y pijamadas virtuales, ¡por una noche en la vida real! Quédate a dormir conmigo.

La tensión de sus hombros disminuyó drásticamente cuando escuchó aquella frase que le cubría el alma, era irremediable sonreír. Se preguntó si así sonaban todas las amistades sanas, nunca había tenido una amiga que la hiciera sentir de esa forma tan cálida y bonita.

El mundo de la amistad era como un jardín de flores, algunas llevaban espinas y se sangraba con ellas. Otras, eran intensamente bellas, pero se marchitaban con el tiempo, o por la temporada. Algunas eran tan hermosas y efímeras que era inevitable arrancarlas. En cambio, había flores que solo se apreciaban, sin querer soltarlas ni acortarles la vida.

—Podemos hacer rutina de *skincare* juntas —continuaba Leila—, buscaré algunas mascarillas que desinflamen tus ojos de tanto llorar. No tienes que pasar esto sola, me tienes a mí, tu mejor amiga que se tirará al suelo contigo hasta que decidas levantarte.

Hallie se sentía como una plantita que Leila cuidaba y regaba con amor, además de platicar con ella todos los días. Le confiaba su vida porque sabía que no haría nada para ahogarla o marchitarla, sino hacerla florecer.

Solo había un pequeñito problema en el plan perfecto de pijamada. Cuando Hallie llegó a casa, había saludado a sus tíos con normalidad, fingió sentirse agotada y les mencionó que se iría a acostar temprano, entonces se encerró con llave en su habitación. Ella misma se había encarcelado para encubrir su situación.

No podía ahora salir así a pedir permiso luego de mentir y ocultar sus lágrimas, prefería escaparse por la ventana, entrar a la casa de Samantha y así salir con Leila.

—Está bien —sonrió tímidamente Hallie—, voy para allá. ¿Me envías la ubicación?

Antes de encontrarse con Leila, Hallie se sentía como un rompecabezas disperso, perdido y lejos de estar completo. Y mientras más tiempo pasaba con ella, sentía que juntaba cada parte de su corazón roto y le daba forma, unía los pedazos. Pronto se dio cuenta de que, ella era la pieza faltante que encajaba y la hacía sentir renovada.

Leila era como un curita para raspaduras, como un bálsamo para las heridas.

Ambas estaban tumbadas en la cama, hablando de chicos al tiempo que miraban el techo elevado de la habitación. A diferencia de la casa de Hallie, Leila tenía una habitación amplia, quizá del tamaño de la recámara de sus tíos. Y era solo suyo, no tenía que compartirlo con su hermana Laila o su prima Lauren. Era un cuarto propio.

Aunque no tardó en unírseles Laila a la conversación.

—Son temas de chicas —dijo Leila una vez que sintió el peso de otra persona en el colchón—, tú eres una niña: fuera.

—No lo soy —se quejó Laila, y se meció en el colchón, molesta—. Tengo catorce años.

—¡Los mismos años del hermano de Zac! —chilló Hall—. Todo me recuerda a él, no puede ser.

Leila giró los ojos, todo el trabajo que había conseguido durante dos horas, había desvanecido por la presencia de su hermana pequeña.

—¿Ves? —giró la cabeza en dirección a Laila, irritada—. Es mejor que te vayas, mira lo que provocas.

La mayor de las Miller se levantó rápidamente y con una mano sostuvo la puerta abierta, esperando a que la pequeña se retirara.

Laila suspiró, y encogida de hombros caminó hacia la salida.

—Deja que se quede —pidió Hallie.

Con ese simple gesto, el rostro de Laila se iluminó, y en cierta forma, también el de Hallie.

Nunca sentiría lo que sería lidiar con una hermana pequeña, o tener hermanos en general. Así que no iba a desperdiciar la oportunidad; Laila vestía de rosa, como ella misma, y llevaba un peinado de dos coletas con broches de mariposas. Se veía tierna, angelical.

Leila no pensaba de la misma manera, para ella, Laila era un lobo disfrazado de oveja. Exasperada y rendida, al final dejó que se quedara con ellas.

—Qué oportuno —gruñó Leila—. Mejor prepararé las mascarillas, ¿vienes?

Hallie negó con la cabeza y Leila se marchó al baño rechinando los dientes.

—¿En verdad duele tanto enamorarse? —frunció el ceño Laila.

—Solo si esa persona no te ama tanto como tú a ella —pronunció Hallie.

Una mueca inconforme se dibujó en su rostro.

—Qué horror, ojalá nunca me pase —la chica irguió la espalda, sacudiéndose.

—No me arrepiento de amar, no me arrepiento de haberme enamorado de Zachary Blackelee —lo dijo en tono de consolación—, es un buen chico, lo sé… lo sé, solo, ay… —suspiró—. Es complicado.

—Y yo no sé qué consejo darte —se alzó de hombros—, tenía razón Leila, no sé de estos temas.

—Pero ya llegará tu tiempo —se incorporó Hallie—. Mejor yo te doy consejos a ti, ¿Qué opinas?

Tenía que aprovechar la oportunidad de sentirse hermana mayor alguna vez en su vida. Imaginó todo lo que podría compartir con ella, un manual de supervivencia.

—Primero, no te enamores de ningún chico lector, son muy peligrosos porque saben cómo seducir a las chicas, y, aun así, deciden actuar como verdaderos patanes.

—Anotado —asintió Laila y simuló escribir en el aire.

—Tampoco te relaciones con chicos con tecnofobia, a menos que quieras morir en el intento.

—¿Tecnofobia? —no sabía el significado.

—*Agh*, a eso me refiero; Zachary es tan raro como ese término.

Laila asintió con los ojos bien abiertos, no estaba entendiendo, pero creía que sería grosero y mal educado si abandonaba la conversación. Más si después de escasos segundos Hallie volvió a llorar, supuso que se estaba desahogando.

—*Ammmmg* —Hallie buscó las palabras en el aire, no sabía qué más decir—. En resumen, no te enamores de ningún Blackelee, o llorarás como yo.

—*Blackelee*… —repitió ella.

—¡Y es que lo odio hasta por el apellido! —pataleó—. Se trata de una equivocación. Era Black y Lee, pero los del registro civil lo escribieron mal debido a mala pronunciación y decenas de generaciones se mantuvieron con él para no admitir que se equivocaron. Crearon un apellido por error, y detesto que eso lo haga más excepcional.

—Ok.

—Es tan arrogante… nunca admite que se equivoca. Cree que con su linda sonrisa puede conseguirlo todo. O sea, sí, pero no debería.

—Comprendo.

—Mejor —suspiró con pesadumbre—, consigue a un chico que no le de vergüenza aceptar sus sentimientos, y te haga reír más que llorar. Seguro te irá mejor que a mí.

Laila le dio una pequeñas pero alentadoras palmaditas en el hombro.

—No creo que nadie nunca se fije en mí.

—¿Bromeas? —Hall giró la cabeza—. Eres muy linda.

—Pero quiero ser como mi hermana, Leila es perfecta, bueno… tú también, se parecen mucho. No creo que pueda competir contra mi hermana, ella sin duda es la belleza de la familia.

—Solo tienes que ser auténtica —sonrió Hallie—, y segura de ti misma.

—Y no tan odiosa —Leila regresó con una mascarilla de barro negro en el rostro.

—¿No las hermanas mayores son las molestas? —arqueó una ceja Hallie.

Leila resopló.

—¿Me voy cinco minutos y te robas a mi mejor amiga? —achicó los ojos en un gesto escrutador para Laila, y rodeó con sus brazos a Hall—. Es mía, consigue la tuya.

Hallie recargó su cabeza en los brazos de Leila.

—Podemos compartirla —tiró de la manga de Hallie.

—No, es mía —Leila soltó un pequeño golpe en el dorso de la mano de su hermana—. Suelta.

El cuerpo de Hallie se balanceaba, escapándosele risas genuinas, se envolvía en los brazos de ambas, y aquello le abrazaba el alma, secaba sus lágrimas. Su corazón palpitaba fuertemente y era tan extraño que no fuese por un chico, era por una familia.

Quería ser parte de los Miller.

40

Datos agotados

La noche continuó como lo habían planeado, y luego de divertirse un poco, olvidaron quitarse las mascarillas. Se habían excedido por varios minutos y, con cierto ardor en sus rostros, tuvieron que despegarlas. Al menos durante la sesión de fotos podían disimular el enrojecimiento usando un filtro.

Leila y Laila actualizaron sus redes sociales colgando una foto de las tres con mascarilla, sentadas en el piso, comiendo helado. Todavía no tenían muebles de sala.

Hallie se quedó a mitad de camino, sus datos no le cargaban el internet, a veces, olvidaba apagarlos mientras usaba el wifi, por ende, se terminaba los datos antes de que su plan pudiera renovarse.

Esta vez no fue la excepción, lo que le faltaba. Estar sin Zac, y sin internet.

¿Podía pasar algo peor?

—Ibf —llamó Hallie—, ¿ya está instalado el internet en esta casa?

—Claro, ya sabes que papá acelera todos los procesos —recordó su poder—, lo que pasa es que no hemos cambiado la clave, es la que viene en el instructivo del modem.

—¿Puedo ocupar tu wifi?

—No tienes que preguntar —cruzó los brazos Leila—. Lo mío es tuyo.

—Perfecto. ¿Cuándo me mudo? —bromeó Hall—. Les sobra un cuarto de huéspedes.

—Ese es de Lauren —puntualizó Laila.

—Como sea —prosiguió Leila—. Al fondo a la derecha está el despacho de papá, en su escritorio debe estar el modem.

—Gracias —Hallie se incorporó y, deprisa, con los pies de puntillas, caminó en dirección hacia donde las rayitas del internet estaban rellenas al cien.

Una vez dentro, notó que todavía no desempacaban las cajas de mudanza de las cosas del señor Miller, había algunas apiladas al fondo, otras sobre el escritorio, y la mayoría de papeles y gavetas en el piso, impidiendo el paso libre al lugar.

Hallie sintió que cruzaba hacia el escritorio jugando al piso es lava, saltaba cuando encontraba el espacio suficiente para sostenerle un pie, y luego estirar el restante para avanzar más lejos.

Por suerte, el modem estaba a la vista, el único problema era girarlo para tratar de escribir letras y números que no formaban palabras. La escritura era entorpecida con el uso arbitrario de mayúsculas y minúsculas.

Tuvo que inclinar la cabeza para descifrar la clave, le dolió el cuello y pensó que podía ser buena idea jalar un poco más del cable. Entonces, accidentalmente desconectó el módem y las luces parpadeantes dejaron de brillar.

—Carajo —resopló Hallie y, en un intento por volver a conectarlo, antes que las chicas lo notaran al pausarse la película debido al acceso denegado a internet, el aparato se le resbaló de las manos.

Y cayó directamente a una caja en el piso. Al menos, eso había amortiguado la caída y no tenían que reparar el aparato. Por fortuna.

Pero no agradeció aquella suerte, su vista se perdió entre los papeles que se hallaban dentro. Le llamó la atención que se trataba de periódicos viejos. Las hojas amarillentas, arrugadas y desgastadas picaron su curiosidad, enseguida leyó el titular que aparecía en primera plana.

Las letras más grandes y terroríficas la hicieron temblar. Su iris desapareció tras la dilatación de sus pupilas cuando terminó de leer la oración: Incendio en la Iglesia Eloenai.

Y el balazo debajo: "Catorce heridos y tres decesos".

Acompañado de la fecha que había determinado el rumbo trágico de su vida, y de imágenes que deseaba borrar de su memoria.

De pronto, la vista se le nubló, y una descarga eléctrica le erizó los vellos de los brazos y las mejillas. Tragó saliva, y comenzó a hurgar más en la caja. No podía ser cierto, no…

El sudor en sus manos brotó y la delató dejando huellas en el papel.

Sus ojos recorrían las notas periodísticas como bolitas de ping-pong, de izquierda a derecha, desenfrenadamente. Provocando que cada nueva lectura se sintiese como golpes en la cara, que punzaban y dolían.

Pronto, sintió sus latidos fuera de su cuerpo, la respiración le comenzó a fallar y el frío de la habitación se fue apoderando de sus mejillas, congelándola. Con tropiezos, y las manos temblando, terminó de desempacar toda la caja.

Siempre la misma noticia, pero en diferentes periódicos. Hallie tensó la mandíbula.

Sus labios se despojaron del color, y sintió la boca seca al sostener artículos de internet que estaban impresos con su nombre, tenían el mismo contenido del periódico que Zac le había llevado.

¿La habían estado vigilando desde hace un largo tiempo?

Las imágenes que encontró al fondo lo confirmaban, múltiples impresiones de publicaciones que ella había hecho en Instagram, deslizó los dedos como si se tratase de baraja y buscó algo que no tuviera relación directa con su pasado, y, entonces, la última imagen no era ella. Se trataba de su madre en la época universitaria.

Dio un paso hacia atrás, asustada de sentirse expuesta, de que una familia tuviese tanta información sobre ella. Su cerebro enviaba señales de alerta a su organismo, pero ella aún no reaccionaba a las advertencias.

Presionó sus párpados, atemorizada y con la respiración entrecortada. Y solo podía significar una cosa para sus oídos: PELIGRO.

—Ibf, se fue el internet… —entró Leila sin noción de lo que ocurría, tranquila—. ¿Fuiste tú?

—¿Qué es esto? —articuló Hallie con enorme fuerza, la garganta le picaba. Y le entregó un periódico a su amiga.

Leila lo sostuvo después de dos segundos en dudar hacerlo.

—No lo sé —le dio la vuelta a la hoja—. No sé por qué guardaría eso papá. ¿Por qué?

—¿No significa nada para ti esa noticia? —dijo Hallie sintiendo el sudor en la frente.

—No —espetó ella, carente de emoción—. Es decir, qué triste, una tragedia para los afectados, pero fue hace años y supongo que ya lo superaron…

Hallie no le despegó la mirada, quizás Leila no era la loca, quizá solo era el señor Miller. Al fin y al cabo, ella era su mejor amiga, confiaba en ella, pero no en los demás.

Le habían dicho que internet era peligroso porque no se sabía a ciencia cierta con quién se hablaba, y no se distinguía la mentira de la verdad. Pero Hallie aún quería creer en ella, la desmoronaría saber que quien estaba detrás de sus conversaciones de cada noche era una persona falsa.

Leila notó la distancia que surgía entre ambas, y el silencio incómodo que acartonaba los labios de Hallie.

—Mañana le pregunto a papá, volvamos —quiso sostener la mano de Hallie y se dio la media vuelta.

Hallie, ahora a espaldas de ella, evitó su agarre y escondió el brazo.

Leila se volvió, confundida. Y enseguida cambió la expresión de su rostro.

—Está bien —suspiró rendida—. No soy buena fingiendo. Te quería dar una sorpresa… cuando me contaste lo de tus padres quise hondar más sobre el tema y busqué por mi cuenta, disculpa si fui extremista, no quería ofenderte ni mucho menos asustarte —Leila agachó la mirada—. Pero se me ocurrió una idea, sé lo mucho que te duele su pérdida, entonces quise reunir información para papá, para que él pudiera adoptarte, ya lo hizo con Lauren, podría hacerlo contigo. Hall, imagínalo, pasaríamos de mejores amigas a hermanas, estaríamos todo el tiempo juntas, seríamos familia. ¿Acaso no es la mejor oferta del mundo?

Había un pequeño pero poderoso argumento que no cuadraba con la declaración. Hallie perdió el color de su piel tras notar los huecos de la historia.

—Leila —las palabras se le atascaron en la garganta—, yo jamás te conté que perdí a mis padres.

Y la obra de teatro llegó a su fin.

El semblante de la chica cambió drásticamente. Ladeó la cabeza para ocultarlo y caminó hacia la puerta para echar el seguro a la perilla. El crujir de cierre hizo estremecer a Hallie, que seguía arrinconada, pálida, confundida y sobre todo asustada de estar en la misma habitación con una completa desconocida.

—¿Has escuchado hablar sobre los *doppelgänger*? —dijo Leila, todavía de espaldas. Hallie no quiso responder, no sabía a qué se refería ella, y tampoco quería averiguarlo—. Es un vocablo alemán para definir a tu doble andante, una persona idéntica a ti, pero en versión malvada. Y cuentan que si te cruzas con ella podría llevarte a graves problemas, podría significar mala suerte o tu fin. El doble oscuro buscará sustituirte… deshacerte de ti a toda costa.

Giró su cabeza para encontráse con la mirada perdida de Hallie.

—Y aunque solo sea una leyenda fantasmagórica… yo sí soy real —una perversa y alucinante sonrisa adornó su rostro—. Y vine aquí a destruirte.

41

Doppelgänger

La chispa en los ojos de Leila era como un volcán en erupción, dispuesto a derretir en magma a Hallie, dejarla arder hasta en lo más profundo de su piel.

—¿Por qué haces esto? —Hallie se llevó una mano al borde de su pecho e inicio de su cuello, protegiéndose—. No te hice nada, Leila.

La voz le temblaba, y sus brazos lo confirmaban, se erizaban como un remolino, atemorizada por el tornado que se avecinaba.

—Claro que sí —arremetió la otra chica, y le acarició una mejilla, sintió la vibración temblorosa de sus pómulos—: existir.

Hallie jadeó sumida en la desesperación. Leila le clavó la vista.

—¿Sabes lo que es vivir con mi padre que permanece atado al amor inexistente de tu madre? No pudo tenerla, y entonces se conformó con una chica que le recordaba a su amor imposible, y así sentir que estaba cerca de ella.

Hallie tragó saliva, aún sin procesar todo lo que estaba escuchando.

—No tenía idea, Leila, lo sient…

—¿Sabes lo que es ser la segunda opción? Mamá cayó en depresión por saber que su esposo jamás la amaría. ¿Sabes lo que es vivir bajo la sombra de alguien más? Mi padre te ha espiado siempre, y para él ha sido más importante verte crecer a ti que a mí —las venas de su cuello le saltaban de la ira—, arruinaste mi vida, *a mi familia.*

—Por favor —los ojos acuosos de Hallie rogaban—, esto no es mi culpa. Déjame ir.

—¡Cállate! —Leila alzó una mano en forma de amenaza—. Nunca debiste haber nacido —su mandíbula se le desencajaba, presa de repulsión—… debiste haber muerto con tus padres.

El solo hecho de la mención hizo quebrar en llanto a Hallie, quien no podía distinguir las lágrimas de tristeza, decepción y de terror. Le martillaba el pecho de dolor.

Nunca creyó que la persona que pensó que jamás le haría daño, continuaría arrojando palabras como dardos para herirla, que sería capaz de volcar tanto veneno por su boca, para ensuciarle el alma y desvanecerla.

Era doloroso pensar que la persona en la que más confiaba, la odiaba en tal medida.

Las mejores amigas también se rompían el corazón, y eso dolía más que cualquier ruptura amorosa.

La traición se sentía como el fin del mundo, de aquel mundo que habían creado con su amistad y construido con una conexión para la cual solo ellas tenían la clave de acceso, los recuerdos se remplazaban por meteoritos en picada que arrasaban las palabras que solo utilizaban entre ellas, apodos que inventaban, secretos, cartas, confidencias, complicidades, recuerdos, memorias. Aquel era el fin de todo el mundo que conocía y compartía a su lado.

Y perder su amistad se sufría como un duelo.

—Todo debió terminar con el incendio —Leila se acercó más a su espacio vital—, quisiera que fueras ceniza —le sopló en la cara en busca de atemorizarla—, polvo.

Leila se ensañaba en hacerla sentir miserable.

—Basta —sollozó Hallie sacudiendo la cabeza—, ¿cómo puedes ser tan cruel? Pensé que éramos amigas.

—Lo único que terminarás siendo de mí, será mi primer cadáver.

—Eso está por verse —Hallie reunió las fuerzas para pronunciarlo—. ¡No te saldrás con la tuya!

—¿Por qué no? —Leila frunció el ceño sin desvanecer la sonrisa en su rostro—. Mi padre ya ha cometido algunos crímenes, ¿y lo ves en prisión? No pasará nada si de pronto desapareces tú, querida. No hallarán pistas, porque sabemos borrarlas, ¿o acaso lo mencionan en el periódico?

—Oh, por Dios —masculló Hallie, el peor de los escenarios le vino a la mente—. ¿Tu padre ocasionó el incendio?

—¿Quién más? —Leila hizo girar sus ojos—. Si él no podía tener a tu madre, nadie la tendría.

—Esto es enfermo —Hallie se rodeó a sí misma en un intento tonto por protegerse de las atrocidades que escuchaba. No era algo que podía tocarse, pero sí sentirse.

—Se le salió de las manos, pero sigue siendo un crimen perfecto, porque no lo hallaron culpable.

A Hallie le taladraba la cabeza, la habitación daba vueltas como si estuviese en un juego mecánico girando a toda velocidad. Solo que no era agradable, el vértigo se acumuló en su interior y se descargó en una furia por atacar a quien había llamado ingenuamente su otra mitad, su mejor amiga.

—¡Cómo pudieron! —se abalanzó contra ella, acorralándola en una pared.

A Leila no le causaba sorpresa su reacción, estaba preparada para algo más violento. Logró reírse en su cara en su intento por dominar la situación.

—¿Eso fue todo? —le dijo antes de ejercer su fuerza y cambiar los lugares—. Debiste de haberle hecho caso a tu noviecito, nunca debiste conocerme.

Y Hallie no vio venir el puñetazo que materializaba toda la ira que a Leila consumía, y que ahora estaba dispuesta a descargar contra ella. Se dobló en dos, tambaleándose, Hallie sentía que le habían arrancado el estómago, pero sin dejarla dolerse, Leila la agarró de un tirón por el pelo y la llevó al rincón del despacho de su padre.

Hallie quiso defenderse haciendo caer las cajas apiladas, pero aquello solo fortaleció la idea de un muro que le impedía salir. Se dio cuenta de su error demasiado tarde, ahora le era imposible correr hacia la puerta y huir.

—Te quedarás aquí hasta que hable con él —aseguró Leila apretando los dientes.

Ella había quedado del otro lado, con ventaja y a punto de salir.

—No, por favor —jadeó Hallie, desesperada y aplastando la montaña de papeles.

Leila se había llevado la llave consigo, no había salida.

Un escalofrío le recorrió las mejillas y se instaló en su cuerpo, nada de aquella habitación podía ayudarla a salir, solo eran hojas que, a lo mucho, podían cortarle ligeramente un dedo.

La ansiedad le generaba un vacío enorme en el estómago, y una opresión en el pecho. Turbada, se paseaba las manos por el cabello y el rostro, con sudor en la frente, sin saber qué hacer.

—Por favor —Hallie golpeó la puerta con las palmas de las manos, con lo nudillos, con los puños, estaba desesperaba, como si imprimiendo aquella fuerza fuera suficiente para derribar la madera—, déjenme salir, auxilio —aulló.

42

Una llamada entrante

Hallie sentía que la habitación se estaba quedando sin aire y sin luz. Dio vueltas en su propio eje en busca de una ventana, de una salida. No encontró nada.

Impaciente, buscó alguna fisura en la puerta, palpando cada extremo del umbral, sus hombros subían y bajaban a medida que respiraba a grandes bocanadas. Pero todo estaba en condiciones hostiles y resistentes.

Entonces, en un impulso, llevó una mano a su abrigo y buscó el teléfono para llamar a sus tíos. Las lágrimas caían sobre la pantalla y se secaban en su oído, cada tono de la llamada le parecía eterno, rogaba que contestaran, al menos uno de ellos, primero le marcó a su tía, le marcó a su tío, y ninguno respondió.

Fue cuando cayó en la cuenta de que ellos siempre activaban el modo "no molestar" al anochecer debido a las múltiples llamadas de trabajo que recibían cada noche.

De pronto, recordó que seguramente existía un chico que no conocía esa función: Zac tenía que rescatarla de ahí.

Instintivamente, tecleó su número y se mordió el labio inferior.

—Responde, por favor —rogó al cielo que cada tono le provocara estrés al chico, y, por ende, respondiera rápidamente.

Se equivocó, Zac del otro lado del teléfono, había aprendido a silenciar la llamada. Estaba despierto leyendo un libro, estaba mirando fijamente la llamada entrante, pero no pensaba contestar. Su enfado podía más, y su lectura era más interesante.

Aunque si hubiese sabido lo que sucedía, no hubiera demorado en buscarla. Pero hay cosas que no se podían percibir por un teléfono, y menos si lo ignoraba.

Hallie, derrotada, recargó la frente en la pared hasta dejarse una marca por la presión que ejercía. Extendió una mano sobre la puerta, y la deslizó hasta dejarla caer.

No le quedaba aliento, pronto se vino abajo, haciéndose un ovillo, hundiendo su rostro en las rodillas. Quería cavar un hoyo, quería esfumarse, derretirse en las lágrimas que le brotaban y que significaban su única compañía.

—¿Hallie? —gritó Laila del otro lado de la puerta.

—Sí —secó sus ojos lo más rápido que pudo—, ¿Laila? —se reincorporó y pegó una oreja contra la madera.

—¿Leila está contigo?

En ese instante, Hallie captó que la chica no estaba enterada de la situación.

—No, no —habló atropelladamente—, ella me encerró aquí. ¿Podrías abrirme? Necesito regresar a casa.

Silencio. Nadie respondió.

Hallie cerró los ojos, decepcionada, había fracasado en su oportunidad de escape.

—Me reprenderá si me entrometo en sus asuntos —dijo ella finalmente.

—¡No! —gritó Hallie, ansiosa—, ella no se enterará, por favor, necesito volver a casa, ver a mis padres.

El tiempo que demoraba en responder le hacía conciencia de que no llegaría a nada si continuaba por ese camino, tenía que intentar algo mejor.

—¿Recuerdas que me dijiste que querías ser como ella? —rogó que Laila todavía siguiera escuchándola.

—Sí —dijo al cabo de unos segundos la adolescente.

Hallie sonrió aliviada.

—¿Y tú dejarías a alguien encerrado?

—No.

—¿Ves? —jadeó instintivamente Hallie, por más que quisiera disimular su voz y hablar serena, era imposible, presa de la desesperación—. No eres como ella y eso está bien. Puedes ser mejor persona, por favor.

—No quiero meterme en problemas.

—Te lo ruego —Hallie rasgó la madera—, siento que me falta el aire, estoy muy asustada y solo tú puedes ayudarme —se sinceró con la voz hecha un hilo—. Eres mi única esperanza…

Esta vez el silencio fue más prolongado, Hallie comprimió sus párpados de la impotencia, era su fin. Estaba perdida.

Cuando, de repente, oyó el sonido del cerrojo que crujía, aún inmóvil. Laila había tardado porque había ido por un juego de llaves y todavía no sabía cuál era la correcta, a tientas iba introduciendo una por una en la perilla.

Y luego de dos intentos más, la puerta se abrió y el aire exterior le inundó los pulmones a Hallie, ya no sentía asfixia.

—Corre, eres libre —soltó Laila, jugando con los dedos, nerviosa.

—Gracias —Hallie tomó con sus manos el rostro de la adolescente, y le sonrió reconociendo su gesto que le había salvado la vida.

Se marchó inhalando profundamente, necesitaba mantenerse en condición atlética para correr lejos, lo más lejos de aquella mansión.

El portazo de la entrada principal alertó a Leila, que, sin perder el tiempo, corrió a verificar el despacho de su padre.

—¡¿Pero qué hiciste!? —gritó exasperada a Laila—. Eres una estúpida —y le propinó una bofetada.

La pequeña de los Miller todavía se sobaba la mejilla cuando su hermana mayor, sin mirarla de nuevo, salió en busca de la chica que odiaba con todo su ser.

La ira le impulsaba a correr tras ella. Alcanzó a reconocer su cabello que se agitaba por el movimiento acelerado de sus pasos.

—*Estás muerta* —se dijo en voz alta. Y reunió fuerzas para atraparla.

Hallie sintió su mirada encima y aceleró radicalmente, aunque sus pies ardían de correr sobre las piedras decorativas del jardín de los Miller.

Detestó que estuvieran en una zona residencial, tenía que recorrer largas distancias de casa en casa para llegar a las calles de la ciudad, y así poder pedir ayuda a los transeúntes.

Sentía que el corazón se le salía del pecho, pero voltear atrás y ver la silueta de Leila proyectándose entre los arbustos le devolvía las ganas de seguir, quería huir, pero sentía que se atraían como dos imanes por mucho que se alejaba temía ser alcanzada.

Estaba a mitad de camino, tenía que lograrlo. Los labios se le resecaron, y su cuerpo estaba pálido de correr sin parar. Entonces tomó nuevamente su celular y volvió a marcar a Zachary.

Era la segunda llamada. Su segunda oportunidad de salvarla.

El trote de Hallie no coordinaba con los prolongados tonos de la llamada, ella era más veloz. Guardó el celular sin señal de respuesta por parte de él, le temblaron los dedos, pero aquello no la detuvo de continuar.

Tragó saliva esperando que aquello funcionara como agua fresca después de una carrera, pronto comenzó a sentir palpitaciones en sus piernas y la vista nublada, tantas cosas mezcladas le agitaban la respiración, sin embargo, vio a lo lejos los faroles de las calles y cruzó hacia la ciudad.

Resopló y la carga en sus hombros disminuyó notablemente. Con el dorso de una mano secó el sudor de su frente, y se alegró de sentir el frío en sus mejillas, la adrenalina se había terminado.

Cuando de repente, sintió un jalón que le rasgaba la chaqueta y la arrastraban fuera de la ciudad, sentía que sus pies apenas rosaban el suelo, y por mucho que lo intentaba, no podía zafarse de la depredadora que la arrastraba de vuelta.

—¡Suéltame! —gritó Hallie luchando con los brazos agitándose en el aire.

Leila la lanzó con fuerza a los arbustos, la arrojó ahí con rabia, y Hallie solo pudo deslizarse por el pasto sujetándose el vientre hasta que nuevamente se vio siendo arrastrada del pie.

En defensa propia, le propició una patada en la cara que le dio segundos de ventaja para levantarse y correr en dirección opuesta. Leila se llevó una mano a la boca y notó la presencia de sangre en sus labios.

Hallie, desesperada, volvió a marcarle a Zac, no aguantaría toda la noche riñas con Leila. Y con esperanza en los ojos, pensó que esta vez sí le respondería.

"El número que usted marcó no está disponible, o se encuentra fuera de servicio. Favor de llamar más tarde", decía la operadora.

El olor metálico en las fosas nasales de Leila funcionó como una bebida energética directo en la garganta. Gracias a la adrenalina, no le dolían los golpes, y entonces reunió la potencia para arrebatarle el celular a Hallie a pesar de que ella se aferraba al aparato; por lo que tuvo que propiciarle una bofetada directa al rostro. No iba a permitir que la ayuda llegara.

Leila supo emplear la confusión en Hallie para mandar lejos el celular y llevarla a rastras de vuelta a su casa antes de que su padre lo notara.

Quedaron frente a frente y por un instante se miraron. Leila inspeccionó las pupilas de Hallie, había terror en ellas, temblaban y titilaban en aquella noche fría. Y sonrió, porque se sentía vencedora.

—No escaparás de mí —escupió Leila en una mezcla de saliva y sangre—, voy a tenerte así de cerca hasta acabar contigo.

Hallie estiraba el cuello hacia atrás en respuesta. No iba a permitirlo, pero tampoco le quedaban opciones para resguardarse.

Entonces un sonido vibrante y que acompañaba una canción sonó a lo lejos, Hallie giró el rostro y los ojos se le iluminaron al percibir que la pantalla de su teléfono se prendía iluminando la imagen del chico que amaba. Sintió que volvía a respirar.

Zachary Blackelee le marcó. Le había marcado por primera vez. Y aquello le regresó las fuerzas para no rendirse.

Sabía todo lo que significaba, su salvación, su reconciliación, su manera de demostrarle que estaba ahí para ella.

Tenía que llegar a él.

Era la única razón para mantenerse con vida.

Si algún día te pierdo, todos los buenos momentos de mi vida se irán contigo.

Así que, decidió levantarse usando el cabello de Leila como apoyo, le arrancó un par de pelos y el cuero cabelludo lo resintió, el dolor de cabeza la debilitó y así pudo empujarla lejos, lo que la hizo golpearse contra el pavimento.

Sintió el esfuerzo en su abdomen tras levantarse, y una vez en pie, sin pensarlo dos veces, corrió hacia el otro extremo de la calle, cruzó sin mirar hacia ambos sentidos de la calle, solo le interesaba recuperar el teléfono que había perdido durante el forcejeo.

Leila, desorientada y frotándose la cabeza, no tardó en caminar tras ella. Tambaleándose, atisbó a lo lejos una luz, pero no era del teléfono, era deslumbrante.

A mitad de la calle, Hallie recogió el teléfono y con una sonrisa plena deslizó su dedo índice sobre la opción verde que indicaba contestar, pero antes de que ella pudiese acercarlo a su oído, el aparato salió volando de sus manos.

Zachary escuchó el golpe del otro lado de la línea, el sonido frenético de las llantas de un auto, y cómo la llamada se cortó. El teléfono quedó destrozado, y teñido de un color como de vino tinto muy impropio de su funda. No le pertenecía, pero quizá sí a una de las dos chicas.

43

Una mariposa para despedirse

La cabeza le estallaba, no lograba concentrarse en las palabras que los doctores decían, el sonido natural de las cosas: las rueditas de las camillas, las pisadas apresuradas de las enfermeras, que de pronto cesaron, y en su lugar percibió una ráfaga de ruido escalofriante, de cristales quebrándose, y un sonido de alarma chillante desbordaba de su interior.

Era un caos, todo le daba vueltas, y entonces las lágrimas comenzaron a brotar por sí solas, como un diluvio pétreo, gotas golpeando su corazón, rompiéndolo en pedacitos, desgarrando su alma. Se quedó pasmado en un rincón de la sala de espera, tratando de sostenerse de pie aun cuando las piernas le fallaban, intentó mandar fuerzas a los brazos, pero estos eran como espaguetis sin algo que les mantuviera el soporte. Cerró sus ojos, intentando que la imagen de Hallie volviera a su mente, que su sonrisa y sus ojos brillantes repararan el dolor que experimentaba. Pero el hueco en su pecho seguía, esa sensación de falta de oxígeno, y el escalofrío que se impregnaba en sus huesos y lo hacía estremecerse.

Quería desaparecer, quería que todo se tratase de una pesadilla, de un terror nocturno, de una alucinación suya… Quería regresar el tiempo, quería tenerla de frente, como la última vez, y en vez de herirla con sus palabras, abrazarla como si a través de ese gesto le transmitiera todo el amor y la vida que ella merecía.

Se negaba a creer que ella ya no estaba. No podía ser cierto, tenía que ser una equivocación, tenía que tratarse de una broma de mal gusto… Aún había esperanza, solo eran especulaciones, todavía podían confirmarlo reconociendo el cuerpo…

La señora Santini, con la mandíbula temblándole, asintió y junto con su esposo, siguieron a la persona de bata blanca que los condujo a la habitación con poca iluminación, al final del pasillo.

Desesperado, Zachary hundió los dedos en su cabello, se llevó las uñas a la boca y esperó que las sospechas fueran incorrectas. Pero un grito femenino y desolador salió de la habitación lejana y le heló la piel.

En un impulso reunió las fuerzas restantes para correr en dirección a ellos, pero fue interceptado por un médico.

—Solo familiares, chico —le habían puesto una mano en el pecho para frenarlo.

¿Cómo le explicaba que él y Hallie debían de formar su propia familia en unos años? Tenía derecho de verla, era el amor de su vida… Pero, así como otros sucesos, el destino se los había arrebatado.

Los alaridos de la mujer continuaban, se sucedían uno cada vez más devastador que el anterior. Zachary se tapó los oídos, incapaz de aceptar más lamentos. Apretó sus párpados, pero las lágrimas ácidas salían sin control alguno, rodaban por las mejillas y salpicaban su camisa, otras más caían al suelo de esa impecable sala. Quizá limpiaban aquel hospital con las lágrimas de todas las personas que perdían a un ser amado.

En un movimiento de frenesí, golpeó su propio pecho, pidiendo que parara el dolor, rogando que la sangre perdida regresara a su cuerpo, que los latidos de él fueran suficientes para mantenerla con vida. Podrían compartir corazón, podían cambiar lugares… con su puño volvió a golpearse el pecho, por lo tonto que sonaban sus soluciones, por lo ingenuo que era, ¿por qué el amor no bastaba para volverla a la vida?

Quería arrancarse la piel, ardía, le quemaba. Y, a la vez, todo se sentía tan frío, la habitación era como un congelador. Con un río de emociones, de tristeza, enojo, desesperación… la vista se le nublaba, no distinguía las letras del hospital, los papeles que los tíos de Hallie firmaban. Talló sus ojos, sentía desfallecer su cuerpo, iba a desmayarse, pero el coraje era mayor.

—Son unos ineptos —gritó con la garganta desgarrada—, debieron salvarla, debían hacer su maldito trabajo…

Los guardias de seguridad fueron tras Zac luego de identificar sus intenciones de agredir a los médicos. Pero la señora Santini intervino antes de que le pusieran un dedo encima.

—Zac —quiso decir con voz neutra, pero era difícil despojarse del sentimiento—. ¿Por qué no vas un rato a descansar? Te preparas, y nos acompañas en la tarde al funeral.

Funeral.

Definitivamente no estaba preparado para escuchar esa palabra y lo que aquello significaba… despedirse.

No. Hallie no estaba enferma, Hallie no sufría de nada, ¿por qué tuvo que partir? No quería reunirse con ellos en un lugar fúnebre. No, no era posible, no.

Antes de que Zachary respondiera, el tío de la chica se adelantó y lo acompañó a la salida del hospital. Zac arrastraba los pies, incapaz de articular palabras, la voz se le había ido, el nudo en su garganta apretaba tan fuerte que no le permitía hablar serenamente, solo dejaba escapar las voces de enfado contra el mundo.

Fuera de las instalaciones, Zac se tomó un segundo para observar el cielo. Despuntaba el alba en los edificios de enfrente. Pero no tenía interés de ver más amaneceres en su vida si ya no podría compartirlos con Hallie.

Él también se quería morir, no soportaba la idea de que el mundo siguiera su curso sin ella. ¿Por qué sentía que su vida se paralizaba mientras que la de los demás continuaba inconmovible? Personas y perros en las calles, familias enteras de camino al trabajo o a la escuela, a pie o en carro, se sintió tan impotente.

Había salido de casa sin abrigo, disparado y con urgencia luego de escuchar el sonido de la velocidad contenida de un auto. Cuando la llamada se cortó, de inmediato un hueco se abrió en su pecho. Sabía que no eran buenas noticias, pero nunca creyó que fueran tan terribles y agonizantes.

No tardó en llegar al departamento de los Santini, y al notar que ellos no sabían del paradero de Hallie, procedieron a ir juntos a la comisaría, donde después de varias horas de desespero y ansiedad, les comunicaron del accidente de una chica con las características semejantes a las de Hallie.

Subieron al auto y se dirigieron al hospital. El resto es historia, un punto final en la vida de la chica que amaba.

Zachary caminó sin rumbo, los pies le ardían, se sentía perdido… vacío.

El frío por la mañana le heló las manos, y le tomó dos segundos completos el girar la perilla de su hogar.

—¡¡Me vas a decir dónde has estado!? —las fosas nasales de su madre estaban dilatadas, con una mirada altiva que poco a poco fue disminuyendo al ver el aspecto de su hijo.

Zac estaba de pie, con la mirada fija en el suelo, ocultando sus ojos rojos e inflamados, había llorado tanto que el aire le faltaba en los pulmones, no podía respirar.

—¿Qué sucedió? —preguntó y su nariz recobró la normalidad.

—Hallie se ha ido… —no se atrevía a pronunciarlo, todavía le costaba asimilar su pérdida. Pensó que, si no lo decía, no era real.

—¿A dónde? —cuestionó Stella, y el iris de su hijo envuelto en un charquito de agua se encargó de transmitirle el dolor que lo consumía por dentro, y la hizo sentir estúpida de preguntar.

La señora Blackelee soltó un cargado suspiro y se aproximó a él, quiso sostener la cabeza de su hijo, acariciar su cabello con la intención de tranquilizarlo.

Zac se aferraba al brazo de su madre, intentando que cubriera su tormento, pero no había manera humana de revertir la tortura de la ausencia de Hallie, el daño era irreparable.

—Llora, mi amor —expresó ella con pesar—, llora todo lo que necesites.

Estaba lloviendo dentro de él, era como una cascada de lágrimas y quería seguir llorando hasta que se volviera sequía, con cuarteaduras que revelaran el estado actual de su corazón.

Gritar no solucionaba su agonía, le temblaban las manos, y se le tensaban los músculos, su espalda estaba congelada, pero ni entre los abrazos de su madre el dolor disminuía, no se sentía mejor. Estaba irremediablemente destrozado.

—Yo…yo —el llanto que desbordaba le imposibilitaba respirar—, la amaba, mamá. La amaba y, y, y… nunca se lo dije…

—Ella lo sabía, Zac —su madre quería consolarlo—, estoy segura.

El chico se hundió más, era como tener una herida interna, sentía que sangraba, y que su corazón explotaría.

—Pero si lo crees conveniente, podrías preparar un discurso para ella… —le animó su madre—. Ya sabes, usar la escritura como catarsis, desahogo…

Zac levantó la vista, sus largas pestañas húmedas como decoradas con gotas de rocío, y la mujer enjugó las lágrimas usando su pulgar, para luego soltarlo en busca de pañuelos, aunque aquello solo fuera una excusa, pues, en realidad, ella no sabía cómo manejar la situación. Uno nunca estaba preparado para una pérdida tan desgarradora.

Las horas del día se volvieron más pesadas, el chico escuchaba el sonido de las manecillas como si se tratase de los latidos de su corazón, toquecitos que lo golpeaban en lo más profundo. *Tic. Tac. Tic. Tac.*

No había pegado el ojo ni un segundo, simplemente no podía dormir. Tampoco estaba preparado para ver a Hallie en un ataúd. No quería ir al funeral, estaba indispuesto, se negaba a aceptar su partida, no se iba a despedir de ella… no.

Pero, irónicamente, escribió para ella, *como si* las palabras curaran todos los males, porque al final del día las palabras solo se quedaban en eso, frases estériles, sin acciones, que no tenían la magia de alterar lo pasado, y permitir que las cosas fueran diferentes.

Si tan solo le hubiera contestado, si tan solo no hubieran discutido hasta hervir de enfurecimiento. Si tan solo…

Su cuerpo le gritaba pedir perdón, por todo lo que había dicho y por todo lo que no dijo. No podía terminar así, quería otra oportunidad. *Por favor, Dios.*

Estaba en su escritorio, frente a la máquina de escribir, redactando un discurso, que parecía más una carta de amor desesperada y trágica. Escribía enterrando sus dedos en las teclas, desenfrenadamente, con coraje y resentimiento.

Cuando la campanilla sonó al final de la línea, reposó las manos y comenzó a tronarse los dedos con ímpetu. Algunas hojas quedaban estropeadas por sus lágrimas, algunas palabras se absorbían y la tinta desaparecía como Hallie.

Arrancaba las hojas, las hacía bolita y las desechaba en el cesto de basura hasta llenarlo de intentos fallidos, entonces abrió la ventana que daba hacia el jardín para arrojar las hojas faltantes, lejos muy lejos de él, pero se detuvo al notar que una mariposa se había posado en el marco de la ventana.

Por un instante, Zac observó con detenimiento a la mariposa pequeña, como un trozo de papel delgado, frágil. Y luego le recriminó:

—¡Te odio, maldita! —soltó con amargura—, eres una descarada infeliz.

La mariposa se permitió pasear más por la ventana, y, esta vez, reposar en la manilla.

—¡Largo de aquí, insecto asqueroso! —agitó los brazos para ahuyentarla—. Te pedí una cosa, solo una maldita cosa, y no fuiste capaz de cumplir tu promesa.

La mariposa revoloteó cerca del rostro de Zac, hasta posarse en su nariz. Las lágrimas se convertían en un riachuelo para ella.

—Solo quería… —suspiró dándose por vencido, desganado—, quería que permaneciéramos juntos. Creí en ti, creí que se haría realidad…

Pero solo era una mariposa inofensiva, inocente de la tragedia en la que Zac vivía.

Deseaba con todo su corazón que fuesen reales las leyendas, que la magia de los deseos se cumpliese con solo pedirlos.

Las lágrimas no tardaron en volver a aparecer y rodar sus mejillas. Nunca volvería a ver a las mariposas de la misma forma, a partir de ahora significarían lo más cercano de volver a ver a Hallie, su ternura y belleza que emanaba su rostro.

Zachary se talló los párpados y arrastró sus manos hasta el cuello, después intentó cazar la mariposa para sentir la satisfacción de destruirla entre sus dedos. Pero solo lograba mover el aire, era inútil, ella era más rápida y ágil que el zombie en que se había convertido el chico.

Y como su plan no funcionó, tomó uno de sus libros del estante y quiso usarlo como pinzas para aplastar a la mariposa en su interior, tal vez así capturaría su esencia y la volvería eterna en las letras.

La mariposa dio vueltas a su alrededor, y esquivó las páginas. Enfadado, Zac comenzó a lanzar libros por la ventana hasta que, por fin, la mariposa voló más alto y desapareció de su vista.

Se había marchado, pero él todavía no lo procesaba, la había perdido otra vez, en otro ser, en otra oportunidad. Y por el coraje acumulado, continuó arrojando más libros a través de la ventana, hasta que su madre entró a la habitación.

—Zachary, por favor… —lo rodeó entre sus brazos—. Debes tranquilizarte.

Él se balanceaba, luchando en contra, intentando zafarse, pero no le quedaban fuerzas.

—¡Se ha ido! —alzó la voz para escucharse a sí mismo—. Se ha ido… y yo siento que muero.

Se desplomó en los hombros de su madre.

Stella funcionaba como un soporte, Zac no podía mantenerse en pie por sí solo.

Muy en el fondo le dolía ver a su hijo sufrir así, tan joven había vivido la pérdida más terrible que existía, la de amar con locura a alguien y no poder hacer nada para mantenerlo a su lado.

¿Cómo podía experimentar tanto dolor a los dieciocho años? Stella quería guardarlo en una cajita, de tanto que lo había protegido, de cosas tan insignificantes, y había olvidado lo que realmente podía romperlo sin manera de curarlo, sin remedios, sin medicina…

No quería dejar todo en manos del tiempo, las heridas también dejaban cicatrices internas, y estaba segura de que aquello le dolería toda la vida. Justo como a ella le pasaba.

Y ambos lloraron hasta secarse, juntos, envolviéndose en un dolor que los unía.

Al llegar al cementerio, lo primero que notaron a lo lejos fue un ataúd rodeado de decoraciones florales, arreglos de rosas blancas, claveles, margaritas y azucenas del mismo color. Las únicas de un tono distinto eran las de Zac, había leído que las rojas simbolizaban un amor eterno.

Era tan difícil caminar hacia allá, las piernas le rogaban ir en otra dirección, le pesaban los pies, solo podía arrastrarlos. Sentía su pulso en el cuello, oía sus latidos. Quería huir, pero su madre lo sostuvo, le apretó la mano y le dio fuerzas para seguir.

Nunca imaginó que volvería a pisar el cementerio donde había enterrado el celular, ese extraño y único momento no volvería a recordarlo igual.

—*Algún día te dejaré besarme bien, como se debe, pero te recuerdo que estamos en un cementerio.*

—*Cierto, y nosotros, a comparación de ellos, tenemos toda la vida para besarnos de verdad.*

Vida. Una vida que ya no le pertenecía a Hallie. Una vida en la que no volvería a tocar sus labios y, con ese simple gesto, transferirse calor y suspiros.

Zac agachó la cabeza, intentando ocultar la lluvia que ya derramaba, se estaba hundiendo por dentro de tantas lágrimas acumuladas.

Algunos sollozos de fondo le hicieron alzar la vista, hubo unos cuantos compañeros de clases que asistieron, pero no ubicaba, quizás eran de aquellos que los molestaban y les hacían la vida imposible, quizás eran de esos amigos virtuales que Hallie siempre mencionaba, la señora Santini dijo que había difundido un comunicado por redes sociales.

Solo identificaba a Tom, quien fumaba para calmar sus nervios, pero le llamó la atención una chica, un poco más joven que ellos, que no dejaba de sonarse la nariz por tanto llorar, provocando que la punta de su nariz se volviera tan roja como su cabello.

Por un instante intercambiaron miradas, Zac no dudó en tallarse las pestañas para secar la humedad de sus ojos. Samantha lo seguía viendo, analizando, con una mirada penetrante.

Le restó importancia, y caminó en dirección a los tíos de Hallie, quienes acomodaban los arreglos florales como un caminito al ataúd.

—Gracias por venir —la voz ronca de la señora Santini confirmaba el ardor de garganta. Stella le dedicó una caída y dolorida sonrisa.

Hablaron un par de minutos, pero a Zachary le taladraba la cabeza, no podía escuchar con claridad, sus pensamientos abandonaban la conversación y se refugiaban en recuerdos coloridos con Hallie, se abrazaba a sí mismo, intentando cubrirse del frío y del dolor.

Sin darse cuenta, miraba, por encima del hombro, a un punto fijo del ataúd y se preguntaba por qué permanecía cerrado.

—Aún en sus últimos momentos no se separó del teléfono —había dicho la señora Santini—, debí haber hecho algo para impedirlo, creí que era inofensivo su tiempo en la pantalla…

Hundió su rostro en el hombro de su esposo, a través de la ropa podían percibirse las marcas de las lágrimas sobre el traje negro del señor Santini.

Stella Blackelee le dio apoyo moral. Pronto se volvió en una conversación de adultos, sobre la crianza de los hijos, las responsabilidades de los padres y las situaciones inesperadas que los ponían a prueba.

—La tecnología siempre ha querido reemplazar la mano del hombre, pero no pueden borrar aquello que somos y nos hace humanos: los errores. Y no se culpen por ello, por favor —pidió con sesgo—. Hicieron lo mejor que creían para ella.

Ellos solo le dedicaron una sonrisa tan forzada que no convencía ni a una persona desconocida.

Y hablando de desconocidas, la chica pelirroja seguía mirando descaradamente a Zachary. No le quitaba el ojo de encima, aunque estuviesen a metros de distancia. Él frunció el ceño, incómodo de sentir aquella mirada.

—¿Zac? —la tía de Hallie lo hizo volver en sí—. Nos han dado sus pertenencias, aquello que portaba antes del accidente, y queremos… —miró por un instante a su esposo para su aprobación—, que tú te quedes con esto.

Le entregaron el celular, con las raspaduras en los costados, y el resto de la pantalla estrellada y plana como una estampilla.

La madre de Zac abrió los ojos exageradamente.

—Creemos que sería buena idea que te quedaras con algo que te recuerde a ella, sé que está en malas condiciones, pero era su objeto más preciado, ella hubiese querido que tú lo tuvieras, ya sabes, solía llamarlo "Jackson", era como su hijo, novio, no sé, algo especial para el vínculo que tenían…

—Pero él tiene tecnofobia —impuso Stella antes de que Zac pudiera sostenerlo.

—Es solo algo simbólico —dijo el señor Santini luego de sonarse la nariz—. No queremos que sea olvidada.

—Ella jamás desaparecerá de mis pensamientos —se apresuró a decir el chico con la voz hecha un hilo—. La amo, en tiempo pasado, presente y futuro.

La tía de Hallie sonrió al tiempo que una lágrima le derramaba desde el ojo izquierdo. Dicen que cuando lloras, si la primera lágrima brota del lado izquierdo, significa que se está sufriendo una inmensa tristeza.

—No tenía que terminar así —suspiró ella largamente y bajó la mirada—. Nos iremos de la ciudad la próxima semana, no podemos seguir aquí…

—¿Por qué? —Zac parpadeó, sin comprender.

—Hallie era la única razón que nos mantenía aquí, es el pueblo natal de sus padres. Y ahora que ella ya no está, no hay nada que nos impulse a seguir, les hemos fallado. Su madre la encomendó conmigo, y es inaudito creer que no he cumplido con su misión.

"Nosotros nunca quisimos tener hijos, yo no me sentía con la capacidad de cuidarlos. Hallie fue más que una hija para mí. No puedo seguir aquí cuando todo me recuerda a ella, y el corazón se me estruja.

Habían sido las horas más desesperantes y tortuosas de su vida, era como nadar y nadar sin parar, sin descansar, solo se estaban ahogando en penas y lamentos, melancolía, fracasos. Necesitaban una balsa y una brújula que les direccionara en el mar. Subir a bordo de una nueva vida.

—Pero no pueden dejarla aquí sola… ella… ella… —balbuceó Zac—. No…

—Ahora la familia está completa, Zac —aceptó entre sollozos—. Los tres están reunidos en el cielo y se cuidan entre sí…

—Tengo fe de que ellos también cuidarán a los que nos quedamos aquí, a donde quiera que vayamos —añadió Nicolás.

—Ya no hay nada que hacer —prosiguió su esposa.

Zac apretó sus manos para contenerse, dio dos pasos hacia atrás, molesto.

Ahora, con mayor razón entendía por qué Hallie se sentía así todo el tiempo: sola, aunque no lo estuviera. Ahora, más que nunca comprendía su vida, y era una pena y desgracia que no lo hubiera visto antes, ¿por qué no había prestado más atención?

Volvió a mirar en dirección a la chica pelirroja. Para su fortuna, ya no estaba en el asiento, Zac la rastreó con la mirada y entonces notó que había subido para alzar la tapa del ataúd. Corrió para alcanzarla.

La chica pelirroja dejó de llorar y apretó los labios sin expresión en su rostro, incapaz de sentir. Una reacción extraña teniendo en cuenta que todos alrededor no se atrevían a mirar de cerca por el dolor.

—Oye —Zac subió dos escalones para reunirse con Samantha—, aguarda.

Antes de que pudiera pronunciar la última palabra, ella ya había bajado la tapa del ataúd.

—Apártate —su voz amenazante le hizo alzar las manos—, si en verdad la amas, no la veas.

Zachary se quedó inmóvil, sin saber cómo reaccionar.

—Ella… —dijo desde su posición, sin voltearlo a ver—, no parece ella.

En ese instante, él entendió lo que aquello significaba, por qué en el hospital le impidieron entrar a la habitación cuando la familia Santini la identificó cuando la tenían cubierta con una sábana blanca.

Se desmoronó, cada vez se sorprendía de la cantidad de lágrimas que podía producir su organismo, creyó que no le quedaban más. Nunca había llorado tanto en su vida, nunca había sufrido tanto su alma. El recuerdo de Hallie perforaba su pecho.

Hallie. Tan hermosa. Quería que su recuerdo se mantuviera intacto, sin ninguna herida. No estaba preparado para que su imagen tan viva, tan luminosa, fuera reemplazada por una piel fría, un color pálido permanente con un olor a putrefacción.

Ella tenía que haber llegado a la vejez… permitido que el tiempo le dibujara bellas líneas bajo sus ojos, arrugas en la comisura de sus labios.

Caminó hacia atrás, a tropiezos se alejó del ataúd, chocando con las personas que se acercaban a la caja. Quería estar solo, quería salir corriendo, estaba asustado, su labio inferior le temblaba.

Su madre lo tomó del hombro, y solo apoyándose de ella pudo mantenerse hasta el final.

El entierro tuvo lugar horas después, durante la puesta de sol. Las nubes cubrían todo rayo que pudiera filtrarse de luz, impidiendo diferenciar la claridad de la oscuridad. Para Zachary todo era igual, qué más daba, estaba en un profundo hoyo de tristeza.

Cerró los ojos y soltó un gélido suspiro, ya no quiso leer la carta. ¿Qué sentido tenía dedicarle algunas palabras si ella no podía escucharlas? Los funerales eran para las personas que se quedaban, no para los que se iban, y él no conocía ni a la mitad de las personas que estaban ahí.

Nadie de aquel lugar merecía a Hallie. Ni siquiera Zachary. Se odiaba tanto, se lamentaba de no haber estado con ella aquella noche, de no salvarla, de no decirle que ella era el motor de su vida. Fuego ardía en su interior, él siendo el fósforo, la causa de su perdición, Hallie era ya ceniza.

Antes de bajar el ataúd pidieron cinco minutos de silencio, que dolieron más que reventarse los tímpanos con una bocina cerca de sus oídos.

¿Cómo lucharía contra el silencio que la vida le dejaba ahora que ella no estaba? Necesitaba ruido, el sonido de su risa, el chasquido de su lengua cuando no estaba de acuerdo con las ideas de él, los saltitos y aplausos que daba cuando estaba alegre, su voz tierna y adorable…

No pudo soportarlo más, y se dejó caer en el pasto hasta rasparse, pronto le nacerían hematomas en las rodillas. En el amor había que llorarlo todo, llorarlo bien, llorarlo con la nariz, llorar por el ombligo, por la boca, dejar que todo su ser sangrara y se derramara. Gritaba internamente, cada fibra de él vibraba de temblores y sollozos.

Mientras una capa de tierra cubría parte del ataúd, vio pasar los momentos a su lado como una cinta casera. Cuando crearon una comunicación con las latas, tierra, cuando estaban en el árbol de la biblioteca, más tierra, las aventuras en la granja, la llamada a la cabina de radio, la pizzería, el refugio de animales, su primer beso, su primer contacto de piel… Todos los recuerdos juntos sepultados.

Se quedó con las rodillas ancladas al suelo hasta que las capas de tierra cubrieron el ataúd por completo, y llegaron a la altura del pasto. Se quedó ahí, sabiendo que tendría que vivir sin alma por el resto de sus días.

Permaneció tirado hasta que la noche apareció. No tenía fuerzas para levantarse, todo era oscuro sin ella, sentía pólvora en los ojos, le ardían, ocultaban su rostro encima de sus codos, hundiendo los dedos en la tierra y arrancando el pasto de forma violenta.

—Zac —lo sacudió ligeramente su madre—, ya todos se fueron. Vamos, volvamos a casa.

Él no alzaba la cabeza, no tenía fuerzas para levantarse. Stella le buscó la frente para verificar la temperatura de su cuerpo, todo indicaba que estaba en orden, dentro de lo que cabía.

—Te espero en el coche, no tardes, no me gusta regresar a los cementerios.

Ignoró su comentario. Zac quería quedarse a solas con Hallie. Escuchó las pisadas de su madre que se alejaban y se perdían en el silencio.

Zachary dejó de distinguir lo que veía con los ojos abiertos y cerrados, la oscuridad lo envolvía, la tierra le daba el abrazo que necesitaba. Poco a poco se reincorporó.

Nuevamente, no estaba solo, una mariposa perdida rondaba por su cabeza. Agitada, ansiosa por encontrar refugio del anochecer.

Una débil y quebrada sonrisa se abrió paso en los labios de Zac, y él recibió al insecto volador haciéndole una casita con sus manos.

—¿Es verdad que tienes contacto con el mundo celestial? —articuló luego de que la mariposa descansara sobre sus manos—. Por favor, dale un mensaje de mi parte…

Se aclaró la garganta, intentando contener su voz rota.

—Dile que no habrá día que no la eche de menos. Lo prometo.

Y aquella promesa valía más que cualquier otra, estaba destinada a ser eterna.

44

Un teléfono para recordar

¿Cómo le pedía al cielo que le devolvieran el corazón? Se había ido con Hallie, y ahora en las noches largas y frías lo necesitaba más que nunca.

Zachary pasaba la mayoría del tiempo en su habitación, acostado en la cama, hundiendo su rostro en la almohada, casi no dormía, solo lloraba. Sollozaba entre sueños, moqueaba, parecía que la nariz se le iba a desprender y los ojos se le iban a hundir.

Por si fuera poco, las clases habían terminado, estaba de vacaciones y aquello significaba que tenía mucho tiempo libre, y no lo ocupaba para salir, ni siquiera a la biblioteca.

No quería salir de la recámara, cruzarse con las gallinas y con Pizza era volver a pensar en Hallie. No quería caminar por su habitación, las latas de teléfono estaban a la vista.

No quería escribir, la máquina estaba empolvada, no quería escuchar música en el tocadiscos, sentir que la canción faltante era Hallie. No tenía interés en leer libros, no quería vivir vidas que no le pertenecían, nada calmaba su mente.

Tampoco quería usar el teléfono celular, ese maldito artefacto que la había sepultado.

Había días que creía que la culpa era de la tecnología, había otros días que se culpaba a sí mismo por llamarle, por orillarla a salir de casa. Cuando más pensaba en las posibilidades, más se abrumaba y se llenaba de odio. Odio hacia la tecnología, odio a sí mismo, y también se contradecía al no hallar a un solo culpable.

No sabía qué teoría era peor, pero por más que quería soltarlo, se preguntaba por qué, por qué se había tenido que ir.

Por las noches, cuando no había ninguna luz cerca de él, encendía el celular y escribía mensajes que no enviaba, los borraba al recordar que no llegarían a su destino. Deseaba que ella en el otro extremo del celular le contestara, ver el *"Escribiendo…"* de su parte, que ambos estuviesen "En línea", en la misma conversación, y que, si no dormían, era por quedarse hablando toda la noche.

Pero esa era solo una ilusión.

Zachary_Blackelee: Desearía que la razón por la cual dejé de recibir mensajes tuyos haya sido porque cambiaste de número o compañía, compraste un nuevo teléfono, los datos se terminaron, la señal de internet se tornó lenta, desconectaron el wifi, incluso preferiría la idea de que me odias y me bloqueaste por herirte, o desearía que tuvieras tecnofobia... Todo menos el motivo verdadero.

Zachary_Blackelee: Vuelve, Hallie.

Enviado a las 2:33 am.

Zachary_Blackelee: Por favor, quiero escuchar que sigues aquí.

Enviado a las 2:35 am.

Zachary_Blackelee: No tiene sentido que use la tecnología, tú eras el motivo de hacerlo, Hall.

Enviado a las 2:35 am.

Zachary_Blackelee: Sin ti, no quiero nada.

Enviado a las 2:40 am.

Mensajes que jamás llegaron a su destinatario, mensajes perdidos. Como él.

Zac era como esa única palomita que aparecía de enviado: solo, sin función, sin señal. Solo valía la pena cuando las dos palomitas juntas se iluminaban.

A veces, entraba a las redes sociales de Hallie para ver las fotos que tenía publicadas, pero no lo hacían sentir mejor, eran imágenes que no capturaban su esencia, su naturalidad, solo cómo ella quería presentarse en internet. No era cuando ella arrugaba la nariz, tenía ojeras y bostezaba continuamente con el cabello alborotado y las uñas con esmalte desgastado; él quería ver eso.

De vez en cuando, alguien le dejaba un comentario de despedida. Zac los leía todos, y se le estrujaba el corazón, no sabía qué era mentira, qué era verdad. Todo le parecía falso.

Incluso él mismo. Había adoptado una vida que ya no reconocía propia de su persona. Un día había odiado la tecnología, para al siguiente refugiarse en ella.

Su madre se había mostrado compasiva y había cambiado los boletos de avión por una fecha más lejana. Todavía creía que irse de ahí era la mejor idea para estudiar, pero ahora también, especialmente, para sanar, dadas las circunstancias.

—No quiero ser igual que su familia —le dijo un día que bajó las escaleras, y se sentó en un escalón. Era un gran paso—. Si ellos quieren olvidar, comenzar una nueva vida... bien por ellos. Yo no.

—Zac, todavía es muy reciente para tomar una decisión así.

—Me quedaré aquí, por Hallie, alguien tiene que hacer valer su vida por ella, quiero vivir por ella. Y no voy a discutirlo.

En cierta manera, se había vuelto más agresivo, más solitario.

—Aquí no imparten la carrera de Historia... —argumentó Stella—, no para la especialidad que buscas.

—He cambiado de opinión, no quiero estudiar eso.

Su madre, para evitar contiendas, no dijo nada. Solo quería verlo sonreír, no encerrarse de nuevo.

—¿Y qué me dices de Literatura?

—Ni en sueños —espetó.

—¿Entonces?

Zac apartó la mirada, tenía otro propósito nuevo por el cual vivir.

—Quiero estudiar medicina —dijo, distante—. Todos son unos idiotas, si yo fuera médico, jamás seré incompetente. Y salvaré muchas vidas.

Su madre quiso subir un escalón para ofrecerle su apoyo. Él esquivó su mano.

—Por Hallie, no quiero que nadie más experimente el dolor de perder al amor de su vida.

Stella le dedicó una sonrisa ladina, sabía que había casos que salían de las manos del personal de salud, culparlos a ellos era injusto. Pero su hijo no tenía la madurez suficiente para identificarlo, lo tendría que vivir una vez dentro del internado.

—Está bien —dijo ella sin protestar—, *doctor Blackelee*.

Pero lo que su madre no sabía es que él pensaba tomarse un año sabático antes de comenzar la carrera universitaria. No tenía mucha prisa por retomar los estudios.

Stella creyó que estaba mejorando, pero él seguía hundido en una depresión. Casi no comía, intentaba conciliar el suelo duchándose por las noches para relajarse, pero no mostraba cambios en su conducta.

Su falta de energía se veía reflejada en las horas que pasaba acostado de lado en su cama.

—¿Qué opinas de que vayamos a comprarte libros? —le dijo su padre, un día.

—No quiero —dijo el chico, descortés. Su padre lo miró—. Gracias —añadió para que no sonase tan seco.

—¿Y si vamos a un día de campo?

—No me apetece salir.

—¿Qué tal el boliche?

—Me da náuseas.

—¿Vamos por pizza?

—La detesto —otro recuerdo con Hallie volvió a la mente de Zachary.

Todo intento era inútil.

Cerró los ojos, y con ello impedía que todo pequeño resplandor de luz iluminara lo que le quedaba de su alma.

No soportaba la luz del sol, llevaba días sin deslizar la cortina de su habitación ni abrir la ventana.

—Zac —la voz chillona de su molesto hermano lo hizo despertar.

—Mmmm —él abrió ligeramente un ojo.

Le estaba dando la espalda.

—Te hice un regalo.

—No es mi cumpleaños, no es Navidad, no quiero libros. Gracias.

Dean caminó por la habitación.

—Largo, no quiero ver a nadie —dijo nuevamente Zac, sin dignarse siquiera a ver.

Entonces notó la luz del sol filtrarse por su ventana. Su hermano había abierto las cortinas.

—¡Con un carajo, Dean! —replicó y levantó su torso, con la intención de arrojarle una almohada.

Pero no concretó el acto, la almohada poco a poco bajó de sus brazos y regresó a su lugar.

Observó su ventana.

—Mamá dijo que las mariposas te dan calma —comentó Dean, tocando el cristal de la ventana—, así que coloqué muchas plantas con flores que tienen néctar para atraerlas.

Zac dibujó una pequeña sonrisa, la primera sonrisa en semanas.

—En realidad, me hacen feliz.

—Genial, para que las veas cada mañana y te sientas mejor.

La chispa de alegría que portaba Dean en los ojos era similar a la de Hallie. Volvió a sonreír, se parecían mucho, es decir, en personalidad, no en cuanto al físico.

Dean había hecho algo que haría Hallie por él.

Entonces sus ojos se volvieron dos charcos de agua. Al menos, ya no eran un océano turbado, agitado, en tempestad.

—Nooo —Dean rascó su nuca—, no quería hacerte llorar.

—Está bien —Zac se enjugó las pestañas con la manga de su pijama—, estoy bien.

—Sé que no entiendo muchas cosas, pero puedo identificar que mientes, ¿por qué no me quieres contar lo que te tiene así?

—Estoy bien —repitió. Nunca quería hablarlo.

—Zac, si algo te duele a ti, también me duele a mí —susurró cabizbajo—. Eres mi hermano mayor, mi ejemplo a seguir.

El chico se perdió en sus pensamientos, mirando un punto fijo de la ventana.

Todavía en el umbral de la puerta Dean se quedó dos segundos, esperando a que Zachary reaccionara. Pero no lo hizo.

—Estaré para ti cuando me necesites, hermano del mal.

Tardaron cuatro días en aparecer dos mariposas en la ventana de Zachary. En automático corrió a deslizar el cristal, pero con ese gesto, terminó ahuyentándolas antes de que él pudiera asomarse.

El día pintaba a ser soleado, Zac se cegó por los tenues rayos que habían entrado por su ventana, se estaba acostumbrando a la oscuridad, y cualquier contacto con la luz lo deslumbraba.

Respiró e inhaló el polen de las flores, convenciéndose de tomar a las mariposas que se acercaron como buen presagio, ese día bajó las escaleras y rompió el récord de salir de su habitación.

Entabló una corta, pero atenta, conversación con sus padres. Y comió sus tres comidas del día.

Al día siguiente salió de casa sin avisar, aprovechó que sus padres fueron al trabajo, y Dean a pasear a Pizza y a las gallinas, para ir al centro comercial y entrar a la tienda de telefonía. Pidió la reparación del celular de Hallie al precio que costase, que, por cierto, fue bastante elevado dado que estaba destruido, pero valía cada centavo, necesitaba recuperar la información de la nube.

No volvió a salir de casa hasta un mes después, cuando le llamaron para recoger el teléfono. Ahora poseía dos celulares.

Pero no era divertido enviarse mensajes así mismo usando los dos números. Ahora se sentía más solo escribiéndose y contestándose. Le dolía que no apareciera la imagen de perfil.

La única buena noticia era que sentía que estaba en la mente de Hallie, en su diario, al anochecer solía leer los pensamientos que dejaba en el bloc de notas, encontraba listas de compras de maquillaje, ideas para superar la tecnofobia que descartó o no le dio tiempo implementar:

Pasos para que Zac acepte los teléfonos:

1. Usar teléfono de latas ✓
2. Usar teléfonos de rueda (retro)
3. Teléfonos con cable (como los que mamá usaba)
4. Teléfonos que parecían un tabique (No sé cómo se llaman, pero ajá)
5. ¿Y si le compro un teléfono de juguete? De esos que suenan cuando apretabas los botones y se reproducía "Barbie girl". (Justo en la infancia).
6. Que practique levantar el teléfono para tomar una llamada con un plátano. Sip, es buena idea, buenísima.
7. O ir a un teléfono público, ponerle monedítas para usarlo. (Conseguir cambio).
8. Necesito que comience con los celulares Nokia, son resistentes, por si los avienta lejos.

Supuso Zac que se aburrió y quiso que fuese más rápido el proceso, o tal vez, entre tantas notas, había olvidado la lista inicial, al menos sonreía por la creatividad y todo lo que pensaba hacer, aunque lo haya dejado en el tintero:

Buscar un sitio para demoler artefactos viejos (creo que es un pasatiempo que le gusta).

Pensar palabras inspiradoras para decir: Se necesita destruir algo para construir algo mejor.

Armar una maceta de flores con una caja de televisión o aparatos que ya no tengan utilidad, podríamos llenarlos de vida y darle otro motivo de existencia.

Creo que le gusta el ajedrez, cuando le explique cómo usar una computadora podría ponerle un ajedrez virtual. **Nota mental**: Aprender primero, para enseñarle.

Pendiente: Buscar el reencuentro histórico de las tecnologías (suena aburrido, como una tarea, pero hay que hacerlo por él, le gusta la historia).

Había otra nota titulada "Wattpad":

Encontrar algo que le guste y solo esté disponible en internet.

Otras notas se caracterizaban por sus sentimientos hacia distintas personas:

Sería bonito despertar y abrazarte, en vez de mirar el celular.

A veces olvido que no solo nos divide una pantalla, sino también miles de kilómetros, ibf.

Mi cariño hacia ti es muchísimo más grande y largo que la distancia que nos separa.

Zac me enseña a mirar con otros ojos.

Odio a Samantha... bueno, no la odio, pero sí estoy muy molesta con ella.

Eres la persona que buscaba desde hace tiempo, ibf.

No quiero que te conviertas en un sueño frustrado. Voy a conocerte.

Otras notas un poco más aleatorias:

Soy un 50% "no sé", y un 50% "no entendí".

El otro día comí pulpo, no lo volveré a comer jamás, es gelatinoso.

Zac dijo que cuando sueñas el cerebro trabaja mejor, pero acabo de tomar una siesta y soñé que pasaba de estar bajo el mar, a correr por la pradera sobre una cebra. No debí comer esa torta cubana.

Referentes a la tecnología:

Si el celular no es miembro de la familia, ¿por qué al sentarnos a comer siempre nos acompaña?

Si tu cerebro no está funcionando, enchúfalo al internet.

Como quisiera que todo tuviera chip, a veces olvido donde pongo las cosas, si tuvieran chip al menos podría rastrearlo y encontrar donde las puse.

Me da taaaanta flojeeeraaa limpiar mi cuarto, tengo que convencer a mis tíos de que compren un robot de limpieza, sería como un perrito, y le haría compañía a Martha :3

La próxima vez que lave el baño, debo acordarme también de limpiar el celular. (Zac dice que tiene más bacterias que el inodoro).

Estoy tan aburrida que ni intento quitar los comerciales de YouTube.

Soy de la última generación que sabía cómo era la vida antes de las redes sociales, tengo que recordarlo, aunque a veces actúe como si no lo supiera.

La primera vez que intentó dejar el internet por su cuenta:

A mis papás se les olvidó pagar el internet, así que escribiré esta bitácora:

__Día 1 sin internet:__ He encontrado el calcetín faltante y he hablado con mi madre, noté que se pintó el cabello para ocultar las canas.

__Día 2 sin internet:__ No resistí, usé los datos y subí a mis estados la foto de las canas de mamá.

__Día 3 sin internet:__ Todos sabemos que eso no pasó, ya reconectaron el internet.

__Pero descubrí algo:__ Es horrible querer contarle algo a mamá y que solo finja escuchar porque está más atenta al celular.

A Zac se le estrujó el corazón, avanzó a notas más actuales, a la segunda vez que intentó desconectarse:

Dejé las redes y he notado estos cambios:

1. Tengo más memoria en mi cabeza que en mi teléfono, ya no se me olvidan tanto los recados de mamá.

2. Ya no me interesa saber la vida de las demás personas en redes sociales.

3. Ya no busco que otras personas aprueben mi imagen y mi físico.

4. Algunas amistades solo se mantienen por el contacto que tienen con ellos por redes sociales.

5. Las personas que realmente te quieren van a buscar la manera de contactarte, no necesitan ver una historia tuya o un video para enviarte un mensaje.

6. Utilizo el celular menos que antes (bueno, esto es mentira, solo recuerda dónde lo escribí, jajaja).

Zachary comenzó a notar la evolución de pensamiento, pero también creyó que ella, sin problemas, podía ser escritora; tenía muchísimas notas en su celular, y era una licuadora de emociones.

Había otras notas dirigidas específicamente a él, era una lástima que no se los hubiera podido decir personalmente:

Fobia aquí, fobia allá.
Una fobia te saludará.
(JAJAJA, se lo tengo que decir a Zac)

Me envías un mensaje cuando llegues... ah no, tú no juegas. JAJAJAJA.

Es más sencillo amar a los objetos inanimados que a los vivos, pero ¿por qué con Zac es diferente? Creo que lo amo.

Zac y yo tuvimos una cita... bibliográfica, me llevó a su lugar favorito para nuestro primer beso y entre letras selló nuestros labios. (Lo sé, rebasé mi nivel de cursilería).

Quizá mis notas sean las nuevas cartas de amor.

Le llegaron varios recordatorios en forma de alarmas:

Comprarle una nueva mica a Jackson. La que tengo está desgastada.

Para el siguiente cumpleaños de Zac podría tomar fotos de todos los lugares que visitemos, imprimirlas y crear un álbum de recortes casero. Añadir frases románticas, papel, notas, inspirarme en Pinterest y crear un collage.

Entonces Zac pasó a ver las imágenes del teléfono: fotografías al natural, sin maquillaje, recién levantada, cepillándose los dientes. Acarició la pantalla e hizo zoom a sus ojos acaramelados y sonrisa sencilla.

También había muchísimas, verdaderamente una cantidad impresionante, de fotografías con Martha: ojo con ojo, en su regazo, recién bañada, con cobijas, acostadas en la cama y Hallie con calcetas de gallina, en el pasto, aleteando juntas, alzando el cuello. Eran tan únicas.

Otro espacio estaba dedicado a capturas de pantalla que en su mayoría eran de mensajes con su mejor amiga de internet, Leila, además de memes e imágenes de Pinterest.

La mejor manera de conocer y recordar a una persona era a través de sus hábitos en el teléfono, todo lo que guardaba, compartía y vivía a través de él.

Zac apagó la pantalla del celular cuando le llegó una notificación de batería baja, eran las tres de la madrugada.

—Al menos tengo una parte de tu corazón aquí conmigo —susurró bajo las cobijas.

Después con los ojos secos de llorar y ver el teléfono, se quedó dormido cubriendo el celular en su pecho. Era su manera de otra vez de sentirla cerca de él.

45

Un hospital para seguir

—Te conseguí un pase al hospital —le dijo Stella un día que Zachary bajó a la sala por un libro, y lo subió a su habitación—. Si realmente quieres ser médico, me gustaría que comenzaras a relacionarte con el mundo de la salud, conozcas el trabajo, a qué te vas a enfrentar…

Zachary suspiró, ya se había resignado, eran discusiones constantes por los estudios.

—Prefiero seguir el método convencional, primero entrar a la universidad, luego hacer las prácticas…

—Zac —su madre se cruzó de brazos—. No quiero que a la mitad lo abandones porque sientas que te equivocaste de carrera…

—¿Por qué haría algo así? —se sintió ofendido.

—Hace un año querías estudiar Literatura, hace seis meses, Historia, y ahora Medicina… creo no sabes lo que quieres.

Zachary cerró el libro, que lo había hecho distraerse de sus problemas, para volver a la realidad. Habían pasado dos meses desde la partida de Hallie, poco a poco volvía a tomarle cariño a la lectura.

—Sé tomar mis propias decisiones, no me arrepentiré de estudiar Medicina.

—Entonces anótate a la universidad este año.

—Tomaré un año sabático…

—¿Para qué? —alzó las cobijas para destaparlo—. Solo te deprimes más estando en casa, ¿para qué hacer esperar la universidad? La vida es un instante, en cualquier momento podría escaparse de tus man…

Guardó silencio. Cayó en cuenta de su error, de la mención que podía detonarlo.

—Es todo —dijo poniéndose de pie para alejarse de ella, incluso si aquello significaba salir de su habitación que se había convertido en su refugio y ahora la sentía invadida.

—No —quiso componerlo Stella—. Empecemos de nuevo… lo que quería decir…

—Ahorra tus palabras —frenó Zac—, ya dijiste suficiente.

Su madre abrió las cortinas, descargando su furia en ellas.

—No sé cómo le vayas a hacer, pero irás al hospital esta tarde. Te guste o no.

Zachary no se inmutó ante la amenaza, esperó que ella saliera de su habitación para retomar su lectura nuevamente en la página dieciocho.

Llegó a leer hasta la página noventa y tres cuando su madre lo dejó plantado frente a la clínica con intenciones de arrancar la camioneta.

Zachary se recargó en la ventanilla del auto.

—Ni creas que pisaré de nuevo ese lugar —le dijo, indispuesto de caminar hacia la entrada principal.

—Pasaré por ti a las cinco —sonó el motor—, que te vaya bien.

Detestaba que lo tratara como a un niño pequeño, *llevándolo, recogiéndolo.* Como si no pudiera hacer nada por sí solo.

Bueno, en realidad no podía, a duras penas abría solo el refrigerador de casa.

Rascó su nuca y entró al hospital. No tardaron en darle un gafete de visitante, una joven enfermera se lo pasó por el cuello.

—Ayer fue la feria de carreras universitarias —le dijo acomodándole el listón doblado—. Pero hoy es tu día de suerte, puedo darte personalmente el recorrido.

Y ladeó su cabeza esperando que Zachary le siguiera el paso.

Veinte minutos más tarde ya no soportaba estar cerca de ella. Tal vez era el perfume que usaba, su voz irritante, o el mar de información que le arrojaba lo que lo sacaba de quicio. Deseaba que las próximas tres horas que faltaban se cumplieran en un chasquido de dedos.

Quería escapar del hospital.

—Y aquí se guardan todos los expedientes de los pacientes —mostró el cuarto interminable de casilleros que estaban repletos de carpetas y copias de documentos.

Solo había un pequeño espacio donde residía un escritorio blanco un tanto sucio de marcas de tazas de café, papeles regados, y unas llaves.

La joven enfermera tomó un bonche de hojas para acomodarlas, sin darse cuenta de que tiró al piso algunos expedientes.

Lo que faltaba, ese estúpido cliché. Pensó Zac antes de rodar los ojos y agacharse a recogerlos.

—Disculpa —se rio la enfermera y pasó hacia la oreja uno de sus manchones de cabello que se le habían soltado de la cofia.

Zachary no le tomó importancia al gesto, le llamó más la atención una fotografía y un nombre que se colaban entre las hojas, sintió opresión en el pecho, como una puñalada. Leila Miller. Lo volvió a leer.

Parpadeó dos veces seguidas y se talló los ojos, había creído ver el rostro de Hallie. Otra vez preso del anhelo y las alucinaciones.

—Ahora me tendrás que jurar que no viste nada —volvió a reír la chica—, es información confidencial.

—¿Por qué? —frunció el ceño.

A la joven enfermera le pareció atractivo cómo las cejas de Zachary se arrugaban y juntaban sus ojos.

—Ni siquiera yo tengo permiso de tocarlos —dijo hipnotizada, levantándose sin despegar la mirada—. Son expedientes de pacientes…

—Fallecidos —quiso completar la frase final.

—No, en coma.

Las palabras resonaron en su mente e instintivamente sus latidos se comenzaron a acelerar.

Quiso hacer memoria, Hallie tenía una amiga. Se llamaba… ¿Cómo era? Laila, Leyda…Leila.

—Hay un extraño trato con una paciente, su familia no quiere que nadie entre, ni siquiera nosotras, han designado a una sola enfermera para que se haga cargo, la familia ha pagado una fortuna por la atención médica —susurró la mujer colocando clips a los documentos restantes para asegurarse de que ya no se perdieran—. Se dice que el padre de la chica es dueño de una cadena de hospitales, pero que no han logrado sacar los permisos suficientes para trasladarla a un nosocomio de tercer nivel.

Zachary escuchaba el relato con suma atención, con una respiración profunda.

—¿Por qué no pueden acelerar el proceso?

—Su caso está ligado a un fallecimiento. Creo que fueron arrolladas por el mismo auto.

Hallie. Tenía que ser la otra persona.

Antes de que guardase los documentos en el locker correspondiente, Zac se aseguró de memorizar la habitación de Leila. F 208.

—Ahora —suspiró la enfermera poniendo candado—. Tendré que matarte por compartir esta información contigo —bromeó.

—No te preocupes —Zachary hizo un ademán de cierre—. Mis labios están sellados.

—¿Y no hay nada que los despegue? —arqueó una ceja, con picardía.

En cualquier otra circunstancia, Zachary se hubiese apartado a la primera insinuación, pero estaba dispuesto a soportarlo solo por conseguir ver a Leila.

Tanta seguridad, tanto misterio, no podían ser solo porque sí, no eran una coincidencia. Algo andaba mal. Tenía que descubrirlo. ¿Y si…?

La enfermera miraba fijamente los labios de Zac, en cambio, él observaba con disimulo las llaves que, desde su perspectiva, se veían claramente por encima del hombro de la chica.

—Me tengo que ir —fingió desánimo Zac—. Pero gracias por el recorrido.

Extendió los brazos para pasarlos por la cintura de la enfermera y tomar las llaves del escritorio.

Ella no tardó en regresarle el abrazo y aspirar su cuello. Creyó que ese gesto había sido suficiente, pero la chica se aferró a su cuerpo unos segundos más.

Zachary le dedicó una sonrisa forzada y, sin previo aviso, la joven enfermera estampó sus labios contra los de él, provocando que soltara las llaves por el susto.

El sonido de las llaves al caer la hizo entrar en razón, él se despegó y bajó al suelo para tomarlas de nuevo.

—¡Oye!

—Lo siento —salió disparado de la habitación, limpiándose el beso con una mano.

Si tan solo hubiera prestado atención al recorrido de la enfermera, hubiera sabido a dónde dirigirse, pronto se vio perdido en los largos pasillos del hospital, dio un giro sobre su propio eje, todo le daba vueltas, presa de la desesperación.

—Vayan tras él —señaló la enfermera a los policías.

Por suerte, Zachary estaba a una distancia considerable para hacer uso de sus piernas y correr lejos, tomó una bocanada de aire y dio pasos largos estirando cada pie y sacudiendo los brazos.

El color de sus mejillas fue subiendo hasta convertirse en el del fósforo incandescente, pese al sitio helado y escalofriante que caracterizaba al hospital. Le ardían los pómulos, le zumbaban los oídos y su corazón latía agitadamente.

Tenía que encontrarla.

Con su muñeca temblando se acercó a la recepción del piso.

—Habitación F 208 —pidió a gritos—. ¡Habitación F 208! —golpeó la madera del mesón.

Las chicas de blanco se mostraron cortantes ante la petición agresiva de Zachary y continuaron atendiendo a las personas que habían llegado antes de él.

—¿¡Dónde es!? —pidió esta vez con las manos en el aire, alterado, con la respiración entrecortada—. ¿¡Dónde es!?

—Piso cuatro —dijo una, y las demás la asesinaron con la mirada.

Sin agradecer, Zachary se fue y giró hacia el elevador, presionó el botón tres veces seguidas. El ascensor estaba en el último piso y él no contaba con tiempo para esperarlo, cada segundo que pasaba era crucial, en especial cuando los policías lo buscaban.

Era hora de usar las escaleras de emergencia y demostrar que podía subir decenas de escalones de un tirón, sin flaquear.

Llenó sus pulmones de aire y se deslizó en dirección contraria a los policías, doblando sus piernas y derrapando los zapatos, intentando mantener el equilibrio en ese resbaladizo piso.

Empujó con fuerza la puerta que daba acceso a las escaleras y se puso por meta llegar al piso cuarto antes de que el elevador bajara por él. Por cada alocado latido, él subía dos escalones y en cuestión de segundos llegó a su destino.

Respiraba por la boca, exhausto y con la adrenalina pulsándole en la nuca, sacudió la cabeza deslizando cortinas y encontrando desesperanza en cada camilla: pacientes en situaciones críticas, al borde de la muerte y en agonía, con el sonido de respiradores y máquinas de resucitación, continuó avanzando en busca de la habitación F 208.

Sentía el peso en sus hombros, no sabía con certeza lo que quería ver y si aquello le daría una mínima esperanza o le terminaría por arrancar cualquier signo vital que le quedaba.

En su mente rebobinaban las palabras de la chica pelirroja del funeral *"No parece ella"*. Se cuestionaba por qué nadie se asomaba a la caja, por qué él no había tenido las agallas para mirar el ataúd.

Cada paso que daba era una tortura, su pecho comenzó a subir y bajar rápidamente. Contuvo la respiración para volver a la calma, a sus cabales. Pero era imposible. Los pasillos le parecían eternos.

F 205... F 206... ya estaba cerca de la puerta, F 207, y ahí estaba.

Habitación F 208 al final del pasillo, en una habitación amplia, con persianas que le impedían ver desde fuera.

Se apoderó de él una desesperación por correr, la sangre le circulaba agitadamente, sentía palpitaciones en las piernas y sudor en los dedos de los pies. Empujó con gran impulso la puerta, creyendo ingenuamente que con la aplicación de fuerza podría abrir, imploró con los ojos hallar la llave correcta, con torpeza y con las manos temblando colocaba llaves al azar.

Pero sus manos, entumecidas a causa del frío, o de la angustia, le hacían errar, forcejeó un poco más la manilla y se llevó hacia atrás el cabello, exasperado. Luego de varios intentos, encontró la llave que le permitió volver a respirar y sentirse vivo.

Ahí estaba ella. Conectada a una máquina, con una venda que cubría la mitad de su cabeza.

Era idéntica a Hallie. Su corazón se detuvo de la impresión.

Esos rizos deshechos, el color rubio y volumen del cabello eran reconfortantes dado su aspecto enfermo.

Zachary se dejó caer de rodillas al piso y se acercó a la camilla para comprobar el parecido. Las lágrimas que inconscientemente rodaban sus mejillas le impedían ver con claridad, apretó sus párpados, le rogaba a sus pestañas que fueran un muro de contención.

Entonces, tuvo que recurrir a lo palpable. Buscó con urgencia la mano de la chica y decidió no tocarla al notar las marcas de agujas que incrustaban en cada muñeca.

Sacudió la cabeza del dolor y observó a detalle su rostro. Los párpados inmóviles también reflejaban las venas de sus ojos, la herida en la cabeza dejó de cobrar importancia luego de percatarse del respirador en la nariz, no imaginaba más tubos en su cuerpo.

Apretó la mandíbula, sentía como todos sus dientes se contraían y un dolor de huesos le calaba en el rostro. No era una imagen alentadora, pero estaba viva. Ella estaba viva.

Con las pupilas temblando y el miedo en sus ojos, Zac quiso asegurarse de que fuese Hallie, y no solo una ilusión de un alma desesperada que busca a su amada, alzó ligeramente su mano, como si se tratase de algo delicado capaz de romperse en un primer roce y comprobó una marca en el dedo.

El lunar en su dedo índice fue suficiente para soltar una risa débil y aligerar la carga en sus hombros. No estaba loco, ella era Hallie.

Podría reconocer sus labios en otra vida, en otro mundo, y siempre volver a ellos.

Una grieta en su corazón comenzó a sanar, y luego otra, hasta formar de nuevo su corazón. Latía, nuevamente latía.

Nunca había creído que un sonido tan escalofriante, como un *vip-vip* de una máquina, fuera el más hermoso y reconfortante de su vida.

—Estás viva, Hall —Zac acarició con suavidad su frente destapada, no quería mover ningún cable que la mantuviera conectada.

Las lágrimas volvieron a estar presentes, pero esta vez no eran saladas y dolorosas, en ellas habitaba la esperanza, un sabor agridulce que recorría el rostro y se guardaba en sus labios.

Tenía ganas de besarla. No creyó que volvería a tener la oportunidad de escuchar sus latidos nuevamente, de sentirla cerca de él, su respiración que formaba nubes de aire en el respirador, ese ligero, casi imperceptible, movimiento de pecho que confirmaba que estaba viva.

Zachary hundió la cabeza en las piernas de Hallie, y agradeció al Cielo que ella estuviese ahí. Dios, era difícil de procesar que tenía una segunda oportunidad, que se le había arrebatado a la familia Santini.

—Te sacaré de aquí —dijo, sin saber cómo ni cuándo—. Lo prometo.

La taquicardia que había experimentado unos minutos atrás, volvió con ímpetu cuando una enfermera atravesó la puerta y se sobresaltó con la presencia de Zac.

—No deberías estar aquí —soltó ella antes de marcar al número fijo del hospital.

En ese instante, la guardia médica entró y arrastró los aparatos y a Hallie consigo, el sonido de las rueditas de la camilla hizo reaccionar a Zachary.

Había entrado en un estado de calma y refugio, y había olvidado la gravedad del asunto.

—No se la lleven —pidió él con la voz como un hilo—. Ella no es Leila, es Hallie, es Hall..

¿Cómo podría comprobarlo sin falta de exámenes de sangre? Era su palabra contra la del hospital. Contra los Miller.

Unas manos ostentosas e imponentes le rodearon los brazos, pero Zachary se aferraba a la camilla, se resistía.

—No, por favor… —rogó al tiempo que lo arrastraban fuera, la suela de sus zapatos se despegaba y solo la punta luchaba por permanecer dentro.

Sacudió las piernas y pataleó cuando vio que, junto a él, desalojaban la habitación, seguramente el traslado ya era un hecho. Zachary iba en dirección contraria al pasillo donde se llevaban la camilla de Hallie.

No iba a permitir que desapareciera de nuevo, en un descuido logró zafarse y retomar el vuelo para correr tras ella, el corazón le estallaba por la velocidad a la que corría, sus latidos se escuchaban en lo alto como trotes.

Iba por su mano, no pensaba soltarla nunca más. Y estiró el brazo para tocarla. Recordó:

—*¿Estás conmigo?* —*le ofreció una mano.*

Hallie observó las líneas de la mano de Zachary, y notó que combinaban con las líneas de ella. Era una ruta que estaba dispuesta a seguir.

—*Contigo, hasta el fin del mundo* —*confiaba plenamente en él.*

—*¿Conmigo, hasta que el internet deje de existir?* —*propuso Zac…*

—*Contigo, sin internet.*

—Contigo hasta morir —prometió él a escasos centímetros de alcanzar la mano de ella y estrecharla nuevamente.

Entonces una fuerza lo jaló hacia atrás y un golpe del oficial que lo perseguía le noqueó la cabeza y lo tumbó al suelo.

Poco a poco su vista comenzó a apagarse como un teléfono que quedaba sin batería y la imagen se cerraba en medio.

Zachary no quería cerrar los ojos, luchó contra los párpados cansados y reunió su último impulso de energía para estirar la mano y extenderla por el aire frío del pasillo. Observó cómo las enfermeras alejaban la camilla hasta desaparecer de su vista.

—Por favor, no te vayas —farfulló Zac—, vuelve…

Su voz se perdía en la nuez de su garganta, no pudo pronunciar, nuevamente, que la amaba.

Epílogo

Zachary Blackelee. Dieciséis letras, seis sílabas, dos palabras, para nombrar al chico más extraño y auténtico de aquella pequeña ciudad de Obless.

El chico que padecía tecnofobia y se enamoró de una chica con nomofobia que la llevó al borde de la muerte. O que al menos así era conocida la historia ante la ley.

La historia nunca había sido justa, siempre existirían personas con poder y contactos para modificarla a su conveniencia. En este caso, la familia de los Miller era superior en riquezas, y pudo decidir.

Un chico de dieciocho años no podía contravenir las órdenes de un hospital, pero un estudiante de Medicina sí podía permanecer más tiempo entre las habitaciones y aprender el funcionamiento interno.

Se encargó de limpiar su nombre, con altas notas en la universidad, y su servicio social impecable, doblando guardias, eligiendo el internado siempre en el mismo lugar, simpatizando con las enfermeras y doctores. Ocupó sus dotes e inteligencia para absorber cualquier tema de traumatismos y lesiones que indujeran el coma.

Durante los siguientes tres años, Zachary parecía vivir dentro del hospital, de lunes a viernes asistía como practicante, y los fines de semana, por interés propio, regresaba a las habitaciones de los pacientes en coma para leerles novelas de ficción con la intención de estimular su celebro, y con la esperanza de que algún día despertasen.

Algunos pacientes, después de varios días, semanas o meses, dependiendo cada caso, de hecho despertaban. Excepto una persona en particular.

Hallie llevaba mil doce días en coma. Y Zachary lo sentía como una eternidad, para él, todos los días eran idénticos, en la misma tortura a cada hora, en el minuto en el que entraba a la habitación con ella, se congelaba y sentía que nada avanzaba.

Aunque el cuerpo de Hallie dijese lo contrario, su delgadez se pronunciaba al largo de los meses y años, clavículas más notorias, crestas afiladas en los huesos en su pecho.

A veces Zac creía que comenzaba a olvidar su voz, su respiración agitada cuando se bañaban en sudor luego de entrar en contacto.

El brillo en los ojos de Zachary había desaparecido, una postura arrogante era la coraza que lo protegía de todos los demás, incluyendo de su propia familia.

Su madre le había hecho entender que la tecnología era la causante de sus problemas y, por la ira que lo consumía por dentro, decidió darle la razón.

No había otra manera de seguir con vida, el coraje y la rabia lo mantenían de pie, las situaciones en el hospital nunca eran alentadoras y solo con un corazón duro podía continuar con el día a día, permitirse un atisbo de sentimiento, por ligero y pequeño que fuese, lo derrumbaría en un océano de lágrimas.

La tristeza había acabado con Martha, la gallina había muerto tres meses después de la ausencia obligada de Hallie, quizá se había marchado con la idea desconcertante de la desaparición de su dueña.

Y Zachary había llorado también su partida, sentía que la perdía en cada gesto y suspiro que daba. Solo le quedaban los teléfonos que compartían, ya no le quedaba nada capaz de respirar y palpitar.

Ni siquiera sus besos, Zachary había probado otros labios durante ese tiempo, en el metro, en la universidad, en el hospital con otras enfermeras, en fiestas con desconocidas, incluso había besado a Nicole, su vecina, a la cual Dean amaba irremediablemente. Creía que, destruyendo a los demás, él no se sentiría tan quebrantado, era un grave error.

Un día, en un arrebato de ira, selló los celulares y juró no volver a tocarlos, solo se lastimaba al aferrarse a un objeto inanimado. Prometió no volver a usar la tecnología, a hacer un voto de silencio como sus padres, al parecer, a ellos les funcionaba continuar con su vida suprimiendo aquel error que habían cometido con la tecnología.

—Te prometí que usaría la tecnología solo para una buena causa, y no encuentro una sin ti —le había dicho alguna vez a Hallie, aunque dudaba que ella lo pudiera escuchar.

Por ello prefería solo leer en voz alta, porque hablar con ella, conectada a una máquina, se sentía como estar solo, sin ninguna respuesta que pudiera recibir a cambio, ninguna señal que le pidiera seguir leyendo para saber el final de la historia.

Zachary leía un libro al mes para ella. De cierta manera, resultaba terapéutico, se olvidaba de la bruma de sus problemas y vivía una vida que solo era posible en la ficción, los finales que quizá nunca volvería a sentirlos reales, un amor que perduraba ante todo mal, una pasión fundida en las letras.

Cuando llegaba al punto final del capítulo levantaba la vista con la esperanza de que esa fuese la última página que le leería, porque ella habría despertado. Pero no sucedía así, él continuaba avanzando hasta el epílogo y, al cerrar el libro, nada había cambiado.

Había contado treintaitrés libros seguidos con ese final feliz que él no conseguía.

—Eres como un libro complicado —le había dicho Hallie, una vez—, difícil de leer por los términos que expones, pero aquello no significa que dejes de despertar sentimientos dentro de mí.

—¿Gracias? —le respondió él en aquella ocasión, sin saber que se trataba de algo alentador.

—Aunque saldrán libros mejores.

—Oye, qué ánimos…

—Pero siempre serás mi favorito —colocó un dedo en sus labios—, podrán haber más libros después de ti, pero tú habrás sido especial por el tiempo que nos dedicamos, y nos acompañamos en momentos difíciles. Jamás te olvidaré.

Y entonces Zac tomó la débil mano de Hallie para no dejar que aquellos recuerdos desaparecieran.

Una lágrima enjuagó su rostro, era difícil salir ileso cuando rozaba su piel, bastaba sostenerla por un milisegundo, para que en él se desatara un mar de emociones.

Otro día, en un momento de locura, cargó con su máquina de escribir, decidido a comenzar a narrar su historia de amor, quizás en la ficción conseguían aquel final que merecían.

Redactó un par de páginas, le decía que la amaba y aquello lo repetía con otras palabras, cambiando las comas y los puntos. Escribió todo como si esa fatídica noche no hubieran discutido, sino la abrazaba y estaba presente para acompañarla a conocer a su mejor amiga.

—Qué suerte la de un lector —se dijo llevándose una mano a los labios—, poder retroceder en las páginas y volver a revivir las escenas felices… es una lástima que la vida no funcione así.

Zac se inclinó hacia Hallie, apoyando la cabeza en su pecho y rompió nuevamente en llanto. Permanecería paciente al día en que ella despertara, incluso si no lo hacía en décadas, su corazón le pertenecería hasta que dejara de latir, y él exhalara su último aliento.

En ese momento entendió que las palabras de Hallie eran reales, ella era como su libro favorito, podían pasar los años y otras historias, pero siempre la elegiría y la recordarían con tanto amor como aquella primera vez.

Él era un punto final, ella, como puntos suspensivos. Y el coma se sentía como un tormento similar al de nunca saber el final de su libro favorito.

Fin

Esta obra se terminó de imprimir
en el mes de julio de 2024,
en los talleres de Diversidad Gráfica S.A. de C.V.
Ciudad de México